Wilhelm von Polenz

Liebe ist ewig

Wilhelm von Polenz

Liebe ist ewig

Reproduktion des Originals.

1. Auflage 2022 | ISBN: 978-3-36826-537-3

Verlag: Outlook Verlag GmbH, Zeilweg 44, 60439 Frankfurt, Deutschland
Vertretungsberechtigt: E. Roepke, Zeilweg 44, 60439 Frankfurt, Deutschland
Druck: Books on Demand GmbH, In de Tarpen 42, 22848 Norderstedt, Deutschland

I

Jutta musste ihrem Bruder Eberhard wieder einmal bei seinen Experimenten helfen. Das Zimmer glich einem Naturalienkabinett. Auf Schränken standen ausgestopfte Vögel, auf Tischen und Kommoden erblickte man Steine, Erze, Gläser mit Spirituspräparaten, an den Wänden hingen Kästen, hinter deren Glasscheiben Schmetterlinge und Käfer aufgespießt waren. Vom Bücherbrett grinste unheimlich der Totenschädel herab. Der große viereckige Tisch in der Mitte des Zimmers war vollgestellt mit physikalischen Instrumenten; sie waren kostbarer, als man sie für gewöhnlich im Besitze eines siebzehnjährigen Gymnasiasten findet. Es herrschte in dem Raume ein undefinierbarer Geruch, der sich zusammensetzte aus der Ausdünstung ausgestopfter Tiere, kaltem Zigarettenrauch und dem ätzenden Aroma von allerhand Säuren und Essenzen. Eberhard hatte sein Zimmer das »Laboratorium« getauft, und die Hausgenossen waren ihm darin gefolgt, es so zu nennen.

Seine Schwester, um drei Jahre jünger als er, stand dabei, während er an der Induktionsmaschine herumhantierte. Er gab ihr barsche Befehle. Jutta reichte ihm wortlos, was er brauchte. Ihr Auge verfolgte den Fortgang des Experiments mit dem Blicke kühler Gewohnheit; offenbar war ihre Seele nicht dabei.

Eberhard tyrannisierte das Mädchen, ohne Bosheit, aus jenem naiven Selbstbewusstsein des jungen Mannes heraus, das ihm früh schon sagt: Du bist auf der Welt, um zu regieren. Zunächst wurde dieses Regiment an der ausgeübt, die sich am wenigsten wehren konnte, an der kleinen Schwester.

Vor einem Jahre noch hatte Eberhard einen über sich gehabt, der ihm seine Faust schwer fühlen ließ: seinen älteren Bruder, Kurt. Aber Kurt war vom Vater nach Südamerika geschickt worden, um die Handelsinteressen, die das Haus Reimers dort hatte, an Ort und Stelle wahrzunehmen.

Seit der ältere Bruder jenseits des großen Wassers war, atmete Eberhard auf. Die fünf Jahre, die Kurt ihm im Alter voraus war, hatten den empfindlichen Knaben schwer gedrückt. Jetzt erst wurde für ihn Raum zur Entfaltung. Bisher war er der Kleine gewesen, der unter dem Schatten eines Größeren heranwuchs; nun endlich war er »junger Herr« geworden, brauchte nicht mehr davor zu zittern, von dem Älteren lächerlich gemacht oder gar bemitleidet zu werden.

Herr Reimers, der Vater dieser Kinder, war viel außer dem Hause. Seine Geschäfte führten ihn von einem Ende Europas zum andern. Er war schon seit einigen Jahren verwitwet.

Wenn er von seinen Reisen nach Haus zurückkehrte, wollte er Behaglichkeit vorfinden und aufgeräumtes Wesen. Jutta und Eberhard wussten das; denn sie waren, wie die meisten Kinder, gute Beobachter. So hatten sie auch gemerkt, dass der Vater den unangenehmen Dingen aus dem Wege ging, und dass man am besten fuhr, wenn man ihm Unerfreuliches nach Möglichkeit verschwieg. Ohne sich verabredet zu haben, richteten die Geschwister ihr Verhalten nach dieser Eigenheit des Vaters ein. Ja, das war eigentlich das Einzige, worin sie stillschweigend einig waren.

Wie vielfach in Familien, wo die Mutter fehlt, erschienen die Kinder, was das Äußere anbetraf, ziemlich selbstständig und früh gewitzigt. Sie hatten sich mit Fremden einrichten müssen, waren gezwungen gewesen, sich zu verteidigen, ihre Stellung zu behaupten. Sie waren gewohnt, einerseits, sich selbst zu helfen; aber da der Hausstand, in dem sie aufgewachsen, ein großer war, so hatten sie auch die Angewohnheit angenommen, für sich arbeiten zu lassen, die Dienstboten zu befehligen und in Trab zu halten.

Die angejahrte Witwe, welche der Vater angenommen hatte, um die fehlende Hausfrau in der Wirtschaft zu ersetzen, war auch nicht die Person danach, den Kindern Achtung einzuflößen. Frau Hölzl befand sich in steter Sorge, den gut bezahlten Posten bei Herrn Reimers einzubüßen. Ihr vornehmstes Bestreben war, den Hausherrn bei guter Laune zu erhalten. Durch ihr System des Vertuschens aber war sie schnell in Abhängigkeit geraten von den Kindern, die sich die zweifelhafte Lage der Dame zunutze machten.

Da der Vater nur zeitweise zu Hause war und dann allerhand Abhaltung geschäftlicher und geselliger Natur hatte, waren die Kinder viel auf sich selbst angewiesen. Eberhard war Primaner und stand nicht weit von der Abgangsprüfung. Jutta besuchte eine Töchterschule. Sie gingen jedes seinen eigenen Weg, störten einander nicht in ihren Freundschaften, besonderen Liebhabereien und all den Dingen, wo zwischen Knabe und Mädchen von Natur eine Grenze gesetzt ist. Da die Induktionsmaschine aus irgendeinem rätselhaften Grunde heute nicht funktionieren wollte, wurde sie von Eberhard mit einer Verwünschung beiseitegeschoben. Jutta wollte gehen, weil sie glaubte, sie habe nun frei, als er ihr zurief: Sie solle ihm helfen beim Mikroskop. Schon hatte er den Kasten mit den

Präparaten herbeigeholt und begann, das Instrument einzustellen, als auf der Stiege Schritte ertönten und ein Klopfen an der Tür vernommen wurde.

Ohne das »Herein« abzuwarten, trat ein junger Mann ein, von großer Gestalt, mit rötlichem Haar und unreiner Gesichtsfarbe. Seine Erscheinung wurde nicht gehoben durch den lückenhaften Bartwuchs, der an eine schlecht aufgegangene Saat erinnerte.

Bruno Knorrig schien sich hier zu Haus zu fühlen. Er sprach laut und lachte ohne ersichtlichen Grund schon auf der Schwelle. Seinen Überzieher riss er herunter und warf ihn über die nächste Stuhllehne. Dabei fiel aus der Tasche ein Buch zur Erde. Eberhard hob es auf, wohl mehr aus Neugier, als aus Höflichkeit.

»Ach, lass doch!«, rief Bruno und wollte es ihm wegnehmen. »Ich sah's ausliegen, und da's mit drei Mark fünfzig statt für sechs angezeigt war, kaufte ich's. Ich dachte, dass es was für dich wäre. Naturwissenschaftlich, du verstehst!« – – Dabei ein Blick auf das Mädchen.

Jutta runzelte die Stirn, sie verstand die Andeutung.

»Hm, du!« machte Eberhard, in dem Buche blätternd, »für kleine Mädchen allerdings nichts!«

»Wir können's uns auch ein andermal ansehen, dächte ich«, fiel ihm Bruno ins Wort, der um keinen Preis die niedliche Jutta vertreiben wollte.

Aber bei Eberhard hatte die halbe Seite, die er gelesen, bereits gezündet. Er bedeutete die Schwester, dass die Herren allein gelassen zu sein wünschten. Mit einem Blicke des Bedauerns sah Bruno das Mädchen leichtfüßig entschwinden.

Die jungen Männer ahnten nicht, wie gern Jutta von ihnen ging. Aus Bruno Knorrig machte sie sich nichts, sie fand ihn langweilig und lächerlich. Mit früh entwickeltem Blick für dergleichen kritisierte sie seinen Aufzug, seinen Bart, seinen schlechten Teint.

Viel bessere Unterhaltung als in dem verräucherten Laboratorium wusste sie an einer andern Stätte ihrer warten, der ihre kleinen Füße sie jetzt im ungeduldigen Laufe entgegentrugen.

Im Rückhause, durch einen schmalen Hof vom Vordergebäude getrennt, drei Treppen hoch, hatte ein Kunstmaler sein Atelier aufgeschlagen. Herr von Weischach hieß er. Mit ihm war Jutta Reimers befreundet;

es verging kaum ein Tag, wo sie ihn nicht auf eine Viertelstunde wenigstens aufgesucht hätte.

Weischach war kein Jüngling mehr. Ehe er sich der Kunst zugewandt hatte, war er Soldat gewesen. Mit dem Titel Oberstleutnant hatte er den Abschied genommen. Die Malerei war von Jugend auf seine Passion gewesen, hatte ihn weit mehr interessiert als der königliche Dienst. Aber Familienrücksichten und das Bewusstsein, dass sein Können nicht ausreiche, um die Existenz darauf zu gründen, hatten ihn abgehalten, den bunten Rock mit dem Malerkittel zu vertauschen. Dann machte er eine kleine Erbschaft, die es ihm ermöglichte, den Traum seines Lebens zu verwirklichen. Eine längere Kunstreise führte ihn nach Italien und Griechenland. Nachdem er sich genügend durch Antike und Renaissance inspiriert glaubte, wählte er München zum Aufenthalt, in dem Glauben, dass, wenn ihm zur Kunstübung noch etwas fehle, es ihm hier durch die Luft gewissermaßen zufliegen müsse. Er hatte sich eine Wohnung mit Atelier gemietet und bemalte eine Leinwand nach der andern. Im Sommer ging er nach Dachau, und im Winter verwandte er die Studien, die er von dort mitbrachte, zu Bildern.

Die Bekanntschaft von Weischach und Jutta war in harmlosester Weise im Hausflur angeknüpft worden. Dem Maler war das Gesicht des Mädchens aufgefallen, und da er für ein Genrebild, welches er plante, einen jugendlichen Kopf brauchte, der gerade diese Mischung von süßer, ahnungsvoller Kindlichkeit und schlummernder Weiblichkeit wiedergäbe, so hatte er Jutta Reimers eines Tages einfach gefragt, ob sie ihm eine Stunde sitzen wolle. Das Mädchen bedachte sich keinen Augenblick, ihm zu folgen.

Mit einer Stunde war es natürlich nicht getan. Jutta fand Gefallen an dem Gemalt-werden. Für sie hatten die Sitzungen, abgesehen von all dem Interessanten, was das Atelier bot, überdies den Reiz des Unerlaubten. Der Vater durfte nicht wissen, wo sie so manche ihrer schulfreien Stunden zubringe. Denn wenn auch Herr Reimers durchaus nicht zu den strengen Vätern gehörte, so lehrte dem jungen Dinge doch eine frühreife Wahrnehmung, dass der Vater, der über manches ein Auge zudrückte, ihren Verkehr im Atelier eines Kunstmalers nicht dulden werde. Da aber Herr Reimers viel von Hause abwesend war, und da er, wenn anwesend, sich auch nicht eingehend darum zu kümmern pflegte, was seine Kinder zu jeder Tagesstunde trieben, so war es Jutta bisher leicht geworden, ihr Geheimnis zu wahren. Eberhard freilich wusste darum; da es aber auch für ihn mancherlei gab, was vor des Vaters Augen versteckt werden musste, so hatte er allen Grund, die Schwester nicht zu verraten.

Es war heute schon etwas spät geworden. Jutta wusste, dass Weischach auf sie gewartet haben würde. Er war neuerdings wieder mal ganz erfüllt von einem Bilde, zu dem er, wie er sagte, Jutta »die Inspiration« verdanke.

Sie kannte ihn nun schon ziemlich genau in seinen Eigentümlichkeiten. Wenn er einen Einfall hatte, dann war er voll Ungeduld, lief im Atelier auf und ab, zündete sich eine Zigarette an der andern an, dabei heftig sprechend und gestikulierend. »Ich habe einen großartigen Gedanken!« Das wiederholte sich in unzähligen Tonarten. Dann gab er Jutta die zärtlichsten Namen. Sie war seine »Göttin«, seine »gute Fee«, sein »Genius«, seine »Fornarina«. Dann schenkte er ihr Blumen, und sie bekam Pralinés zu essen, soviel sie wollte.

Und ein paar Wochen darauf war all die Herrlichkeit zu Ende. Dann hatte er angefangen zu arbeiten, Sitzung auf Sitzung, hatte mühselig zunächst mit Reißkohle die Umrisse auf die präparierte Leinwand gebracht, die Grundfarbe aufgetragen, sorgfältig die Verhältnisse abgewogen, Lichter aufgesetzt. Hier Licht, dort Schatten verstärkt, durch den Spiegel die Richtigkeit der Zeichnung studiert, radiert, übermalt, das Ganze umgeworfen und von Neuem angefangen. Bis er schließlich verzweifelnd die Leinwand wegstellte, mit der bemalten Seite gegen die Wand, um nur nicht sein Machwerk vor Augen zu haben, das er jetzt eine »elende Stümperei« nannte.

Wochenlang konnte Herr von Weischach nach einer solchen Niederlage untätig sitzen, Bücher lesend, die von Kunst handelten, und Zigaretten rauchend. In solchen Zeiten brauchte er Jutta Reimers ganz besonders notwendig; sie sei der »einzige Mensch«, mit dem man ein »vernünftiges Wort« reden könne. Die Unterhaltung war jedoch einseitig. Er hielt weitschweifige Vorträge über Pleinair und Impressionismus, räsonierte auf die Kollegen Kunstmaler und pries seine eigene Malweise als die einzig richtige. Jutta, die nur zum allergeringsten Teile verstand, was er sagte, da er in technischen Ausdrücken schwelgte, vertrieb sich die Zeit, indem sie in Albums blätterte, in Zeitschriften las, Pralinés aß oder mit der großen dreifarbigen Angorakatze spielte, die sich der ehemalige Oberstleutnant als einzige Lebensgefährtin hielt.

Die kleine Jutta hatte heut Abend kein gutes Gewissen ihrem Freunde gegenüber. Sie wusste, dass er sie fotografieren wolle, und hatte ihm zugesagt, am ersten klaren Tage aufs Atelier zu kommen. Heute nun schien vom frühen Morgen an die Sonne, und da Allerheiligen war, wo die Schule ausfiel, hätte sie auch Zeit gehabt dazu; aber gerade weil sie wusste, dass drüben einer saß, der sehnlichst auf sie wartete, war sie nicht gegangen. Es belustigte sie, sich vorzustellen, wie er herumlief im Atelier, alle zehn Minuten nach der Uhr sah, ärgerlich und nervös.

Ob er ihr wohl Vorwürfe machen würde? Sie musste sich schnell noch eine Entschuldigung ausdenken: Kirchgang, Besuch einer Freundin, Schularbeiten – damit er nicht allzu böse würde.

Klopfenden Herzens stand das Mädchen vor der Tür, an der man auf einem Messingschild den Namen »von Weischach« las. Sie klingelte nicht, sondern klopfte in verabredeter Weise. Es war eine von Weischachs Eigentümlichkeiten, dass er, wenn er »melancholisch« war, niemanden annehmen wollte, weder Malerkollegen, noch Modelle, noch ehemalige Kameraden. Dann wurde einfach nicht aufgemacht, mochten sie draußen noch so lange klingeln. Nur mit der kleinen Jutta machte er eine Ausnahme; die hatte jederzeit freien Eintritt.

Sie klopfte also in der vorgeschriebenen Weise. Ungesäumt wurde ihr geöffnet. Weischach war's selbst.

»Ich habe so auf dich gewartet, Jutta. Geh' ins Atelier! Ich komme sofort zu dir; will mich nur fertig anziehen.«

Er war – was sie kaum beachtete – ohne Krawatte, hatte den ersten besten Rock über das Frackhemd geworfen.

»Gehst du aus?«

»Ja ja! – Geh' nur ins Atelier!«

Jutta tat, wie ihr geheißen. Im Atelier herrschte bereits Halbdunkel. Sie wusste, wo die Streichhölzer standen und machte Licht. Mucki, die Angorakatze, nahte sich schnurrend, um sich an Jutta zu reiben, falschfreundlich wie eine Favoritin, die eine andere begrüßt.

Aber Jutta hatte nicht Zeit, sich mit Mucki einzulassen; neugierig sah sie sich um. Hatte er gearbeitet? –

Ein paar Tafeln drehte sie um, es waren Skizzen zu dem Bilde, welches er »Inspiration« nannte, das niemals über den Entwurf herausgekommen war. Dann stieß sie auf ein Selbstporträt. Ganz deutlich war er daraus zu erkennen, seine kahle Stirn, die über den Ohren angegrauten Haare, seine große Nase und der mächtige Bart. Aber das Kostüm war ein anderes; es glich dem eines Eremiten. In der Hand, die vorläufig nur mit Kohle angedeutet war, hielt er eine Harfe.

Erstaunt betrachtete Jutta das Bild. Ärgerlich war sie, ja geradezu beleidigt. Davon hatte er ihr doch gar nichts gesagt. Hinter ihrem Rücken war das geschehen. Ihrer Auffassung nach hatte er kein Recht, ohne ihre Genehmigung ein Werk anzufassen.

Mucki war auf einen Hocker gesprungen, dort saß sie mit gekrümmtem Rücken und eingezogenem Kopfe. Würdevoll ernst blickte sie auf das Bild, mit Überlegenheit in der Miene, als habe auch sie ihr Urteil in diesen Dingen.

Gleich darauf trat Weischach ein, hoch und schlank, die Haltung etwas gebückt. Er war im Gesellschaftsanzuge, das Ordensbändchen im Knopfloche. So glich er freilich dem Selbstporträt, das ihn im härenen Gewande zeigte, nur wenig.

»Kind, warum bist du heut Mittag nicht gekommen?«, fragte er, und ohne die Antwort abzuwarten: »Ich hatte einen Mann hier mit Kleidern; einen Trödler, der Gewänder besitzt aus dem vorigen Jahrhundert. Das hier ist von ihm.« Er hob einen langen braunen Mantel auf, unter dem eine Harfe lag. »Echte Sachen! Ich will uns beide malen. Dich und mich, als Harfner und Mignon. Großer Gedanke! In dem Stoffe liegt unaussprechliche Stimmung. Natürlich nenne ich das Bild nicht so. Keine Unterschrift, kein Unterstreichen überhaupt ist nötig. Ich nehme einfach mein Gesicht, nur schwach für den Zweck umgemodelt, und deine Züge, Jutta, wie sie sind, und das herrlichste, ergreifendste aller Bilder ist fertig. Schlicht, ohne jede Pose, wie ich mir's immer geträumt habe, das wird ein großes, tiefes, ernstes Werk!«

Die Hände auf dem Rücken gekreuzt, mit langen Schritten storchte er durch das Atelier, redete mit gesenktem, zwischen den eckigen Schultern eingezogenem Haupte in seinen langen Bart hinein.

Jutta war an seine Eigentümlichkeiten gewöhnt, er hielt in ihrer Gegenwart oftmals solche Monologe.

»Mir war es wie Offenbarung, als ich an diesen Stoff geriet. Es ist die Lösung eines Problems für mich. Warum nach Stoffen suchen, sie an den Haaren herbeiziehen wollen! Man kann schließlich doch nur sich selbst geben; alle Großen haben das von jeher getan. Keine Illustration zu Goethe, um Gottes willen! Ich gebe in diesem Bilde mein eigenstes Erlebnis. Der Harfner bin ich und du Mignon. Aber schließlich verlangt die Kunst ein Medium; hier sollen mir die Gestalten der Dichtung dazu dienen. Ich benutze sie gewissermaßen als Symbole, die jedermann geläufig sind. Dadurch stelle ich von vornherein den Kontakt des Interesses und des Verstehens her zwischen mir und dem Beschauer. Niemand wird sich dem Eindruck entziehen können. ›Das ist der Harfner und Mignon! Muss der Ausruf sein. So und nicht anders konnten sie aussehen.‹ Jede kleinste Falte, jedes Härchen muss echt wirken. Bei aller Feinheit der Stimmung will ich ein durchaus realistisches Kunstwerk schaffen.«

Was kümmerte sich Jutta um »Stimmung« und »realistisches Kunstwerk«! – Viel interessanter war ihr das, was er vorhin von einem Kleide angedeutet hatte. Sowie er sie zu Worte kommen ließ, fragte sie ihn danach.

»Ja, wenn du hier gewesen wärest, Jutta, heut Mittag zur Kostümprobe! Levy hatte drei Roben mit. Aber dalassen wollte er keine. Es sind seltene Stücke. Feinstes Nesseltuch, wie es unsere Urgroßmütter getragen haben. Es steckt Stimmung in solchem Fähnchen. – Kannst du mir nicht für morgen eine Stunde fest angeben, Jutta, wo du bestimmt kommst? Es handelt sich ja nur darum, dass Levy dich mal sieht, damit er ungefähr das Maß hat. Die Farbe wähle ich, so wie sie mir ins Bild passt. Dein Gesicht ist wie ausgesucht für Mignon, besonders Mund und Augen. Eine Nuance älter, wissender, erfahrener muss ich dich halten; mehr Weib gewissermaßen. Im Übrigen wird kein Fältchen geändert. Frisieren musst du dich natürlich auch lassen, dem Stile der Zeit entsprechend. Ich werde eine Person vom Theater bestellen, die das versteht. Du hast ja schönes Haar.«

»Wenn ich es aufmache, geht es mir bis hierher«, sagte Jutta voll Selbstbewusstsein.

Er blickte sie bewundernd an. Es konnte zweifelhaft erscheinen, ob seine Zärtlichkeit allein dem Kinde gelte, das seine Kunst inspirierte. Wie eine Erwachsene behandelte er sie, nicht wie einen Backfisch, der jeden Morgen mit der Büchermappe zur Schule ging. Einer fertigen Dame hätte er nicht achtungsvoller begegnen können.

Jutta saß ihm gegenüber, die Füße kreuzend, die bis zur Wade unter dem halblangen Kleide hervorblickten. Ihre Figur, in der Büste noch kaum angedeutet, hatte jene Herbheit der Form, die man bei schnellwüchsigen Mädchen dieses Alters findet. Das Gesicht schien dem übrigen Körper um mehrere Jahre voraus. Man konnte nicht gut wünschen, dass es sich verändern möchte, so reizend war dieser Kopf mit seiner edlen Schädelform, seiner fein geschnittenen Nase über dem sanften Munde, der freien Stirn, den melancholischen vielsagenden Augen unter langen, dunklen Wimpern.

»Bleib' einen Augenblick so, gerade so, und rühr' dich nicht!«, rief er, holte ein Reißbrett herbei, auf das ein Stück raues Papier gespannt war.

Dann zog er sich einen Hocker heran. Das Brett auf den Knien, suchte er die Umrisse ihres Gesichts, wie sie sich gegen die dunkle Wand hell erleuchtet abhoben, mit wenigen Strichen niederzuzeichnen.

Während sie ihm saß, erwog sie, ob sie morgen, während eines Schultages, es ermöglichen könne, auf längere Zeit zu ihm zu kommen. Erleichtert wurde das Vorhaben dadurch, dass sich der Vater gerade wieder mal auf Geschäftsreisen befand. Vor Frau Hölzl hatte sie keine Angst, und Eberhard würde auch nichts verraten. In der Schule aber musste man zu einer kleinen Notlüge Zuflucht nehmen: Kopfschmerz oder dergleichen. Es war ja nicht das erste Mal! –

Augenzwinkernd, mit schräg gezogener Unterlippe, mühte er sich, die Linien dieses feinen Profils auf das Papier zu bannen. Während er noch darüber war, ging die Vorsaalklingel.

Weischach stieß eine Verwünschung aus. »Gewiss ein Modell. Wenn man sie nicht braucht, überlaufen sie einen.«

Das Klingeln wiederholte sich, dann folgte energisches Klopfen. Seufzend legte Herr von Weischach die Zeichnung weg. Dann ging er hinaus und fragte in scharfem Tone, dem man den alten Offizier anmerkte, wer draußen sei. Jutta hörte durch die offene Tür die Stimme ihres Dienstmädchens.

Resi war da, um »Fräulein Jutta« zu holen. Frau Hölzl lasse sagen, der Herr sei soeben heimgekommen.

Juttas erste Frage war, ob der Vater etwas gemerkt habe. Das Mädchen berichtete: Herr Reimers sei sofort nach seiner Ankunft ins Badezimmer gegangen. Das Essen wäre auf sieben Uhr bestellt: Fräulein Jutta möge um Gottes willen schnell kommen, sonst gehe es nimmer gut aus.

Gott sei Dank, der Vater schien nichts gemerkt zu haben von ihrer Abwesenheit.

Jutta sagte zu Weischach, der peinlich berührt dabeistand, sie könne morgen bestenfalls auf einen kurzen Sprung herüberkommen, um das Weitere mit ihm zu beraten.

Schnell umarmte sie ihren Freund zum Abschied, dann eilte sie mit Resi von dannen.

Weischach begab sich in sein Atelier zurück und betrachtete die eben angefertigte Skizze. Er war nicht zufrieden damit. Zur Entschuldigung konnte ihm dienen, dass er in großer Eile gearbeitet hatte. Seufzend legte er das Blatt zu anderen in eine Mappe.

Sollte er heut Abend wirklich noch ausgehen? Er verspürte nicht die geringste Lust dazu. Zwar, er wurde erwartet in einem Hause, das der Sammelpunkt war für Künstler und Gelehrte, wie für Militärs und Staatsmänner. Aber ihm graute, Menschen zu sehen. Sie fragten ihn neuerdings so viel nach seiner Arbeit, ob er nicht mal ausstellen werde, und so weiter. Es kostete ihm solch innere Anstrengung, mit gleichgültiger Miene von der Kunst zu sprechen.

Wie so oft, wenn er in einer Frage sich keinen Rat wusste, rief er Mucki als Orakel an. »Soll ich zu den Riedbergs gehen, Mucki?«, fragte er, »wo jeder eine Berühmtheit ist und wo sie so gespreizt schwatzen und sich so ungeheuer klug vorkommen.« Die Katze schnurrte voll Wohlgefühl und schmiegte sich an seine Hand, da er sie im Genick kraulte. Er legte die Katzensprache dahin aus: dass er gebeten werde, zu bleiben.

Die Entscheidung war gefallen. Er beschloss, abzusagen wegen Unwohlseins. Es war nicht mal völlig erlogen, denn er fühlte sich nicht zum Besten. Seit Tagen schon machte ihm sein Herz wieder mal zu schaffen.

Weischach drückte auf den Knopf der Leitung, die zu seiner Aufwartefrau führte. Die Person war verheiratet und hatte stets ein oder das andere Kind zur Hand zu einem Botengange. Schnell war die Absage geschrieben und der kleine Bote abgefertigt.

Er warf sich in seinen Sorgenstuhl zurück. Während sein Blick den Rauchwölkchen folgte, die sein Mund formte, suchte der Maler sich ein Bild vor das innere Auge zu stellen von dem Kinde, das eben von ihm gegangen. Dass es so schwer war, festzuhalten und wiederzugeben, was ihn so anzog, wofür er keinen Namen hatte, was viel zu fein und flüchtig war, um sich fassen zu lassen, und das auf die Leinwand zu bringen er sich dennoch unausgesetzt abmühte! Hier hatte er nun mal ein Modell, ein wirkliches echtes, wie es kein Maler vor ihm besessen. Und er stand wie mit gebundenen Händen davor. Nahm ihm vielleicht das Große, was er für das Kind fühlte, die kühle Sicherheit des Künstlers? –

Von jeder sinnlichen Regung konnte er sich in diesem Falle freisprechen. Nie fühlte er sich besser und reiner als in ihrer Gegenwart; wie geweiht kam er sich vor, wenn sie ihm in aller Unschuld die Hand drückte, ihm das Haar vertraulich streichelte, ihm lebhaft um den Hals fiel und ihn herzte. Und er war bemüht, alles, was etwa das Schamgefühl der Vierzehnjährigen hätte verletzen, ihre Arglosigkeit hätte bedrohen können, aus dem Atelier zu entfernen. Jedes Wort, jede seiner Handlungen hätte er Juttas Vater gegenüber verantworten können.

Ganz etwas anderes beunruhigte ihn. Es war das Bewusstsein, dass dieses seltene Glück, dieser einzigartige Verkehr nicht Bestand haben könne. Jeden Tag, den sie älter wurde, verlor er: denn jeder Tag entfernte sie mehr der Kindheit, brachte sie dem Weibe näher. Zitternd sah er, wie sich diese Knospe mehr und mehr zur Blüte erschloss, entzückten Auges und mit Wehmut im Herzen. Einmal musste der Tag kommen, wo ihre Freundschaft ein Ende finden würde, so oder so. Dann würde sie erkennen, dass er Mann sei. Musste sie dann nicht vor ihm fliehen? – Eine schwache Hoffnung blieb ihm: Vielleicht würde sein Alter ihm ihre Freundschaft wahren. Traurige Alternative! Zum väterlichen Freunde würde er gerade noch taugen; sowie er Größeres verlangte, musste er lächerlich werden. Mit dem Pessimismus des alternden Mannes, der sich und seine Mängel kennt, sah er den Ausgang voraus, der ihn mit namenloser Bitterkeit erfüllte.

Denn dieses Kind war ihm zum Bedürfnis geworden. Trübe schlichen ihm die einsamen Stunden hin zwischen den kurzen Augenblicken, wo sie bei ihm war. Er lebte auf, wenn er die jugendlich helle Stimme vernahm, wenn er mit ansehen durfte, wie ihre anmutige Gestalt sich frei und sicher zwischen seinen Siebensachen bewegte, als gehöre sie dahin. Dann fühlte er sich wirklich Künstler, wusste, dass seine Augen mehr sähen, seine Nerven feiner empfänden als die anderer Sterblicher.

Solche Anregung war ihm bitter not. Weischachs künstlerische Entwicklung war keine glückliche gewesen. Um zehn Jahre zu spät hatte er sich entschlossen, den königlichen Dienst zu quittieren. Er wusste das selbst ganz gut. Zu gewissen Dingen fehlten ihm Spannkraft und Illusionen. Er war nicht imstande, sich kopfüber in eine Sache zu stürzen, wie es die Jungen taten. An Lebensklugheit und Erfahrung zwar fühlte er sich diesen jungen Stürmern weit überlegen, die jedes Jahr womöglich eine neue Richtung heraufbringen wollten. Aber eines, das musste er sich sagen, hatten sie vor ihm voraus: Wagemut und Selbstbewusstsein. Sie waren eingebildete Narren, zum Teil sogar Hohlköpfe, er war voll Selbstkritik und kannte seine Grenzen. Gelegentlich konnte auch er aufflammen in Schaffensfreude, sich ganz verlieren an ein Werk. Aber die Stunden solcher gesteigerten Stimmung waren nur kurz; dann kam auch schon als bitterer Nachgeschmack der Zweifel. Weischach besaß nicht das glückliche Temperament vieler seiner Malerkollegen, die alles, was sie schufen, gut fanden. Er genügte sich selbst nie. Wie viele sorgfältig ausgeführte Bilder hatte er schon übermalt! Man lachte bereits über ihn in Bekanntenkreisen. In einem Herrenklub, den er hie und da besuchte, war er in Bild und Versen als männliche Penelope persifliert worden.

Und nun, vor Jahresfrist etwa, als er sich besseren Lichtes wegen ein anderes Atelier mietete, hatte er die kleine Jutta Reimers kennengelernt. Von da ab war in seinem Leben und in seiner Kunst eine neue Epoche angebrochen. War's nicht, als steige die Jugend, die goldene Jugend, noch einmal zu ihm herab in lieblichster Gestalt! Kein Wunder, dass er mit beiden Händen zugriff, sie zu halten! –

Weischach malte sein bestes Bild: Großmutter in der Bibel lesend, daneben die sinnend dreinschauende Enkelin. Für die Greisin hatte er aus Dachau eine gute Studie mitgebracht; Jutta war durch ein buntes Halstuch schnell in ein Bauernkind umgewandelt worden.

Durch diesen Erfolg ermutigt, hatte er sich an ein schwierigeres Problem gewagt. Er wollte den Künstler darstellen in dem Augenblicke, wo sich ihm eine neue Idee beglückend naht. »Inspiration« sollte das Bild heißen. Der Genius war in jugendlicher Gestalt mit Juttas Zügen gedacht. Skizzen dazu waren fertig. Bei der Ausführung jedoch versagte dem Künstler der Mut.

Nun beschäftigte ihn dieses neueste Werk: »Harfner und Mignon«. In den Fingern zuckte es ihm, daran zu arbeiten. Das war sein Stoff, der ihm lag wie kein anderer, der auf ihn gewartet hatte gleichsam.

Und doch zitterte er bei dem Gedanken, ob er das, was er zum Greifen deutlich vor sich sah, auch in seiner ganzen Größe und Eigenart würde aus sich herausstellen können.

II

Inzwischen kleidete sich Jutta um. Sie legte das Kleid an, das ihr der Vater neulich aus Wien mitgebracht hatte. Er liebte es, die Tochter hübsch angezogen zu sehen.

Jutta sah dem Wiedersehen mit dem Vater voll freudiger Spannung entgegen. Er brachte stets Geschenke mit für die Seinen und erzählte allerhand interessante und schnurrige Erlebnisse. Es kam dem Mädchen vor, als sei alles lebendiger und prächtiger im Hause, sobald er da war. Besonders bei Tisch ging es dann hoch her. Das Essen war besser, es gab Wein von den verschiedensten Sorten. Und wenn sich Jutta auch weiter nichts daraus machte, so liebte sie doch den größeren Zuschnitt des Lebens, die Freude, die Opulenz, die ihr Vater um sich verbreitete.

Als das Gong laut durch das Haus ertönte, war Jutta eben fertig geworden. Sie eilte in das Zimmer ihres Vaters. Dort stand er am Kaminfeuer und ließ sich den Rücken wärmen. Sie flog auf ihn zu, warf sich ihm in die Arme. Der Vater hob sie empor und küsste sie lachend auf Mund und Haar.

Es waren Gäste da: Bruno Knorrig, den Herr Reimers bei seinem Sohne angetroffen, und Vater Knorrig, Reimers' Geschäftskompagnon.

Reimers war Fünfziger von regelmäßigen Gesichtszügen, mit lebhaften Augen, schön gebogener Adlernase und wohlgepflegtem blonden Bart. Sein Kopf fing eben an, zu ergrauen. Eine mäßige Korpulenz stand ihm nicht schlecht, da sein kerniges Fleisch nichts von der Aufgedunsenheit fetter Leute zeigte. Es wurde einem behaglich zumute beim Anblick dieser gesunden, kräftigen, wohlproportionierten Männergestalt. Sein schwarzer Anzug kleidete ihn gut, und seine Wäsche war von tadellosem Glanz.

Als eine ganz andere Sorte Mann stellte sich sein Geschäftsteilhaber dar. Knorrig war ein hagerer Geselle von eckigen Gliedmaßen, über denen ein grauer Anzug leblos wie auf einem Kleidergestell hing. Das Auge war klein und fantasielos, der Mund, mit schmalen Lippen und vortretendem Gebiss, unschön. Er stammte aus Nordbayern und stach mit seiner oberfränkischen Nüchternheit stark gegen das gemütliche, leichtlebige Münchnertum ringsum ab. Seit Jahren schon verwitwet, besaß Knorrig nur den einen Sohn, Bruno, der, von Natur auch nicht gerade mit Anmut ausgestattet, neben diesem Vater immer noch als Schönheit hätte gelten können.

Herr Reimers berichtete von dem Erfolge seiner Reise. Seine Worte betrafen Geschäftliches und waren zumeist an den Kompagnon gerichtet: die Aussichten der Kaffeeernte in Südamerika, die Lage des Marktes in den dortigen Plätzen, das voraussichtliche Steigen der Kolonialwarenpreise, Börsenabschlüsse, Schiffsnachrichten, Gründungen, Konjunktur, Handelspolitik. Alle diese Gebiete standen für ein Handelshaus wie Reimers und Knorrig im Vordergrunde des Interesses.

Knorrig senior hörte aufmerksam zu, warf nur hie und da eine kurze Frage ein, oder machte eine trockene Bemerkung.

Gelegentlich unterbrach Reimers auch mal die geschäftliche Unterhaltung, flocht eine Anekdote ein oder eine lustige Schilderung, welche für die jungen Leute berechnet war. Er liebte es nicht, die Kinder mit gelangweilten Gesichtern dasitzen zu sehen; alles um ihn her sollte guter Dinge sein. Gegen Schluss der Tafel wurde ein auserlesener guter Tropfen alten Rheinweins aus dem Keller herausgebracht, dem der Wirt selbst mit sichtlichem Verständnis zusprach.

Reimers stammte vom Rheine. Lebensfreude und leichter Sinn, die nirgends froher gedeihen als an den Ufern unseres schönsten Stromes, waren auch ihm von Geburts wegen eigen. Den Dreißigen nahe, war er als Vertreter eines Kölner Hauses nach München gekommen. Das Leben in der Isarstadt sagte ihm zu. Er heiratete in eine alteingesessene Münchener Kaufmannsfamilie hinein. Der Vater seiner Frau war Inhaber eines großen Kolonialwarengeschäfts.

Sehr bald aber wurde Reimers die Seele des Hauses. Vom Detailhandel im Inlande ging er kühn über zum Import. Er reiste selbst hinaus, studierte an Ort und Stelle die venezuelanischen Verhältnisse, erwarb Plantagen im Hinterland« und ein Lagerhaus in Caracas. Nachdem er hier alles organisiert hatte, kehrte er nach Hause zurück und erwarb sich eine feine Kundschaft in Deutschland. Seine gute Erscheinung, sein sicheres Auftreten und sein joviales Wesen kamen ihm dabei zustatten. Das Glück war ihm günstig. Bald hatte er aus der rein lokalen Firma seines Schwiegervaters ein weithin angesehenes Haus gemacht.

Schließlich starb der Alte. Er hinterließ außer Frau Reimers nur noch eine Tochter: Frau Habelmeyer. Deren Mann war ein Luftikus gewesen, hatte Bankerott gemacht, wobei das im Voraus gezahlte Erbteil seiner Frau zugrunde gegangen war. Daher gingen Geschäft und Vermögen unter Ausschluss der älteren Tochter an Frau Reimers über, die in ihrem Manne eine bessere Wahl getroffen hatte.

Frau Reimers war ihren Vorfahren ähnlich: äußerst gutmütig und harmlos, lebenslustig, ein wenig zur Bequemlichkeit neigend und ziemlich gedankenlos. Ein durchaus unkomplizierter, bequemer Charakter. Das Bild, welches von ihr über ihres Mannes Schreibtisch hing, zeigte sie als eine anmutige Brünette von lebhaften Farben mit einem freundlich lächelnden Puppenkopfe. Sie hatte ihren Gatten sehr bewundert und wirklich geliebt. Urteilslos, wie sie war, sah, sie nur Vorzüge an ihm. Ihre Ehe war glücklich gewesen, denn es lag nicht in Reimers' Natur, sich Frauen, gegenüber anders als freundlich und liebenswürdig zu zeigen.

Sie starb zur rechten Zeit für ihr Glück, als die Kinder in das Alter kamen, wo die Gefahr nahe lag, dass sie der Mutter über den Kopf wachsen würden. Auch nahm sie die Illusion ungetrübt ins Grab: Ihr Mann sei ein Mustergatte, der ihr jederzeit die Treue gewahrt habe.

Der Witwer heiratete nicht wieder, was die meisten eigentlich von ihm erwartet hatten. Vielmehr nahm er eine entfernte Verwandte seiner Frau, Witwe Hölzl, ins Haus, halb als Wirtschafterin, halb als Anstandsdame.

Reimers hatte als Geschäftsmann im Allgemeinen glücklich operiert. Der wirtschaftliche Aufschwung der letzten Jahrzehnte war von ihm geschickt ausgenutzt worden. Der Geschäftskreis seines Hauses hatte sich so stark ausgedehnt, dass er allein die Arbeit nicht mehr zu bewältigen vermochte. Auch hatten es ihm ein paar empfindliche Verluste nahegelegt, die er, allzu Kühnes wagend, erlitten, sich nach jemandem umzusehen, mit dem er Risiko und Verantwortung teilen möchte. Nach einigem Suchen fand er in einem Bamberger Kaufmann die geeignete Persönlichkeit. Knorrig brachte nicht allzu viel Geld mit in das Unternehmen, aber was wichtiger war, praktische Erfahrung, Nüchternheit und tadellose Zuverlässigkeit.

Mit genialem Blicke hatte Reimers erkannt, dass dieser Mann ihn ergänzen werde wie kein zweiter. Was dem einen abging, das besaß der andere. Sie teilten sich den Geschäftskreis nach ihrer entgegengesetzten Veranlagung und ihrem verschiedenen Geschmack in zwei voneinander unabhängige Gebiete. Knorrig übernahm Rechnungswesen, Buchführung, Kontor, Reimers behielt die Vertretung der Firma, die Reisen, das Auswärtige, die Finanzoperationen. Reimers und Knorrig arbeiteten wie zwei Räder eines Apparates, die füreinander zugeschnitten sind. Wenn es hie und da doch Reibungen gab im Organismus, so kamen diese von außen, hingen mit dem Markt, der Konjunktur, der Weltpolitik zusammen, mit deren Auf und Ab jeder Kaufmann schließlich zu rechnen hat.

Es fügte sich ausgezeichnet, dass Reimers' Ältester, Kurt, und Bruno Knorrig im gleichen Alter standen. Gleichzeitig wurde ihnen die Prokura erteilt. Man schickte Kurt Reimers nach Venezuela zur Wahrnehmung der dortigen Interessen des Hauses, während Bruno Knorrig daheim im Kontor Verwendung fand. Es war also Aussicht vorhanden, dass »Reimers und Knorrig« auch in der nächsten Generation in Kompagnie bleiben würden.

Den Nachtischkaffee nahm man im Zimmer des Hausherrn ein. Dort warteten auf der Schreibtischplatte eine größere Anzahl Briefe der Öffnung. Reimers nahm einen heraus, der die Handschrift seines Ältesten zeigte.

Kurt war anerkanntermaßen sein Lieblingssohn, vielleicht weil er ihm in vielen Stücken ähnelte.

Während er den Mokka schlürfte und die ersten Züge aus der eben angezündeten Importe tat, liebäugelte Reimers senior beständig mit dem Briefe, der vor ihm lag. Jutta musste ihm das Papiermesser vom Schreibtisch holen und durfte den Umschlag aufschneiden, was sie, da der Brief von Kurt kam, als eine Auszeichnung empfand.

Aber während des Lesens verfinsterte sich Reimers' Angesicht. Er tat hastig ein paar Züge aus der Zigarre, stand auf und machte sich Luft in der Westengegend. »Was gibt's denn aus Venezuela?«, fragte Knorrig, der seinen Kompagnon beobachtet hatte.

Reimers antwortete nicht.

»Ist etwa wieder mal Revolution ausgebrochen da drüben?«

»Ach was! Darum handelt sich's bei Gott nicht!«

»Sondern – ?«

»Der Junge ist krank geworden.«

»Gefährlich?«

Reimers warf einen unsicheren Blick auf die jungen Leute. Dann sagte er: »Kinder, ihr könnt gehen, wir haben geschäftlich zu sprechen. Und auch Sie, Bruno!« Damit wandte er sich an den jungen Knorrig. »Gehen Sie nur einstweilen mit hinter!«

»Vater, ist Kurt sehr krank?«, fragte Jutta mit großen Augen.

»Nein, mein gutes Kind! Da würde er mir doch nicht einen so langen Brief schreiben können. Das Klima scheint ihm nicht zu bekommen. Ich muss dies erst zu Ende lesen. Geht nur jetzt!«

Jutta entfernte sich gehorsam, nachdem sie sich vorher noch vom Vater den Gutenachtkuss geholt. Die beiden Jünglinge folgten ihr.

»Nun, was ist es?«, fragte Knorrig, als er sich mit seinem Kompagnon allein sah.

Reimers gab ihm den Brief, und ging, schwer atmend, im Zimmer auf und ab.

Knorrig las und pfiff mit einem Male leise vor sich hin.

»Ich habe den Jungen so gewarnt!«, sagte der Vater. »Denn ich kenne diese Mischlingsweiber. In den Häfen dort drängt sich alles zusammen: Neger, Indianer, Quadronen, Mestizen. Das spanische Mut und das Klima dazu! Wie die Giftblumen sind sie, schön und gefährlich. Ich habe Kurt Weisheit gepredigt, mündlich und schriftlich. Nun hat er sich doch nicht genügend in acht genommen!«

»Pech!«, sagte Knorrig bloß und gab Reimers den Brief zurück. Er sah sich seinen Kompagnon einen Augenblick spöttisch von der Seite an, als wolle er sagen: Der Apfel fällt nicht weit vom Stamme! –

Dann nahm er wieder seine gewohnte, gleichgültig trockene Miene an, und sagte: »Da werden wir wohl einen anderen Mann zur Ablösung vorschicken müssen.«

Sobald die jungen Leute die Tür hinter sich geschlossen hatten, welche sie von den beiden Vätern trennte, ging eine wilde Jagd los den langen Korridor hinab. Juttas Zimmer lag am anderen Ende. Das Mädchen wusste, dass sie Rettung vor den Jungens nur finden könne, wenn sie sich dort einschloss. Gelang ihr das nicht, dann gab es womöglich eine Katzbalgerei wie neulich Abend, die ihrem Kleide und ihrer Frisur sehr schlecht bekommen war. Wenn sich Eberhard als Bruder Vertraulichkeiten herausnahm, so mochte das hingehen, aber von Bruno Knorrig waren ihr solche ganz widerwärtig.

Die jungen Männer stürzten nach, sowie sie Jutta entfliehen sahen, aber das Mädchen war schneller als sie, die Tür fiel ihnen vor der Nase zu und der Riegel wurde von innen vorgeschoben. Mit einem ärgerlichen Fußtritte gegen die Tür entfernte sich Eberhard, den Arm des Freundes nehmend. »Komm, lass das dumme Geschöpf! Ich bestelle Bier auf meine Stube.«

Bald darauf saßen die beiden im Laboratorium, die weit vorgestreckten Füße auf Stühlen, und rauchten Zigarren. Der Tisch, auf welchem die physikalischen Instrumente standen, hatte eine Ecke hergeben müssen für die Maßkrüge.

Der junge Kaufmann und der Primaner waren ein vertrautes Freundespaar. Obgleich Bruno Knorrig um vier Jahre älter war als Eberhard Reimers, hielt er es nicht unter seiner Würde, mit dem früh geweckten Jüngling umzugehen, für den er eine gewisse Bewunderung hegte. Es zog diesen von Natur trockenen und nüchternen Menschen zu der Familie Reimers hin. Er bewunderte und liebte sie alle: den Vater wie die Kinder. Er fühlte, dass dieser Rasse das gegeben war, was ihm völlig abging: die Anmut.

Eberhards Selbstbewusstsein wurde durch den Umgang mit einem Erwachsenen ungewöhnlich gesteigert. Er blickte auf seine Klassenkameraden verächtlich herab, als auf dumme Jungen, die zu grün waren für ihn. Und weil er mit Bruno über vieles sprach, was gewöhnlich nicht in den Gesichtskreis eines Schülers kommt, gewöhnte er sich ein altkluges Kritisieren und Aburteilen an. Andererseits wurde er durch den durchaus soliden Bruno von mancher Torheit abgehalten, der junge Leute leicht verfallen; vor allem wenn sie, wie er, jederzeit Geld in der Tasche und einen nachsichtigen Vater haben. Trotz seines etwas großsprecherischen Wesens war Eberhard Reimers im Grunde doch ein großes Kind geblieben. Seine Unschuld war unverletzt. Zwischen den beiden wurden heut Abend wieder mal die schwierigsten Fragen und Probleme, an denen sich die besten Köpfe umsonst abmühen, spielend gelöst, mit jener glücklich naiven Selbstsicherheit der Jugend, welche niemals zaudert, über alle Verhältnisse und Menschen in absentia zu Gericht zu sitzen. Beide waren sie ihrer Ansicht nach politisch »radikal«, Anhänger der »Evolutionstheorie«, philosophisch dem »Monismus« zugeneigt und religiös »vorurteilsfrei«.

Die Knorrigs waren Protestanten, die Familie Reimers dagegen war konfessionell gemischt. Reimers, von Haus aus evangelisch, hatte seiner aus streng römischer Familie stammenden Frau zuliebe eingewilligt, dass die Töchter katholisch getauft und auferzogen werden dürften: Die Söhne sollten, wie er, evangelisch bleiben. So wurde Jutta denn im Glauben ihrer Mutter unterrichtet, während Kurt und Eberhard evangelischen Unterricht genossen.

Eberhard aber hatte sich angewöhnt, den Unterschied der Konfessionen, wie alles, was mit Religion zusammenhing, als »Salat« zu bezeichnen.

Während die Freunde darüber waren, einen Maßkrug nach dem anderen zu leeren und dabei mindestens ebenso viele Welträtsel zu lösen, saß Jutta in ihrem Zimmer mit einer Stickerei beschäftigt. Sie nähte mit bunten Fäden ein fantastisches Tier- und Pflanzenornament auf dunkles Tuch. Das Muster war ihre eigene freie Erfindung. Es sollte eine Decke daraus werden für Herrn von Weischach. Schon lange arbeitete sie daran. Das Geschenk sollte strengstes Geheimnis bleiben. Anfangs hatte ihr die Technik des Stickens, in der niemand sie unterrichtet hatte, einige Schwierigkeiten gemacht, aber nun näherte sich das große Werk, in dem sie das Taschengeld von Monaten niedergelegt hatte, seinem Ende. Es war ein ungewöhnliches Stück, farbenreich, fast bizarr in der Komposition, voll kühner Erfindungsgabe.

Sie lächelte während der Arbeit wiederholt in sich hinein; ein Lächeln, das sie andere niemals würde haben blicken lassen. Ein ahnungsvolles

Frauenlächeln, wie es Mütter haben, die von dem Kinde träumen, das unter ihrem Herzen heranwächst. Solche Anwandlungen melden sich manchmal verfrüht: wie ja auch in der Natur der Sommer seine Vorboten weit in den Winter hinein vorausschickt.

Dabei war Jutta noch ganz Kind geblieben. Kindische Vorstellungen beherrschten ihr argloses Gemüt. Von dem Ernste des Lebens, von der Wahrheit, dass wir für uns und unser Tun verantwortlich sind, dass jeder Tag, jede Stunde einen Posten darstellt in der endlichen Gesamtsumme, war ihr noch nicht die entfernteste Ahnung aufgegangen. Wie die Pflanze lebte sie, die ihre Wurzeln dahin streckt, wo leichtes und fruchtbares Erdreich ist, und ihre Blätter dem schmeichelnden Lichte zuneigt.

Es gibt solche Kinder, die mit einem Teile ihres Wesens sich selbst gewissermaßen vorauseilen. Junge Menschen haben noch nicht die Harmonie ihrer Teile errungen. Es bleibt etwas Unausgeglichenes, bis der ganze Mensch die ihm mögliche Form erreicht hat.

So war's mit Jutta Reimers. In vielen Fächern war sie den Mitschülerinnen überlegen, in einigen zählte sie zu den Unbegabten. So war sie auf einmal die Beste im Französischen, seit man angefangen, ein Buch zu lesen, das sie fesselte: Vorher hatte sie beliebt, die Lektionen überhaupt nicht zu lernen. Der Lehrer des Deutschen staunte über den originellen Stil ihrer Aufsätze, während die mangelhafte Orthografie und Interpunktion ihn verdrossen. Der Religionsunterricht war erst neuerdings etwas für sie geworden, seit ein Kaplan ihn erteilte, der die Kinder nicht wie sein Vorgänger mit Auswendiglernen von Legenden und Herplappern von Gebeten peinigte, sondern die jungen Seelen einzuführen trachtete in das Wesen der Religion und den Geist der Lehre. Die Mathematik dagegen blieb ihrem Verständnis verschlossen, weil es da nichts gab, was sie mit der Phantasie hätte ergreifen können.

Das Urteil der Lehrerschaft über Jutta Reimers fiel daher sehr widersprechend aus. Manche hielten sie für ein Kind, das überhaupt nicht zu erziehen sei, andere setzten große Hoffnungen auf sie.

Mit ähnlich gemischten Gefühlen blickten die Mitschülerinnen auf Jutta. Manchem Mädchen war sie ein Gegenstand des Neides. Ihre Erscheinung spielte dabei eine Rolle: Man hielt sie für kokett, weil sie hübsch war und stets nett gekleidet ging. Sie brachte etwas von Haus aus mit, etwas Gewähltes, Besonderes, das sie unter ein paar Dutzend ihresgleichen unbedingt zur interessantesten machte. Einige bewunderten und liebten Jutta Reimers auch: aber die erlebten Kummer. Dieses Mädchen nahm Geständnisse und Liebeserklärungen der Freundinnen an wie etwas Selbstverständliches, aber sie selbst eröffnete sich niemals. Sie war so gar nicht sentimental, schwelgte nicht wie so manche ihrer Altersgenossinnen in Gefühlen. Niemand konnte sich entsinnen, Jutta Reimers weinen gesehen zu haben. Bei noch so rührenden Szenen im Leben oder in der Dichtung, bei Todesfällen, beim Abgang von Schülerinnen, ja selbst beim Abschied eines allgemein beliebten Lehrers waren von allen Augen ihre allein trocken geblieben.

Es galt daher für ausgemacht, dass sie »kein Gemüt« habe: sie war »hochmütig, hartherzig und egoistisch«. – Allerdings konnte man sich gelegentlich auch wieder dem Zauber ihres Wesens nicht entziehen. Jutta Reimers hatte anerkanntermaßen die besten Einfälle, konnte Geschichten sich ausdenken, dass alle gespannten Ohres lauschten, verstand das Zeichnen und Malen wie ein richtiger Kunstmaler. Es gab kaum eine Begabung, die ihr nicht eigen gewesen wäre.

Über keine Schülerin wurde von den anderen so viel gesprochen wie über Jutta Reimers, und keine machte sich so wenig aus dem Klatsch der Klasse wie sie. Man hegte allerhand Vermutungen; es hieß, Jutta habe ein »Erlebnis« gehabt. Auf dies und jenes wurde geraten, aber Genaues wusste niemand. Sie hatte keine einzige wirklich intime Busenfreundin, aus der man etwas hätte herauslocken können: das war das Schlimme, denn von selbst verriet dieses Mädchen nichts.

Heut Abend waren Juttas Gedanken wieder mal, wo sie in der letzten Zeit meistens sich aufzuhalten pflegten, bei ihrem Freunde Weischach.

Jutta führte, seit sie mit diesem Manne bekannt geworden war, eine Art Doppelleben. Der eine nüchterne Teil spielte sich ab in der Schule und im Hause: da war sie ein kleines unbedeutendes Mädchen, musste ihre Schulaufgaben machen wie jede andere, wurde ermahnt und getadelt von den Lehrern, und von ihrem Bruder angestellt zu allerhand langweiligen Diensten. Ein ganz anderes Dasein, schöner, wichtiger, bedeutungsvoller, spielte sich ab in dem Atelier des Kunstmalers. Dort war sie Königin. Dort wurde sie bewundert, angebetet, kurz, behandelt, wie es ihr zukam.

Sie wusste, dass sie für Weischach Großes bedeute, dass er tun würde, was immer sie von ihm verlangen mochte, dass sie Macht über ihn besitze. Macht über einen Menschen, einen Mann! – Wie stolz, das zu denken!

Oftmals weidete sie sich im geheimen an dem Gedanken. Ihre Phantasie schmückte sich die Freundschaft mit ihm wunderlich aus. Manches seiner Worte träumte sie weiter. Er hatte sie seinen »Genius« genannt,

22

seinen »Engel«, seine »Fee«. In solcher Verkleidung sah sie sich selbst nur zu gern.

Als »Inspiration« hatte er sie im Bilde verewigt. Sie würde berühmt werden durch ihn! Er war ein großer Künstler: denn auch ihn vergrößerte sie, schuf ihn um in ihren Träumen zu einer Idealfigur.

Die Entdeckung, dass er ein Selbstporträt malen wolle, war für sie von höchstem Interesse. Mit langem Bart, im wallenden Mantel, eine Harfe in der Hand! Und sie sollte auch auf das Bild kommen. –

Sie sah das Kleid vor sich, das er ihr bestellen wollte, es war licht und mit Steinen über und über besät. Im Haar würde sie einen Schleier tragen, von einem Diadem festgehalten. So wie sie es an der schönen Schauspielerin gesehen, die im Weihnachtsmärchen die gute Fee dargestellt hatte. Vielleicht war es auch dem Kostüm ähnlich, welches Cousine Vally getragen zur letzten Redoute.

Und während ihre Nadel flink Faden um Faden einstach zu dem bunten Muster, welches sie selbst erdacht hatte, malte sie im Geiste ein noch viel herrlicheres Gemälde: sich selbst, bewundert und angestaunt von aller Welt als das Schönste, dass außerordentlichste Wesen, das es gab.

III

Während der nächsten Tage war Jutta nicht dazu gekommen, Herrn von Weischach aufzusuchen. Das Bewusstsein, dass ihr Vater jetzt im Hause sei und dass ihr Geheimnis durch ihn möglicherweise entdeckt werden möchte, hielt sie zurück. Dabei hatte sie im geheimen große Sehnsucht nach dem Atelier. Wie mochte es mit dem Kostüm stehen, das er ihr versprochen hatte? Ob es schon in Arbeit war? Sie konnte es kaum erwarten, sich darin zu sehen. Im Unterricht war sie noch unaufmerksamer als gewöhnlich, weil sie beständig an Weischach, das Kostüm und sein Bild dachte.

Endlich fand sich Gelegenheit, hinüberzuspringen. Durch Erkrankung einer Lehrerin war eine Stunde ausgefallen.

Jutta ging, wie sie aus der Schule kam, mit Büchern und Heften unter dem Arm, durch das Vorderhaus schnurstracks nach dem Atelier.

Weischach empfing sie im Malerkittel. Er hatte gearbeitet. Auf der Staffelei stand eine Leinwand. Malstock und die Palette mit frischen Farben waren nicht fern.

»Umarme mich nicht, Kind!«, rief er. »Ich bin vollgeschmiert. Leg' ab!« Er reinigte sich schnell die Hände und trat dann vor sie hin, ihre Hand ergreifend. »Bist du es wirklich? Ich hatte schon die Hoffnung aufgegeben, dich jemals wiederzusehen.«

Statt der Antwort umarmte sie ihn. Als er dieses feine Köpfchen an seine Brust geschmiegt sah, überkam den alternden Mann tiefe Rührung. So ganz Kind war sie in diesem Augenblicke: Wie sein Töchterchen erschien sie ihm. Er küsste ihr Haar ganz leicht, sie sollte es gar nicht merken. Es war das erste Mal, dass er es tat. Jutta fand es als das selbstverständlichste Ding der Welt, dass er sie küsse.

Dann ließ sie ihn fahren und rief übermütig: »Fräulein Jubert ist krank. Wir haben kein Französisch. Vielleicht die ganze Woche nicht! Ist das nicht fein?« –

Jetzt bückte sie sich, um Mucki zu streicheln, die träge blinzelnd der Szene zwischen den beiden zugeschaut hatte. »Mucki ist schlechter Laune!«, rief das Mädchen. »Wart', ich werde dich munter machen!« Sie nahm die Katze am Fell vom Boden auf und spielte mit ihr wie mit einem Ball. Mucki schien daran nicht viel Gefallen zu finden, sie wollte entweichen, aber Jutta verstand es, das Tier immer wieder einzufangen.

Sein Malerauge weidete sich entzückt an der schlanken Gestalt, den jugendlich flinken Gliedern, deren Grazie, Ebenmaß und Kraft bei der schnellen Bewegung zu voller Geltung kam. Die Aufregung des Spieles rötete ihr Gesicht, das Haar, von dem sie den Hut abgenommen hatte, war in reizende Unordnung geraten. Einer »Mignon« glich sie in diesem Augenblicke nicht, eher einer ausgelassenen »Philine«.

Endlich hatte sich die Katze durch einen schnellen Sprung auf einen hohen Schrank gerettet. Dorthin konnte ihr Jutta nicht folgen. Das Mädchen strich sich das Haar aus dem geröteten Gesicht und warf sich lachend auf den Diwan.

In Weischachs durchfurchtem Angesicht witterte es wie Regen und Sonnenschein. Ihm wurde immer bange, wenn er sie so voll Leben, Kraft und Übermut sah: Das brachte ihm den Unterschied zwischen ihm und ihr recht zum bitteren Bewusstsein.

Wenn Jutta darauf geachtet hätte, würde sie haben bemerken müssen, wie bleich und abgekommen er war. Aber Kinder haben für das Befinden anderer keinen Blick.

Sie war vor allen Dingen gespannt, zu hören, was aus dem geplanten Bilde geworden sei, ob er nun endlich anfangen würde, sie zu malen.

»Ich bin die letzten drei Tage nicht von der Staffelei gekommen!«, sagte er.

»Was hast du gemacht?«

Er zog einen Vorhang von dem großen Fenster und rückte die Staffelei in das rechte Licht. »Was sagst du nun?«

Das Bild, nicht allzu groß, zeigte eine Landschaft mit Figuren: deutscher Wald. An einer Wegekreuzung im Dämmerlicht des Laubdaches ein Mann zu Roß, vor ihm stehend ein Kind. Die Züge des bärtigen Reitersmannes, durch den Schlapphut verdeckt, sind kaum zu erkennen. Der Schatten des Waldes liegt auf ihm; dagegen fällt alles Licht vereinigt auf die Gestalt des Kindes, eines kleinen Mädchens.

Das Bild war noch unfertig, das Pferd und der düstere Reiter vorläufig nur skizziert, voll ausgeführt dagegen die Kindesgestalt. Der Ausdruck des jungen Gesichtes, wie es voll Vertrauen zu dem Fremden aufblickt, war mit Liebe herausgebracht.

»Nun, was sagst du!«, rief Weischach ungeduldig, als Jutta ihm allzu lange mit der Anerkennung zurückhielt.

»Soll ich das sein?«, fragte Jutta in einem Tone, dem man die Enttäuschung deutlich anhörte.

»Ich habe an dich gedacht dabei, natürlich!«

»Nein, das bin ich nicht! Das ist garstig!« rief das Mädchen trotzig.

Er drang in sie: was ihr denn so missfalle an dem Bilde. Sie erklärte sich nicht näher, blieb eigensinnig dabei, das sei sie nicht und es wäre überhaupt garstig.

Was ein vierzehnjähriges Mädchen sagte, war als Kunsturteil schließlich nicht von Belang, das wusste er Wohl. Und trotzdem quälte ihn diese Kritik. Unmutig drehte er die Leinwand um.

»Ich glaube, Jutta, du hast mich hier nicht recht verstanden. Gerade das, was wertvoll ist an dem Bilde, macht es dir unsympathisch. Es soll nicht erzählen: Alles darin ist Stimmung. Wer durchaus vom Künstler einen Stoff verlangen will, dem könnte man sagen: Es sei ein Fremder, der ein Kind nach dem rechten Wege fragt. Aber wenn du mich fragst, was ich damit hätte sagen wollen, so muss ich dir antworten: Ich weiß es selbst nicht. Nicht einmal einen Namen habe ich bis jetzt dafür. Stimmung, alles Stimmung! Erst war ein Farbeneindruck da: hell und dunkel. Ich sah Farbenflecke. Das ist die wahre Inspiration, wenn das Bild im Auge entsteht, nicht im Verstande. Ich kann nicht mal sagen: ich sah;

nein, ich empfand, fühlte Wald, in welchen wie durch einen Vorhang die Sonne verstohlen hineinleuchtet. Daraus erst, aus diesem Gegensatze von Licht und Schatten, traten die Gestalten langsam und wie von selbst hervor. Der Reiter dunkel, geheimnisvoll tragisch. Das Kind dagegen klar, beruhigend, strahlend, ein Quell des Lichtes und des Glückes. Begreifst du das nun?«

»Aber ich will nicht, dass du mich barfuß malst!«, rief sie und hatte mit einem Male Tränen in den Augen.

Er stutzte zunächst. Als er jedoch den Sinn der Antwort verstand, lachte er laut auf. Mit einem Male begriff er, wen er vor sich habe: ein echtes rechtes Kind! Man vergaß das so leicht, ließ sich von ihrem Wesen verleiten, sie für erwachsen zu halten. »Mein Engel, kränkst du dich darüber?« »Ich sehe nicht aus wie ein Bettelmädel!« »Aber siehst du denn nicht, Jutta, dass es sich nicht um ein Faksimile handelt, hier! Das Porträt wird immer eine untergeordnete Kunstgattung bleiben, solange man nur Gegebenes wiedergibt. Du hast mir etwas viel Höheres geschenkt: eine Stimmung, eine Symphonie in Farben. Fasse es doch symbolisch! Hier ist Licht, da ist Schatten, hier Jugend, da Alter. Wir beide sind in dem Bilde, du und ich. Aber weit künstlerischer und seiner verborgen, als wenn ich dich als Mignon und mich als Harfner gemalt hätte.« »Du willst mich nicht als Mignon malen?« Er wurde ein wenig verlegen. »Offen gestanden, Jutta, ich habe mir's anders überlegt. Es liegt immer eine gewisse Trivialität in den Illustrationen zu großen Meistern. Anregen soll man sich als bildender Künstler von den Dichtern lassen, aber nicht ihre Gestalten verdeutlichen wollen. Das kommt mir so vor wie die Vorlagen, die man ganz kleinen Kindern gibt, wo sie die vorgezeichneten Umrisse nur mit Farbe auszufüllen haben. Nein, der Gedanke war kein glücklicher!«

Jutta blieb stumm. Enttäuschung und Ärger waren bei ihr größer als er ahnte. Wo blieb jetzt das mit Sternen besäte Kleid, der lichte Schleier über dem Haar, wo das Diadem, von dem sie geträumt hatte? –

Sie empfand nicht so sehr Kummer als Empörung. Weischach war an allem schuld. Versprechungen hatte er gemacht, die er nun nicht hielt, hatte sie getäuscht, mit Absicht wohl gar sie zum Narren gehabt. Keinem seiner Worte wollte sie fortan trauen, wollte gar nicht hören, was er sagte. Sie hasste ihn in diesem Augenblick.

Niemand hätte dem Kinde so leicht angesehen, was in ihm vorging. Sie stand da und starrte den Mann nur groß an aus erstaunten Augen. Tapfer schluckte sie an ihren Tränen, die ihr um keinen Preis verräterisch über die Wangen rinnen sollten.

Weischach fuhr fort in dozierendem Tone: »Meine ganze bisherige Malerei war vielleicht ein einziger großer Irrtum, ruhte auf falscher Anschauung vom Wesen der Kunst. Jedes Kunstgebiet hat seine genau verrainten Grenzen, die man nicht überschreiten soll. Man kann nicht Musik malen, und man soll auch nicht als Maler Dichter sein wollen. Farbeneindrücke wiedergeben! Bilder sehen und sie auf die Leinwand zwingen, wie sie in der camera obscura der Seele auftauchen. Eine Stimmung, eine malerische Erfindung muss das Ursprüngliche sein, nicht eine Historie, ein rein äußerlicher Einfall. Nur um Gottes willen nicht konstruieren! Das wollen wir den Architekten überlassen. Ich kenne jetzt die Fehler meiner bisherigen Kunstübung: Sie war erkünstelt, überheizt, es fehlte ihr Naivität. Kunstlos schaffen allein ist künstlerisch. Nimm alle meine früheren Bilder, selbst die besten; sind sie nicht konstruiert? Um den Leuten zu sagen, dass alte Frauen häufig in der Bibel lesen, und dass ihnen dabei wohl mal ein Enkelkind zusieht, bedarf es nicht des Malerauges: Das ist durch die Brille des Novellisten gesehen. Und meine ›Inspiration‹! – Blasse Allegorie! Jetzt begreife ich, warum ich daran scheitern musste. – Nimm einmal das hier dagegen!« Damit wandte er sich der Staffelei zu. »Das ist malerisch empfunden. Die Figuren sind nicht Staffage, sind ein Teil der Landschaft, wachsen organisch aus der Farbe heraus ...«

Jutta hatte, während er beschäftigt war, das Bild umzukehren und zurechtzurücken, lautlos den Hut aufgesetzt und ihre Bücher zur Hand genommen. Weischach wandte sich um. »Wo willst du hin?«

Aber sie hatte schon die Tür erreicht und schlüpfte hinaus. Er stürzte ihr nach. »Jutta, Kind! Hör' doch nur! Ich brauche dich ...«

Sie war nicht mehr einzuholen. In großen Sätzen, mehrere Stufen auf einmal nehmend, eilte sie die Stiege hinab. Wohl eine Woche lang sah und hörte Jutta nichts von Herrn von Weischach. Dann eines Tages, als sie aus der Schule kam, sah sie ihn im Hausflur stehen: Er wartete da offenbar auf sie. Was sollte sie tun, wie an ihm vorbeikommen? –

Unschlüssig ging sie vor dem Hause auf und ab. Da wollte es ein glücklicher Zufall, dass ihr Vater von einem Gange zurückkehrte. Sie eilte auf ihn zu und hing sich an seinen Arm. Unter seinem Schutze kam sie unbehelligt ins Haus.

Sie hatte Weischachs Gesicht im Vorbeigehen für einen Augenblick gesehen; er sah sehr unglücklich aus.

Weitere Tage vergingen, ohne dass von Weischach ein Lebenszeichen zu Jutta gedrungen wäre. Sie fing an, eine gewisse Neugier zu empfinden, was er treibe. Malte er? Ob er gar Modelle hatte? Es gingen öfters Leute durch den Hof, die so aussahen. Aber im Hinterhaus war ein Atelier über dem anderen, man wusste nicht, zu welchem Künstler diese Menschen wollten. –

Einmal, als die Neugier ihr keine Ruhe mehr ließ, begab sie sich auf die schmale Hintergasse, von der aus man die großen Scheiben der Ateliers sehen konnte. In der Weischachschen Etage war alles verhangen.

Ob er verreist war? –

An seiner Tür wollte sie sich nicht blicken lassen, deshalb beauftragte sie Resi, sich bei Herrn von Weischachs Wirtin zu erkundigen. Resi brachte die Nachricht zurück, der Herr Oberstleutnant sei schwer erkrankt, eine barmherzige Schwester pflege ihn.

Nun gab es für Jutta kein Zaudern mehr. Vergessen war die Kränkung. Ihr Freund krank! Sie musste ihn aufsuchen. Angst hatte sie freilich vor der Krankheit, vor der Wirtin, vor der Schwester. Aber sie fasste sich ein Herz, lief die Stiege des Hinterhauses hinauf und klopfte in altgewohnter Weise an seiner Tür.

Eine ältere Frauensperson in der Tracht der barmherzigen Schwestern machte ihr auf und fragte nach ihrem Begehr. Schüchtern erkundigte sich Jutta, wie es Herrn von Weischach gehe. Die Schwester betrachtete sich das junge Mädchen und meinte: »Sie sind das Fräulein, von dem er ein Bild gemalt hat. Ich soll Sie vorlassen, hat er mir aufgetragen.«

Sie war also erwartet worden. –

Gesenkten Hauptes trat Jutta ein, ließ sich von der Schwester führen. Sie wusste auf einmal weder aus noch ein in der Wohnung, die sie wie oft schon besucht hatte.

Der Kranke lag in dem kleinen Zimmer neben dem Atelier. Seine Bilder hatte er sich da hineinbringen lassen. Sie standen auf Staffeleien, oder hingen an der Wand, sodass er sie von seinem Lager aus jederzeit ohne Mühe betrachten konnte.

Als er die beiden eintreten sah, setzte sich Herr von Weischach im Bette auf und streckte dem jungen Mädchen die Arme entgegen. Jutta blieb zaghaft in der Nähe der Tür; sie hatte noch nie in ihrem Leben einem Schwerkranken gegenübergestanden. Sein Anblick erschreckte sie. Sie begriff gar nicht, dass sie diesen Mann kenne. Der Bart war nach allen Seiten gewachsen, das Haupthaar verwildert, die Augen lagen in tiefdunklen Höhlen. Er wollte sie anlachen und ahnte nicht, dass die ungehorsamen Muskeln seines Gesichtes nur eine traurige Grimasse zustande brachten. Die Schwester mochte erkennen, welches Grauen sein Anblick dem Kinde einflößte. Mit gewandtem Griff brachte sie ein wenig Ordnung in den Aufzug des Kranken, glättete ihm das Haar, und schloss sein Hemd, das sich über der Brust geöffnet hatte. Dann drückte sie ihn sanft in die Kissen zurück. Jutta wurde bedeutet, dass sie nun herantreten dürfe.

Weischach ergriff die Hand des Mädchens und führte sie an seine Lippen. Jutta ließ es geschehen. Dann blickte er sie lange aus heißen Augen an.

»Ich habe dich gleich am Klopfen erkannt. Wusste ja, dass du kommen würdest! Oh, geh' nicht gleich wieder fort! Nicht wahr, du bleibst bei mir?« sagte er mit hoher, weinerlicher Stimme.

Jutta blickte ratlos zu der Schwester hinüber. Diese, eine Person, die in langjähriger Krankenpflege vieles verstehen gelernt hatte, gab ein zustimmendes Zeichen.

Aus einem Winkel, wo sie sich bis dahin verborgen gehalten, kam jetzt Mucki hervor. Sie sprang mit einem Satze auf das Bett, als sei das so ihr gutes Recht. Die Schwester wollte die Katze entfernen. »Ach, lassen Sie nur!«, meinte Weischach: »Das Tier wenigstens ist mir treu.« Er streichelte das bunte Fell der Katze, die unter der Liebkosung zu schnurren begann.

»Wirst du dich Muckis annehmen, Jutta, wenn mir was passieren sollte?« –

Das Mädchen nickte mechanisch, kaum verstehend, was er eigentlich meinte: Denn dass es mit ihm zu Ende gehe, ahnte sie nicht.

»Siehst du meine Bilder?«, rief er, plötzlich zu etwas anderem überspringend, in beinahe lustigem Tone. »Sie sind alle beisammen. Eine ganze Ausstellung – was?« Er lachte. »Das dort habe ich doch am liebsten. Es ist nun fertig! Schön, nicht wahr?«

Die Knochenhand wies auf das Bild mit dem Reiter. Daneben hing das unvollendete Selbstporträt, in dem er sich als Harfner hatte darstellen wollen. Weiter die »Inspiration«, ferner Skizzen zu Mignon und anderes. Alles gute Bekannte für Jutta.

Der Künstler liebkoste seine Werke mit einem langen Blicke, dann seufzte er tief: »Ich werde nichts mehr malen. Skizzen und Fragmente bleiben von mir zurück. Kein Mensch ahnt, was ich gewollt habe. – Wirst du wenigstens manchmal an mich denken, Jutta?«

Wieder war nur ein Kopfnicken die Antwort.

»Du wirst ein schönes, herrliches Weib werden!«, rief er mit einem Male überlaut, dabei ruhte sein Auge mit dem Ausdrucke wilder Sehnsucht auf ihr.

»Oh, dass ich doch ...«

Weiter kam er nicht. Etwas Unsichtbares schien ihn am Halse zu packen, dass er die Augen schloss und den Mund verzog. Die Schwester griff ihm unter die Arme, suchte ihn aufzurichten. Sein Kopf hing mit geöffnetem Munde weit nach vorn.

Jutta starrte für einen Augenblick auf das klägliche Schauspiel. Ein Gefühl des Grauens, wie sie es noch nie empfunden, lähmte sie. Dann machte sie die Furcht vor dem, was noch kommen könne, lebendig. Ohne Abschied floh sie aus dem Zimmer.

IV

Am Tage darauf erfuhr Jutta durch Resi, im Rückhause sei der Herr Kunstmaler von Weischach gestorben. Früh am Morgen schon hätten Leute in schwarzen Mänteln und hohen Hüten einen Kasten hereingebracht und die Leiche auf einem Wagen fortgeschafft. Resi fügte dem Bericht noch einiges aus ihrer Phantasie hinzu, um das junge Fräulein nur ja gruseln zu machen. Und sie hatte die Genugtuung, dass Jutta sie, als es Abend wurde, bat, sie möge für diese Nacht bei ihr auf dem Sofa schlafen.

Durch Resi erfuhr Jutta auch, wo die Leiche hingeschafft worden sei: in den Leichensaal des katholischen Friedhofs. Dorthin würden sie alle geschafft, einerlei, wessen Standes oder Geschlechts. Dort könne man sie ausgestellt sehen, angetan mit ihren besten Kleidern. Resi hatte schon mehr als einen ihrer Freunde und Verwandten daselbst in Parade liegen gehabt: Sie konnte es nicht schön genug schildern, wie »sauber« die ausgesehen hätten: »wie von Wachs«.

Für Jutta stand es von vornherein fest, dass sie den Verstorbenen noch einmal sehen wolle. Aber allein in die Leichenhalle gehen war unmöglich. Resi hatte keine Zeit, sie zu begleiten, an Frau Hölzl wollte sich Jutta nicht wenden, der Vater durfte erst recht nichts davon wissen: So blieb also nur Eberhard, dem man mit einem solchen Ansinnen kommen durfte.

Der Gymnasiast lachte zunächst bei der Idee. Dann fand er, die Sache aber doch »ganz interessant« und erklärte sich bereit, mitzumachen.

Es kam sonst nicht oft vor, dass Bruder und Schwester gemeinsam ausgingen. Ihre Interessen lagen nach zu verschiedenen Richtungen, auch liebte er es nicht, sich mit der kleinen Schwester auf der Straße zu zeigen. Man kam sich so komisch vor mit solchem Geschöpf, das lange Haare trug und kurze Kleider.

In der Straßenbahn, die sie benutzten, um den weiten Weg zum Friedhofe abzukürzen, hatte Eberhard sich von Jutta getrennt, um auf dem hinteren Perron »ungestört eine rauchen« zu können. Eberhard stand kurz vor der Maturitätsprüfung und fühlte sich bereits halb und halb als Student.

Er hatte die Absicht, Medizin zu studieren. Zwischen ihm und seinem Freunde Bruno Knorrig war es abgemachte Sache, dass dies für den Freidenker das einzig mögliche Studium sei. Jura war stumpfsinnig, Philologie altmodisch und Theologie vollends überlebt. In der Medizin jedoch feierte das Wissen des modernen Menschen seinen höchsten Triumph.

Die Geschwister schritten durch das Friedhofsportal und dann einen langen Gang hinab. Das Leichenhaus lag ganz am unteren Ende. An unzähligen Gräbern kamen sie vorbei, Monument reihte sich an Monument, Hügel an Hügel, Denkstein an Denkstein.

Schließlich langten sie bei einem niederen Gebäude an, vor dem eine verdeckte Halle hinlief. Nach Resis Beschreibung musste es das sein.

In einer Nische hatte Jutta ein Weihwasserbecken entdeckt. Sie trat hinzu, tauchte ihre Finger ein und segnete sich, indem sie ein Kreuz schlug. Eberhard, dem im evangelischen Unterricht von früh auf eingeprägt worden war, alles Katholische zu verdammen, sah dem Tun der Schwester verächtlich zu.

Dann folgten sie einigen schwarz gekleideten Leuten, offenbar Leidtragenden, die vor einem breiten Fenster haltmachten. Man blickte durch das Glas in einen weiten Raum, wo viele Gestalten lang ausgestreckt ruhten, mit geschlossenen Füßen, die Hände gefaltet, Haupt und Schultern ein wenig erhöht. So lagen sie, genau, wie es Resi beschrieben hatte: Wachspuppen gleich.

Jutta drückte sich unwillkürlich an ihren Bruder an. So also sah man aus, wenn man tot war! – Sie war blass geworden und zitterte am ganzen Körper.

Auch dem Primaner war nicht ganz geheuer, aber rechtzeitig dachte er daran, dass er als künftiger Arzt erhaben sein müsse über dergleichen. »Schade!«, rief er, »dass man nicht 'reingehen kann zu den Herrschaften. Das müsste lustig sein! – Nicht?«

Sie schritten langsam von Fenster zu Fenster. Die Toten schienen eingeteilt zu sein in solche erster und zweiter Klasse. Im Hintergrunde, dem Beschauer fast entzogen, lagen Leute in schlichterer Kleidung, ohne Palmenschmuck, ohne Lichter und Kranzspenden. Die Leute von Stande waren mehr im Vordergrunde aufgebahrt.

Um ein Fenster drängten sich die Neugierigen vor allem. Eberhard las von der ausgehängten Tafel ab: »Benno Lothar von Weischach, Oberstleutnant a. D. und Kunstmaler.«

Hier also war er! Als sich einige Leute entfernten, gelang es Jutta, an die Scheibe heranzukommen.

Sie vermochte kaum ihren Freund wiederzuerkennen. Man hatte ihm seine Uniform angezogen. Da lag er mit Orden und Denkmünzen auf der Brust, Säbel und Helm neben sich. Sie begriff nicht, dass er das sein sollte.

Dann aber, als sich der Blick an all das fremde Drum-und-dran gewöhnt hatte, fand sie seine Züge heraus. Sein Haupt erschien ihr ehrwürdig, die hohe bleiche Stirn, der lange graue Bart. So etwa stellte sie sich das Angesicht der Patriarchen des alten Bundes vor oder die heiligen Väter der Kirche.

Sie hatte nun gar keine Furcht mehr. Er war so schön, so friedlich, so mild! Das Mädchen konnte sich nicht losreißen von dem Anblick.

Wie ein Glorienschein umschwebte es sein Haupt. Er war heilig. Wären nicht die vielen Menschen gewesen um sie her, sie wäre niedergekniet und hätte zu ihm gebetet.

Aber der Bruder drängte zum Gehen. Ihm fing die Sache an, langweilig zu werden. Er begriff die Schwester nicht, die immer noch dastand und in die Scheibe starrte.

»Lebendig wird er davon doch nicht! – Komm!« sagte er ungeduldig und zog sie am Arme weg.

Bald, nachdem das Begräbnis des Oberstleutnants a. D. von Weischach stattgefunden hatte, fand sich in den gelesensten Blättern Münchens ein

Inserat, wonach sein künstlerischer Nachlass, sowie seine Bücher, Teppiche und Möbel meistbietend versteigert werden sollten. Besonders aufmerksam wurden auf diesen Gelegenheitskauf Maler gemacht, die sich ein Atelier einrichten wollten.

Der einzige Blutsverwandte des Verstorbenen, ein Herr von Weischach aus Norddeutschland, war herbeigekommen, hatte sich angesehen, was es etwa zu erben gäbe, und da er nichts als Bilder, Skizzen, Bücher, Kunstgegenstände und andere unnütze Sachen fand, hatte er sich kurzerhand entschlossen, die Sachen versteigern zu lassen. Diese Mühe nahm ihm ein Auktionator ab: Und der Erbe konnte nach kurzem Aufenthalt München wieder verlassen.

Herr Reimers las das Auktionsinserat, und da er von seiner Wohnung aus nur durch einen Hof zu gehen und ein paar Stiegen zu steigen brauchte, um die zur Vorbesichtigung angepriesenen Kunstwerke zu sehen, nahm er diese kleine Mühe auf sich. Er war ein wenig Sammler, weniger aus wirklichem Kunstverständnis, als aus dem Bedürfnis heraus, sein Heim mit interessanten, seltenen und dekorativen Gegenständen zu schmücken. Auf Auktionen hatte er schon manchen glücklichen Erwerb gemacht.

Wie erstaunte er, als er bei Besichtigung des Weischachschen Ateliers eine ganze Reihe von Bildern und Entwürfen fand, zu denen mehr oder weniger deutlich Juttas Züge verwertet waren.

Hatte der Maler denn seine Tochter gekannt? Hatte Jutta ihm Modell gesessen? –

Die Wirtin des Verstorbenen musste ihm Rede stehen. Reimers erfuhr, dass Jutta längere Zeit hindurch fast täglich bei Herrn von Weischach gewesen sei.

Reimers war bestürzt. Gerade weil er selbst genug Werg am Rocken hatte, neigte er zur Ängstlichkeit. Es war das Misstrauen des alten Sünders, der alle Schliche kennt und keinem Manne traut.

Er nahm Jutta vor. Wie kam sie dazu, hinter seinem Rücken einen fremden Herrn aufzusuchen? – Das Mädchen schwieg hartnäckig. Keine Frage, weder im Guten noch im Strengen, vermochte etwas aus ihr herauszubringen über das, was sie für ihr heiligstes Geheimnis hielt.

Solche Verstocktheit machte den Vater erst recht bedenklich. Die ganze Sache blieb rätselhaft. Er kannte seine Jutta als ein kleines, harmloses, gutwilliges Ding, das ihm viel Vergnügen bereitete und bis dahin eigentlich niemals Sorgen gemacht hatte. Und nun das! – Unbegreiflich!

Aber Reimers liebte die unangenehmen Eindrücke nicht, und nichts war diesem Manne verhasster als das Gefühl der Verantwortlichkeit. Hier konnte er sich keinem von beiden entziehen.

Er hatte sich zu wenig um das Kind gekümmert. Zu seiner Entschuldigung stand ihm zwar die Ausrede zu Gebote, dass er keine Zeit habe, neben seinen Berufsgeschäften auch noch die Erziehung seiner Tochter zu leiten. Ein Witwer war eben in schwieriger Lage. Verschiedene seiner Freundinnen, die ihm diese Wahrheit andeutungsweise schon des Öfteren nahegelegt hatten, waren damit nicht so ganz im Unrecht. Aber trotz alledem wollte er doch lieber ledig bleiben. Es musste da noch einen anderen Ausweg geben als Heirat. Wie wäre es, wenn man eine Dame ins Haus nähme zu Juttas Beaufsichtigung? Jemanden: halb Gesellschafterin, halb Freundin und möglichst wenig Gouvernante: Denn vor der Menschenklasse graute ihm.

Er überschlug alle ledigen Frauenzimmer seiner Bekanntschaft und kam schließlich zu dem Ergebnis, dass sich am besten zu dem Amte eignen würde seine Nichte: Vally Habelmayer. Zwar war Vally noch jung – eben erst zwanzig geworden – und hübsch dazu. Aber das letztere war nicht so gefährlich; zu Ostern sollte ja Eberhard aus dem Hause kommen. Und für ihn, den Hausherrn, war es schließlich netter, ein junges hübsches Gesicht um sich zu sehen als ein altes garstiges. Zudem hatte Vally Habelmayer noch einen anderen großen Vorzug: Sie war völlig abhängig von Herrn Reimers. Ihre Mutter lebte seit dem Tode des bankerotten Gatten mehr oder weniger von der Gnade des wohlhabenden Schwagers. Zwar war ein Sohn da, Luitpold, der sich Kaufmann nannte und der seinem Auftreten nach für einen reichen Mann eingeschätzt werden musste: in Wahrheit aber setzte Luitpold, oder wie er in Bekanntenkreisen genannt wurde »der schöne Habelmayer«, nur das Metier seines Vaters fort: gut zu leben, nobel aufzutreten, wenig zu arbeiten und viel zu borgen.

Vally lebte mit ihrer Mutter zusammen im Proletarierviertel. Die Damen Habelmayer waren im Gegensatz zu Luitpold ökonomische Genies. Man begriff nicht, wovon sie eigentlich lebten. Vally zog sich immer gut an. In der Faschingszeit fehlte sie auf keiner der größeren Redouten. Sie war ihres feschen Auftretens und ihrer harmlosen Munterkeit wegen eine überall gern gesehene Persönlichkeit. Ein einziges Mal bis jetzt hatte Herr Reimers am Schlusse des Faschings für seine Schwägerin Habelmayer die versetzten Möbel aus dem Leihhause loslaufen müssen: Aber das war eine zum Münchener Karneval zugehörige Erscheinung, über die sich ein Mann wie Reimers höchstens belustigte. Im Übrigen hatte ihm bisher sein Neffe Luitpold das Portemonnaie weit ausgiebiger erleichtert, als Schwägerin und Nichte zusammen.

Vally Habelmayer hielt also eines Tages im reimersschen Hause Einzug. Jutta freute sich darüber. Sie hatte Bally schon von früh auf bewundert; wie ein junges Mädchen eben eine erwachsene Cousine bewundert. Vallys Selbstständigkeit, größere Erfahrung und Freiheit der Bewegung imponierten der Vierzehnjährigen. Die Art, wie sich diese üppige Brünette frisierte, ihre reich garnierten Hüte und lebhaft gefärbten Blusen waren für Jutta vorläufig maßgebend. So wollte auch sie sich mal anziehen, wenn sie erst soweit sein würde, ihre Toilette selbst bestimmen zu dürfen.

Sie hatte sich immer gut mit Bally gestanden. Die Cousine behandelte Jutta nicht als kleines Mädchen, sondern mehr als Vertraute: Erzählte der Jüngeren manches Interessante aus Gesellschaft und Leben, wovon man in der Schule kein Sterbenswörtchen erfuhr. Die beiden schliefen fortan in einer Stube, und damit war die Vertraulichkeit zwischen ihnen erst recht besiegelt.

Dass Bally zu dem Zwecke ins Haus gekommen sei, um sie zu beaufsichtigen, ahnte Jutta nicht; schwerlich würde sie sonst die Cousine mit solcher Freude aufgenommen haben. Bally besaß geheime Instruktion von ihrem Oheim über die ihr zugedachte Aufgabe. Von Zeit zu Zeit musste sie ihm Bericht erstatten über Juttas Verhalten. Bally war voll Eifer und zeigte Verständnis für ihre Pflicht, und Reimers war mit ihr und dem Erfolge seiner Maßregel zufrieden.

Auch noch einen anderen Genossen sollte Jutta in dieser Zeit bekommen. Nach dem Begräbnis des Herrn von Weischach war die schöne Angorakatze, die sein Liebling gewesen, spurlos verschwunden. Vielleicht hatte sich Mucki, schlau wie das Tier war, der Möglichkeit, mit dem übrigen Nachlass des seligen Oberstleutnants versteigert zu werden, durch die Flucht entzogen.

Eines Vormittags, als Jutta von der Schule heimkehrte, fielen ihr in einem dunklen Winkel des Treppenhauses ein paar grünlich leuchtende Punkte auf, die unbeweglich auf sie gerichtet waren. Sie erschrak anfänglich, sah aber doch nach, was dahinterstecke. Wie sie vermutet hatte, war es Mucki. Die Katze ließ sich aufnehmen und streicheln. Aber wie war das arme Tier heruntergekommen! Abgemagert, schmutzig, das schöne, einstmals glänzende Fell zerzaust.

Jutta nahm Mucki zu sich. Der Vater, der sich über diesen wunderlichen Gast im Hause gelegentlich aufhielt, erfuhr nichts von den eigentlichen Beziehungen, die zwischen seiner Tochter und dem Tiere schon früher bestanden hatten. Die Katze sei zugelaufen, hieß es. Das junge Mädchen nährte Mucki mit den besten Leckerbissen, säuberte ihr das Fell, sorgte für ein bequemes Lager, wartete das Tier ab wie ein Kind. Nach einiger Zeit hatte sie die Freude, Mucki die alte Schönheit der Farben und Fülle der Gestalt wiedergewinnen zu sehen. Fortan ward Mucki wie ein kleiner Abgott behandelt als das Liebste, was Jutta auf der Welt besaß; sie war viel klüger und besser als alle Menschen zusammen. Die Katze ließ sich mit stoischem Phlegma den Kultus gefallen. All die stürmischen Liebkosungen, die ihr zuteilwurden, erwiderte sie bestenfalls mit einem Krümmen ihres Katzenbuckels und einem verschlafenen Schnurren. Eberhard verhöhnte die Schwester wegen ihrer »Verliebtheit« in ein Tier, und Bally war drauf und dran, eifersüchtig zu werden auf die Kreatur.

Jutta ließ sich dadurch nicht beirren. Was Mucki ihr im Grunde bedeute, konnte ja niemand verstehen. Mehr als bloße Laune und Spielerei war ihr die Pflege dieses Tieres. Sie glaubte auch nicht, dass es Zufall sei, dass die Katze zu ihr den Weg gefunden hatte. An Mucki konnte sie vielleicht begangenes Unrecht gutmachen, welches sie mehr ahnte, als dass es ihr zum vollen Bewusstsein gekommen wäre.

Bei der Auktion im Atelier des verstorbenen Kunstmalers gingen die Gemälde zu lächerlich niedrigen Preisen ab. Weischach hatte eben nicht zu den bekannten Malern gehört, niemals hatte er eine Ausstellung seiner Werke veranstaltet, die Zeitungen kannten ihn daher nicht. Außerdem waren seine Sujets und seine Malweise so altmodisch, dass die paar Händler, die erschienen waren, kopfschüttelnd weggingen.

Den größten Teil der Sachen brachte schließlich ein jüdischer Trödler an sich, der Bilder nach der Elle ankaufte, um sie für teures Geld nach Amerika zu verschachern.

V

Ein Jahr war vergangen. Eberhard hatte seine Maturitätsprüfung bestanden, auch schon ein Semester in Würzburg studiert. Jetzt war er in München als stud. med. immatrikuliert, gleichzeitig genügte er seinen militärischen Pflichten. Der junge Mann wohnte jedoch nicht, wie früher, im väterlichen Hause, sondern in einem Junggesellenquartier neben der Kaserne. Herr Reimers hatte das selbst so angeordnet: Junge Leute wollten »austoben«, und es war besser, wenn sie das nicht unter den Augen der Angehörigen taten, besonders wenn ein junges Mädchen in der Familie war, das eben flügge wurde.

Jutta war gefirmt worden, blieb aber auf Wunsch des Vaters noch in der Schule: Es war so eine schwierige Periode, man wusste mit einem Mädchen dieses Alters wirklich nicht recht, wohin! In Gesellschaft konnte man sie doch unmöglich schon nehmen, und sie daheim unbeschäftigt sitzen lassen, schien auch nicht geraten. In der Schule war sie immer noch am besten aufgehoben, obgleich sie ihrer entwickelten Gestalt nach dorthin eigentlich nicht mehr recht gehörte. Die Menschen wunderten sich, wie Jutta sich in der letzten Zeit verändert hatte. Nichts mehr von der früheren unberechenbaren Ausgelassenheit, den Exzentrizitäten und tollen Streichen, mit denen sie die Mitschülerinnen belustigt, die Erzieher entsetzt hatte. Sie war bescheidener, gesetzter, sanfter geworden. Ein gewisser Ernst schien mit einem Male über sie gekommen, man wusste nicht, woher.

Ihr Religionslehrer, der sie stets in Schutz genommen hatte gegen die, welche Jutta Reimers für »einfach nicht zu erziehen« erklärten, sah darin eine Wirkung des Chrismas. Die Weihen des Geistes hatten sie ergriffen durch die Salbung mit dem heiligen Öl. Sie war nun errettet von der Weltlichkeit. Die Oberflächlichkeit und Gedankenlosigkeit, der sie ergeben gewesen, war von ihr genommen. Der geistliche Herr erlebte das nicht zum ersten Male. Er war Menschenbeobachter und, obgleich im strengsten Zölibat erwachsen, doch ein feiner Kenner der Frauen. Er wusste, was es zu bedeuten hatte, wenn wilde Mädchen, die sich vom Knaben bisher nur durch ihre Kleidung unterschieden, plötzlich nachdenklich wurden, in sich gekehrt und schamhaft. Er verstand die Ursache des Augenniederschlagens, das anstelle des freien, kecken Blickes getreten, das Wildere, Geweihte, Ahnungsvolle des ganzen Wesens, die Zurückhaltung in Worten und Gebärden. – Die Firmung war von der Kirche nicht umsonst an die bedeutsame Schwelle der eintretenden Reife gesetzt worden. Die Kirche will Herrin sein der Seelen, aber sie weiß, dass die Seele nur die Blüte ist des Leibes. Symbolisch weiht sie jeden wichtigen Vorgang im Leiblichen, um sich damit des Seelischen umso eher zu vergewissern.

Wer da glaubte, es in Jutta Reimers mit einem Kinde zu tun zu haben, weil sie noch immer zur Schule ging, halblange Kleider und Zöpfe trug, der irrte sich. Es war ein junges Weib, das da so sittsam einherschritt.

Auch ihre Beschäftigungen außerhalb der Schule hatten veränderte Gestalt angenommen. Sie las neuerdings viel, vor allem Bücher, die ihr von dem verehrten Religionslehrer empfohlen wurden. Der Kaplan erteilte in den oberen Klassen auch den Unterricht in Literatur. Er war klug genug, seinen Schülerinnen nicht durchweg religiöse Lektüre ans Herz zu legen. Denn, wie er wohl wusste, wird solche Speise, wenn ohne Zukost genossen, leicht zum Überdruss. Auch weltliche Autoren, wenn sie nicht geradezu kirchenfeindlich waren, ließ er gelten. Ja, sie mussten ihm dienen, Glauben und Liebe in den jungen Herzen anzuregen. Der Geistliche wusste, dass seine Fäden sich hinüberspinnen von der Frömmigkeit zur Kunst, dass die Religion der sinnlichen Anschauung bedarf, und dass sie in der Phantasie einen wichtigen Verbündeten findet. Hinwiederum lehrte ihn seine Erfahrung, dass das Gemüt der Frauen dem Romantischen zugeneigt ist, dass sie begeisterungsfähig und schönheitsbedürftig sind. Von seiner Kirche angelernt, alles zu benutzen, was zur Stärkung ihrer Autorität dienen kann, versäumte er nicht, die ihm anvertrauten jungen Seelen auf alles hinzuweisen, wovon er eine Förderung des religiösen Sinnes erwarten durfte. Da er bei Jutta Reimers, seiner Lieblingsschülerin, viel Phantasie, Feinsinn und geistige Regsamkeit fand, so ließ er es sich angelegen sein, ihr die Lektüre zu empfehlen, welche er einem so gearteten Wesen für die förderlichste hielt.

Neben dem Lesen beschäftigte sich Jutta jetzt viel mit Walen. Der Zeichenunterricht, den sie in der Schule genoss, war pedantisch und nur für mäßig begabte Schülerinnen berechnet. Der Lehrer, dem Juttas Begabung längst über den Kopf gewachsen war, ließ sie machen, was sie wollte.

Ihr künstlerisches Wollen ging vorläufig noch weit über ihr Können hinaus. Ohne jemals Aktstudien getrieben zu haben, entwarf sie figurenreiche Bilder, malte Landschaften, ohne von Perspektive und Lichtverteilung etwas Sicheres zu wissen. Sogar im Ölmalen versuchte sie sich, obgleich ihr die Öltechnik fremd war.

In ihrem Zimmer stand eine Staffelei aufgerichtet, dort konnte man jede Woche einen neuen Entwurf sehen. Wunderliche Gebilde erblickten da das Licht der Welt: Romantische Rittergestalten, bleiche, schmerzvolle Madonnen, Engel mit ätherischen Leibern, Reminiszenzen aus der Biblischen Geschichte, der Legende, der Mythologie, der Volkssage, daneben fantastische Versuche, die Prosa des Alltags wiederzugeben. Karikaturen, Selbstporträts, Illustrationen zu Büchern, die sie eben gelesen. Ein Durcheinander von Eindrücken und Ideen, gegeben von einem in der

Entwicklung begriffenen Wesen, dessen gärende Gedanken noch nicht zur Kristallisation gekommen, dessen überschwängliche Gefühle noch keinen Angelpunkt gefunden hatten.

Die einzige Zuschauerin, welche Jutta bei Ausübung ihrer Kunst im Zimmer duldete, war Mucki. Die Katze saß träge blinzelnd mit krummem Rücken auf einem Hocker und sah zu, ganz wie sie es ehemals im Atelier des Oberstleutnants getan hatte.

Schließlich war Mucki doch nicht das Einzige, was von dem Verstorbenen auf Jutta gekommen war. Sie wurde von der Erinnerung an ihn beeinflusst, ohne es selbst zu wissen. Er malte unsichtbar an ihren Bildern mit. Denn es war nicht ohne Eindruck auf ihr junges Gemüt geblieben, einen Menschen so ernst und redlich um die Kunst ringen zu sehen, wie dieser Freund es getan. Ihre Augen hatten damals gesammelt, sie hatte sich mit Begeisterung, mit Liebe zu Farbe und Form, mit manchen wichtigen Kenntnissen erfüllt, die ihr jetzt zustattenkamen. Ein Keim war in sie gesenkt worden, der im Stillen weiter wuchs und einmal zur Frucht weiden konnte.

Ihre Malerei war ihr nicht bloß eine vorübergehende Liebhaberei, wie sie junge Menschen leicht mal verfolgen: ein paar Wochen lang geht man ihr nach, dann, wenn man auf Schwierigkeiten stößt, verliert man die Lust daran, geht anderen Passionen nach. Jutta hatte ein Ideal: Künstlerin werden, eine wirklich große Künstlerin wollte sie werden.

Sie hob sich in ihrem ganzen Wesen ab von den Mädchen ihres Alters, hegte andere Gedanken und Wünsche als diese kleinen oberflächlichen Dinger. Ihr Ideal, verschwommen und überspannt, wie es noch war, gab ihr doch Selbstbewusstsein, machte sie stolz. Sie fühlte, dass sie etwas vor den Freundinnen voraushabe, dass sie etwas Besonderes besitze.

Herr Reimers schrieb alle diese Wandlungen im Wesen seines Töchterchens, die ihm nicht entgehen konnten, dem günstigen Einflusse zu, den Vally Habelmayer auf Jutta hatte. Er fand, dass er in Vally ganz die richtige Person ins Haus genommen habe. Sie war eines von den Gesichtern, das man gern um sich sah. Immer vergnügt, gesund, eine mollige Erscheinung, von bequemer Weltanschauung, verständnisvoll für ein gutes Mittagessen und, was Reimers besonders schätzte, immer bereit, auf einen Spaß, ja selbst auf einen gewagten, einzugehen.

Reimers hatte nämlich die Neigung, Anekdoten zu erzählen, welche die Grenze des Erlaubten streiften. Er sammelte sie aus Witzblättern, im Herrenklub, oder er erfand sie auch selbst. Die lagen ihm dann den ganzen Tag auf der Zunge; an irgendwen musste er sie loswerden. Sein

Kompagnon Knorrig war kein Abnehmer für dergleichen, und seinen eigenen Kindern konnte er sie doch auch nicht zum Besten geben. Da kam ihm Vally gerade recht. Er stand zu ihr im vertraulichen Verhältnis des angeheirateten Onkels. Vally war schließlich auch kein ganz junges Mädchen mehr, hatte ihre Erfahrungen hinter sich. Mit ihr konnte man sich ein offenes Wort erlauben und war sicher, auf Verständnis zu stoßen.

Das hinderte nicht, dass er von Vally zu anderen Zeiten gesetztes Wohlverhalten verlangte. Juttas unschuldiges Ohr sollte niemals einer jener Scherze entweihen, wie sie am Biertische, in der Weinstube oder im cabinet particulier im Schwange sind. Er wusste, was er seiner väterlichen Autorität schuldig sei. Vally aber, die zu ihren anderen angenehmen Eigenschaften auch noch die großer Anpassungsfähigkeit besaß, verstand seine erzieherischen Absichten vollkommen. Sie fand ihrer jungen Cousine gegenüber den richtigen Ton, war harmlos mit der Harmlosen, sparte sich das Bedürfnis nach pikanter Unterhaltung für die Stunden auf, wo sie mit ihrem jovialen Onkel allein war.

Eberhard kam dafür, dass er mit den Seinen in derselben Stadt lebte, selten in das väterliche Haus. Schnell hatte er sich in die Gewohnheiten des selbstständigen Junggesellen eingelebt. Er trat jetzt in das Alter, wo sich ein junger Mann um die Frauen zu kümmern anfängt. Eigentlich glaubte er noch immer, das Weib zu verachten, aber im Grunde war das nur Unsicherheit jenen fremden Wesen gegenüber, die ihm unheimlich waren und höchst anziehend zugleich.

Wunderliches Alter voll unversöhnlicher Gegensätze, die miteinander um die Herrschaft ringen und doch nebeneinander auskommen müssen. Was gärt und brodelt da alles im Gemüt! Solch ein Jüngling ist stolz und demütig zugleich, selbstbewusst bis zur Anmaßung, verlegen und menschenscheu bis zur Ängstlichkeit. Er ist trotzig, misstrauisch und borstig, nach außen und im Inneren voll Sentimentalität, anlehnungsbedürftig, nach Liebe durstend, jederzeit bereit, sein Herz zu verschenken, am liebsten an eine Königin; steht ihm diese nicht zur Verfügung, an die erste beste Zofe.

Und dieses Protzen mit Kraft, mit der eben erst erworbenen äußerlichen Unabhängigkeit, mit einer Erfahrung, die noch nicht erworben ist! Die Unsicherheit, die Unruhe, die Sehnsucht! Seine Gefühle wird er nie und nimmer eingestehen! Eher wird er sich rau, grob und zynisch zeigen, mit Gleichgültigkeit und Kälte prunken. Denn das ist männliche Schamhaftigkeit: sich nicht ertappen lassen wollen in der Tiefe der Gefühle. Wie sich das Weib nicht in seiner Blöße, so will sich der Mann nicht zeigen in seiner Seele. Jeder von uns, mag er noch so verschlossen erscheinen, trägt schließlich unter dem Panzer von Kälte und Gleichgültigkeit, mit dem wir uns von früh an aus Furcht vor der Lächerlichkeit zu umgeben belieben, geheime Sehnsucht, den Wunsch, sich hinzugeben; vielleicht als ein Erbteil der Mutter, vielleicht als einen letzten Rest vom Kinde, das er einstmals gewesen. Und Befreiung und Erlösung von dieser Bedrängnis, diesem Widerspruch kann ihm nur das Weib bringen.

Wie die meisten jungen Leute ohne Erfahrung, machte sich Eberhard ein ganz falsches, übertriebenes Bild von der Frau. Sonst ein ziemlich nüchterner Kopf, vermochte er über dieses Thema nicht ruhig nachzudenken. Die Ekstase der Gefühle, die starken Triebe seiner Natur verwirrten ihm den Verstand. Es schwebte seiner verzückten Phantasie ein bestimmtes Bild vor: von Jugend, Schönheit und Feuer, ein Extrakt gewissermaßen aller weiblichen Reize. Diesem Ideale jagte er im Schlafen und Wachen nach. In seiner nächsten Umgebung suchte er es vergeblich. Seine Schwester, obgleich sie nun auch die Schule verlassen hatte, lange Kleider trug und so gewissermaßen zu den Damen gehörte, war doch eben nur seine Schwester, ein neutrales Wesen, nicht das, was er suchte, was er brauchte. Und Vally, die ja ganz amüsant und fesch war, entsprach auch nicht seinem Ideal. Sie war ihm zu derb, zu materiell.

Wie er sich das Wesen eigentlich denke, das ihn befriedigen sollte, hätte er mit Worten nicht sagen können; es traf ihn nur manchmal blitzartig, im Traume, auf der Straße, im Theater, irgendwo, wie eine Ahnung: die ist es, so müsste sie beschaffen sein, die würde dich beglücken.

Inzwischen wuchs seine Unruhe, sein Verlangen zur unerhörten Pein. Seine Sinne lagen beständig auf der Lauer. Eine Stimme war in ihm, die alle andern Wünsche mit eherner Kraft übertönte: der Ruf nach einer Genossin.

Unwillkürlich hatten sich seine Sitten und Angewohnheiten geändert. Das Biertrinken, dem seine Kameraden in ihren dienstfreien Stunden oblagen, verstand auch er, aber es galt ihm nicht, wie diesen, als eine Art religiöser Übung, der man Leib, Seele und Verstand besinnungslos hingibt. Er ging ins Theater, in Konzerte; ja unglaublich, er wurde ohne vernünftigen Anlass in Museen angetroffen.

Er war ohne Freund augenblicklich. Bruno Knorrig befand sich schon seit einem halben Jahre in Venezuela, wo er Kurt, Eberhards Bruder, abgelöst hatte. Kurt hielt sich in einem französischen Badeort auf und sollte, erst wenn er ganz hergestellt sein würde, nach Haus kommen.

Eberhard besuchte im Winter öfters das Schauspielhaus. Ein starker Magnet zog ihn dorthin: eine junge Schauspielerin, die er in der Rolle der Thekla im Wallenstein zuerst gesehen hatte.

Ohne je ein Wort mit diesem Wesen gesprochen, ohne sie anders als jenseits der Lampen gesehen zu haben, hatte er sich in sie verliebt. Sie war für ihn das: »Weib der Weiber«.

Er ging in jedes Stück, in welchem sie auftrat. Wie gebannt hing dann sein Blick an der zierlich schlanken Person mit dem nervösen Mienenspiel, die einen Abend als »Hannele« auftrat und den nächsten Ibsens »Hedwig« in der Wildente darstellen musste. Er hatte auch schon einen schwärmerischen Brief an sie gerichtet, der bisher leider unbeantwortet geblieben war.

Es fand die Premiere einer beliebten Berliner Schwankfirma statt. Auch Eberhards Angebetete hatte zu spielen. Er versäumte es jedoch, sich rechtzeitig einen Platz zu sichern und musste, da das ganze Parkett ausverkauft war, mit dem Hinterplatz einer Seitenloge vorliebnehmen.

Vor ihm saß eine Dame in schwarzem Kleide mit Halsausschnitt; lange wildlederne Handschuhe reichten bis an die Ellenbogen. Ihr blondes Haar war nach neuester Art frisiert, fiel in breiten Wellen über das halbe Ohr und vereinigte sich im Genick in einem Nest von Zöpfen, die durch einen Schildkrotkamm von heller Farbe gekrönt wurden.

Eberhard konnte ihre Züge nicht sehen, weil sie in den Zuschauerraum blickte, bald mit dem Opernglas die Logen gegenüber musternd, bald Bekannten zunickend, die sie aus dem Parterre begrüßten. Dass sie nicht hässlich sein könne, dafür sprachen die vielen auf sie gerichteten Gläser der Männerwelt. Ein feines, die Sinne betäubendes Parfüm, das Eberhard sofort aufgefallen war, als er die Loge betrat, ging von ihr aus.

Der Platz neben ihr blieb zunächst frei. Während des ersten Aktes jedoch wurde die Logentür geöffnet und ein kahlköpfiger Herr im Frack mit weißer Weste und Binde trat ein. In diesem Augenblicke wandte sich die Dame um. Eberhard sah ein paar volle lächelnde Lippen, ein feines Näschen und ein Paar leuchtende Augen unter schwarzen Wimpern. Das Ganze erschien ihm als das lieblichste Angesicht, das er jemals erblickt hatte. Der Herr überreichte der Blondine ein paar Rosen und setzte sich auf den Platz neben sie.

Von diesem Augenblick an ließ das, was auf der Bühne vorging, Eberhard völlig gleichgültig; selbst als die Schauspielerin auftrat, um derenwillen er ins Theater gegangen war, empfand er kein stärkeres Interesse. Er wunderte sich auf einmal, dass er für diese Person eine Neigung habe fassen können, und schämte sich des Briefes, den er an sie gerichtet.

Sowie der Vorhang fiel, erhob sich der Herr mit der Glatze. Er erklärte, nicht länger bleiben zu können, da er noch in Gesellschaft müsse. Dabei nannte er den Namen eines der vornehmsten Häuser. Sie lächelte ihm zu: Schmerz über sein Gehen schien sie nicht gerade zu empfinden.

Ihr Blick hatte Eberhard gestreift, ehe sie sich wieder umgewandt. Ein Strom, warm und belebend, war ihm durch und durch gegangen. Die Nähe dieser Person wirkte auf ihn wie körperliche Berührung: Jede Biegung ihres schlanken Halses, jede Bewegung des Armes, der Hand fühlte er gleichsam mit. Ein qualvoller Zustand, aus dem er sich am liebsten durch schleunige Flucht gerettet hätte. Aber er blieb, starrte wie verzaubert aus seinem Hinterhalte auf das blonde Haar, die gewölbten Schultern, den zarten, vom Genickhaar beschatteten Hals da vor ihm.

Jetzt wandte sie sich zur Seite, blickte hinab, hob den Stuhl ein wenig, suchte. Eberhard begriff: Ihr Kavalier hatte den Theaterzettel mit fortgenommen. Heiß errötend wagte er es, ihr den seinen anzubieten.

Sie blickte ihn an, kniff die Augen unmerklich ein und lächelte. Den Zettel nahm sie mit einer – wie ihm schien – unendlich graziösen Handbewegung entgegen.

Nachträglich kam ihm ungeheuer kühn vor, was er getan hatte. Er zitterte vor Verlangen, die einmal so glücklich hergestellte Verbindung weiter auszunützen. Übrigens nahm sie selbst die Unterhaltung auf, als sie ihm seinen Zettel zurückgab mit der Bemerkung: Sie wolle ihn nicht berauben.

»Oh!«, rief er. »ich kenne die Schauspieler alle auswendig.« Damit war ein Gespräch im Gange. Er sprach schnell und aufgeregt, mit dem Bestreben, unbefangen zu erscheinen und möglichsten Eindruck hervorzubringen.

Darauf kam der zweite Akt und nach ihm die große Pause. Sie ging nicht hinaus, was er gefürchtet hatte.

»Die Leit' passen einem so auf im Foyer. I mag das nit!«, meinte sie. Dann zog sie eine kleine Dose aus der Tasche, von Silber mit eingraviertem Monogramm. Schokolade war darin. Sie nahm und bot ihm an. »Gelt, wollen 's Ihnen net bedienen?« Er tat es, nahm schüchtern eine Praliné. Noch konnte er das Glück gar nicht fassen, das ihm widerfuhr: Hier sitzen und mit ihr verkehren dürfen! Dass sie Dialekt sprach, erstaunte ihn im Anfang ein wenig; von niederer Herkunft konnte sie doch unmöglich sein. Dann entsann er sich, gehört zu haben: Es sei neuerdings Mode, bis in die höchsten Kreise hinauf, an der angestammten Mundart festzuhalten.

Dass sie eine Dame sei, verriet ihm ihre Toilette, und ihre Bildung erkannte er aus der Art, wie sie das Stück, das Spiel, das ganze Theater überhaupt kritisierte. Sie hatte alle Novitäten der Saison gesehen und urteilte über ihren Wert und Unwert, dass Eberhard sich sagte: Er müsse sich zusammennehmen, wenn er sich hier nicht blamieren wolle.

»Gnädige Frau gehen viel ins Theater?«, fragte er.

»Jeden Abend, wenn i Zeit hätt'! I hab' selbst die größte Lust gehabt, aufzutreten, aber i hab's bleiben lassen; wissen's, die Schauspieler sind unter sich zu famüliär. Und das passt mir net! Da bin ich mir zu gut! Aber ins Theater geh' i alleweil gern. Gelt, Sie auch?« Sie lachte ihn vertraulich an, mit einem Blick, der ihm das Blut zu den Schläfen trieb.

»Studierens vielleicht? Denn Sie sind doch a Freiwilliger!« sagte sie mit einem Blick auf seine Uniform. Er erklärte ihr, dass er Mediziner sei.

»So so, Mediziner! Die Ärzte sein oft so unmanierliche Leit! Ich habe se nimmer leiden können. Aber Se sein ganz anders!«

Eberhard fühlte sich nicht wenig geschmeichelt. Ihre Worte gingen ihm ein wie ein angenehmer Trank. Er fing an, voll Selbstgefühl von sich zu erzählen, nannte seinen Namen, in der stillen Hoffnung, dass sie ihrerseits sagen würde, wer sie eigentlich sei.

»Ein Sohn von Herrn Reimers sein Se! Sehen 's mal an! Vom reichen Herrn Reimers!« – Sie maß ihn mit einem besonderen Blicke, es schien fast, als habe er in ihren Augen an Bedeutung gewonnen.

»Kennen Sie denn meinen Vater, gnädige Frau?«

»Das net grad! Aber eine Freundin von mir, die kennt en gut. Er soll ja sehr ein generöser Herr sein, der Reimers.«

Der Vorhang ging wieder auf. Von den zwei Akten, die nun noch folgten, sah und hörte Eberhard so gut wie nichts. Er konnte nichts anderes denken als sein unerhörtes Glück. Dieses herrliche Geschöpf hatte ihn für würdig befunden der Beachtung. Träumte er denn? Aber diese runden Schultern vor ihm waren Wirklichkeit. Vielleicht gefiel auch er ihr! Warum würde sie ihn sonst so bedeutsam angelächelt, so freundlich zu ihm gesprochen haben! Es konnte einem schwindeln bei dem Gedanken.

Schon war er eifersüchtig ihretwegen. Als in der Zwischenpause ein junger Mann aus dem Parterre an die Logenbrüstung herantrat und ihr die Hand reichte, vertraulich ein paar Worte mit ihr wechselte, da fühlte er tödlichen Hass gegen den Menschen in sich aufsteigen.

Er zitterte vor dem Schluss der Vorstellung, denn damit musste der Abschied von ihr kommen. Fest hatte er sich vorgenommen, sie wenigstens nach ihrem Namen zu fragen, auf die Gefahr hin, unverschämt gefunden zu werden.

Aber es kam günstiger, als er sich's hatte träumen lassen. Als der Vorhang endgültig fiel, bat sie ihn, er möge ihr die Sachen hereinholen, weil sie das Gedränge an der Garderobe fürchte. Eberhard drängte sich durch die Menge, eroberte ihre Sachen, bahnte sich, ohne auf die Flüche, die rings erschollen, zu achten, den Weg zurück in die Loge und half ihr dort in ihren mit Seide gefütterten Radmantel.

»Darf ich einen Wagen besorgen, gnädige Frau?«, fragte er.

»Lassen's die Leit' erst a bisserl voneinand laufen, hernachen gehen wir. Se können mich begleiten, wenn 's sonst nix Besseres vorhaben. Aber ka Droschkerl! I wohn' net allzu weit.«

Ihm hüpfte das Herz.

»Hinter militärischer Bedeckung geh' i heit nach Haus. Das hab' i mir halt auch nit träumen lassen, vorige Nacht!«, rief sie und nahm lachend seinen Arm.

»Ihr Herr Gemahl ist in Gesellschaft gegangen?«, fragte er, und seine Stimme zitterte ein wenig.

»Mein Herr Gemahl! I bitt Sie, wer is denn dös?«

»Der Herr vorhin - -!« »O du mei! Der mein Herr Gemahl! Nein, ich bin ledig. Und Se brauchen mich auch nimmer so großartig ›gnädige Frau‹ zu titulüren!«

Ihm fiel ein Stein vom Herzen.

Sie gingen eine Weile schweigend. Dann fing sie an, ungebeten zu erzählen: der Herr, den er da gesehen, wäre ein Freund von ihr, ein »Gönner«, dem sie zu großem Dank verpflichtet sei.

»Malen Sie vielleicht?«, fragte Eberhard.

»Dös net! Aber i interessier mi sehr für de Kunst und versteh mehr davon als mancher von die Herren Kunstmaler.« Nun begann sie eifrig zu erzählen von den Bildern, Ausstellungen und Künstlern, die augenblicklich im Vordergrunde standen, mit Ausdrücken, die ihm bewiesen, dass sie eine Eingeweihte sei. Sie war ein außerordentliches Wesen! In seinen Augen wuchs sie von Minute zu Minute an Bedeutung.

Viel zu früh für ihn war man an ihrer Haustür angelangt. »Wenn 's wollen, können 's mi auch mal besuchen. I wohn über der dritten Stiege links.«

»Und nach welchem Namen darf ich fragen?«

»Fragens halt nach Fanny Spänglein. Und schön Dank für die Begleitung. Behüt's Gott!«

Sie reichte ihm die Hand. Er verbeugte sich tief. Dann verschwand sie im dunklen Flur.

Eberhard ging wohl ein Dutzend Mal vor dem Hause auf und ab, ehe er sich entschließen konnte, von der Stätte zu scheiden. Er schlug den Weg ein nach dem Englischen Garten. Jetzt nach Haus gehen, war unmöglich! An Schlafen war in dieser Nacht nicht zu denken! Der Gedanke, ins Café oder ins Bierhaus sich zu begeben, erschien wie Profanation.

Er befand sich in nie gekannter beseligter Stimmung, wie berauscht. Das Herz zum Zerspringen voll. Glücklich, scheu und erwartungsvoll zugleich. So war ihm zumute gewesen als Kind, wenn er am Weihnachtsabend vor verschlossener Tür gewartet und durch die Spalte der erste Schimmer vom Lichterbaum sein geblendetes Auge traf.

War das Liebe? Er wusste es nicht: Auf das Wort kam's wohl auch nicht an. Über sich selbst erhoben fühlte er sich. Großes hatte er erlebt. Größeres noch stand ihm bevor.

Er rief sich das Erlebnis der letzten Stunden ins Gedächtnis zurück. Ihre Gestalt stand ihm vor Augen, ihr Gesicht in der halbdunklen Loge, ihr leuchtendes Haar, der erste bedeutungsvolle Blick, der ihn gestreift. Den Duft glaubte er noch zu atmen, den sie um sich verbreitet. Er hörte den Tonfall ihrer Stimme, sah die weichen Bewegungen ihrer schmiegsamen Glieder. Das Weib mit allen seinen Reizen war leibhaftig bei ihm.

Überwältigend war der Gedanke, dass dieses süße Geschöpf jetzt vielleicht ebenso seiner gedenke, dass sie sich nach ihm sehne, vielleicht von ihrem Lager die Arme verlangend nach ihm ausstreckte.

Er schwankte, musste sich auf eine Bank am Wege setzen. Die Glieder zitterten ihm wie im Fieber.

War das Krankheit? Oder war es der erste Ausbruch eines Gefühles, das wie ein Erdbeben über den jungfräulichen Menschen kommt, die Grundfesten seiner Natur erschütternd? –

VI

Jutta war die Einzige von der Familie, die ihrem Bruder eine Veränderung anmerkte. Er war mit einem Male freundlicher gegen sie geworden; keine Spur mehr von der Barschheit, mit der er ihr ehemals begegnet. Er fing an, sie wie seinesgleichen zu behandeln. Manchmal kam es ihr geradezu vor, als wünsche er, ihr etwas anzuvertrauen. Sie fragte nicht, aber sie ahnte, dass es eine Herzensangelegenheit sein müsse, die ihn so milde und nachdenklich stimmte.

Vally Habelmayer hingegen war mit Eberhards Benehmen sehr wenig einverstanden. Sie fand den jungen Vetter von Herzen langweilig. Von ihren Freundinnen wusste sie, dass es nichts Netteres gäbe, als das Verhältnis von Cousin und Cousine. Das solle halb und halb wie Liebesleute sein. Alles dürfe man von Rechts wegen unternehmen mit dem Vetter, sich ins Café führen lassen, in den Zirkus gehen, die Redouten besuchen, und doch konnte niemand etwas Bedenkliches darin finden; man war doch Geschwisterkind.

Aber Eberhard kam gar nicht auf solch nette Einfälle. Er sah Vally kaum an, merkte nicht die feurigen Blicke, die sie an ihm verschwendete. Einfältig schien er zu sein, ein Stockfisch! –

Die Mittagsmahlzeiten nahm er meist zu Haus ein; des Abends sah man ihn so gut wie gar nicht daheim. Der Dienst schien ihn gewaltig mitzunehmen; er war blass und ermüdet und seine Laune meist verdrossen.

Vally beobachtete ihn genauer. Verdächtig war ihr sein ganzes Wesen. Warum hatte er es so eilig, immer gleich nach Tisch wegzulaufen. Und wo war er des Abends? Da hatte er doch keinen Dienst? Was mochte er mit dem Gelde anfangen, das ihm der Onkel gab? Sie wusste zufälligerweise, wie hoch sein Zuschuss war. Für die Wohnung allein konnte er doch unmöglich so viel ausgeben! –

Sie war entschlossen, dem auf den Grund zu kommen. Wozu hatte man denn gute Freundinnen? Die würden ihm aufpassen! Mit der Zeit wollte sie das Geheimnis des kleinen Vetters schon herausbekommen!

Inzwischen hatte Eberhard das, was Cousine Vally sich so brennend zu wissen wünschte, seiner Schwester aus eigenem Antriebe gestanden. Jemandem musste er doch beichten, sein Glück und seine Sorgen. Von beiden hatte er jetzt ein gerüttelt Maß voll.

Sein Geheimnis drückte ihm einfach das Herz ab. Bruno, bisher sein Beichtiger, war weit weg, und dem Papier so delikate Dinge anzuvertrauen, scheute man sich doch. Außerdem war er auch nicht ganz sicher, wie sein älterer Freund die Sache auffassen möchte. Bruno kannte Eberhard nur als Weiberverächter; jedenfalls würde ihm die Wandlung schwer begreiflich zu machen sein.

Und mit dem Vater jetzt schon zu reden, wäre ganz unsinnig gewesen. Später, da musste der natürlich alles erfahren, aber noch war das nicht reif.

Eberhard erzählte Jutta alles, wie es gekommen war, von Anfang an; wie er Fanny kennengelernt habe, welch schönes, außergewöhnliches Geschöpf sie sei.

Er hatte sich in der Schwester nicht getäuscht. Sie begriff, dass er Fanny liebte, ja noch mehr, sie begriff, dass der Bruder nicht anders handeln könne, als Fanny zu heiraten. Nicht die geringsten Vorwürfe machte sie ihm; im Gegenteil, sie fand seine Absicht im höchsten Grade edel.

Für Eberhard bedeutete das eine große Erleichterung. Er stärkte sich den Mut, indem er Jutta von seinem Vorhaben erzählte; denn er war im Grunde seines Herzens oft sehr kleinmütig und verzweifelt.

Vor allem hatte er Geldsorgen. Sein Zuschuss war ja reichlich bemessen, aber für zwei langte er unmöglich. Er machte die größten Anstrengungen im Sparen, lebte so einfach wie möglich; aber was wollte das besagen! Fanny ließ ihn nicht im Unklaren darüber, dass sie von dem, was er ihr gab, kaum ihre Schneiderrechnung würde bezahlen können.

Der Gedanke, den er ihr einige Male schüchtern nahegelegt, dass sie sich ihrerseits doch auch einschränken möge, hatte bei dem Mädchen nur Heiterkeit erregt. Sie war verwöhnt, machte Ansprüche, hatte bei ihrer Schönheit ja auch ein Recht dazu; das sah er ein.

Solange er aber nicht imstande war, sie von seinem Gelde zu erhalten, konnte er ihr auch nicht verwehren, sich ihren Lebensunterhalt zu verdienen. Freilich war ihm die Art, wie das geschah, peinlich genug.

Fanny Spänglein war Modell. Der Gedanke, dass seine Angebetete, wenn auch nur zu Kunstzwecken, den Blicken anderer Männer preisgegeben sein solle, erschien ihm ganz unerträglich. Er sann unausgesetzt darüber nach, wie er diesem widerwärtigen Zustande ein Ende machen könne.

Übrigens sagte er seiner Schwester über Fannys Broterwerb nichts; er schämte sich dessen zu sehr.

Die Sorge drückte umso schwerer, je lieber und lieber er Fanny gewann. Sie hatte die Erstlinge seiner Liebe gepflückt; und für die, welche ihn zum Manne gemacht hat, empfindet der Jüngling eine ganz besondere, mit keiner späteren Neigung zu vergleichende, schwärmerische Hingebung. Seine Leidenschaft, die aus ungebrochener Sinnlichkeit stammte, war noch keinen Augenblick des Trankes überdrüssig geworden, den er für die »große Liebe« hielt, und der, wie er naiv meinte, niemals schal werden könne. Er glaubte an dieses Mädchen, an das Gute in ihr. Sie war ihm nach wie vor ein außerordentliches Wesen. Tödlich würde er den gehasst haben, der versucht hätte, ihm die Echtheit dieser Perle zu verdächtigen.

Vor, allem aber glaubte er an die Aufrichtigkeit ihrer Liebe. Um anzunehmen, dass sie ihn täuschen könne, war er teils zu arglos, teils zu eingebildet. Wenn sie ihm unter Küssen versicherte: er sei der schönste, der beste von allen, der Einzige, dem ihr Herz gehöre, so klang das so süß, dass er es nur zu willig glaubte. Er verschloss Augen und Ohren gegen Tatsachen, die ihn leicht eines Besseren hätten belehren können.

Fanny Spänglein bewohnte ein paar elegant möblierte Zimmer nach vorn heraus. Nicht immer, wenn Eberhard kam, war sie für ihn zu Haus: Dann ließ sie sich meist durch die Wirtin wegen Migräne entschuldigen. Mit ihm auszugehen, weigerte sie sich, angeblich weil sie das kompromittiere. Einmal sah er sie in Gesellschaft jenes Kahlkopfes, den er vom Theater her in unangenehmer Erinnerung hatte. Von Eberhard darüber zur Rede gestellt, erklärte sie: Der Mann sei ein Künstler von großem Einfluss. Ihn dürfe sie nicht vor den Kopf stoßen, sonst komme sie um ihren Erwerb.

Trotz Fannys Versicherungen, dass an dem Verkehr mit diesem Alten nichts Unrechtes sei, fraß der dunkel beschwingte Vogel der Eifersucht an Eberhards Seele. Er wollte die Geliebte freihaben aus einer Lage, die ihn tiefer demütigte als sie. Ernsthaft ging er mit sich zurate, was zu tun sei. Heiraten durfte er in seinem Alter nicht ohne väterliche Genehmigung, soviel wusste er. Aber niemand konnte ihm wehren, dass er das Mädchen für alle Zukunft band.

Er kaufte einen Ring, brachte ihr den und erklärte sie für seine Verlobte. Fanny lächelte, fand den Ring jedoch hübsch, steckte ihn an und gelobte ihm mit einer Umarmung »ewige Treue«.

Auch Jutta war davon durchdrungen, dass Heirat die einzig mögliche Lösung der schwierigen Lage sei, in der sie den Bruder sah. Der Gedanke, dass Eberhard zu jung sei, um ein fremdes Geschick mit dem seinen zu verknüpfen, kam ihr ebenso wenig wie der, dass er sich mesalliere. In ihrem Alter pflegen Mädchen jene Anschauung vom Leben zu haben, welche die Bücher, die man ihnen zu lesen gestattet, ihnen inspirieren. Und diese Auffassung ist zumeist mehr romantisch als praktisch.

Eines Tages erzählte Vally der Cousine in großer Erregung, sie habe etwas Außerordentliches in Erfahrung gebracht: Eberhard besuche eine Dame von zweifelhaftem Renommee. Nun also wisse man, was sein geheimnisvolles Wesen bedeute, er habe ein Verhältnis.

Jutta hatte bis dahin ihrem Versprechen gemäß geschwiegen über das, was sie wusste. Nun aber, wo des Bruders Geheimnis ans Tageslicht gekommen war, nahm sie offen seine Partei. Sie verteidigte auch das Mädchen; erklärte, dass Fanny ein ausgezeichnetes, schönes, unglückliches und verkanntes Wesen sei. Sie gebrauchte dabei Eberhards eigene Worte. Vally lachte.

»Ja, und es ist sehr groß und edelmütig von Eberhard gehandelt«, rief Jutta mit blitzenden Augen, »dass er Fanny heiratet!«

»Heiraten – so eine!«, schrie Vally und brach von Neuem in höhnisches Gelächter aus. Jutta wandte ihr mit erhabener Geste den Rücken.

Von dem Augenblicke an, wo Vally erfahren hatte, wie ernsthaft Eberhard die Sache nehme, war sie moralisch entrüstet; über eine kleine Liaison würde sie sich weniger aufgeregt haben.

Vally Habelmayer kannte diese Fanny Spänglein, die eine stadtbekannte Persönlichkeit war, vom Ansehen. Im Theater, auf dem Eise, bei Redouten, im Zirkus zeigte man sie sich. Jedes kleine Bürgermädchen von einiger Erfahrung wusste von ihr, kannte ihre Abenteuer, konnte womöglich ihre Liebhaber aufzählen. Mit einem aus Bewunderung, Neid und Verachtung wunderlich gemischten Gefühle hatte Vally diese Größe der Halbwelt von fern angestaunt. Und nun war ihr kleiner Vetter auf sie hereingefallen. Sie hielt es für ihre Pflicht, da sie einmal als Wächterin der Moral in diesem Hause angestellt war, ihrem Onkel von dem skandalösen Vorhaben seines Sohnes Mitteilung zu machen.

Herr Reimers war nicht in dem Maße überrascht, als man hätte annehmen sollen. Er hatte sich schon etwas gedacht im Stillen. Vor allem war ihm auffällig gewesen, dass Eberhard ein kleines Kapital, welches er von Patengeschenken her in der Sparkasse liegen gehabt, erhoben hatte. Dahinter steckte ein Weib, das war für Reimers von vornherein klar. Aber er tat zunächst nichts in der Sache, weil er eben der Ansicht war, dass Jugend sich austoben müsse. Junge Leute sollten ihre Erfahrungen sammeln, damit das spätere Leben sie nicht gar zu ungeschickt und dumm finde.

Als er durch Vally von Eberhards Liaison hörte, machte er nur des Anstands halber ein ernstes Gesicht; im Stillen dachte er:»Na, der Junge scheint wenigstens Geschmack zu entwickeln!«

Eines Tages nach Tisch berief Reimers *senior* seinen Sohn zu sich aufs Zimmer. Dort bot er dem jungen Mann zunächst eine Importe an, und nachdem er selbst eine in Brand gesteckt und so der Sache von vornherein einen harmlos gemütlichen Anstrich gegeben hatte, sagte er dem Sohne, dass er seine Liebeshändel kenne. Er wolle ihm keine Vorwürfe machen, spreche zu ihm als älterer Freund und wünsche nur Auskunft über zweierlei: ob Schulden vorlägen und was für Versprechungen Eberhard der Person gemacht habe.

Eberhard war durch die Art und Weise, wie sein Vater die Sache behandelte, auf das Angenehmste berührt. Eine ganz andere Aufnahme hatte er befürchtet. Offen beichtete er seine Schulden; sie bestanden der Hauptsache nach in unbezahlten Rechnungen und in einer Gutsage, die er beim Hauswirt für Fannys nicht bezahlte Miete geleistet hatte.

Reimers *senior* lächelte befriedigt. Das Ganze war eine Sache von nicht viel über tausend Mark.

Nun kam die Beantwortung der zweiten schwierigeren Frage. Als Eberhard sich einen Stoß gab und dem Vater mit niedergeschlagenen Augen und halblauter Stimme erklärte, dass er sich mit Fanny Spänglein verlobt habe, fragte Herr Reimers, nicht im geringsten dadurch aus dem Gleichgewicht gebracht, ob er ihr das Versprechen schriftlich gegeben habe. Eberhard verneinte das, fügte aber sogleich hinzu, dass er sich durch sein Wort für ebenso fest gebunden halte wie durch einen schriftlichen Kontrakt.

Voll Spannung blickte der junge Mann in das Gesicht des Vaters, die Wirkung seiner Eröffnungen dort zu erspähen. Reimers *senior* spielte mit der Uhrkette und blies den Rauch seiner Zigarre in kleinen eirunden Ringen vor sich hin, von denen der zweite jedes Mal den ersten überholen sollte. Im Augenblicke schien das Gelingen dieses Kunststückes weit mehr zu interessieren als alles, was der Sohn sagte.

Eberhard, dem das Herz vor Ungeduld schwoll, fing an, dem Vater von seiner Braut vorzuschwärmen. Das ironische Lächeln des Vaters veranlasste ihn, sie gegen die Vorwürfe zu verteidigen, die er darin argwöhnte. Fanny war nicht das, wofür die Welt sie hielt. Die Umstände hatten sie zu dem gemacht, was sie jetzt schien; im Grunde war sie ein reines, unverdorbenes Wesen. Er, Eberhard, sei der erste Mann, den sie wirklich liebe. Mochte der Schein gegen sie sein, er glaube an ihre Unschuld, Vortrefflichkeit und Treue. Der Alte ließ ihn ausreden. Zu erlesen war der Genuss, den ihm der Junge bereitete, zu angenehm prickelnd das Gefühl der Überlegenheit solcher Naivität gegenüber.

Zum Schluss richtete Eberhard die Bitte an den Vater, ihn mit seiner Braut bekannt machen zu dürfen. Er sei der Überzeugung, dass damit alle Zweifel gehoben sein würden.

Reimers *senior* ließ sich Fanny Spängleins Adresse sagen, erklärte aber gleichzeitig, den Besuch bei ihr werde er allein vornehmen; er halte das so für passender. Dann nahm er dem Sohne das Versprechen ab, zunächst nicht mehr zu dem Mädchen zu gehen, bis alles – wie der Vater sich ausdrückte – »in Ordnung gebracht« sei. Eberhard gelobte das freudigen Herzens; er fand, dass heute alles über Erwarten gut gegangen war.

In der nächsten Zeit wartete er voll Ungeduld, dass der Vater sich äußern solle, welchen Eindruck er von dem Mädchen empfangen habe. Das Schweigen seines alten Herrn über diesen wichtigen Punkt und vor allem das fortgesetzte ironische Lächeln, mit dem er betrachtet wurde, machten ihn etwas unruhig.

Schließlich begab er sich doch nach Fannys Wohnung. Es hieß, sie sei nicht zu Haus. Am nächsten Tage wurde er mit derselben Behauptung bedient. Diesmal ließ er sich so nicht befriedigen, ging in der Nähe auf und ab, bis er sie in leichter Frühjahrsbluse, den Strohhut mit Blumen auf dem Kopfe, das Haus verlassen sah. Er holte sie ein und sprach sie an.

Sie sah ihn von oben bis unten an, wie einen Fremden. Er nannte sie mit ihrem Kosenamen; sie verbat sich das. Ganz betreten schritt er neben ihr her.

Fanny sprach von Belästigungen, die sie sich nicht länger gefallen lassen werde. Dann winkte sie sich einen Wagen heran. Den Fuß bereits auf dem Wagentritt, raunte sie ihm zu: »Es ist aus, dummer Bub, rein aus!« Und als sie drin saß und das Pferd bereits anzog, rief sie ihm noch mit übermütigem Lachen zu: »Du, übrigens, dei Vater is sovülmals gescheiter als wie du!«

Eberhard war wie vor den Kopf geschlagen. Wie sollte er sich darin zurechtfinden? Hatte Fanny wirklich nur mit ihm kokettiert? War er der Betrogene? Und welche Rolle hatte sein Vater bei dem Handel gespielt? –

Es traf sich, dass Reimers *senior* wieder mal in Geschäften verreist war. Von ihm konnte sich Eberhard also auch keine Aufklärung holen.

Der Abweisung zum Trotze, die er sich geholt, ging Eberhard einige Tage später noch einmal in Fannys Wohnung. Die Wirtin erklärte ihm: Fräulein Spänglein sei aufs Land verzogen, sie wisse nicht genau, wohin. Als er eintrat, um sich von der Wahrheit zu überzeugen, fand er in der Tat, dass die Zimmer leer, die Möbel zusammengestellt und überzogen waren. Die Wohnung aber stand als »zu vermieten« angezeigt.

Dieses Erlebnis war die bitterste Enttäuschung, die ihm das Leben bisher zugemutet hatte. Die nächste Folge war, dass Eberhard sich ganz auf sich selbst zurückzog. Niemandem, selbst Jutta nicht, sagte er von seinem Schmerze, zu tief war er verletzt in seinem Selbstgefühl. Die Kränkung kam ihm noch schwerer an als der Kummer um das verlorene Liebesglück. Seinem Vater gegenüber beherrschten ihn äußerst bittere Gefühle; denn in ihm erblickte er den Anstifter seines Unglücks. Aber er war zu stolz, dem alten Herrn seine Gefühle zu zeigen; er schämte sich jetzt eines jeden offenen Wortes, das er neulich gesprochen hatte, aus tiefster Seele.

Als Herr Reimers endlich von seiner Reise zurückkehrte, tat Eberhard, als sei überhaupt niemals zwischen ihnen von einer gewissen Fanny Spänglein die Rede gewesen.

Der Alte fand, dass er in dieser Sache außerordentlich geschickt operiert habe. Er war mit sich selbst und dem Ausgang des Handels zufrieden. Den Jungen hatte er mit heiler Haut aus einer großen Eselei herausgeholt, und er selbst war dabei schließlich auch auf seine Rechnung gekommen.

Sich zu fragen, welchen Einfluss dieses Erlebnis auf das Gemüt seines Sohnes gehabt haben könne, darauf kam Herr Reimers nicht.

VII

Eberhard hatte seine Freiwilligenzeit abgemacht und war nach Berlin gegangen, um dort weiterzustudieren. Gleichzeitig fast mit seinem Weggange war Kurt, der sich bisher in Bädern aufgehalten hatte, ins Vaterhaus zurückgekehrt.

Wer Kurt Reimers gekannt hatte, als er vor etwa vier Jahren nach Südamerika gegangen, musste, wenn er ihn jetzt wiedersah, eine erschreckende Veränderung finden in Erscheinung und Haltung des jungen Mannes. Als lebensvoller, kräftiger, blühender Mensch war er ausgesegelt, als jugendlicher Greis kehrte er zurück. Das Haar war ausgegangen, die Haut erschlafft, das Auge erloschen.

Kurt war der Lieblingssohn seines Vaters, ihm am meisten ähnlich. Auf ihn hatte Herr Reimers große Hoffnungen gesetzt.

Aber gerade, weil der Junge ihm so ans Herz gewachsen war, scheute der Vater davor zurück, sich über ihn die volle Wahrheit einzugestehen; er wollte nicht sehen, dass sein Ältester nicht viel mehr sei als eine Ruine.

Reimers ging mit Kurt zu verschiedenen Ärzten. Sie gaben ihm übereinstimmend hoffnungslose Auskunft. Bis er einen fand, der gewissenlos genug war, zu erklären: Er getraue sich, den Kranken wieder herzustellen. Das war der Mann für Reimers *senior*; ihm wurde Kurt übergeben.

Angeblich füllte Kurt Reimers im väterlichen Geschäft die Stelle aus, die Bruno Knorrig vordem innegehabt hatte. Der Vater erzählte jedem, der es hören wollte, sein Kurt arbeite angestrengt und ersetze ihm einen Buchhalter.

In Wahrheit bestand Kurts Tätigkeit auf dem Kontor im Rauchen von Zigaretten. Bestenfalls versenkte er sich in eine ausländische Zeitung.

Reimers *senior* pflegte seinen Frühschoppen in einem alt renommierten Bräu einzunehmen. Außerdem gehörte er einem Klub an, in dessen behaglichen Räumen er seine gesellschaftsfreien Abende zubrachte.

Die Männer, mit denen Reimers des Vormittags sein Bier vertilgte, waren gut situierte Bürgersleute, man hätte ihnen mit der Bezeichnung »Philister« nicht unrecht getan. Seine Klubfreunde, mit denen er des Abends zusammenkam, dagegen waren Leute von ganz anderem Schlage. Unter ihnen herrschte das künstlerische Element vor. Maler, Schriftsteller, Musiker, Schauspieler, auch einige pensionierte Militärs waren darunter. Beim Frühschoppen ging es harmlos gemütlicher zu, des Abends ausgelassener, geistreicher und geschmackvoller.

Reimers stand an beiden Tischen seinen Mann. Er war weit in der Welt herumgekommen, hatte mancherlei erfahren, durchgemacht und beobachtet und verstand vor allem zu erzählen.

Ein mitteilsamer Mann ist am Stammtische stets beliebt. Er erspart soundsovielen anderen das Reden und Nachdenken. Man erwartet aber auch von ihm, dass er stets etwas auf Lager hat: eine Anekdote, einen Witz, eine Geschichte. Er muss es sich gefallen lassen, gewissermaßen als Automat behandelt zu werden, der stets das Verlangte herausgeben soll. Dafür ist er beliebt und populär; sein Fehlen wird als Lücke empfunden.

Reimers durfte es sich daher erlauben – was einem andern vielleicht nicht so leicht durchgegangen wäre –, einen so wenig erfreulichen Gast, wie seinen Sohn Kurt, an den Stammtisch und in den Klub mitzubringen. Man sah es dem jungen Menschen nach, dass er missmutig und öde dasaß, weil er einen so anregenden, kreuzfidelen Alten hatte. Reimers aber nahm seinen Sohn an diese Orte mit, weil dieser nach Ausspruch des Arztes Zerstreuung haben sollte, und weil er ihn auf diese Weise aus seiner Lethargie und schlechten Laune aufzurütteln hoffte.

Kurts Rückkehr hatte auch im Hauswesen einen Umsturz verursacht. Herr Reimers hielt es für besser, dass Vally und sein Ältester nicht unter einem Dache lebten. Kurt war nun einmal auf Krankendiät gesetzt; und Vally – das durfte der Onkel sich nicht verhehlen – passte nicht zur Krankenpflegerin.

Vally kehrte zu ihrer Mutter zurück; der gütige Onkel hatte ihr jedoch als Lohn für ihr Wohlverhalten ein hübsches Taschengeld in Aussicht gestellt.

Jutta war nicht unglücklich über Vallys Scheiden. Seit jenem Zerwürfnisse um Eberhards willen hatten sich die beiden immer weiter voneinander entfernt.

Für den Verkehr mit der Cousine fand Jutta reichlichen Ersatz durch ihren Bruder Kurt. Früher hatte der Unterschied der Jahre eine fast unüberbrückbare Kluft bedeutet zwischen den Geschwistern. Jetzt waren sie einander ganz von selbst nähergerückt.

Jutta hatte ihren großen Bruder in Erinnerung als imponierende Persönlichkeit. In der Kinderstube galt Kurt für eine Macht, gegen die einfach nicht aufzukommen war. Jutta hatte seinen Spott und seine schlimmen Streiche und Neckereien gefürchtet. Dazu des Vaters Vorliebe für Kurt, im Bewusstsein deren er sich alles herauszunehmen getraute! Wie war das alles gewandelt!

Innigstes Mitleid empfand Jutta mit dem unglücklichen Bruder. Sie fühlte vor allem das Tragische seines Geschickes heraus. Die Frage, ob er selbst an seinem Zustand schuld sei, kam für sie gar nicht in Betracht.

Kurt wiederum, der draußen in der Welt beinahe vergessen hatte, dass er daheim auch eine Schwester besitze, fühlte zunächst Befremden, als ihm in Jutta eine Person entgegentrat, die Anspruch erheben durfte, zu den Erwachsenen gezählt zu werden.

Jutta hatte sich zu einer jener Gestalten entwickelt, die man auf der Straße nicht übersieht, der die jungen Männer unwillkürlich nachblicken, und die in Gesellschaft, ohne ihr Zutun, das Interesse sofort auf sich lenken.

Kurt empfand es zunächst geradezu als Beleidigung, dass die kleine Schwester ihm so über den Kopf gewachsen war; dass sie, frisch, blühend, gesund, ihm täglich vor Augen hielt, was er eingebüßt hatte. Er war launisch, leicht gereizt und äußerst empfindlich. Es dauerte einige Zeit, bis es Jutta gelang, sein Misstrauen zu besiegen.

Auch gegen den Vater, der ihn von jeher vorgezogen und verwöhnt hatte, revoltierte etwas im tiefsten Grunde von Kurts Seele. Er wusste dem Alten für seine Affenliebe wenig Dank. Vielleicht ahnte Kurt, dass sein Scheitern im Mangel an väterlicher Zucht die letzte Ursache habe.

Das Geschwisterpaar, Jutta und Kurt, ging öfters gemeinsam spazieren. Der Kranke sollte sich viel Bewegung machen in frischer Luft. Dann wunderten sich die Leute über dieses Paar. Das Mädchen von herrlichem Wuchs, mit strahlenden Augen, leuchtendem Haar und jenem zarten Schmelz, wie ihn nur die eben erschlossene Knospe entwickelt. Dazu die elastischen, mühelos graziösen Bewegungen, die an das junge Reh erinnerten. Der Reiz des Unberührten, der in irgendetwas Undefinierbarem, dem Gang, der Haltung, der Art des Augenniederschlags lag. – Und daneben der Mann, dem zum Greise nur der Ehrenschmuck des grauen Haares und die von Arbeit und Sorge eingegrabenen Furchen fehlten.

Hin und wieder machten sie auch gemeinsame Besuche; das gehörte zu den Zerstreuungen, die Kurt ärztlicherseits vorgeschrieben waren. Man besuchte vor allem die weitverzweigte Sippe der Habelmayers.

Jutta fand wenig Unterhaltung dabei. Gerade unter ihren Verwandten fühlte sie sich immer so fremd, so gebunden, so unnatürlich. Ihr war's, als sei sie selbst ein ganz, ganz anders geartetes Wesen als diese braven Leute, und doch wusste sie eigentlich nicht recht, worin der Unterschied bestehe. Auch hatte sie deutlich das Gefühl, dass sie von den Muhmen und Basen wie ein fremder, anders gefiederter Vogel betrachtet werde: Man passte auf alles auf, was sie sagte und tat, und sie vermutete, dass man sie hinterher nicht gerade freundlich durchhechele.

Diese Damen waren für Jutta mehr oder weniger lächerlich mit ihren Gesprächen über Haushaltung, ihrem Klatsch von Verlobungen, Heiraten, Kinderkriegen und Familienskandalen. Noch komischer aber wirkten die dazugehörigen Männer. Die älteren waren phlegmatisch und stumpfsinnig. Man sah ihnen an, dass sie sich überhaupt nur noch über eine schlecht brennende Zigarre oder einen nicht bis zum Eichstrich gefüllten Maßkrug aufregen konnten. Und die jüngeren, die in Bezug auf Körperfülle den Alten bereits würdig nachstrebten, mussten sich ordentlich selbst einen Rippenstoß versetzen, um in Gesellschaft die gegen Damen nun einmal für nötig erachtete Galanterie an den Tag zu legen. Es kam Jutta vor, als ob sich diese wohlbeleibten Jünglinge in ihrer Gegenwart noch ganz besonders in Ekstase versetzten. Sie hätte ihnen gern die Anstrengung erspart; die verliebten Augen der Vettern und ihre geschraubte Sprache wirkten schließlich nur auf ihre Lachmuskeln.

Vorteilhaft von der übrigen ziemlich spießbürgerlichen Sippschaft hob sich allein ab Vallys Bruder Luitpold. Er hatte wenigstens Geschmack, war nicht ganz ohne Geist; mit ihm konnte man eine Unterhaltung führen, da er mancherlei gesehen hatte und sich für vieles interessierte.

Luitpold Habelmayer, der »schöne Habelmayer«, wie er auch genannt wurde, hatte es mit mehr als einem Berufe bereits versucht. Unter anderem war er Fähnrich gewesen; aber schon auf der Kriegsschule endete seine militärische Laufbahn; wegen Hasardspiels war er entlassen worden. Dann hatte ihn sein Onkel angestellt als Reisenden. Dazu passte Luitpold nicht schlecht, er war eine stattliche Erscheinung, hielt viel auf das Äußere, pflegte mit großer Liebe seinen kohlschwarzen Bart und seine weißen Hände. Besonders stolz fühlte er sich, wenn er für einen Offizier in Zivil gehalten wurde. Seine Beredsamkeit war nahezu ebenso groß wie seine Unverfrorenheit. Den Leuten Ware aufzuschwatzen, die sie nicht haben wollten, war von ihm, wie von manchem seiner Kollegen, zur Kunst erhoben worden. Im Stillen aber lebte Luitpold der Ansicht, dass der Beruf des Handlungsreisenden tief unter seiner Würde sei. Sein Ideal war: Rentier sein, das hätte seiner Bequemlichkeit und seinem Geschmack am besten entsprochen. Er hatte allerhand kostspielige Passionen, zu denen das Glücksspiel, Sport. Weiber, Kunst, kurz der Schmuck des Lebens gehörten. Diese noblen Liebhabereien konnte er natürlich von seinem Salär nicht bestreiten. Schulden waren die Folge.

Aus dieser schwierigen Lage rettete sich Luitpold, indem er durch Prokuration ein Fräulein heiratete, das um fünf Jahre älter als er, wenig schön und überdies kränklich war, ihm dafür aber eine Mitgift brachte, die vollauf genügte, dass er den Reisenden an den Nagel hängen und fortan das Leben eines Nichtstuers führen konnte.

Jutta ahnte nichts davon, welcher Art das Vorleben ihres Vetters Luitpold gewesen sei. Ihr gefiel er nur, weil er nicht ganz so langweilig war wie die andern. Schon als Kind hatte sie ihn gern gemocht: Er verstand es, anschaulich zu erzählen, auch war er im Gegensatz zu manchem andern stets höflich und zuvorkommend. Alls sie noch im Backfischalter gestanden, hatte er sie bereits wie eine Dame behandelt; und das vergisst ein Mädchen nicht so leicht.

Warum er diese Frau eigentlich geheiratet habe, konnte sie nicht begreifen. Cousine Elwire war die denkbar unglücklichste Erscheinung, eckig, mit spitzem Gesicht, gelblichem Teint. Sie glich dem personifizierten Missvergnügen. Bösartig war sie nicht, aber sie machte ihrer Umgebung das Leben schwerer, als eine boshafte Person es vermocht hätte, durch ihre Nörgelsucht. Stundenlang konnte sie predigen über die unbedeutendsten Dinge, mit einer Stimme, die durch ihren unangenehmen Klang allein schon die Nerven aufrieb.

Jutta konnte diese Cousine nicht ausstehen. Schnell fertig mit dem Urteil und unduldsam, wie junge Menschen sind, fand sie Elwiren eine »abscheuliche, widerwärtige und überhaupt gänzlich unerlaubte Person«. Elwirens Kränklichkeit hielt sie für Schauspielerei. Selbst hatte sie niemals Siechtum kennengelernt und meinte: Es komme eben nur darauf an, sich zusammenzunehmen, dann könne man alles überwinden.

Den Vetter aber bedauerte sie, dass er an eine solche Frau gekettet sei. Und Luitpold hatte eine Art und Weise, sich in Gegenwart Dritter in das larmoyante Wesen seiner Frau zu schicken, sich als Opferlamm ihrer Launen aufzuspielen, die schon erfahrenere Leute getäuscht hatte als seine kleine Cousine.

Noch etwas anderes gab es, was zwischen Jutta und dem Vetter Habelmayer eine unsichtbare Verbindung herstellte: die Kunst. Luitpold hatte nämlich in seiner wechselreichen Laufbahn auch mal ein Vierteljahr in einem Maleratelier gearbeitet. Er war nicht ohne Talent, aber die Ausdauer fehlte. Er freilich stellte das Scheitern seiner Künstlerlaufbahn so dar, als habe den Lehrern für seine Eigenart das rechte Verständnis gefehlt. Jetzt, wo er Zeit dazu gehabt hätte, tat er auch nichts, um diese Eigenart zu entwickeln. Hingegen spielte er gern den Mäzen. In seinem Hause verkehrten Künstler. Seine Wohnung hatte er vom Gelde seiner Frau mit den Erzeugnissen moderner Kunstindustrie ausgestattet. Auch besaß er einige nicht ganz schlechte Bilder, die er mit der Handelsbegabung, die ihm von seiner früheren Tätigkeit her eigen war, unter dem Preise erworben hatte.

Luitpold war der einzige in der Verwandtschaft, der für Juttas Talent Interesse an den Tag legte. Infolgedessen war auch er der einzige, der etwas von ihren Sachen – mit denen sie sehr geheim tat – zu sehen bekam.

Der Vetter nahm vor Juttas Bildern den Mund ziemlich voll. Er fand die Sachen »höchst beachtenswert und originell«, sprach von »Proben eines hervorragenden Talents«. Es war nicht zu verwundern, dass Jutta glaubte, was sie nur zu gern hörte. Welcher Anfänger besäße soviel Selbstkritik, um stark aufgetragenes Lob auf das richtige Maß zurückzuführen.

Des Vetters Anerkennung bestärkte Jutta in einem lang genährten Wunsche. Schon längst hatte das junge Mädchen ihrem Vater in den Ohren gelegen, ein Meisteratelier besuchen zu dürfen. Aber Herr Reimers wollte davon nichts wissen. Weitherzig, wie er sonst war, teilte Reimers darin doch die Auffassung vieler Männer der höheren Stände: Ein junges Mädchen sollte sich beileibe nicht mit etwas befassen, was dem Broterwerb auch nur von Weitem ähnlich sah. Für sich malen, zum Zeitvertreib, das wollte er seiner Tochter gern gestatten, aber ernsthaft, als Lebensberuf gewissermaßen, die Kunst erfassen, das widersprach seinen »Prinzipien«.

Jutta allein würde es niemals gelungen sein, dieses Vorurteil ihres Vaters zu besiegen, umso weniger, als er sich niemals darauf einließ, den Fall ernsthaft mit ihr zu diskutieren. »Es schickt sich nicht!« das war die Quintessenz seiner Erwiderungen.

Da kam dem Mädchen Vetter Luitpold zu Hilfe. Mit ihm stand Reimers auf vertrautem Fuße. Besonders seitdem Luitpold eine gute Partie gemacht und damit bewiesen hatte, dass er ein praktischer Kopf sei und mehr könne als Schulden machen, hatte er bei dem Onkel einen Stein im Brett.

Luitpold Habelmayer machte dem alten Herrn klar, dass Juttas Begabung keine alltägliche sei und dass es ein Jammer wäre, wenn sie ohne die nötige Ausbildung bliebe. Er fasste ihn bei der väterlichen Eitelkeit, stellte es ihm verlockend dar, wenn seine Tochter sich einen Namen erwerbe als berühmte Künstlerin. Und seiner zudringlichen Beredsamkeit gelang es, dem widerstrebenden Reimers die Einwilligung abzuringen, dass Jutta die Malklasse eines bekannten Professors der Akademie und Kunstmalers besuchen durfte.

Die Schülerinnen der Malklasse, wohl dreißig an Zahl, stellten eine bunt durcheinandergewürfelte Gesellschaft dar. Da gab es alte und junge Frauenzimmer, die verschiedensten Stände und Begabungen aller Art waren vertreten. Manche von ihnen betrachteten die Kunst wie eine Art Sport, andere wollten einen Erwerb daraus machen. Dementsprechend waren auch der Eifer und die Leistungen verschieden.

Jutta, eine der jüngsten in der Zahl, hatte ihre Staffelei neben einer Person, deren Alter und Stellung auf den ersten Blick schwer zu entscheiden war. Sie mochte Ende der Zwanzig sein, vielleicht auch älter. Jutta glaubte anfangs, dass sie es mit einer Verheirateten zu tun habe; das ausgearbeitete Gesicht und die fertige Gestalt ihrer Nachbarin riefen unwillkürlich diesen Eindruck hervor. Aber der Professor nannte sie »Fräulein Blümer«.

Die Bekanntschaft zwischen den beiden Mädchen war schnell geschlossen. Man half sich gegenseitig mit Rat und Tat. Bald hatte Jutta Reimers, bald Fräulein Blümer etwas Wichtiges daheim gelassen, Farbe oder Öl war ausgegangen. Tausend Kleinigkeiten brachten einen jeden Augenblick zusammen und führten eine gewisse Kameradschaftlichkeit herbei. Man verglich auch seine Leistungen; Fehler, die man im Eifer des Schaffens gemacht, fand das Auge des andern schneller heraus als das eigene.

Sehr bald kannten sich die Damen leidlich genau untereinander, wenigstens was das Äußere betraf. Vor allem stellte es sich nach einiger Zeit heraus, wer etwas könne, wer nur mittelmäßig begabt und wer hoffnungslos sei. Die Art, wie Professor Wälzer die Damen behandelte, gab dafür den Maßstab. Wo er, um zu korrigieren, am längsten verweilte, das waren die Schülerinnen, die ihn am meisten interessierten, die hatten Talent; andere fertigte er kürzer ab; an manchen Leistungen ging er mit mitleidigem Lächeln vorüber.

Jutta Reimers gehörte zu denen, an deren Staffelei er länger zu verweilen pflegte, mit Fräulein Blümer gab er sich nicht so lange ab. Zum Ausgleich bekam Jutta von dem Lehrer öfters ziemlich scharfe Wahrheiten zu hören, während er mit ihrer Nachbarin sanfter verfuhr.

Die Begabung der beiden Mädchen war eine sehr verschiedene. Jutta fasste ungemein schnell, ihr Vortrag war kühn, ihr Strich energisch, aber die Phantasie spielte ihr öfters mal einen Streich. Neben Vortrefflichem fand man bei ihr geradezu kindliche Fehler.

Fräulein Blümers starke Seite war unbedingte Ehrlichkeit. Fehler aus Einbildungskraft kamen bei ihr nicht vor. Sie war mehr anschmiegend als originell in dem, was sie gab. Sie wusste, dass sie ungenial sei, kannte ihre Grenzen. Ihr Wunsch ging nicht weiter, als gute Kopien nach alten Meistern liefern zu können, während Juttas Ehrgeiz darauf gerichtet war, selbst zu komponieren.

Lieschen Blümer war eine zarte Person von milchweißer Hautfarbe mit glänzend schwarzem Haar, das sie, der Mode entgegen, glatt nach hinten gestrichen trug, sodass die feine Form ihres Schädels voll zur Geltung kam. Der Blick der großen Augen wechselte zwischen Traumverlorenheit und Melancholie, kam oft wie aus weiter Ferne zurück, der Mund war der eines Kindes. Dieses Gesicht, nicht besonders auffällig in seinen schlichten Reizen, bekam geheimnisvolles Leben, wenn sie lächelte. Solch intimes, resigniertes Lächeln, das dem Weinen verwandt war und unendlich viel mehr sagte als lautes Lachen oder noch so viele Worte.

Sie konnte von Weitem bei schonender Beleuchtung für jung genommen werden, aber wenn man näher zusah, erkannte man jene kaum merklichen Fältchen um die Mundwinkel, jene feinen Riefen in der Stirn, jene eben angedeuteten Schatten unter den Augen, die davon sprachen, dass diese zarte Person sich mit dem Leben gemessen habe.

Es fand sich, dass Lieschen Blümer nicht weit von Jutta wohne, allerdings in einem äußerst beschränkten und ärmlichen Quartier, unter dem Dach. Das eine Zimmer musste ihr gleichzeitig zum Schlafen, Wohnen und Arbeiten dienen.

Sie hatten also den nämlichen Weg von und zur Malklasse, holten einander oft ab und gingen gemeinsam fort aus dem Atelier. Das »Du« hatte sich bald ganz von selbst zwischen ihnen eingefunden.

Jutta erfuhr nach und nach einiges über den Lebenslauf ihrer Freundin.

Lieschen Blümer stammte aus Thüringen, war aber schon vor Jahren nach München eingewandert. Die Mutter hatte an des Gatten Seite bessere Zeiten gesehen; vor einigen Jahren war sie ihm im Tode gefolgt. Lieschen, welche ursprünglich geträumt, Künstlerin zu werden, hatte, da das kein sicheres Brot versprach, das Lehrerinnenexamen gemacht, war auch eine kurze Zeit lang Volksschullehrerin gewesen. Was sie bewogen habe, diese Stellung aufzugeben, erzählte sie ihrer jugendlichen Freundin nicht.

Man begann nun auch, sich gegenseitig in seiner Häuslichkeit aufzusuchen. Herr Reimers legte der Freundschaft nichts in den Weg, obgleich es ihn wundernahm, dass sich Jutta eine so einfache, der Kleidung nach sogar ärmliche Person zum Umgang ausgesucht habe. Ein Umstand aber sprach in seinen Augen für dieses Fräulein Blümer: Sie war nicht mehr ganz jung und hatte nichts Verführerisches. Er war nämlich nach wie vor um Kurts willen besorgt, musterte alle Frauenzimmer, die das Haus betraten, mit strengen Augen daraufhin, ob sie seinem Ältesten etwa gefährlich werden könnten.

Fräulein Blümer nun war die Bescheidenheit und Zurückhaltung in Person. Herren vor allem schienen sie ängstlich und verlegen zu machen. Herr Reimers übte seinen Witz an diesem verschüchterten Wesen. »Wie ein kleines verängstigtes Hühnchen kommt sie mir vor!«, meinte er zu Jutta. Die verteidigte ihre Freundin mit Eifer, sagte so viel Warmes und Gutes von ihr, dass der Vater lächelnd bei sich dachte: »Wenn du von einem jungen Manne so sprächest, würde mich die Sache bedenklicher machen!«

Herr Reimers unterschätzte den Ernst der Neigung, welche seine Tochter für Lieschen empfand. Jutta hatte bisher eine wirklich intime Freundin nicht besessen; in ihrem Leben hatte jene verzückte Schwärmerei, welche Mädchen oft für Mädchen fühlt, keine Rolle gespielt.

Zu Lieschen Blümer, die an Jahren soviel ältere, zog sie ein Gefühl starker Sympathie, das vielleicht seinen tiefsten Grund in der Achtung hatte, die sie vor dem wahren, reinen und tapferen Menschen empfand, der in dieser unscheinbaren Person steckte.

Instinktiv fühlte Jutta, dass Lieschen, das »verängstigte Hühnchen«, wie ihr Vater sie getauft hatte, und das Weib, welches energisch und konsequent um seine Existenz kämpfte, zwei ganz verschiedene Wesen seien. Das unbedeutende, was an ihrer Freundin in die Augen fiel, war nur die Hülle einer ungewöhnlichen Persönlichkeit, eines Herzens von seltener Größe, eines durchaus vornehmen Charakters.

Bei den Frauen ist das Fühlen ohne Hilfe der Sinne stark entwickelt. Sie fühlen sich angezogen oder abgestoßen aus scheinbar unerklärlichen Gründen. Eine innere Stimme warnt sie oder lockt sie, schnell ist eine sichere Leitung hergestellt zu einem befreundeten Wesen. Während bei uns alles erst die Oberinstanz des Intellekts passieren muss.

Jutta, so jung sie war, ahnte, nein, sie wusste es für sicher, ohne dass Lieschen je ein Wort darüber hatte fallen lassen, dass die Freundin Außerordentliches durchgemacht habe und dass dieses Außerordentliche keinen andern Namen haben könne als: Liebe. Das aber machte diese Persönlichkeit für das junge Mädchen nur noch anziehender, geheimnisvoller und liebenswerter.

Ohne dass Jutta gedrängt hätte, das Geheimnis der andern zu erfahren, tat Lieschen hier und da Äußerungen, die einem Bekenntnisse nahekamen. Und schließlich, mit wachsender Vertrautheit, eröffnete sie sich der jungen Freundin ganz: Sie hatte einen Geliebten. Gleich ihr war er arm, gleich ihr von auswärts nach München gekommen, um sich hier in der Kunst auszubilden. Sie kannten und liebten sich schon seit Jahren. Xaver war Bildhauer von Beruf. Vor einem halben Jahr etwa hatte er München mit Paris vertauscht. Dort wollte er versuchen, Geld zu verdienen, was ihm in München bis dahin nicht gelungen war.

Jutta hörte das und war begeistert. Sie, die von Nahrungssorgen nichts wusste, sah nur das Heroische dieses Vorhabens. Sie zweifelte keinen Augenblick daran, dass Xaver Pangor – so hieß der Bildhauer mit vollem Namen – Erfolg haben müsse. Er würde gewiss baldigst zurückkehren, berühmt und reich, und dann würden die beiden vereinigt sein.

Lieschen Blümer war sich dessen wohl bewusst, dass sie es in Jutta Reimers noch mit einem sehr jungen Mädchen zu tun habe. Sie liebte dieses Kind, wie man eine seltene hoffnungsvolle Knospe liebt; liebte die vielen Möglichkeiten, die in diesem reich veranlagten Wesen schlummerten. Neidlos sah sie die Genialität der Jüngeren, neidlos auch die Schönheit und das Glück der äußeren Umstände, alle jene Gaben, die Jutta ohne Verdienst zugefallen waren.

Durch das Leben zur Resignation geführt, ahnte Lieschen, dass die Freundschaft, wie sie jetzt zwischen ihnen bestand, ein liebliches Fest sei, das irgendwann einmal sein Ende finden werde; während Jutta in jugendlichem Enthusiasmus von dem ewigen Bestande ihres Treuebundes überzeugt war.

Jutta gab sich ihrer Liebe freudig und ohne Rückhalt hin, während Lieschen haushälterischer war; sie wusste, dass man der Freundschaft keinen Dienst leistet, wenn man sich blind an den anderen Teil verliert.

Lieschen übte auch jetzt noch eine gewisse Zurückhaltung in dem, was sie Jutta von sich mitteilte. Nicht alles aus ihrem Leben war geeignet, von dem jungen Mädchen verstanden und richtig gewürdigt zu werden. Ein großes Geheimnis vor allem behielt Lieschen für sich, da sie dafür die Freundin noch nicht für reif hielt: Lieschen war Mutter gewesen. Kurze Zeit nur hatte ihr dieses höchste Glück des Weibes geblüht, um dann mit

dem kleinen Sarge, den sie hinausgetragen hatten, in sich zusammenzu-
fallen.

Das war es, was Lieschens, dem Weinen so nahe verwandtes Lächeln,
was ihre weltfremden, träumerischen Blicke zu bedeuten hatten. Ein Teil
ihres Wesens und ihres Lebens war nicht mehr von dieser Welt.

Lieschen fürchtete sich nicht etwa vor Juttas moralischer Entrüstung;
sie war stolz auf ihre Mutterschaft. Sie fühlte sich nicht ehrlos, weil sie
ein in Liebe empfangenes Kind geboren hatte, mochte sie auch aus diesem Grunde ihre Stellung als Lehrerin eingebüßt haben. Aber der große
Schmerz ihres Lebens, der Tod des geliebten Kindes, war für sie so erhaben und heilig, dass sie es nicht über sich brachte, davon zu sprechen; er
würde breitgetreten, profaniert worden sein. Sie hasste jene weitverbrei-
tete unfeine Sitte: sich an der Wollust des Schmerzes so lange zu erlaben,
bis er schließlich dem Vergnügen ähnlicher sieht als der Wehmut.

Wenn Jutta von des Bildhauers Rückkehr sprach, von Hochzeit und
anderen lustigen Dingen, dann schnitt es Lieschen ins Herz, und sie bereute, einen Teil ihres Geheimnisses aufgedeckt zu haben, da sie doch
das Wichtigste nicht sagen durfte.

»Warum bist du so traurig?«, fragte Jutta dann wohl. »Du siehst aus,
als ob du innerlich weintest. Was ist das? Kann man als Braut traurig
sein?« –

Darauf erhielt sie keine Antwort, nur jenes Lächeln, das sagen zu wollen schien: Quäle mich nicht! – Im Herbst war die Bekanntschaft der beiden Mädchen in der Malklasse angeknüpft worden. Der Winter hatte ihre Freundschaft gesehen. Im Frühjahr, kurz vor dem Osterfeste, erhielt
Jutta eines Abends, wo sie Lieschen bei sich erwartete, einen Brief folgenden Inhalts:

»Liebste Jutta! Habe ein Telegramm erhalten aus Paris. Xaver schwer
erkrankt. Ich reise noch heut. Wenn Du dies liest, bin ich bereits fort.
Denke an mich und bete für uns! Du wirst kaum ahnen, in welchem Zustande ich bin. Wenn es ihm wieder gut geht, schreibe ich Dir, wenn
nicht – – dann hat auch das keinen Sinn mehr. Deine Freundin Lieschen.«

VIII

Eberhard kam für die Osterferien nach München. Da er zu Weihnachten in Berlin geblieben war, hatte er Kurt noch gar nicht gesehen, seit
dieser wieder im Lande weilte.

Die Zeit war noch nicht allzu lange her, wo Kurt das Recht des Stärkeren rücksichtslos gegen den jüngeren Bruder ausgebeutet hatte. Eberhard ließ zwar dem älteren nichts merken, dass sich das Blatt inzwischen gewendet habe, im Gegenteil, er versuchte, zuvorkommend und liebenswürdig zu sein gegen den Kranken; aber gerade das reizte Kurt. Er fühlte mit den geschärften Sinnen des Unglücklichen heraus, dass Eberhards Großmut nichts anderes sei als innerer Triumph. Er glaubte seine Freundlichkeit zu durchschauen; sie glich der Schadenfreude auf ein Haar.

Selbstverständlich musste Eberhard den Seinen gelegentlich von Berlin erzählen, von seinen Erlebnissen im letzten Halbjahr. Als stummer, missmutiger Gast, saß Kurt dabei. Er hatte das Gefühl des Depossedierten, über den man jetzt gleichgültig hinwegschritt. Das ist schließlich der Gang der Dinge überall in der Welt; die Grausamkeit für ihn lag darin, dass er das, was sonst dem Alter widerfährt, schon in jungen Jahren schmecken musste.

Kurt war ein von Natur begabter Mensch. In glücklichen Verhältnissen geboren und aufgewachsen, verwöhnt von Eltern und Erziehern, hatte er sich früh daran gewöhnt, keinen anderen Maßstab an die Dinge zu legen als: Eigenwillen und Genuss. Solange er in der Heimat war, hielten ihn Herkommen und Sitte wenigstens äußerlich in Schranken; aber in einem nur halb zivilisierten Lande, unter dem Einflusse eines den Willen erschlaffenden und die Sinne anreizenden Klimas, unter einer aus allen Rassen zusammengeflossenen Populasse, der das Laster als das Natürliche und die Beherrschung der Triebe als das Ungewöhnliche gilt, hatte er, ein Mann, dem Schönheit, Macht und Geld zur Seite standen, Orgien gefeiert, welche die kräftigste Konstitution zuschanden machen mussten.

Nach seinem körperlichen Zusammenbruch hatte er drüben in einem Hospital von zweifelhafter Güte gelegen, war dort von Kurpfuschern behandelt worden. Was damals versäumt, war jetzt nicht wieder gutzumachen.

An seinem inneren Menschen waren die Schmerzen, der Ekel, die Furcht, all die bangen Sorgen durchwachter Nächte, nicht spurlos vorübergegangen. Zwar in das seelenstärkende Bad wirklicher Reue war Kurt Reimers niemals hinabgestiegen; nur Ärger, Wut, bitterste Enttäuschung empfand er. Das Leben hatte ihm gelogen, die Menschen ihn getäuscht. Er klagte nicht sich selbst an als den Urheber seiner Leiden, sondern die anderen: die Weiber, die Ärzte. Er hasste vor allem alle Männer, die gesund waren. Wie kamen sie dazu, gesund zu sein, während er so furchtbar leiden musste? – Erwischen hatten sie sich nur nicht lassen, das war ihr einziges Verdienst. Bodenlos ungerecht schien ihm eine Weltordnung, welche den einen büßen ließ, während sie Hunderten von Missetätern gestattete, frei und unbehelligt ihrem Vergnügen nachzugehen.

Da waren ihm zum Beispiel von seinem jungen Bruder nette Streiche zu Ohren gekommen! Reimers *senior* hatte nämlich in einer schwachen Stunde Kurt andeutungsweise von dem Abenteuer erzählt, das Eberhard ein Jahr zuvor durchgemacht hatte. Für Kurt war das eine bittere Pille gewesen. Was! Dieser grüne Junge stieg den Weibern nach, machte Glück bei ihnen! – Was wurden in der Krankenfantasie des zerrütteten Menschen da für Reminiszenzen aufgeführt! Eifersucht erwachte gegen den Bruder, die ihre Nahrung sog aus dem Gefühl der eigenen Ohnmacht.

Die feindliche Gesinnung, welche Kurt gegen seinen Bruder hegte, kam eines Tages ganz unvermittelt zum Ausbruch. Die Brüder waren allein miteinander. Eberhard hatte soeben einen Brief von Bruno Knorrig aus Venezuela erhalten. Der Freund schilderte ihm eine Reise, die er zum Teil per Dampfer, zum Teil zu Pferde in das Innere unternommen hatte. Eberhard las aus dem Briefe laut vor, ohne zu merken, dass sich darüber die Mienen Kurts mehr und mehr verdüsterten. Eberhard war im Augenblicke nicht gegenwärtig, dass für jenen die Erinnerung an den jungen Knorrig, der ja Kurts Ersatzmann da drüben war, nichts Erfreuliches haben könne.

Bis ihn Kurt jäh unterbrach: Er solle aufhören mit diesem »kindischen Zeug«; das sei alles »blasse Renommage«!

Eberhard schwieg beleidigt und las seinen Brief für sich weiter.

Das Schweigen des anderen war Kurt auch nicht recht, er wollte seinen lange mühsam zurückgehaltenen Groll loswerden.

»Möchte das Bürschchen mal auf seinen Touren sehen!«, rief er. »Naturschwärmen ist was rechtes. Da drüben muss einer Haare auf den Zähnen haben. Aber der gute Bruno! ...«

Eberhard hielt es für seine Pflicht, den Freund nicht unverteidigt zu lassen.

Kurt dadurch erst recht gereizt, höhnte weiter: »Ihr seid einander wert, du und dein Ehren-Bruno. Grünschnäbel! Kerls, die noch nicht hinter den Ohren trocken sind und dabei den großen Mund haben. Denkt ihr etwa, mir zu imponieren? Du mit deiner törichten Aufschneiderei aus

Berlin! Ich lache über so was! Es kommt mir vor, als erzähle mir ein kleiner Junge Räubergeschichten.«

»Mit Erlebnissen, wie du, kann ich allerdings nicht aufwarten«, meinte Eberhard, nun auch die Ruhe verlierend. »Ich sehne mich offengestanden auch nicht nach deinen Erfahrungen.«

»Willst wohl Moralpauken halten, Kleiner? Steht dir gut an. Weißt du, ich habe eine Geschichte von dir erfahren, die an den Wänden hinaufklettert! Was mir passiert ist, das ist einfach Pech; dafür kann man nichts. Aber deine Affäre, wie du dich hast einlappen lassen von einem Frauenzimmer, das ist Dummheit, haarsträubende Blamage. An deiner Stelle würde ich also fein stille sein!«

Eberhard blickte den Bruder verdutzt an. Er war überrumpelt durch die Wendung, die Kurt dem Streit gegeben hatte. An seiner wundesten Stelle fühlte er sich getroffen.

Aber noch mehr überraschte ihn der Ausdruck von Kurts Gesicht. Diese verzerrten Züge, diese glühenden Augen! – Das war ja Hass, eingefleischter Hass!

Es wallte etwas auf in dem Gemüte des Jüngeren, etwas Zurückgedrängtes. Die Empörung aus jener Zeit, wo er sich oft unter mühsam verschluckten Tränen geschworen hatte, Kurt einstmals alle Quälereien heimzuzahlen.

Aber wie er die Hässlichkeit dieses vom selbst verschuldeten Leiden entstellten Gesichtes sah, die Haltlosigkeit, wie jenem die Glieder schlotterten, wie sein Zorn zur Grimasse wurde, da fühlte er sich mit einem Male ganz ruhig.

Mit dem da sich zu messen, war keine Kunst, und Ehre dabei nicht zu holen. In diesem Augenblicke empfand er unverfälschtes Mitleid für den Unglücklichen.

Die Auseinandersetzung zwischen den Brüdern hatte einen unerwarteten Erfolg: Eberhard beschloss, seine im stillen längst gehegte Absicht nun wirklich auszuführen, er wollte Fanny Spänglein aufsuchen.

Nicht, dass er Verlangen gehabt hätte, das Liebesverhältnis zu erneuern! Die Erinnerung daran war ihm nur peinlich. Es war aus jener Periode seines Lebens etwas zurückgeblieben, das ihn drückte wie ein heimlicher Dorn im Fleisch. Er konnte das Gefühl einer großen Demütigung nicht los werden. Und wenn Kurt von »Dummheit« und »Blamage« gesprochen, so hatte er damit eigentlich nur dem Ausdruck verliehen, was Eberhard im Grunde selbst empfand.

Er wollte wenigstens die äußeren Spuren davon auszulöschen suchen. Fanny besaß ja noch den Ring, den er ihr geschenkt, die Briefe, die er ihr geschrieben hatte. Vor allem aber wollte er sich in den Augen des Mädchens selbst von der Lächerlichkeit befreien, die er auf sich geladen hatte. Sie sollte sehen, dass sie es nicht mehr mit dem dummen Jungen zu tun habe, den in ihre Netze zu ziehen ihr damals ein leichtes gewesen war.

Eberhard hatte nicht ohne Nutzen ein Jahr in Berlin zugebracht. Er war untergetaucht in das Leben der Millionenstadt und hatte sich aus der grauen kühlen Woge ein waches Bewusstsein und größere Nüchternheit mitgebracht. Vor nichts fürchtete er sich jetzt mehr als davor: für harmlos, unerfahren oder gar für gefühlvoll gehalten zu werden; lieber wollte er für hart, stolz und abgebrüht gelten.

Wie er sich Fanny gegenüber zu verhalten habe, wusste er ganz genau. Sie sollte mal etwas zu sehen bekommen von Überlegenheit. Erkennen sollte sie, dass er sie verachte. Er wollte sie auffordern, ihm ihren Preis zu nennen für Briefe und Ring, wollte ihr das Geld dann vor die Füße werfen.

Im Voraus gehoben in der Erwartung des Strafgerichts, das er abhalten würde, und dabei doch etwas beunruhigt im Hinblick auf die Neuheit der Situation, begab er sich zunächst nach Fannys früherer Wohnung. Die Hausmeisterin hatte gewechselt, und es fiel schwer, festzustellen, wohin Fräulein Spänglein verzogen sei. Endlich gelang es ihm, ihre jetzige Adresse zu erkunden.

Während Eberhard die Treppe hinabschritt, dachte er darüber nach, wie er vor Jahresfrist mit liebebeflügeltem Schritt oftmals hier hinaufgeeilt war. Wenn damals jemand behauptet hätte: Seine Geliebte sei nicht das treue, hingebungsvolle, reine Wesen, für das er sie hielt! Wenn ihm jemand den Gang vorausgesagt hatte, den er heute vorhatte! –

Es war gut, dass alles das anders gekommen, als er es gedacht! War er nicht sehr viel weiser und klüger jetzt als damals? –

Und weil er mit sich selbst zufrieden war, fühlte er sich mit einem Male auch sehr viel milder gestimmt gegen Fanny, und beschloss bei sich, das Strafgericht nicht härter ausfallen zu lassen als unbedingt notwendig war.

Fanny Spängleins neue Wohnung sollte sich in Schwabing befinden, in einer Gegend, die schon kaum noch Stadt zu nennen war. Eberhard wunderte sich, dass sie sich da hinaus gewendet habe; das entsprach eigentlich gar nicht ihren Gewohnheiten. Sie hatte ihm wiederholt erklärt, dass sie sich nichts daraus mache, »am Land« zu leben.

Die Straße war nur auf einer Seite mit villenartigen Häusern besetzt, jedes von einem kleinen Garten umgeben. Die Wohnungen machten einen behaglich traulichen Eindruck.

Eberhard ging auf der häuserleeren Seite an einer Wiese hin, auf der Wäsche gebleicht wurde. Zwischen Sandhaufen und Holzstößen spielten Kinder auf dem grünen Plane. Er hatte, ganz an die Stadt gebannt, noch gar nicht recht gemerkt, dass wieder mal Frühjahr war. Drüben die Ziersträucher in den Vorgärten zeigten mit ihrem Blütenschmuck, dass nun, wo der Menschen-Fasching vorüber war, die große Maskerade der Natur beginnen sollte.

Das kleinste, aber auch geschmackvollste Haus der ganzen Straße trug die Nummer, unter der ihm Fannys Wohnung bezeichnet worden war. Es lag in seinem niedlichen Garten etwas zurück, eine Veranda mit Glasdach und Stufen führte vom Parterre ins Freie. Vor dem Gartentore hielt eine Droschke. Der Kutscher war ganz in seine Zeitung vertieft, als wisse er, dass er sobald nicht in Anspruch genommen werden würde.

Also hier wohnte sie! – Eberhard staunte. Eine solche Wohnung kostete Geld. Wer mochte jetzt wohl der Kavalier sein, der ihr Miete und Schneiderrechnungen bezahlte? – Ob sie es noch mit dem Kahlköpfigen hielt, der damals seine Eifersucht erregt hatte? – Verrückte Zeiten! –

Er konnte sich nicht sofort entschließen, hineinzugehen. Es kamen ihm Zweifel und Bedenken. War er nicht etwa drauf und dran, sich von Neuem lächerlich zu machen? –

Während er noch unschlüssig auf- und abschritt, bemerkte er an der Bewegung, die plötzlich in die Glieder des zeitungslesenden Kutschers kam, dass der Fahrgast sich nähere. Ob Fanny etwa selbst ausfahren wollte? Er war doch neugierig!

Hinter den Glasscheiben der Veranda sah er ein paar Menschen, hörte auch Stimmen von dort. Dann kam ein Mann die Stufen herab, in welchem Eberhard den eigenen Vater erkannte.

So gänzlich überrascht war Eberhard, dass er im Augenblicke den Zusammenhang gar nicht verstand. Wie kam sein Vater hierher? Was wollte er hier?

Während Herr Reimers langsam die Stufen hinabschritt, sich dabei den Überzieher zuknöpfte und die Handschuhe über die Finger zog, trat hinter ihm eine weibliche Gestalt heraus, die Eberhard nur zu gut kannte, unbedeckten Hauptes, im Schmucke ihres goldblonden Haares stand Fanny Spänglein da, über das ganze Gesicht lächelnd. Der Vater wandte sich noch einmal um und winkte ihr mit der Hand, ebenfalls lächelnd.

Dreißig Schritt höchstens von dem jungen Mann entfernt, jenseits der Straße, geschah das. Nichts entging ihm von ihrem Mienenspiel, ihren Bewegungen. Er sah ganz deutlich das Muster ihres Kleides: Unauslöschlich prägte sich selbst solche Kleinigkeit seinem Gedächtnisse ein.

Der Vater trat aus der Gartentür, rief dem Kutscher etwas zu, sprang in die Droschke, die sich gleich darauf in Bewegung setzte. Fanny stand noch einen Augenblick auf der Veranda, dann wandte sie sich und verschwand im Hause.

Das hatte sich im Laufe weniger Minuten abgespielt: Für den jungen Mann bedeutete es ein Ereignis, das mit dem Maße der Zeit überhaupt nicht gemessen werden konnte. Der Boden schien Eberhard unter den Füßen zu schwanken, ihm war's, als sei dicht vor ihm eine Flamme jäh aufgezüngelt, das Vorhandensein unterirdisch verderblicher Gewalten in seinem Dasein kündend.

Es kommt für jeden Mann einmal der Augenblick, wo er sich mit seinem Vater, sei es mit dem lebenden oder mit dem toten, auseinandersetzen muss: wo er das, was ihm bisher höchste Autorität gewesen, kritisieren, vielleicht als überlebt beiseiteschieben wird. Wohl dem Vater, wohl dem Sohne, wenn die Trennung keinen Bruch bedeutet, wenn die Autorität abgelöst wird von pietätvoller Schonung!

Schrecklich ist es, sich des eigenen Vaters schämen zu müssen. Es streitet gegen die Natur, es stellt die Weltordnung auf den Kopf, es legt die Axt an die Wurzel des Daseins, erniedrigt uns vor uns selbst, indem es die Quelle trübt, aus der unser Lebenslauf entsprungen ist.

Welch erschreckende Helle dieses Ereignis verbreitete! So furchtbar klar und nüchtern war alles, und alltäglich. Eine gewisse Komik sogar lag darin, dass der Vater, nachdem er den Sohn aus der Schlinge befreit hatte, nun selbst von der verbotenen Frucht naschte.

Aber das Lachen verging einem, wenn man der Sache auf den Grund ging. Dem jungen Manne graute, wie man erwachend vor einer Scheußlichkeit erschrickt, die man im Traume begangen hat.

Eberhard begriff mit einem Male mancherlei Erscheinungen: das Schicksal seines Bruders, Züge in seinem und seiner Schwester Charakter, Erlebnisse aus früher Jugend, manches, was er schon mit Kinderaugen kritisiert zu haben sich entsann, Worte und Taten des Vaters, das ganze Familienleben. Alles das bekam einen anderen Hintergrund, zeigte in dieser neuen hässlichen Beleuchtung ein gänzlich verändertes Gesicht.

Er wollte nicht weiter darüber nachgrübeln. Was nutzte überhaupt hier alle Erregung? Konnte damit etwas gutgemacht werden? Würde er seinen Vater ändern? Hatte es irgendwelchen Sinn, den Alten merken zu lassen, dass man ihn aufgefunden habe? Eine widerwärtige Szene wäre der einzige Erfolg gewesen, gegen die sich das Gefühl auflehnte.

Besser, man ließ alles, wie es war, suchte als Philosoph darüber hinwegzukommen. Die Welt war nun mal voll von Perversität! Bei seinem Studium, im Kolleg, aus Büchern, am Seziertisch hatte er die traurige Wahrheit entdeckt; nun lehrte sie ihn das eben in noch krasserer Weise.

Heute war abermals ein gut Stück abgebröckelt von seinen Illusionen.

IX

In der nächsten Zeit sollte Jutta nicht viel zum Arbeiten kommen. Den größten Teil des Sommers brachte sie mit dem Vater und Kurt auf Reisen zu. Da es mit Kurt Reimers sichtlich bergab ging, hatte der Arzt die Verantwortung von sich auf das verkehrte Leben geschoben, das der Patient zu Hause führe. Unbedingte Ruhe, nervenstärkende Luft, Bäder würden ihn herstellen, hieß es. Herr Reimers, der für seinen Ältesten nichts unversucht lassen wollte, ging also mit ihm an die See, in die Alpen, ins Solbad. Und Jutta, die man doch nicht gut allein das Haus hüten lassen konnte, musste die Fahrt mitmachen.

Es war eine wenig erquickliche Zeit. Der Kranke tyrannisierte den Vater und benahm sich gegen die Schwester durchaus nicht zuvorkommend. Sie sollte beständig um ihn sein, ihn unterhalten, und doch machte er durch sein launisches, missvergnügtes Wesen jede Unterhaltung von vornherein unmöglich.

Die schöne Landschaft, in der man sich aufhielt, die Berge, das Meer, forderten heraus, zum Skizzenbuch zu greifen und Aufnahmen zu machen. Aber Kurt gestattete nicht, dass Jutta male: Es verdross ihn, er langweilte sich dabei. Und so musste es unterbleiben. An irgendwelchen Vergnügungen, an Geselligkeit und Sport durfte die Schwester auch nicht teilnehmen, obgleich es dazu in den Bädern und vor allem an der Seeküste die schönste Gelegenheit gegeben hätte. Kurt hielt mit dem eigensinnigen Egoismus des Kranken darauf, dass sie sich ihm ausschließlich widme: Lehnte sich aber Jutta ja einmal gegen diese unvernünftige Tyrannei auf, dann steckte er sich hinter sein Leiden, behauptete, man sei herzlos und grausam, und der Ärger über die Schwester werde noch der Nagel werden zu seinem Sarge. Da Kurt den Vater von vornherein auf seiner Seite hatte, so konnte Jutta nichts ausrichten, musste sich seufzend in ihr Schicksal finden, Sklavin des kranken Bruders zu sein.

Der Erfolg der Reise war, dass Kurt im Herbst siecher nach Haus zurückkehrte, als er im Frühjahr ausgezogen war. Nun hieß es: Nur noch südliches Klima könne ihn retten. Herr Reimers, der seine Geschäfte daheim nicht gänzlich vernachlässigen konnte, musste sich wohl oder übel zu einer Trennung von seinem Ältesten entschließen. Es wurde ein Krankenpfleger angenommen und Kurt mit diesem nach Algier geschickt.

Jutta suchte jetzt nachzuholen, was sie den Sommer über versäumt hatte. Sie besuchte von neuem Professor Wälzers Malklasse. Dort gehörte sie jetzt unbedingt zu den tonangebenden Schülerinnen, wurde auch von den anderen Damen als die begabteste anerkannt.

Von Lieschen Blümer hatte sie mehr als einen Brief aus Paris erhalten. Es war Lieschens aufopfernder Fürsorge gelungen, ihren dort zum Tode erkrankten Freund gesund zu pflegen. Vorläufig, so schrieb sie an Jutta, wolle sie noch bei ihm in Paris bleiben, weil Xaver solch ein »großes Kind« sei, das man ungefährdet in der Fremde nicht allein lassen könne. Lieschens Brief war der Abdruck ihrer Persönlichkeit: lieb, herzlich, ein wenig melancholisch, Regen und Sonnenschein in einem.

Einen Verlust hatte für Jutta der Sommer gebracht, den sie schwer empfand: Mucki war verschwunden. Sie hatte, als sie auf Reisen ging, die Katze Frau Hölzl zur Pflege übergeben. Aber das Tier, Sonderling, der es immer gewesen, hatte die Abreise der Herrin offenbar als persönliche Beleidigung aufgefasst. Missmutig und scheu war sie eine Zeit lang noch im Hause umhergeschlichen, Liebkosungen von fremder Hand verächtlich abwehrend: bis sie eines Tages ganz wegblieb. Welches Ende Mucki genommen habe, sollte niemals aufgeklärt werden.

Damit war für Jutta der letzte Zeuge von der Bildfläche verschwunden aus einer Zeit, die sich nun schon mit dem Nebel des halben Vergessens zu verschleiern begann.

Herr von Weischach! Ihr alter Freund! Würde sie jemals wieder einem Manne begegnen, der es so treu mit ihr meinte? –

Einer war da, der nur zu gern die Rolle des Freundes bei Jutta Reimers übernommen hätte: ihr Vetter Luitpold Habelmayer.

Seiner Fürsprache bei Herrn Reimers verdankte es Jutta ja, dass ihr der Besuch der Malklasse gestattet worden war. Der Vetter stellte das freilich so dar, als habe er Jutta überhaupt entdeckt. Er gefiel sich darin, das Talent der kleinen Cousine auch weiterhin zu protegieren.

Jutta fand, dass Vetter Luitpold sich auf den Dienst, den er ihr einstmals geleistet hatte, reichlich viel zugutetue. Sie war überhaupt neuerdings nicht mehr so sehr von ihm eingenommen, sah seine Liebenswürdigkeit in verändertem Lichte.

Einen Nutzen hatte der vergangene Sommer mit seinem scheinbar zwecklosen Hin- und Herreisen doch für das junge Mädchen gehabt: Sie hatte ein Stück Welt gesehen und dabei unbewusst Erfahrung und Menschenkenntnis bereichert. Nicht ganz so harmlos, wie sie gegangen, war sie aus den eleganten Badeorten, in denen sie sich mit Vater und Bruder aufgehalten hatte, nach Hause zurückgekehrt.

Sie ahnte jetzt etwas davon, in welch verschiedenen Verkleidungen männliche Zudringlichkeit auftritt. Dass sie schön sei, hatte sie früher schon gewusst: Das lehrte sie ein Blick in den Spiegel. Aber neuerdings wusste sie auch, dass sie begehrenswert sei. Durch die Blicke fremder Männer, mit denen sie nie ein Wort gewechselt hatte, war ihr dieses Geheimnis verraten worden.

Luitpolds Verhalten gegen sie erschien ihr nicht mehr wie früher als harmlos verwandtschaftliche Vertraulichkeit. Vielleicht hatte der Vetter auch erst in letzter Zeit ein anderes Benehmen angenommen. Kurz, Jutta traute seiner Biedermannsmiene nicht recht.

War es wirklich nur Interesse für die Kunst, was ihn veranlasste, sie so oft aufzusuchen und sich nach ihren Malfortschritten zu erkundigen? – Wozu bedurfte es der schmachtenden Blicke, der besonderen Betonung mancher Worte, der sentimentalen Seufzer in ihrer Gegenwart?

Jeden anderen Mann, der sich dergleichen Freiheiten herausgenommen hätte, wäre man leichter losgeworden als ihn, den die Stellung des Blutsverwandten schützte. Was wollte man machen gegen einen Menschen, der jederzeit freien Zutritt zum Hause hatte? Der sie »du« nennen, ihr die Hand drücken, sie an tausend kleine Vertraulichkeiten erinnern durfte, die er sich früher als großer Vetter gegen die kleine Cousine hatte herausnehmen können? Er nutzte seine Stellung mit der harmlosesten Miene der Welt aus. Was wollte man machen? Gegen Andeutungen, dass er lästig falle, schützte ihn seine Dickfelligkeit.

Wem hätte Jutta etwas sagen können und wollen von diesen Dingen? Ihrem Vater etwa? Er würde ihr einfach die Anklage nicht geglaubt haben, selbst wenn sie sie über die Lippen gebracht hätte. Und Luitpold nahm sich in acht in Gegenwart dritter. Erstaunlich war, wie er sich in der Hand hatte! Während er vielleicht eben mit seinen dunklen Augen dem Mädchen einen heißen, nicht misszuverstehenden Blick zugesandt hatte, sprach er gleich darauf im gleichgültigsten Plaudertone mit Herrn Reimers von Pferderennen oder Börsenkursen.

Noch schlimmer war die Komödie, die er seiner Frau vorspielte. Frau Elwire war durch Kränklichkeit jahraus, jahrein ans Zimmer gefesselt, konnte ihm nicht folgen auf seine Fahrten. Sie wusste, dass sein Leben nicht rein sei. Ihre Augen lagen beständig auf der Lauer, sie spannte darauf, dass er sich einmal verraten solle.

Jutta liebte die Cousine nicht: Elwirens grilliges Wesen, ihre Nörgelsucht waren ihr immer zuwider gewesen. Aber neuerdings tat die Arme ihr leid. Das Mädchen begann nun doch die Tragik dieser um Geldes willen geheirateten Frau zu verstehen, die ihren Mann liebte und sich von ihm hintergangen fühlte.

Jutta vermied es fortan, dieses Haus aufzusuchen. Dort kam ihr jetzt alles so trostlos vor, so unfein und ordinär, trotz der geschmackvollen, stilgerechten Einrichtung, mit der Luitpold Habelmayer sich umgeben hatte.

Widerwärtige Lage! Dieser Mensch mit seiner schwülen Sinnlichkeit, von der sie sich umlauert, betastet fühlte wie von unsichtbaren Händen! Das Schlimmste war, ganz gleichgültig konnte man doch nicht bleiben; man war schließlich von Fleisch und Blut!

Wenn sie früh beim Erwachen an das dachte, was sie des Nachts geträumt hatte, dann erschrak sie. Woher kamen einem solche Bilder, die man im Wachen niemals gesehen hatte? Konnte eines anderen Menschen Verlangen, das man verabscheute, einen zu Fall bringen? – Wessen hatte sie sich denn schuldig gemacht vor ihrer Seele? –

War sie kokett gewesen? Vielleicht war sie ihm zu weit entgegengekommen, hatte ihm scheinbares Recht gegeben zu den Freiheiten, die er sich jetzt herausnahm.

Er war eitel, hielt sich für verführerisch. Sie nannten ihn ja den »schönen Habelmayer«. Wer konnte denn wissen, was sich solch ein Mann einbildete!

Ihr Benehmen gegen Luitpold war nicht konsequent. Manchmal behandelte sie ihn mit einer Schroffheit, die keinen Sinn hatte und ihm einen Schein des Rechtes gab, wenn er über ungerechte Härte klagte. Dann wieder zeigte sie sich ängstlich, befangen, unsicher und verschaffte ihm dadurch einen billigen Triumph. Sie fand nicht den Ton ruhiger Überlegenheit, die seiner Zudringlichkeit gegenüber allein als sicheres Bollwerk hätte dienen können.

Dieser stille Kampf, den sie mit einem zähen, abgefeimten Gegner zu führen hatte, bedeutete eine stete, peinvolle Nervenaufregung für das junge Mädchen.

Herr Reimers fand, dass es für seine Tochter nunmehr Zeit sei, in Gesellschaft zu gehen. Sie hatte ja bereits im Kreise ihrer Verwandten verkehrt, aber die spießbürgerlich beschränkte Enge der Familie war nicht das, was sich dieser Vater für seine Tochter wünschte. Jutta hatte das Zeug dazu, in der großen Welt Aufsehen zu erregen.

Reimers fing nachgerade an, sich auf dieses Kind etwas einzubilden. Es kitzelte seine Eitelkeit, wenn die Freunde am Stammtisch oder im Klub ihm ihre Bewunderung zu erkennen gaben über Juttas Erscheinung. Er rechnete sich ihre Schönheit gewissermaßen als persönliches Verdienst an.

Er ließ sich neuerdings gern mit Jutta im Theater, in Ausstellungen, im Konzert, kurz, an all den Orten blicken, wo elegantes Publikum verkehrte. Und als der Winter gekommen war und die Faschingsfreude begonnen, zog er in ernsthafte Erwägung, welche Feste man besuchen solle.

Durch die Maler, welche in seinem Klub verkehrten, stand er mit der Künstlerwelt in Verbindung. Dort sprach man jetzt lebhaft von einem großen Kostümball, der die Saison eröffnen sollte. Als Grundgedanken des Festes, als das zu behandelnde Thema, hatte man diesmal »Renaissance« gewählt.

Dieser Ball, der einen auserlesen großartigen Charakter zu tragen bestimmt war, erschien Reimers als die passendste Gelegenheit, seine Tochter in Gesellschaft zu führen.

Die erste Frage war natürlich die nach dem Kostüm. Reimers wollte dem Mädchen vom Theaterschneider ein pompöses Kleid anfertigen lassen: Aber Jutta hatte darüber ihre eigenen Gedanken.

Wäre es nicht viel reizvoller, selbst etwas zu komponieren, als in einer von fremden Köpfen erdachten Tracht aufzutreten? Wozu hatte man denn bei Professor Wälzer Kostümstudien getrieben? Zudem wusste man doch selbst am besten, was einem stand.

Der Vater verhielt sich etwas skeptisch dieser Idee gegenüber. Seine kleine Tochter kannte ja den Karneval noch gar nicht, welche Pracht zur Schau getragen, welches Raffinement da aufgeboten wurde.

Als sich ihm Jutta aber einige Tage vor dem Feste in ihrem Kostüm zeigte, zu dem sie die Stoffe selbst ausgewählt und dann mit der Schneiderin zusammengenäht hatte, sah er ein, dass er ihren Geschmack unterschätzt hatte.

Jutta präsentierte sich in einem Gewände von mattschillernd silbergrauem, schwerem Atlas. Der Hals war frei, die Büste durch zarte Cremespitze verhüllt, die gepufften Ärmel halblang, ebenfalls in Spitzen endend. Ein prächtiger, goldstrotzender Gürtel schloss das steife Mieder nach unten ab.

»Zu sehr junge Frau, kaum noch Mädchen!«, das war das Einzige, was der Vater auszusetzen hatte: Im Übrigen fand er das Kostüm »großartig«. In der Freude darüber ging Reimers sofort zum Juwelier und kaufte dem schönen Töchterchen einen Perlenschmuck, den sie bei dem Feste einweihen sollte.

Reimers wollte nicht Kostüm anlegen. Er behauptete, dazu sei er zu alt. In Wahrheit war es ihm unbequem. Durch einen entsprechenden Geldbetrag konnte man sich ja vom Kostümzwang loskaufen. Er übergab seine Tochter einem seiner Malerfreunde, der mit seiner würdigen Erscheinung sehr gut als Beschützer ihrer Jugend gelten konnte. Er selbst wollte sich im Frack unter die Zuschauer mischen, wobei er besser auf seine Rechnung zu kommen glaubte.

Jutta ängstigte sich nicht, wie es manche andere Debütantin getan haben würde. Sie war ihres Erfolges sicher. Wenn sie trotzdem eine gewisse Aufregung empfand, so war das mehr Spannung, Neugier auf das, was sie sehen und erleben würde. Ihre Erwartungen gingen hoch. Jetzt sollte sie endlich erfahren, was leben hieß: Bisher hatte sie davon nur gehört und gelesen.

Der einleitende feierliche Umzug war vorüber, den sie am Arme des ihr vom Vater zuerteilten Beschützers mitgemacht hatte.

Ein Mitglied des königlichen Hauses war anwesend, vor ihm defilierte man, eine kurze Ansprache und Huldigung der Kostümierten hatte stattgefunden. Nach diesem offiziellen Teile sollte der eigentliche Mummenschanz beginnen.

Die Gesellschaft fing an, sich in den reich geschmückten Räumen zu verteilen. In einem der Säle wurde Platz geschafft zum Tanz, in den Nebenräumen waren für die, welche sich daran nicht zu beteiligen gedachten, Tische aufgestellt und lauschige Winkel eingerichtet zu größeren Gelagen und intimerem Beisammensein, je nach Hang und Bedürfnis.

Juttas Begleiter hatte sich verabschiedet, da er mit der Ordnung des Festes zu tun habe. Sie war nicht ungehalten darüber. An einen der mächtigen, mit Girlanden umwundenen Pfeiler des Saales gelehnt, bewunderte sie das herrliche, farbenreiche Bild: Die Zuschauerlogen gegenüber, in denen mit den schwarzen Fracks der Herren die glänzenden Gesellschaftstoiletten der Damen abwechselten. Und um sie her im Saale das Drängen und Fluten der buntscheckigen Menge. Fantastische Kostüme von auserlesenen Stoffen, Farbenzusammenstellungen der bizarrsten und der dezentesten Art. Erscheinungen, die zum Lachen reizten, daneben würdevolle Physiognomien; Burleske und Grandezza bunt durcheinander.

Das Mädchen war ganz in Schauen versunken, sättigte sich am Anblicke dieses Bildes voll Geschmack, Eigenart und Stil.

Da löste sich von der Menge, die sie an sich vorüberfluten ließ, ein Mann in prächtigem karmoisinroten Samtkleide. Im ersten Augenblicke erkannte sie ihren Vetter Luitpold gar nicht. Keine Ahnung hatte sie davon, dass auch er hier wäre.

Er trug das Gewand eines italienischen Großen, kopiert nach einem bekannten Porträt in der Alten Pinakothek. Auch Haar und Bart hatte er sich nach diesem Vorbilde zurechtstutzen lassen.

»Unsere Farben passen zusammen, sieh mal!«, rief er und hielt seinen Ärmel an ihre Taille. »Warum hast du denn so geheimnisvoll getan mit deinem Kostüm, schöne Cousine? Ich hab's ja doch herausbekommen! Wohlan, hier bin ich! Dein Vetter, dein Ritter, oder dein Sklave, je nachdem du befehlen wirst!«

Jutta wusste, dass es auf einem Karnevalfeste freier hergeht als sonst wo, und dass man da fünf gerade sein lassen muss. Sie war mit der Absicht hergekommen, sich zu unterhalten. Zudem lag es nicht in ihrer Natur, sich leicht zu entrüsten.

Aber dass es gerade Luitpold sein musste, der sie den Faschingston lehren sollte! –

Er wich nicht von ihrer Seite, schien ihr Kavalier bleiben zu wollen für den ganzen Abend. Als das Tanzen begann, führte er sie in den Saal und begann mit ihr zu walzen. Übrigens verstand er sich darauf. Es war ja nicht das erste Mal, dass sie miteinander tanzten: Luitpold hatte als älterer Vetter ein wenig den Tanzmeister bei seiner Cousine gespielt, als sie noch halblange Kleider trug und man sie ungestraft in die Wange kneifen durfte. Er erinnerte sie heute auch daran, füllte überhaupt ihr Ohr mit allerhand Schabernack und Schmeicheleien. Wenn er sagte: »Wir sind das schönste Paar im Saale!«, so konnte er damit wohl recht haben. Sein Kostüm war eines der reichsten und originellsten und passte vortrefflich zu seiner stattlichen Erscheinung.

Jutta fühlte sich heute in der Laune, sich mit Luitpold auszusöhnen. Er verstand es, einem die Zeit zu vertreiben, und es tanzte sich herrlich mit ihm. Was wollte man mehr bei einer Gelegenheit wie dieser! Prüderie konnte gar nicht aufkommen, hier, wo alles ein Rausch war von Farbe, Glanz, Freude und Schönheit. Sie ging also auf den übermütigen Ton ein, den er anschlug.

»Wollen mal sehen, wer von uns beiden zuerst müde wird!«, rief er und riss sie von Neuem zum Tanze mit fort. Aber nach einigen Runden schon machte er halt und erklärte sich für besiegt. »Das Tanzen hat eigentlich keinen Sinn, noch dazu im Kostüm. Viel schöner wäre es, sitzen und dich anblicken dürfen, Jutta! Weißt du, dass du berauschend schön bist?« –

Unter solchen Reden führte er das Mädchen in eine Nische, wo zwischen Lorbeergebüsch ein Tisch für zwei gedeckt war.

Man aß ein paar Bissen, dazu wurde Champagner getrunken. Von der Freiheit, seine Dame anzustarren, machte Luitpold Habelmayer reichlich Gebrauch. Dabei schwatzte er allerhand verliebten Unsinn. Jutta tat, als verstände sie ihn nicht recht; sie spielte die Rolle der Naiven gar nicht schlecht.

Bis Luitpold anfing, sentimental zu werden. Sie fand, dass ihm das sehr schlecht stehe: So aus der Rolle hätte er nicht fallen sollen! Und mit einem Male begann er von seiner Frau zu reden, gestand, er sei unglücklich verheiratet.

Da wurde es Jutta zu viel. Sie erhob sich jählings und erklärte, dass sie zu ihrem Vater wolle.

Luitpold beschwor sie, zu bleiben: kein Wort weiter wolle er sagen hiervon, wenn es ihr unangenehm sei. Aber Jutta blieb fest bei ihrem Entschlüsse.

Nach einigem Suchen fand man Herrn Reimers. Auch er hatte eine jener lauschigen Nischen aufgesucht, und, wie es sich herausstellte, war er nicht allein. Eine niedliche junge Dame im Gewand einer Florentiner Patriziertochter, für gewöhnlich Soubrette am Theater – wie Luitpold der Cousine zuraunte – saß neben ihm. Das Paar war so in seine Unterhaltung vertieft, dass Jutta erst den Vater am Arme berühren musste, um ihn zum Aufschauen zu bewegen.

Reimers war nicht gerade angenehm berührt durch Juttas unerwartetes Auftreten. »Ich dachte, ihr tanztet!«, sagte er und warf dem Neffen einen Blick zu, als wollte er sagen: »Das hättest du mir auch ersparen können!«

Luitpold zuckte die Achseln und lächelte schadenfroh. Jutta stand ziemlich ratlos, denn sie merkte nun auch, dass sie dem Vater ungelegen komme.

In diesem Augenblicke erschien eine neue Person auf der Bildfläche: Bruno Knorrig. Ohne zu ahnen, was sich hier abspiele, kam er auf Jutta und Herrn Reimers zu und begrüßte sie lebhaft als die ersten Bekannten, die er heut Abend treffe.

Bruno war erst seit Kurzem wieder in München, nachdem er ziemlich drei Jahre in Südamerika zugebracht hatte.

Sein Kostüm, das der Kenner sofort für ein aus einem Maskenverleihinstitut stammendes erkannte, stand ihm ausnehmend schlecht zu Gesicht. Das viel zu weite Trikot verriet die Magerkeit seiner Gliedmaßen in bedenklicher Weise. Auf seinem rötlichen Haarschopf wiegte sich verwegen ein blassbläuliches Samtbarett mit einer verschossenen Straußenfeder.

Jutta entging die Komik seiner Erscheinung nicht: Trotzdem erschien ihr Bruno in diesem Augenblicke wie ein rettender Engel. Sie erwiderte seine Begrüßung auf das Herzlichste, gab deutlich ihre Freude zu erkennen, ihn hier zu sehen.

Bruno Knorrig wusste gar nicht, wie ihm geschah. Er hatte kurz nach seiner Rückkehr aus der Fremde im Hause seines Chefs Besuch gemacht und dabei auch Jutta wiedergesehen. Er war von ihr mit einer Kälte aufgenommen worden, die ihn tief geschmerzt hatte; war er doch Eberhards intimster Freund, und hatte er doch ehemals auch zu Jutta in vertrautestem Verhältnis gestanden.

Und heute diese warme Begrüßung! –

Herr Reimers sah in Brunos Auftreten die erwünschte Gelegenheit, seine Tochter auf gute Art loszuwerden. »Haben Sie denn schon mit Jutta getanzt, Bruno?«, fragte er. Und als der junge Mann verneinte: »Nun, dann engagieren Sie sie sofort! Es ist die allerhöchste Zeit!«

Bruno ließ sich das nicht zweimal sagen, errötend bot er Jutta den Arm: Und man sah das ungleichartige Paar im Nebensaale verschwinden.

Der schöne Habelmayer folgte zähneknirschend. War es denn zu glauben! Dieser Mensch in dem schäbigen Kostüm, mit den dünnen Beinen wollte ihn ausstechen!

Er machte an diesem Abend mehrere verzweifelte Versuche, das Paar zu trennen: aber vergeblich! Jutta selbst war es, die in unbegreiflicher Laune den dürftigen Kavalier immer wieder aufforderte, mit ihr zu tanzen, und ihm nicht gestattete, von ihr zu weichen.

X

Eberhard Reimers war nun schon das zweite Jahr in Berlin.

Anfangs hatte die Riesenstadt überwältigend gewirkt auf den jungen Menschen. Wie verraten und verkauft war er sich vorgekommen in dieser Wüste von Häusern und Menschen. Ohne Beistand irgendeines Freundes musste er sich zurechtfinden in den fremden Straßen und den noch viel fremder anmutenden Sitten, dem härteren, kälteren, schneidigeren Ton des norddeutschen Wesens, an das er, der Süddeutsche, sich nur langsam gewöhnte.

Das Leben hier floss nicht im ruhigen, gleichmäßigen Bette, spielte sich nicht in den gemütlich harmlosen Umgangsformen der Vaterstadt ab. Gleichgültig hasteten die Menschen aneinander vorüber, feindlich, verschlossen, jedermanns Wille auf ein Ziel gerichtet, jeder im anderen einen Widersacher und Parteigänger witternd. Wie die Ameisen waren sie, die einander auf ihren tausendfältigen Kreuzwegen begegnen, einen Augenblick misstrauisch haltmachen, den möglichen Feind prüfen und dann weiter ihren Geschäften nachgehen.

Ja, in solch einen Ameisenhaufen war er geraten, in solch einen unübersehbaren Strudel sich kreuzender Interessen.

Zunächst ließ er sich treiben von dem Riesenstrome, genoss die Wollust des Staunens. Allmählich aber ging er über vom bloßen neugierigen Gaffen zum Eindringen: Er fing an, zu ahnen, dass in diesem scheinbar regellosen Treiben Gesetzmäßigkeit herrsche. Er konnte sich nicht des Eindrucks erwehren der Großartigkeit und der Kraft.

Wenn man auch als einzelner verschwand darin, so war man doch der Teil eines wirklich großen Gemeinwesens; etwas von dieser Größe, diesem starken Leben strömte doch zurück aus dem irgendwo im Verborgenen schlagenden Herzen dieses mächtigen Organismus, teilte sich dem letzten kleinen Teile mit, gab auch ihm Bedeutung und erhöhte Lebenskraft. Eberhard fing an, das belebende Gefühl zu empfinden gesteigerten Gemeinsinnes. Die ungewohnten größeren Verhältnisse erfüllten ihn mit Selbstbewusstsein, mit Interesse, mit Lust am Dasein.

Berlin hatte es dem jungen Studenten angetan!

Während er eine Zeit lang närrische Befriedigung fand in dem Gefühle, allein zu sein unter Millionen, von niemanden gekannt zu werden, niemanden zu brauchen, begann sich allmählich doch in ihm der Wunsch zu regen, anknüpfen zu dürfen, Beziehungen zu gewinnen, nicht bloß beobachtend mit dem Kopfe, sondern auch mit dem Herzen heranzukommen an die Welt, in der er lebte.

Mit einem Worte: Er sehnte sich nach Menschen.

Es wäre für Eberhard Reimers ein Leichtes gewesen, in eine studentische Verbindung einzutreten. Er, mit seiner Herkunft, seiner Erscheinung, seinem »Wechsel«, hätte schließlich bei jeder Couleur ankommen können. Aber was er bereits als Pennäler mitgemacht hatte vom Komment, und was er später als Student in Würzburg und in München davon gesehen, lockte nicht, seine Zeit mit solchem Stumpfsinn weiter zu vergeuden. Er war ja nun kein ganz junges Semester mehr: Bereits hatte er das Physikum abgelegt.

In den Kollegien kam er mit vielen Kommilitonen zusammen. Gerade das medizinische Studium macht die jungen Leute schnell miteinander bekannt. Man trifft sich im Praktikum, im Kolloquium, im Laboratorium, bei den klinischen Übungen, bei den Demonstrationen und Exkursionen in Krankenhäusern. Die jungen Ärzte und Assistenten, die Dozenten selbst bleiben zeitlebens mit der Studentenschaft in Fühlung, hören nicht auf, sich als Lernende zu betrachten.

Eberhard wurde mit einer Anzahl Männern jener schnell in den Hörsälen wechselnden Menge bekannt, ohne sich soweit mit einzelnen einzulassen, dass man hätte von Freundschaft sprechen können.

Er wohnte im echten *Quartier latin* Berlins, in der Gegend zwischen Spree und Ringbahn, nicht weit von den Kliniken und Krankenhäusern des Nordens. Sein Mittag- und Abendbrot nahm er in einem Lokale ein, wo fast ausschließlich akademische Jugend verkehrte. Die Zeitungen las er in einem Kaffee mit Mädchenbedienung, dessen Publikum, das weibliche vor allem, nicht zu dem feinsten gezählt werden konnte.

Diese Umgebung, bunt zusammengewürfelt, leicht von Sitten, frei im Tone, brutal von Manieren, passte nicht schlecht zu der Gemütsverfassung des jungen Mannes, wie sie jetzt war. Seit jener herben Erfahrung in München, die ihm die letzten Illusionen der Knabenzeit zerstört hatte, war er weitergetrieben worden in Welt- und Menschenverachtung hinein. Das Wort »Ideale« konnte ihn lachen machen. Für Begriffe wie: »Gott«, »Sittlichkeit«, »Liebe« hatte er verblüffend einfache Definitionen zur Hand. Er schwamm mit einem gewissen Wohlbehagen auf den Wässern des Materialismus. Mit Wollust zerstörte er in sich alle zarteren Regungen, alle Pietät; betrachtete das alles als »atavistische Überbleibsel überlebter Perioden.«

Er hatte jene Staupe durchzumachen von altkluger Besserwisserei, von schonungslos hochmütigem Aburteilen, die in einem gewissen Alter die meisten jungen Leute befällt. Und dazu kam der Zynismus, den sich der Mediziner angeeignet hatte als natürliche Schutzwehr gegen die übermächtig auf ihn einstürmenden Eindrücke seines Berufes. Wer in der chirurgischen Klinik den Operationen beiwohnte, wer einen geburtshilflichen Operationskursus studienhalber durchmachte, wer endlich an den Arbeiten teilnahm im gerichtlich-medizinischen Institut, wo sich die Gebiete der Pathologie, der Psychiatrie und Physiologie zu einem interessanten Kapitel menschlichen Elends vereinigen, der konnte nicht gut anders, als sich mit Gleichgültigkeit wappnen und Kälte gegen die Regungen des Gemütes.

Eberhard verkehrte in einem kleinen Kreise von Medizinern, die sich in zwangloser Weise des Abends am Biertisch trafen. Die Altersgenossen fühlten schnell heraus, dass der junge Reimers nicht auf den Kopf gefallen sei. Man sah ihn gern und schätzte ihn ziemlich hoch ein: auch was seine wissenschaftlichen Leistungen betraf.

Die einzige Autorität, die man in diesem Kreise gelten ließ, war die Wissenschaft. Alles Übrige im öffentlichen Leben, in Gesellschaft und Staat, musste sich beißende Kritik gefallen lassen. Vor allem aber bedachte man mit seiner Verachtung die Familie. Elterliche Autorität, Kindesliebe, Ehe wurden verspottet. Berechtigung erkannte man allein der freien Liebe zu. Das »inferiore weibliche Geschlecht« verwarf man gründlich. Wenn das Thema »Weiber« angeschlagen wurde, so geschah es, um dem Zynismus voll die Zügel schießen zu lassen.

Eberhard stand mit seiner Familie nur noch in loser Verbindung. Während der Universitätsferien blieb er in Berlin oder unternahm Reisen. Sein Verkehr mit dem Vater beschränkte sich darauf, dass dieser ihm den Wechsel regelmäßig durch ein Berliner Bankhaus zugehen ließ.

Von Jutta zwar erhielt er hin und wieder einen Brief, der ihn über das, was sich daheim ereignete, auf dem Laufenden erhielt: Aber er selbst war selten in der Laune, der kleinen Schwester zu antworten. Was hätte er ihr auch schreiben sollen? – Von den interessanten Fällen im anatomischen Institut, über die neuesten Entdeckungen der Bakteriologie, den augenblicklichen Stand der praktischen Gynäkologie etwa? – Das wäre gerade etwas für ein junges Mädchen gewesen! Und von seinen Unterhaltungen mit den Kommilitonen musste er erst recht schweigen.

So hoch auch Eberhard sein Fachstudium stellte, so sehr er sich auch mit ganzer Seele der medizinischen Wissenschaft verschrieben hatte, so empfand er doch die Einseitigkeit, die jede Disziplin bekommt, wenn man sich ihr ausschließlich widmet, manchmal ziemlich stark. Die Fachsimpelei im Kreise der Kollegen wurde ihm oft zu arg. Er fand zum Beispiel, dass es nicht durchaus notwendig sei, die Besprechung klinischer Fälle oder neuester Krankheitserreger vom Hörsaale an die Mittagstafel zu verpflanzen. Er sehnte sich nach harmloserer Kost, anmutigeren Gesprächen, einer veränderten Atmosphäre überhaupt.

Von Anfang des Studiums an hatte er, wenn sich dazu Gelegenheit bot, Kollegien gehört, die nicht unbedingt in sein Fach schlugen. In diesem Semester las ein bekannter Professor der Nationalökonomie öffentlich über ein allgemein interessantes Thema. Zu seinen Hörern gehörte auch Eberhard Reimers.

In dem geräumigen Gartenauditorium hinter dem Universitätsgebäude versammelten sich zweimal in der Woche abends Hunderte von Hörern, Studenten aller Fakultäten, aber auch Offiziere und Privatleute saßen hier zu Füßen jener wissenschaftlichen Größe.

Neben Eberhard pflegte in diesem Kolleg ein junger Mensch zu sitzen, der eifrig nachschrieb. Diese offenen, intelligenten Züge waren ihm übrigens schon anderwärts aufgefallen: wenn er sich recht entsann, in der akademischen Lesehalle, deren gelegentlicher Besucher Eberhard Reimers war.

Durch Zufall wurden sie miteinander bekannt. Eberhard fiel es eines Tages, nachdem das übliche Getrampel vorüber war, mit dem der Professor begrüßt wurde, auf, dass sein Nachbar das Heft aus der Tasche zog und sich dann ziemlich ratlos umsah, als vermisse er etwas. Eberhard erkannte schnell, was fehle. Er schrieb selbst nicht nach, aber er führte jederzeit einen Tintenstift bei sich, den er hier seinem Nachbar zur Benutzung anbot. Das Anerbieten wurde mit sichtbarer Dankbarkeit aufgenommen. Nach der Vorlesung beim Zurückgeben des Stiftes wurden dann die beiderseitigen Namen mit der herkömmlichen steifen Verbeugung gemurmelt. Der junge Mann hieß Otto Weßleben.

Von dem Augenblick an grüßte man sich auf der Straße und sprach miteinander, wenn man sich in Universität oder Lesehalle traf. Vertrauter wurden die Beziehungen aber erst, nachdem man sich über ein Buch, das damals Aufsehen erregte und das beide verschlungen hatten, ausgesprochen und dabei einer des anderen Weltanschauung erkundet hatte.

Bei dieser Gelegenheit erfuhr Eberhard auch einiges über Otto Weßlebens Herkunft. Er war Jurist, stammte aus hannoverscher Familie. Sein Vater war emeritierter Landgeistlicher, der seit einigen Jahren mit seiner Familie in Berlin lebte, weil er kränklichkeitshalber sich in der Nähe des Arztes aufhalten musste.

Die Veranlagung der beiden jungen Männer war eine sehr verschiedene, ja, in manchem geradezu entgegengesetzte. Otto Weßleben stellte den Typus dar des zurückhaltenden, zähen, ruhigen, verständigen, selbstbewussten Norddeutschen. Seine Weltanschauung war beeinflusst durch die Atmosphäre der evangelischen Landpfarre, in der er aufgewachsen. Doch war sein Horizont keineswegs beschränkt: Er hatte sich auf den verschiedensten Wissensgebieten umgetan und sich mit früher Selbstständigkeit des Denkens sein Urteil gebildet. Eberhard fand beim Disput in ihm einen gut beschlagenen und im logischen Denken wohlgeübten Widerpart.

Dieser Mensch war für ihn eine ganz neue Spezies und interessierte ihn schon darum. Außerdem war ihm Otto Weßlebens ganze Art, seine gepflegte, dabei durchaus nicht stutzerhafte Erscheinung, seine gewählte Aussprache, seine gemessenen, beinahe würdevollen Manieren sympathisch.

Auch der junge Weßleben schien beim Umgange mit Eberhard Reimers auf seine Rechnung zu kommen. Ja, trotz seiner angeborenen Zurückhaltung ließ er den anderen merken, dass für ihn damit ein lang gehegtes Bedürfnis nach geistiger Anregung endlich Befriedigung finde. Gleich

Eberhard hasste er die Vereinsmeierei und Fachsimpelei, suchte Erweiterung des Horizonts und Nahrung für den Geist. Und die glaubte er in der Reibung mit fremder Anschauung eher zu finden als beim Zusammenhocken unter dem Panier stumpfsinnigen Cliquentums.

Sie waren schon eine geraume Zeit miteinander bekannt, ehe Otto Weßleben seinen Freund aufforderte, in seiner Familie zu verkehren. Er bat ihn ohne weitere Umstände, am nächsten Sonntage im Hause seines Vaters das Mittagbrot einzunehmen.

Es war dies die erste Tischeinladung, die Eberhard Reimers erhielt, seit er in Berlin sich aufhielt. Bis dahin hatte er tagein, tagaus seine Mahlzeiten im Gasthause eingenommen, selbst an den hohen Festen, den kirchlichen wie den weltlichen. Sein Junggesellendasein war ihm völlig zur Gewohnheit geworden. Der Gedanke an ein Mittagessen in Familie kam ihm beinahe lächerlich vor. Aber er war schließlich doch begierig, die nächsten Anverwandten seines Freundes kennenzulernen.

Am Sonntage fuhr er nach einer ihm völlig unbekannten Gegend Berlins. Die Weßlebens wohnten »am Johannistisch«, in einer Umgebung, die durch Kirche, Vereinshaus, Gottesacker und andere Institute der Kirchlichkeit und Wohltätigkeit, inmitten des weltlichen Berlins, wie eine stille, vom Geiste des Pietismus durchtränkte Oase wirkte. Etwas von dieser Stimmung atmete auch das Weßlebensche Haus.

Die Familie bestand aus dem Elternpaare, drei Söhnen und einer Tochter.

Der Vater war schwer leidend: Aber nur der Eingeweihte merkte ihm sein Siechtum an. Die Statur war über Mittelgröße. Das bartlose schmale Gesicht umrahmte ein Kranz von weißen Locken. Die Kleidung verleugnete den Geistlichen nicht. In seinem Wesen sprach sich etwas Abgeklärtes aus, wie es Menschen eigen ist, die gewarnt sind, und in dem Bewusstsein leben, jeden Augenblick abgerufen werden zu können. Solche betrachten dann jeden neuen Tag als ein besonderes Geschenk. Sie sehen das Leben von der Warte erhöhten Bewusstseins. Ihr ganzes Dasein bekommt ein edles Pathos, schimmert gleichsam im Golde der Traube, die zum Schnitte reif ist.

Die Gattin war ein ausgesprochenes Beispiel für jene eigenartige Erscheinung, dass Mann und Frau in langjähriger Ehe einander äußerlich ähnlich werden, nicht bloß in Manieren, Sprechweise, Angewohnheiten, sondern auch im Ausdruck der Züge, im ganzen Wesen und Verhalten überhaupt.

Die drei Söhne stellten ein blondes, stattliches Geschlecht dar, stark von Knochenbau, mit langem, schmalem Schädel: echte Niedersachsen. Otto war von den Söhnen der jüngste: Nach ihm kam nur noch als Nesthäkchen die siebzehnjährige Agathe. Der Älteste war Missionar, bis vor Kurzem in Südamerika gewesen, jetzt auf Urlaub in Deutschland, um seine von Klima und Strapazen arg mitgenommenen Nerven wiederherzustellen; dann kam ein Diakonus, und schließlich als einziger Nichttheologe Eberhards Freund.

Agathe war ein Wesen für sich. Als einziges Mädchen und als Jüngste mochte sie von jeher eine Ausnahmestellung genossen haben, daher ward vielleicht ihre größere Lebendigkeit, ihr beweglicheres Wesen erklärlich. Auch in der Erscheinung stellte sie einen anderen Typus dar; obgleich auch sie nicht gänzlich aus der Familienähnlichkeit fiel. Sie war nicht groß, von zierlicher Gestalt, blond wie alle Weßlebens, mit hellen Augen. In diesen Augen saß bei ihr noch ein ganz besonderer Schelm. Das Gesichtchen hatte bei aller Unberührtheit und Frische etwas ungemein Fertiges.

Eberhard Reimers erkannte sofort, dass er in eine nicht ganz alltägliche Gesellschaft geraten sei. Das meiste hier mutete ihn fremdartig an: die Lutheranerröcke der drei Geistlichen, das Tischgebet, die asketische Lebensweise, welche in der Nüchternheit der Einrichtung, der Einfachheit der Speisen zum Ausdruck kam: der weihevoll gemessene, zurückhaltende Ton der Unterhaltung. Dergleichen war er vom Vaterhause her nicht gewöhnt. Aber er unterdrückte die Opposition, welche für einen Augenblick gegen diese ganze, seinem Wesen so gar nicht kongeniale Welt in ihm aufsteigen wollte, aus einem Gefühle der Achtung, die ihm die Einheitlichkeit und Geschlossenheit dieser Welt immerhin abrang.

Die Unterhaltung bei Tisch betraf Themata, die Eberhard für gewöhnlich mit völliger Gleichgültigkeit wenn nicht mit Verachtung, behandelte. Von der Predigt, die man am Morgen gehört, war die Rede, von der inneren Mission, den Bestrebungen des roten und des blauen Kreuzes, den Jünglingsvereinen, den christlichen Herbergen, den Krippen. Alles Begriffe, von denen der junge Mediziner, wenn er ihnen mal in der Zeitung begegnete, wie von Kuriositäten Notiz genommen hatte, die aber hier ganz ernst behandelt wurden. Sie schienen das oberste Interesse auszumachen für diesen Familienkreis.

Er hätte stumm dasitzen müssen, wenn nicht das Gespräch durch den Missionar auf Südamerika gekommen wäre. Das war für Eberhard etwas von Jugend auf Vertrautes. Es stellte sich heraus, dass der Missionar über die Bedeutung des überseeischen Handels von Reimers und Knorrig unterrichtet war. Man tauschte seine Ansichten aus über die gegenwärtige politische Lage der südamerikanischen Staaten, ihre wirtschaftliche Zukunft, ihre Bedeutung für die Kultur. Der Missionar berichtete Interessantes über die Eingeborenen und Eingewanderten. Eberhard ergänzte das aus dem, was er darüber wusste. Kurz, es kam zu einem Hin und Her von Gedanken und Ansichten.

Schwieriger fand es Eberhard, mit den Frauen in Fühlung zu kommen. Er war neben die Dame des Hauses gesetzt worden: Ihm schräg gegenüber saß Agathe, deren Augen er häufig auf sich gerichtet fühlte.

Mit Frau Weßleben konnte er noch zur Not eine Art von Unterhaltung aufrechterhalten, das junge Mädchen jedoch blieb eine unberechenbare Größe für ihn. Dass sie hübsch sei, war eben nicht schwer zu erkennen; aber was steckte hinter dieser glatten Stirn, was sagte, oder vielmehr was verbarg dieses fein geschnittene Lippenpaar? –

Eberhard ärgerte sich über sich selbst, dass er nicht wenigstens im Laufe des Nachmittags soviel Gewandtheit fand, das junge Mädchen anzureden. Woher diese Unbeholfenheit? Er war doch sonst nicht so schüchtern! –

Von da ab besuchte Eberhard das Weßlebensche Haus öfters.

Er redete sich ein, dass er es Ottos wegen tue. Als ihm dieser Vorwand selbst nicht mehr ganz stichhaltig erschien, fand er mit einem Male heraus, dass es gut für die Erweiterung seiner Welt- und Menschenkenntnis sei, wenn er mit Leuten Umgang pflege, die von ihm und seinen bisherigen Kreisen so außerordentlich verschieden waren, wie diese hier.

Imponieren würde er sich nicht lassen von den Weßlebens, das hatte er sich fest vorgenommen. Beobachten wollte er nur, sehen, was eigentlich hinter ihrem selbstsicheren, weihevollen Wesen stecke. Vielleicht spielte man ihm nur Komödie vor. Vielleicht war das, was ihn auf den ersten Blick so entzückt, ihm einen so einheitlichen Eindruck gemacht hatte, etwas ganz anderes: geistiger Hochmut, Frömmelei, Heuchelschein.

Er kämpfte gegen die Eroberung durch fremden Einfluss: Er wehrte sich gegen das Zurückfallen in Gefühle und Anschauungen, die er wie eine Art Kinderkrankheit längst über Bord geworfen zu haben glaubte.

Etwas bereitete sich in ihm vor, eine Wandlung, die ihm selbst unheimlich vorkam. Der Kreis von Kommilitonen, in dem er verkehrte, der Ton, der da herrschte, die ganze Atmosphäre, in der er sich bisher so wohl gefühlt, fing an, ihm nicht mehr zu behagen. Er zog sich zurück. Vor allem aber machte er einen Strich unter jene ebenso leicht angeknüpften, wie schnell gelösten Verhältnisse mit Mädchen der Halbwelt, die er bis dahin als selbstverständliche Zugabe des Berliner Lebens betrachtet hatte.

Der Grund, warum der junge Mann urplötzlich seine sämtlichen Gewohnheiten über den Haufen stieß, war jener uralte, der von jeher die tiefsten Wandlungen der Menschennatur verschuldet hat.

Agathe hatte die einfachste Geschichte, die ein Mädchen nur haben kann. Sie war auf dem Lande geboren, in der nüchternen Stille eines märkischen Pfarrhauses aufgewachsen. Den Unterricht genoss sie beim Dorfschulmeister, in einigen Fächern unterrichtete sie der Vater selbst. Französisch erlernte sie mit den Töchtern des Gutsherrn, die eine Schweizer Bonne hatten.

Die nächste Eisenbahnstation lag mehrere Meilen weit von Pudelsee entfernt. Abwechslung brachte in das stille Leben nur der Wechsel der Jahreszeiten. Eine Einladung in das Herrenhaus bedeutete jedes Mal ein Ereignis. Dort hielten sich auch manchmal auswärtige Gäste auf: Sonst hätte man in Pudelsee kaum erfahren, dass es außer Tagelöhnern und Katenleuten auch noch andere Menschen gibt auf der Welt.

Nur die Brüder, wenn sie auf Ferien nach Haus kamen, brachten Leben in die verträumte Abgeschiedenheit dieses Erdenwinkels. Da wurde vom Gymnasium und von der Universität erzählt. Namen berühmter Theologen waren Agathe geläufig. Aber Lehrmeinungen, wissenschaftliche Theorien, theologische Streitigkeiten, innerkirchliche Angelegenheiten, Evangelisationsbestrebungen, welche die Geister innerhalb der protestantischen Welt gerade beschäftigten, bekam auch sie manches zu hören. Durch die Mutter, die ebenfalls aus evangelischer Pastorenfamilie stammte, war man verwandt mit einigen angesehenen Geistlichen der Landeskirche, Beziehungen, auf die sich Frau Weßleben nicht wenig zugutetat.

Als sich der älteste Weßleben der Heidenmission widmete, da war auf einmal zwischen der im Winter tief verborgenen Landpfarre von Pudelsee und der weiten Welt ein lebendiges Band hergestellt. Briefe mit ausländischen Marken kamen an und erzählten von fremden Völkern und ihren Sitten. In der Zeitung verfolgte man fortan mit Interesse alles Überseeische, und ein alter Schulatlas des Pfarrers, der allerdings von den Entdeckungen, welche in den letzten Jahrzehnten gemacht worden waren, noch nichts wusste, wurde häufig zurate gezogen.

Kurz nach Agathens Konfirmation, die der Vater noch selbst vollzogen hatte, wurde Pastor Weßleben von einem schweren Rückfall in sein altes Leiden heimgesucht. Als aufgegebenen Mann schaffte man ihn nach Berlin, wo er eine Operation auf Leben und Tod durchmachte. An Wiederaufnehmen des Berufes war nicht zu denken. Weßleben ließ sich emeritieren und blieb in Berlin. Hier war für einen Patienten wie ihn ärztliche Hilfe noch immer am ersten zur Hand.

Mit dem Umzuge nach der Hauptstadt war für Agathen das Leben auch nur um weniges abwechslungsreicher geworden. Die Pflege des alten Herrn beherrschte für die Frauen fast den ganzen Tag. Agathe fiel vor allem die Aufgabe zu, ihm vorzulesen. Die Lektüre beschränkte sich nicht auf Theologisches: Pastor Weßleben hielt sich gern über Geschichte, Philosophie und, in beschränktem Maße allerdings, auch über die Kunst auf dem laufenden. Manchmal durfte das Mädchen dem Vater zur Abwechslung etwas auf dem Harmonium spielen oder ihm ein Lied singen: Künste, in denen er sie in seinen guten Tagen selbst unterrichtet hatte.

Zu irgendwelchem Aufwande langten die Mittel nicht. Niemals noch war Agathe ins Theater gekommen. Was sie an Geselligkeit mitgemacht, bestand in Familienvereinigungen im christlichen Vereinshause und in Teeabenden zu Missionszwecken. Hie und da hatte sie mal ein geistliches Konzert besuchen dürfen.

Sie lebte seit Jahren in dieser großen Stadt mit ihren Sehenswürdigkeiten und Vergnügungen, ihren Veranstaltungen zur Befriedigung jedes Wunsches, jedes Bedürfnisses, und nichts von alledem hatte das junge Ding genossen, kaum von fern den mächtigen Strom des Berliner Lebens brausen hören.

Man hätte meinen sollen, dass ein junges, unblasiertes Geschöpf, wie Agathe Weßleben, sich verzehrt haben müsste vor Sehnsucht nach Glanz, Zerstreuung, Lebensgenuss. Dass sie der Verbitterung anheimfallen würde, wenn ihr diese versagt blieben. Das Gegenteil war der Fall.

Agathe blieb, was sie im Pfarrhause zu Pudelsee gewesen, auch in Berlin: das frische, heitere, lebenslustige, verständige Mädchen. Nicht den geringsten Einfluss schien der Luftwechsel auf sie ausgeübt zu haben. Es lag nicht in der Weßlebenschen Art, sich schnell umstimmen zu lassen: Auch in ihren weiblichen Mitgliedern legte diese Familie niedersächsische Zähigkeit an den Tag.

Dieses kleine Ding, ohne Erfahrungen, ohne Erlebnisse, setzte dem überwältigend großen Berlin ihre Verachtung entgegen. Sie wusste, dass sie und die Ihren andersgeartet seien, als hier die meisten Menschen, und darauf war sie stolz. Etwas von der ländlichen Ursprünglichkeit ihrer Herkunft hatte sie sich bewahrt: Das hob sie ab von den abgeschliffenen, abgegriffenen und verschlissenen Charakteren der Stadt.

Ein Gang durch eine der Hauptverkehrsadern Berlins belehrte sie darüber, dass sie und ihre Mutter altmodische Menschen seien, deren Aufzug gelegentlich belächelt wurde. Ein anderes Mädchen würde sich nach Toiletten und Putz gesehnt haben, die man in den Schaufenstern oder an den Damen selbst ausgelegt sah: nicht so Agathe. Sie neidete jenen ihre Eleganz weder noch schämte sie sich ihres Aschenbrödelgewandes.

Sie wusste, dass alle verfügbaren Mittel für den kranken Vater und für Ottos Studium aufgespart werden mussten. Zu neuen Kleidern für sie blieb da nichts übrig. Das war so selbstverständlich und klar: Auf den Gedanken, darüber zu seufzen, kam sie gar nicht.

Der Sinn für das Klare und Einfache war ihr angeboren. Sowie sich ihr Kopf mal überzeugt hatte, dann rebellierte das Gefühl nicht mehr. Laune, diese weiblichste Eigenschaft, schien im Wesen dieses Kindes keinen Platz zu haben, oder sie hatte sie durch jene Selbstzucht, welche am besten das Krankenzimmer eines Angehörigen lehrt, früh abgelegt. Aufgeräumt wie der Kopf, war das Gemüt heiter und der Mut jederzeit gefasst.

Im Grunde genommen war diese Harmonie der Seelenkräfte auch das, was auf Eberhard Reimers an dem Mädchen den tiefsten Eindruck machte. Sie bedeutete ihm die verkörperte Gesundheit, erschien ihm wie ein klarer, immer gleichmäßig strömender Quell, dessen Wellen wohl silberhell und durchsichtig sind wie Kristall, dessen urplötzliches Hervorbrechen aus dem dunklen Erdreich aber ein Wunder ist, das zu ergründen eine Aufgabe schien, wert, das Leben daranzusetzen.

Das Wesen des Mädchens war ihm in vieler Beziehung noch immer ein Rätsel. Die Bedingungen, unter denen sie aufgewachsen war, übersah er jetzt. Er kannte die Eltern, die Geschwister. Der Ton der Unterhaltung, die Sitten und Eigentümlichkeiten des Hauses, die ihn anfangs so ungewohnt berührt hatten, waren ihm jetzt, wo er bei diesen Leuten als Freund aus- und einging, nichts Fremdes mehr. Gewisse Charaktereigenschaften Agathens lagen so klar zutage, dass sie auch für Eberhard feststanden. Sie war eine gute Tochter zunächst. Für ihre Unschuld hätte er sich verbürgen können. Ihre Sinne waren sicherlich rein wie frisch gefallener Schnee. Aber eines aber freute er sich vor allem an ihr, dass sie echten gesunden Menschenverstand besah. Sie beobachtete scharf: Vormachen konnte man der so leicht nichts. Mit gelehrter Bildung war sie nicht überladen, aber dafür besaß sie ursprüngliche Urteilsgabe und Takt des Herzens. Auch der Sinn für das Komische, der Hang zu gelegentlichen spöttischen Bemerkungen standen ihr nicht schlecht, weil keine Bosheit dabei war. All diese Eigenschaften vereinigt, ergaben ein liebliches Gesamtbild, dessen hervorstechende Züge Gesundheit, Frische und Natürlichkeit waren.

Und doch blieb etwas Fremdes für ihn in ihrem Wesen, etwas, das nicht zu ihr zu passen schien, eine gewisse Sprödigkeit, eine herbe Widerspenstigkeit. Das trat niemals zutage ihren Eltern gegenüber, aber schon die Brüder bekamen davon gelegentlich etwas zu verspüren. Otto beschwerte sich Eberhard gegenüber einmal ganz offenherzig über Agathens »unausstehlichen Bock«. Und Eberhard erging es nicht viel besser. War er ihr unangenehm? –

Er suchte jede Gelegenheit begierig auf, mit ihr ins Gespräch zu kommen, vertrauter mit ihr zu werden, wenn möglich, ihr Gefallen zu erregen. Manchmal schien es ja fast so, als wolle sie ihm entgegenkommen. Einmal hatte er Fotografien mitgebracht von den Seinen und seinem Vater, der verstorbenen Mutter, von Jutta und Bruno. Als er die Bilder im Weßlebenschen Kreise vorzeigte, da war Agathe voll Interesse, hörte gespannten Ohres ihm zu, fragte vor allem nach Jutta, an deren Bildern sie sich nicht sattsehen zu können schien.

Aber andere Male wieder war sie schroff und abweisend, behandelte ihn von oben herab, gab ihm schnippische Antworten.

Für Eberhard war das eine neue Erfahrung. Die Geschöpfe, deren Zärtlichkeit er genossen, hatten ihm den Weg zu sich nicht eben schwer gemacht. Er war an ein leichtes Siegen beim weiblichen Geschlechte gewöhnt. Und hier, wo er zum ersten Male ernsthaft liebte, erfuhr er solche Behandlung!

Eberhard Reimers trug nicht mehr sein Herz in der Hand wie ehemals. Erfahrungen hatten ihn vorsichtig gemacht. Ihm war ja schon einmal der Kopf weggerannt, verführt von den aufgeregten Sinnen, sehr zu seinem Schaden. Er wusste, dass Agathe Weßleben nicht verglichen werden dürfe mit einer Fanny; und doch verfolgte ihn auch jetzt noch, von jener trüben Erfahrung her, ein Misstrauen gegen das ganze weibliche Geschlecht und jede einzelne seiner Vertreterinnen.

Er suchte nach Fehlern an Agathe. Sie war wohl herzlos? Das Gefühlsleben schwach entwickelt? Der Verstand herrschte bei ihr, der nüchterne

Verstand. Zuviel Verständigkeit, zu wenig Gemüt! Die schönste Eigenschaft des Weibes, sich anzuschmiegen, sich hinzugeben, war ihr wohl versagt? Vielleicht war sie ein seelischer Zwitter? Die Wissenschaft, auf die er soviel hielt, kannte ja dergleichen!

So dachte er, wenn er durch Agathens spröde Zurückhaltung gekränkt war. Mit Spott und Selbstverhöhnung suchte er sich über seinen Zustand hinwegzuhelfen. War es denn nicht lächerlich geradezu, dass er sich schlechte Behandlung gefallen lassen musste, er, Eberhard Reimers, von einem jungen unbedeutenden Dinge wie Agathe!

Aber er ging schließlich doch wieder zu den Weßlebens und sicherlich nicht, um der alten Leute willen, oder aus Freundschaft für Otto allein, mit dem er schließlich noch ungenierter hätte bei sich oder am Biertisch zusammenkommen können.

Von den Eltern Weßleben wurde der Freund des Sohnes gern gesehen. Der alte Herr vermutete zwar, dass Eberhards Weltanschauung von der seinen sehr bedeutend abweiche. In der Unterhaltung kam das manchmal zutage, obgleich Eberhard sich in acht nahm, in einer Familie, wo nicht weniger als drei Theologen waren, seine Gleichgültigkeit gegen das Religiöse allzu schroff hervorzukehren. Es konnte trotzdem nicht fehlen, dass seine Stellung in diesen Dingen mit der Zeit erkannt wurde. Aber Vater Weßleben war glücklicherweise kein Zelot. Wenn ein Mensch nur sonst tüchtig war und ehrlich, so brauchte er nach seiner Auffassung, selbst wenn er sich religiös indifferent zeigte, noch nicht unbedingt zu den Verworfenen zu gehören. Der alte Mann kannte das Leben, hatte an sich selbst und an anderen mancherlei erfahren. Darum brach er nicht leicht den Stab über einen Menschen, selbst wenn er ihn in dem Wichtigsten, was es für ihn gab, auf entgegengesetzter Seite sah.

Das Wohlgefallen von Frau Weßleben hatte Eberhard längst erobert. Bei der Mutter einer siebzehnjährigen Tochter sprachen einem Jünglinge im heiratsfähigen Alter gegenüber auch noch besondere Erwägungen mit.

Sie sah die Verliebtheit des jungen Mannes von Tag zu Tag wachsen. Das war ihr natürlich ein Triumph. Dass er scheinbar so wenig Glück machte bei Agathen, erschien ihr nicht so bedenklich. Das würde schon noch anders kommen!

Frau Weßleben kannte ihr Agathchen. Die war schon in früher Jugend solch ein merkwürdig stolzes Ding gewesen. Niemals hatte sie eingestanden, dass sie eine Sache haben wollte: Niemals hatte man sie betteln sehen. Meisterin war sie stets gewesen im Unterdrücken von Schmerz, wie im Verbergen ihrer Wünsche. Und auch darin war sich die kleine Agathe getreu geblieben: ehe sie jemanden zeigte, dass sie ihn gern mochte, da steckte sie lieber ihre Stacheln heraus.

Die Mutter dachte sich manches, wenn sie das Verhalten ihrer Tochter betrachtete gegen den jungen Mann.

Mütter können eben in solchem Falle das Denken nicht lassen.

XI

Von Kurt waren in letzter Zeit schlechte Nachrichten gekommen, nachdem es eine Zeit lang geschienen, als wolle das Klima von Nordafrika doch noch ein Wunder an ihm verrichten. Schließlich traf eines Tages die Depesche ein, welche seinen Tod mitteilte.

Hart wurde von diesem Falle eigentlich nur der Vater betroffen. Für Jutta war es doch nicht viel mehr als ein augenblicklicher Schreck, ein in Wehmut schnell verblassendes Bemitleiden des armen Bruders, der so jung hatte Abschied nehmen müssen vom Leben.

Reimers senior aber hatte eine teure Hoffnung begraben mit diesem Sohne.

Es war das erste wirkliche Unglück, das auch als solches empfunden wurde, welches den Mann ereilte. Der Kelch der Lebensfreude, an dem er sich leichten Herzens erlabt hatte, bekam einen bitteren Beigeschmack. Nicht bloß in seiner Vaterliebe war er verwundet; für Leute seines Schlages hat der Tod an sich etwas Erschreckendes. Sie fühlen sich in ihrer Sicherheit erschüttert und finden sich in der Rolle des Leidtragenden schwer zurecht.

Reimers alterte in den Wochen, die dem Tode seines Ältesten folgten, zusehends. Schlaf und Appetit flohen ihn: Er änderte Gewohnheiten und Liebhabereien. Seine Stammtischbrüder und Klubgenossen kannten sich nicht mehr aus mit ihm: So war die Laune des sonst gesprächigen, jovialen, nie um einen Witz oder eine Anekdote verlegenen Mannes ins Gegenteil umgeschlagen.

Eine Sorge kam hinzu, mehr geschäftlicher Natur: Von jeher war Kurt dazu ausersehen gewesen, einstmals Chef der Firma Reimers und Knorrig zu werden. Dieser schöne Plan sank mit Kurt ins Grab. Wer sollte ihn ersetzen?

Der Gedanke, dass der Sohn des Kompagnons das Haus vertreten solle, welches seine Blüte doch schließlich seiner, Reimers', Initiative verdankte, war für den alternden Mann im höchsten Grade peinlich, ja geradezu unerträglich.

Seine Hoffnung blieb jetzt nur noch der zweite Sohn. Zwar Eberhards Studium war Medizin, und er hatte schon eine ganze Menge Zeit darauf verwandt: Aber der Junge war schließlich nicht so alt, um nicht mit Erfolg umsatteln zu können. Reimers *senior* konnte sich nicht denken, dass ein vernünftiger Mensch den mühevollen, ärztlichen Beruf nicht leichten Herzens mit dem freieren und vor allem einträglicheren des Großkaufmanns vertauschen sollte.

Er schrieb in diesem Sinne an Eberhard. Die Antwort, die auf den Brief einlief, war für Reimers eine arge Enttäuschung. Eberhard erwiderte, dass er gar nicht daran denke, umzusatteln. Ob denn der Vater meine, dass man seinen Beruf wechsle wie einen Rock! Zum Kaufmannspielen fühle er weder Neigung noch Begabung, während er seinem medizinischen Studium mit Leib und Seele ergeben sei. Im Übrigen wäre es ganz überflüssig, darüber weiter zu verhandeln, da sein Entschluss unerschütterlich feststehe, zu bleiben, was er sei.

Mehr noch als der Inhalt, war es der Ton, in dem dieser Brief gehalten, der wegwerfende, kalte, nahezu feindliche Ton, der den Vater befremdete. Reimers senior meinte, dass er das nicht um den Jungen verdient habe.

In dieser Stimmung fand ihn ein Vorschlag, den ihm sein Kompagnon machte, und der wie alles, was der alte Knorrig sich ausdachte, nicht unpraktisch war.

Knorrig senior schlug nämlich vor, man möchte doch, um auch für die nächste Generation die Verbindung von Reimers und Knorrig sicherzustellen, aus Jutta und Bruno ein Paar machen. Ziffernmäßig setzte er dann auseinander, was für Vorteile daraus erwüchsen, wenn das Geld, welches Jutta mal als Mitgift bekäme, nicht nach auswärts gehe, sondern im Geschäft bleibe. Auch deutete er an, dass Bruno, der an sich schon eine schätzenswerte Stütze des Hauses sei, voraussichtlich mit erhöhtem Eifer arbeiten werde, wenn er durch Juttas Hand Aussicht habe, einstmals alleiniger Chef des Hauses zu werden. Und wiederum würde durch Jutta die Verbindung des Geschäfts mit der Familie Reimers für absehbare Zeit aufrechterhalten.

Die Richtigkeit der Kalkulation leuchtete Herrn Reimers ein. Allerdings, den zukünftigen Schwiegersohn hatte er sich etwas anders gedacht. Bruno Knorrig schien ihm doch etwas hausbacken für seine Jutta. Aber auf der anderen Seite war Solidität eine nicht zu unterschätzende

Tugend an einem Manne, dem man seine Tochter anvertrauen sollte. Jutta war noch jung. Wenn man sie jetzt vergab, sparte man sich Mühe und Sorge und ging vielleicht unangenehmen Überraschungen aus dem Wege. Dass ihr Herz noch frei sei, glaubte der Vater zu wissen. Im Laufe des vorigen Winters, wo er sie in Gesellschaft geführt, hatten sich ihr zwar einzelne Herren genähert: Aber etwas Ernsteres hatte sich aus solcher Courmacherei nicht entsponnen.

Je länger sich Reimers den Plan bedachte, desto mehr gewann er seinen Beifall.

Nachdem sich die Väter über das Glück ihrer Kinder geeinigt hatten, beschlossen sie, dass weder Jutta noch Bruno von dem Geplanten zunächst etwas erfahren sollten. Junge Leute gingen häufig auf das, was ihnen von den Alten wohlmeinend vorgeschlagen wurde, gerade nicht ein. Besser, man schaffte ihnen Gelegenheit, sich zu sehen: Das Übrige würde sich dann wahrscheinlich von selbst finden.

Die warme Jahreszeit war angebrochen, und Herr Reimers ging, wie alljährlich, für einige Monate auf Sommerfrische ins Gebirge. Diesmal hatte man sich Berchtesgaden ausersehen zum Standquartier, von wo aus weitere Ausflüge in die Berge hinein geplant waren.

Knorrigs Vater, der sonst meist in München oder seiner nächsten Umgebung geblieben war, fühlte in diesem Sommer auf einmal das Bedürfnis nach Bergluft. Auch er mietete sich in Berchtesgaden ein.

Jutta war von dem Plane entzückt. Auf diese Weise würde sie doch endlich mal erreichen, was sie solange ersehnt hatte: Aufnahmen im Freien machen zu dürfen. Im vorigen Sommer war sie ja nicht dazu gekommen. Und dabei hatte ihr Professor Wälzer wiederholt gesagt, dass ihre Malweise nicht luftig, nicht sonnig genug sei: Ihren Sachen merke man viel zu sehr das Atelierlicht an, in dem sie gemalt seien.

Das war eine Scharte, die ausgewetzt werden musste!

Was lohnte sich mehr zu Aufnahmen als das Gebirge mit seinen charakteristischen Formen, seinen klaren Lüften, seinen warmen Farbentönen und seiner kräftigen Vegetation! – Sie wollte tüchtig arbeiten, alles nachholen, was sie vordem versäumt hatte, und nahm zu diesem Zwecke einen großen Vorrat von Leinwand, Farbentuben, Pinseln und sonstigen Malutensilien mit auf die Reise.

Man wohnte in einem vom Orte etwas abgelegenen, villenartigen Hause. Hotel oder Pension aufzusuchen, hatte Herr Reimers vermieden, um nicht mit Fremden zusammenzukommen. Jutta zog jeden Morgen aus, mit Hocker, Staffelei, Malschirm, Palette und Farbenkasten bewaffnet. Der Vater begleitete sie. Wenn sie an der Arbeit war, warf er sich nicht weit davon ins Gras und vergrub sich in Zeitungen, deren er stets ein großes Paket bei sich hatte. Die Mahlzeiten nahm er gemeinsam ein mit Vater Knorrig. Die beiden Herren sprachen dann entweder von Politik oder vom Geschäft: Weder dem einen noch dem anderen Thema vermochte Jutta Geschmack abzugewinnen.

Eines Tages hieß es, Bruno werde in der nächsten Zeit erwartet. Auf Jutta machte diese Nachricht keinen tieferen Eindruck. Sie hatte den jungen Menschen seit jenem Kostümfeste, wo er ihr als »rettender Engel« dienen musste, zwar öfters wiedergesehen, aber eine ähnliche Bevorzugung, wie an dem Abende, hatte sie ihm nicht wieder angedeihen lassen.

Bruno kam. Seine Tracht war diesmal glücklicher gewählt als das blaue Trikot, das er bei jenem denkwürdigen Kostümfest getragen. Er trat in einem flotten Touristenanzuge auf, der ihm nicht schlecht stand. Bruno hatte sich im Auslande stark verändert: Sein unreiner Teint war unter dem Einflusse der Tropensonne einer gleichmäßigen Bronzefarbe gewichen. Den ehemals struppigen Bart trug er jetzt modisch gestutzt. Der ganze Mann sah fertiger aus, war mehr ins Gleichgewicht gekommen.

Auch nachdem Bruno da war, ging Jutta tagein, tagaus ihren Malstudien nach. Ja, ihr Eifer schien sich zu verdoppeln. Nur bei den Mahlzeiten sah man sich für kurze Zeit. Alle Versuche der beiden Väter, die Sitzungen am Esstisch auszudehnen, einen gemeinsamen Ausflug daran zu schließen, scheiterten an Juttas Erklärung: Sie sei zum Arbeiten hier und nicht zum Bummeln. Bruno mochte die interessantesten Dinge von drüben erzählen, glühende Naturbeschreibungen geben, Abenteuer berichten, die er angeblich erlebt hatte, das Mädchen horchte nur mit halben Ohren hin. Ihr Lächeln, ihre traumverlorenen Blicke galten etwas ganz anderem, Besserem: ihrer Kunst.

Sie schrieb in dieser Zeit an Lieschen Blümer, dass sie zum ersten Male in ihrem Leben wirklich glücklich sei. Sie wisse nun, dass sie etwas könne, sie fühle, wie sie täglich weiter vorwärtskomme. Dieses Bewusstsein, dieses Erleben des eigenen Wachstums, sei etwas Herrliches. Sie sehne sich nach nichts anderem.

Als Regenwetter eintrat, das nach Ansicht der Wetterkundigen nicht sobald aufhören werde, schöpften Reimers *senior* und Vater Knorrig neue Hoffnung. Aber das Mädchen schlug ihren Erwartungen wiederum ein Schnippchen. Sie benutzte die schlechten Tage, wo an ein Draußensitzen nicht zu denken war, ihre Studien, von denen sie nun schon eine ganze Anzahl beisammenhatte, im Zimmer von Neuem vorzunehmen, zu korrigieren, wo es nötig war, auszuführen, kurz in Wert zu setzen.

Das Unglück wollte, dass Bruno Knorrig von allem anderen mehr verstand als von der Malerei. Es wurde ihm hin und wieder gestattet, sich Juttas Arbeiten anzusehen. Dann brachte er allerhand aufgeschnappte und nicht immer richtig verstandene Ausdrücke vor, wie: »ausgezeichnet flotter Vortrag! Echtes *plein air*! Großartig abgetönt in den Farben!« und so weiter. Redensarten, welche die Malerin anfangs belustigten, mit der Zeit aber doch langweilten und verdrossen. Sie ließ ihm, als er es sich angewöhnte, öfters zu kommen, deutlich merken, dass sie bei der Arbeit ungestört zu sein wünsche.

Die Aussichten auf Erfüllung des von den Vätern weise eingefädelten Planes waren also vorläufig ziemlich gering. Nur etwas wurde erreicht – und das hatte sich ohne Zutun der beiden Alten vollzogen – Bruno war bis über die Ohren verliebt in Jutta.

Es war das eigentlich nur ein Wiederaufleben alter Gefühle. Jutta hatte bereits im Backfischalter dem Freunde ihres Bruders das Blut in Wallung versetzt. Aber damals war es nichts Tieferes gewesen als jene verfrühte Beunruhigung, die in einem gewissen Alter jede hübsche Mädchenerscheinung im Jüngling hervorruft.

Inzwischen hatte Bruno die Welt gesehen, sich mit Schwierigkeiten herumgeschlagen und mit Gefahren gemessen. Nun kehrte er zurück in die alten Verhältnisse, mit erweitertem Gesichtskreise und gekräftigtem Selbstbewusstsein. Dazu war er ein zäher, kräftiger Mensch von ungebrochener Gesundheit. Das traurige Schicksal von Kurt Reimers mochte ihn gewarnt haben: Er hatte sich drüben vor Ausschweifungen gehütet. Seiner trockneren, kühleren, fantasielosen Natur hatte die Versuchung dazu auch nicht so sehr auf dem Wege gelegen.

Und wie es bei Leuten zu gehen pflegt, deren Gefühlsleben unentwickelt, vernachlässigt oder zurückgedrängt ist, wenn einmal eine Leidenschaft sie packt, dann füllt sie sie auch bis zum Rande aus.

Bruno Knorrig fand die Jugendgespielin wieder als erwachsene Dame, die er »Sie« nennen, die er zeremoniell behandeln musste, so fremd ihm das auch anmutete.

Er sah sie mit den Augen des jugendstarken Mannes, dessen Sinnlichkeit noch nicht erschlafft ist. Er sah sie mit dem Blicke Adams, dem unter allen Wundern des Paradieses als Letztes, Höchstes der strahlende Leib der jungen Eva entgegentritt.

Wie geblendet war er. Die Liebe kam über ihn wie ein Fieber, warf ihn gänzlich aus dem Gleichgewicht, verwandelte seine ganze Natur. Er, der Nüchterne, Hausbackene, wurde sentimental und schwärmerisch. Flügel wünschte er seinem Wesen zu geben, versuchte sich zu steigern, außerordentliche Eigenschaften in sich zu entwickeln. In solchen Farben wünschte er zu schillern, solche Töne anzuschlagen, die, wie er meinte, dem herrlichen Geschöpfe gefallen mussten, welches sein Sehnen so mächtig geweckt hatte.

Mit der Zeit konnte Brunos Seelenverfassung ihr nicht verborgen bleiben. Vielleicht wirkte es ungünstig, dass sie ihn von Jugend auf kannte. Dadurch wurde der Erkenntnis, dass er Mann sei, und dass dieser Mann sich für sie interessiere – etwas, das ein Mädchen niemals gleichgültig lassen wird – viel von der starken Wirkung genommen.

»Es ist ja nur Bruno Knorrig!« war Juttas häufiger Gedanke. Bruno war es, mit dem sie als kleines Mädchen bereits so manchen Strauß in Scherz und Ernst ausgefochten hatte. Als Liebhaber aber vermochte sie ihn nicht ganz ernsthaft zu nehmen. Aus seiner Männlichkeit leuchtete für sie immer noch die altbekannte Unbeholfenheit des Knaben hervor.

Herr Reimers sah, dass Bruno, so sehr er sich auch anstrengte, bis jetzt bei Jutta keine Gegenliebe erwecke. Eigentlich machte ihm die Sache Spaß. Obgleich er dem jungen Knorrig schließlichen Erfolg wünschte, stand er im Herzen doch aufseiten der Tochter. Jutta imponierte ihm, wie sie überlegen und kühl den Bewerber kaltzustellen, wie sie sich seiner Annäherungsversuche geschickt zu erwehren verstand. Und dabei war sie eigentlich niemals schroff oder auch nur unhöflich gegen ihn. Wo hatte das junge Ding diese Sicherheit, diese Lebensart her? – Eines Tages überraschte Jutta den Vater mit einem Wunsche. Sie wollte von Berchtesgaden fort; denn sie habe nun genug Motive aus dieser Gegend in ihrer Studienmappe angesammelt. Sie bat, sich nach einem Dorfe am Chiemsee begeben zu dürfen, wo sich Professor Wälzer mit seiner Malklasse für die Sommermonate niedergelassen hatte. Ihm wollte sie vorlegen, was sie in letzter Zeit geschaffen hatte. Sein Urteil sei für sie von höchster Wichtigkeit.

Juttas Wunsch fiel zusammen mit einem ähnlichen bei ihrem Vater. Auch Reimers fühlte das Bedürfnis nach Luftwechsel. Der Anblick der Berge, die er nicht bestieg, langweilte ihn. Mit seinem Kompagnon Knorrig tagein, tagaus zusammenzusitzen, von der Kaffeeernte zu sprechen und darüber, wann die nächste Revolution in Südamerika ausbrechen werde, seine Vermutungen zu äußern, nachmittags wiederzukäuen, was man im Handelsteile der Blätter frühmorgens gelesen hatte, wirkte auf die Dauer auch nicht gerade anregend. Vielleicht gab es am Chiemsee bessere Unterhaltung: Die Aussicht, dort mit den jungen Damen von Juttas Professor zusammenzukommen, hatte für Herrn Reimers auch ihr Verlockendes.

Man reise also. Vater Knorrig blieb in Berchtesgaden zurück, während Bruno einer Aufforderung von Herrn Reimers, ihn und seine Tochter auf der Fahrt zu begleiten, nur zu gern Folge leistete.

Am Orte angekommen, einem malerisch am Seegestade gelehnten Dorfe, wurde der Aufenthalt des Professors schnell ausfindig gemacht. Und während Herr Reimers und Bruno gingen, um Quartier zu suchen, begab sich Jutta in Begleitung eines Führers, der ihr die umfangreiche Mappe trug, nach dem großen, oben am Berghange gelegenen Bauernhofe, der den Professor mit seinen malbeflissenen Damen beherbergen sollte.

Jutta war voll Ungeduld, das Urteil ihres Lehrers zu hören. Wie die meisten talentvollen Anfänger, empfand auch sie ein starkes Bedürfnis nach Anerkennung. Sie glaubte etwas zu können, aber dieses Bewusstsein genügte ihr nicht: Die Welt sollte auch darum wissen, sie wollte berühmt werden. Der Ruhm, den sie sich innerhalb der Malklasse schnell erworben hatte, machte sie, statt sie zu sättigen, lüstern auf mehr.

Nun war als bitterer Tropfen in ihren Wein der Tadel ihres Lehrers gefallen. Wochenlang hatte sie nichts anderes erstrebt, von nichts Höherem geträumt, als dem Manne den Beweis zu liefern, dass er ihr unrecht getan. In Staunen wollte sie ihn setzen, er sollte überrumpelt werden, überwältigt sein durch ihre Leistungen, eingestehen, dass er sich geirrt habe.

Mit diesem Plane im Kopfe schritt sie siegesgewiss einher. Der Führer ging ihr viel zu langsam mit seinem bedächtigen Gebirgsbauernschritt. Sie spornte ihn zu größerer Eile an, lief ihm, als das keine Wirkung hatte, auf dem steilen Wege voraus.

Zunächst einmal freute sie sich auf die Überraschung der Damen, wenn sie, Jutta, die bewunderte Jutta Reimers, so ganz unerwartet auftreten würde. Sie war nämlich von Professor Wälzer ebenfalls aufgefordert worden, an dem Sommerkursus teilzunehmen, hatte aber abgelehnt. Ihrem Vater hätte das in seine Reisepläne nicht gepasst, und außerdem hoffte sie, auch allein ganz andere Fortschritte zu machen und eine viel größere Ausbeute von Studien mitzubringen, als in Gesellschaft von soundsovielen Minderbegabten, welche die wirklichen Talente nur hemmten.

Sie kam gerade zur Mittagspause auf dem Bauernhofe an. Die Damen, ohne Hüte, hielten Siesta in ihren Hängematten: Einige andere waren dabei, sich in einer Gartenlaube Kaffee zu bereiten. Die Kinder des Professors, der mit Familie hier war, spielten, mit Dorfkindern untermengt, vor dem Stallgebäude.

Jutta schritt sofort auf das Haus zu, da sie es vermeiden wollte, von den Kolleginnen angesprochen zu weiden. Erst wenn sie ihren Triumph dem Professor gegenüber voll ausgekostet haben würde, sollte auch diesen vergönnt sein, Einblick in ihre Mappe zu erhalten.

Der Professor hielt sein Mittagsschläfchen »droben in der Logierstuben«, wie die Bäuerin dem Fräulein berichtete, und die Frau Professor sei bei ihm.

Jutta ließ sich anmelden. Es dauerte eine Weile, bis oben Leben wurde und der Professor, in Hausschuhen, ohne Kragen und Krawatte, schlaftrunken auf dem obersten Tritt der hölzernen Stiege seine Erscheinung machte.

Wälzer war als Künstler nicht übertrieben reich an Ideen, hingegen war er ein vorzüglicher Lehrer. Er erdrückte das Talent des Schülers nicht durch die Wucht seiner Eigenart, wie es bei genialen Lehrern vorkommt.

Von der Frauenmalerei hielt Wälzer im Grunde nicht viel. »Weibliches Genie« gab es für ihn nicht; er würde erst daran glauben, pflegte er zu sagen, wenn ihm eines begegnete. Den Malkursus für Damen hielt er ab, weil er ihm ein schönes Stück Geld einbrachte. Er hatte Renommee als Damenlehrer, und zwar aus einem höchst eigentümlichen Grunde: Er war unmanierlich. Ärzte und Lehrer, die bei den Frauen etwas erreichen wollen, müssen grob sein. Der Zudrang zu seiner Malklasse mehrte sich von Jahr zu Jahr. Eigentlich langweilte ihn die Arbeit auf einem seiner innersten Überzeugung nach hoffnungslosen Gebiete.

Professor Wälzer starrte Jutta eine Zeit lang mit öden Blicken verständnislos an. Dann erst erkannte er sie.

»Jessas!«, rief er, »de Fräulein Reimers! Das is gescheit! Haben Se sich's doch anders überlegt, wollen 's bei mir malen?«

Jutta musste ihm erklären, dass sie nicht gekommen sei, um sich dem Kursus anzuschließen, sondern um sein Urteil über ihre Arbeiten einzuholen.

»Haben's gemalt? Auf eigene Faust! Wird was Rechts geworden sein! Na, lassen's mal sehn!«

Er fuhr sich mit den Fäusten ein paar Mal durch das Haupthaar und über den roten Bart, was diesen auch kein wohlgepflegteres Ansehen verlieh. Dann öffnete er die Tür zur Logierstube. Eine korpulente Dame in loser Flanellbluse, seine Frau, entschwand schleunigst in die anliegende Kammer.

Jutta begann auszupacken.

»Blitz hinein!«, rief Professor Wälzer, »das wird ja die reine Ausstellung! Wie viel Meter Leinwand haben's denn da eigentlich vollgeschmiert? Sakra! Das is a Bescherung!«

Das junge Mädchen schwieg, rot vor Stolz auf ihre Leistung und vor Spannung auf die Anerkennung, die sie finden würde.

Der Professor nahm Blatt um Blatt vor, musterte jedes Stück mit jenem scharfen, kühlen Blicke, den Jutta an ihm kannte. Er war für gewöhnlich burschikos und manierlos, aber als Lehrer ernst und streng sachlich. Jutta wusste das, darum war ihr sein Urteil so wichtig.

»Hm!« machte Wälzer, sich stark räuspernd, als er den Inhalt der ganzen Mappe durchgesehen hatte. »Ich will vorausschicken, dass Sie sehr fleißig gewesen sind, Fräulein Reimers.«

Dass er für seine Verhältnisse so höflich war und hochdeutsch sprach, war für Jutta, die seine Angewohnheiten kannte, bedenklich.

»Aber wenn Sie sich einbilden, etwas erreicht zu haben bei der Pinselei da, dann täuschen Sie sich!«, fuhr er fort. »Schade um die Arbeit! Schade um die viele Farbe! Wahrscheinlich sind Sie sehr stolz darauf, denken wunder weiß, was Sie geleistet haben! Sieht ja auch soweit ganz sauber aus: Neunundneunzig von hundert Leuten werden finden, dass es etwas Echtes ist. Und ich sage Ihnen: Es ist nichts! Originell haben Sie sein wollen! – Dass auf euch Weibsleut' nimmer kein Verlass ist! Wenn mal eine a bisserl Talent hat, dann bild' se sich gleich ein, sie braucht nix mehr zu lernen. Ehrfurcht sollt's haben vor der Natur, Ehrfurcht! Ernst will's genommen sein! Aber ihr Damen studiert's immer, wie man die Natur wohl am End' a bisserl ausbessern möcht'. Flicken, ausputzen, zurechtstutzen, net wahr? Als ob man so a Stückerl Landschaft hernehmen könnt', es reinigen und zurechtschneiden wie a Kleid! A Berg is a Berg, und nicht a Kulisse! A Baumgruppe is a Baumgruppe, und nicht a Bukett von getrockneten Blumen. Und Felsen sind nicht von Watte oder Pappe. Denken Sie, mein Kind, dass man dem lieben Gott seine große Schöpfung nachmachen kann in ein paar Sommerwochen, und dann die ganze Geschichte nach Haus tragen in einer Studienmappe? – Was eine Schülerin im Atelier leistet, wie oft habe ich Ihnen das gesagt, ist mir gar kein Beweis für ihr Können. Im Freien zeigt sich der Meister, *Hic Rhodus, hic salta!* Da gilt es, sehen lernen, eindringen, schnell erfassen, disponieren, Wichtiges vom Unwichtigen unterscheiden, sich zur Enthaltsamkeit, Geduld, Bescheidenheit erziehen. Vor allem gilt es da, wahrhaftig sein. Ehrfurcht vor der Natur, ohne dem keine Kunst! Aber von dieser Bescheidenheit und Pietät kann ich in Ihren Sachen da nichts entdecken. Äußerlich ganz nett und flott sind die Bildchen. Aber gerade das sollte Sie bedenklich machen, mein Fräulein! Andere mögen dergleichen milde beurteilen: Ich kann es nicht! Für mich gehört es in die Kategorie des Dilettantismus!«

Jutta hatte ihm zugehört, schweigend, mit großen Augen. Sie war wie erstarrt. Ganz deutlich hörte sie jedes Wort, aber sie fühlte sich nicht überzeugt.

Für sie galt es jetzt vor allem, sich keinen Ärger anmerken zu lassen. Ihr Lehrer sollte nicht sehen, wie enttäuscht sie sei, wie hart sein wegwerfendes Urteil sie getroffen habe. Eine furchtbare Blamage wäre das gewesen, und ihr Stolz hasste die Blamagen.

Voller Hast machte sie sich daran, ihre Sachen wieder einzupacken: alles durcheinander, wie es ihr gerade in die Hände kam. Der rotbärtige Professor ging inzwischen mit großen Schritten auf und ab und donnerte gegen den Dilettantismus im Allgemeinen und gegen den weiblichen im Besonderen.

Jutta war sehr blass geworden, sie zitterte. Doch nahm sie sich zusammen, brachte es sogar fertig, zu lächeln, als sie jetzt auf ihren Lehrer zuschritt, ihm die Hand zu reichen und für seine Mühe zu danken. Im Stillen wunderte sie sich selbst, wo sie die Kraft dazu hernahm.

Er mochte ihr die innere Erregung ansehen. Gutmütig, wie er im Grunde war, meinte er, es werde schon besser werden, wenn sie seine Regeln befolge. Sie solle den Mut nur nicht sinken lassen.

Trost! – Das hatte ihr gerade gefehlt! Als er sie aufforderte, mit ihm zu den Damen zu kommen, lehnte sie das hastig ab. Der Führer, welcher gewartet hatte, musste die Mappe wieder auf den Rücken nehmen; so schritt sie aus dem Gehöft, stolzerhobenen Hauptes, als habe sie den größten Triumph hinter sich.

Ihr Vater und Bruno kamen ihr auf halbem Wege entgegen. Sie hatten Quartier gefunden.

Aber Jutta bat den Vater, nicht hier zu bleiben. Sie schlug anstatt dessen eine Fahrt ins Salzkammergut vor. Herr Reimers zeigte sich anfangs diesem Wunsche abgeneigt, den er für unbegreifliche Laune hielt. Aber Bruno, der mit dem Instinkte der Liebe die für ihn verbesserte Situation schnell erfasst hatte, half dem Mädchen bitten.

Der Plan wurde also geändert. Man fuhr zunächst nach München, um sich mit neuen Kleidern für Bergtouren zu versehen. Jutta holte ihr Rad hervor, und auch Bruno besorgte sich eines. Mappe aber und Malutensilien wurden weggepackt wie etwas, das sie nie wieder in ihrem Leben ansehen würde.

XII

Die Reise, die sie nun zu dreien unternahmen, war vom Glück begünstigt. Klares, sonnendurchwärmtes Herbstwetter, das günstigste für See und Gebirge. Die Gegend war zwar von Touristen überfüllt, aber einem Manne wie Reimers öffnete sich schließlich jedes Hotel. So bequem wie möglich richteten sie sich die Fahrt ein. Einen festen Reiseplan hatte man nicht; wo es einem gefiel, da blieb man. Jutta und Bruno benutzten, wenn es die Straße irgend gestattete, das Rad. Herr Reimers kam per Dampfschiff oder im offenen Wagen nach. In den Hotels wurden sie stets als eine Familie angesehen. Jutta bekam oft den Titel »gnädige Frau«, was sie stets belustigte, während es Bruno in Verlegenheit setzte.

Reimers meinte: Jetzt, wo die jungen Leute den ganzen Tag beisammen seien, würde sich das Erwartete schnell vollziehen. Aber es vergingen Tage, es vergingen Wochen, ohne dass ihm Gelegenheit gegeben worden wäre, das zwischen ihm und Vater Knorrig verabredete Telegramm abzuschicken.

Bruno folgte dem Mädchen wie ein Hündchen. Jeden Wunsch, ehe sie ihn kaum gedacht, suchte er zu erfüllen. Er diente ihr in demütiger Verliebtheit, halb ihr Ritter, halb ihr Lakai. Sie ließ sich seinen Minnedienst gefallen, behandelte ihn nicht schlecht: Aber doch wusste sie eine unsichtbare Mauer zwischen sich und ihm aufzurichten, die jede Vertraulichkeit ausschloss. Seine flehenden Blicke übersah sie absichtlich, jedes Gespräch, das eine Wendung zu nehmen drohte zum Bekenntnis, schnitt sie kurz ab.

Der arme Bruno litt Tantalusqualen, den Gegenstand seiner Sehnsucht täglich, stündlich vor Augen! Die gemeinsamen Fahrten durch Gebirge und Wald, durch menschenleere Einöden brachten sie einander nahe wie gute Kameraden. Sie war auf ihn angewiesen, auf seinen Schutz, auf seine Hilfe in tausend Kleinigkeiten. Der größte Tor kam er sich oftmals selbst vor, dass er sich nicht einfach aneignete, wonach sich seine Sinne sehnten. Aber die Furcht, alles zu zerstören, hielt ihn immer wieder in Schranken.

Bei aller Zurückhaltung ihm gegenüber, welch eine Lebenskraft in ihr, welches Bedürfnis zu schauen, zu genießen, zu leben! In einem war sie scheue, spröde Mädchenhaftigkeit und vollsaftige weibliche Sinnlichkeit. Jede ihrer Bewegungen war lebendig, stark, energisch, und doch schien noch etwas Ungesagtes, Unentdecktes jungfräulich dahinter zu schlummern. Jedes ihrer Worte sprühte Leben. Die kleinste, einfachste Handlung schien ihm bedeutungsvoll, weil sie von ihr ausging, weil auf der ganzen Welt nur Jutta Reimers so handeln konnte. Hinter jeder Äußerung stand sie mit ganzer Persönlichkeit, lebte sie sich aus mit voller Kraft und vollem Bewusstsein.

Fast erschreckte ihn solche Fülle genialer Begabung in einem weiblichen Wesen. Er ahnte dunkel, dass er dem nicht gewachsen sein würde. Aber gerade weil er sich seiner Unzulänglichkeit bewusst war, zog ihn die Eigenart dieses begnadeten Geschöpfes unentrinnbar an.

Übrigens war die Sicherheit, welche Jutta zur Schau trug, nur eine scheinbare. Mit der Ruhe ihres Gemütes war's nicht weit her. Professor Wälzers vernichtendes Urteil hatte mehr getroffen als nur ihren künstlerischen Stolz. Ein Traum war vernichtet, an dem ihr Herz schwärmerisch gehangen, die Hoffnung zerstört, eine große Künstlerin zu werden.

Es war die herbste Enttäuschung, die ihr jemals widerfahren. Das Schweigen, welches sie über dieses Erlebnis wahrte, machte das zehrende Gefühl verletzten Ehrgeizes nicht besser.

Das Mädchen hätte in dieser Zeit eines Menschen bedurft, der mit starker Hand sie geleitet, der es verstanden hätte, sie über die erlittene Niederlage hinwegzubringen, sie zu sich selbst zurückzuführen. Eine überlegene Natur, die von der Überlegenheit schonend Gebrauch gemacht hätte, eine tiefe, feinfühlende Freundesseele; aber nicht einen Anbeter wie Bruno, der zu ihren Füßen lag.

Sie war zu jung, als dass ihr die unbedingte Abhängigkeit eines Menschen vom geringsten Zucken ihrer Augenwimper nicht Eindruck gemacht haben sollte. Solch schrankenlose Bewunderung schmeichelte ihrem Selbstgefühl; war wie eine Art Balsam auf die Wunde, die ihr zugefügt worden.

Wenn Jutta darüber nachdachte, ob sie ihn nehmen solle, dann bestürmten sie die verschiedenartigsten Gefühle, Hoffnungen und Befürchtungen. Sie liebte ihn ja nicht, aber sie hasste ihn doch auch nicht! Von den Männern, die sich ihr bisher genähert, hatte jeder andere Empfindungen in ihr ausgelöst. Der eine war ihr verächtlich gewesen, der andere lächerlich, ein dritter gleichgültig; der hatte sie belustigt, jener sie gelangweilt. Dunkle Empfindungen, die sie verabscheuen musste, hatte ein Einziger vorübergehend in ihr geweckt: Luitpold. Aber an diese Episode dachte sie nicht gern.

Der Mann, der von Rechts wegen für sie bestimmt war, wäre entweder nicht geboren, oder sie hätten einander nicht gefunden; so schien es fast. Was half es darüber grübeln!

Bruno war wohl immer noch der Beste von allen, die sie kannte! Wenigstens wusste man, dass er treu sei und dass er es ehrlich meine. Er würde sie schützen. Jutta fühlte sich neuerdings des Schutzes bedürftig. Nicht anlehnen wollte sie sich an einen Stärkeren, nicht sich emporranken an ihm, nichts von sich selbst, von ihren Anschauungen, von ihrer Welt wollte sie aufgeben um seinetwillen. Aber nach jenem äußeren Schutze, jener bevorzugten Stellung sehnte sie sich, wie sie die Würde der verheirateten Frau gibt.

Der vorige Winter hatte sie manches Erstaunliche gelehrt. Zumutungen waren an sie herangetreten, Dinge hatte man ihr ins Ohr geflüstert, von deren Bedeutung sie früher nichts geahnt hatte. Ihr Vater würde sie davor nicht schützen; ihr Vater, dem, wie sie nun auch wusste, das eigene Vergnügen über alles ging. Noch ein solcher Winter, und sie musste schlecht werden; ja, es war ihr manchmal, als sei sie es schon jetzt.

Vor der Rückkehr in die alten Verhältnisse graute ihr. Vor allem graute ihr vor Luitpold Habelmayer, vor seinen Blicken, seinen zweideutigen Worten, seiner Zudringlichkeit.

Und ihre Kunst hatte sie jetzt auch nicht mehr, in die sie sich vor all diesen trüben und widerlichen Dingen hatte flüchten können!

Nein, nein, es musste sich etwas ändern in ihrem Leben. Eine Entscheidung musste fallen, so oder so.

Jutta sehnte sich nach der Stellung der verheirateten Frau, nicht nach der Liebe. Vielleicht, so meinte sie, würde sie ihre Mädchenfreiheit nicht einbüßen, trotz der Ehe. An die Pflichten, Aufgaben und Lasten einer Frau und Mutter dachte sie am liebsten gar nicht.

Was war denn weiter dabei, wenn sie einen Mann nahm, den sie nicht liebte? – Tausende von Mädchen taten das. Und ihm fügte sie erst recht kein Unrecht zu, da er sie ja durchaus zur Frau haben wollte! War es ihre Schuld, wenn er nicht finden würde, was er suchte? Außerdem, wirklich unglücklich würde der gute Bruno schwerlich werden; er hatte wohl keine Anlage dazu.

Ein ganzer wichtiger Teil ihres Wesens schlummerte eben noch, war noch ungeweckt. Sie war geliebt worden, aber sie kannte die Liebe nicht, wusste nicht, wie sie den ganzen Menschen erfasst und verwandelt. Darum vermochte sie auch an anderen nicht die Liebe in ihrer seelenerschütternden Kraft, ihrem lebensentscheidenden Ernst zu erkennen und zu würdigen.

Jutta hielt sich selbst manchmal für verderbt, ohne es zu sein. Sie war nicht einmal leichtsinnig. Nur jung war sie, und ihrem Herzen fehlte die Erfahrung.

Eines Nachmittags machten Jutta und Bruno, von einem Ausfluge zu Rad heimkehrend, auf einer schattigen Wiese am Wege Rast. Im Lichte der scheidenden Sonne lag ein Stück wundervoller Alpenlandschaft zu ihren Füßen. Von der Tiefe klang das Brausen des Gießbachs herauf, dessen Sturz dem Auge verborgen blieb; weiter draußen im Tal zeigte er sich dann als ein ruhiges, silbernes Band, das einem fernen Wasserspiegel zustrebte. Menschliche Anwesen daran, Mühlen, Dörfer mit Kirchen. Alles nahm sich von hier oben aus wie Spielzeug. Das Ganze umrahmt vom Kranze zackiger Berge, deren Gipfel, starr und tot, Leben nur erhielten durch das Licht, welches sie länger und ungetrübter schauten von ihrem einsamen Auslug über den belebten Gefilden. Eine Wolke, lang ausgezogen, federweiß, lag, ein Riesenschiff, ruhig an einer dieser Zacken vor Anker. Vom Grunde aufwärts strebten Wälder von dunkler Farbe, bis ihnen die senkrechten Felsmauern der Berge ein Halt zuriefen. Nur hier und da wurde einer schräg sich abdachenden Matte gestattet, das düstere Grau dieser Riesen mit saftigem Grün zu beleben. In den Gründen aber und Schlünden, den Spalten und Senken, den Tälern und Buchten lagen bereits die duftigen Schatten des Abends. Die Sonne wob den toten Häuptern da oben eine Strahlenkrone von Violett, Purpur und Schwefelgelb.

Jutta saß, die Hände über die Knie gekreuzt, und starrte sprachlos das Wunder an, das sich vor ihren Augen vollzog. »Ehrfurcht vor der Natur!« das Wort ihres Lehrers kam ihr unwillkürlich in den Sinn. Ja, er hatte recht: Man konnte nicht alles malen, was man sah. Vor gewissen Erscheinungen blieb: verstummen, die einzige Rettung.

Unwillkürlich seufzte sie. Ein Seufzer, der ebenso gut ein Wonnelaut, wie ein Aufschluchzen, wie ein Ruf sprachlosen Bewunderns sein konnte.

Aber Bruno, der neben ihr ausgestreckt lag, dem ihr von der Abendsonne gebadetes Gesicht, ihre in Radlertracht knabenhaft wirkende Gestalt, der ganze, liebe, begehrenswerte Mensch da vor ihm, viel tausendmal schöner erschien als die Herrlichkeit der übrigen Welt, Bruno, der den tief sehnsuchtsvollen Ausdruck ihres Auges sah, gab diesem Seufzer eine andere Deutung. Sie schien ihm weicher, milder als sonst, empfänglicher. Vielleicht war jetzt der Augenblick gekommen, den er so lange ersehnte, wo er hoffen durfte, Gehör zu finden.

Er schob sich ein wenig näher an sie heran. »Jutta!«, flüsterte er, ängstlich halb, halb fordernd zu ihr emporblickend.

Ob mit Absicht oder nicht, sie hörte nicht darauf.

»Jutta, liebe Jutta!«

Jetzt blickte sie auf ihn, sah erstaunt in ein gewandeltes, tief erregtes, ihr gänzlich neues Gesicht.

Das Mädchen erschrak doch ein wenig, als nun endlich das eintrat, was sie längst erwarten musste. Zu unvermittelt kam es für sie in diesem Augenblicke. Mit ihren Gedanken war sie so weit weg gewesen. Unwillkürlich rückte sie von ihm ab.

»Ich muss sprechen, sonst zersprengt es mich!«, brachte er mit gepresster unnatürlicher Stimme vor.

Die Ängstlichkeit, die sich in ihren Blicken verriet, gab ihm Mut. Er griff nach ihrer Hand, vor ihr kniend, und sie mit Stimme, Mienen, Blicken beschwörend, stieß er unzusammenhängend hervor, was sich von wild brodelnden Gefühlen in ihm angesammelt hatte, in Wochen.

Sie hörte nicht die einzelnen Worte, aber umso deutlicher verstand sie ihren Sinn. Ihr wurde bange. Zum ersten Male wurde ihr klar, dass sie es in ihm mit einem Manne zu tun habe. Dieser, von der Leidenschaft wie vom starkem Fieber gepackte, hin und her geschüttelte Mensch, flößte ihr Grauen ein. Das war nicht mehr Bruno, ihr unterwürfiger Diener, das war einer, der sich zum Herrn aufwarf, der kühn forderte, der es wagte, sie besitzen zu wollen.

Aber das Merkwürdigste war, dass er ihr im Grunde so besser gefiel. Zum ersten Male, seit sie ihn kannte, imponierte ihr Bruno. Seine Unterwürfigkeit hatte ihr Herz nicht erobert, nun auf einmal, da er das Gewand der Bescheidenheit abwarf, erschien er ihr bedeutender, interessanter, beachtenswerter.

Bruno, dem die in solchen Augenblicken zehnfach geschärften Sinne verrieten, dass er an Boden gewinne, zog das Mädchen an sich, suchte ihr den ersten Kuss zu rauben.

Aber die Berührung seiner Lippen weckte jählings ihre jungfräuliche Spröde. Mit Anstrengung aller Kräfte stieß sie den Mann von sich, erhob sich und stand ihm mit gänzlich veränderter, strenger, ja feindlicher Miene gegenüber.

Er stammelte eine Bitte um Verzeihung. Nun war er wieder ihr demütiger Sklave, der von einem Winke ihres Auges abhing. Mitten in ihrer Erregung musste sie über seine verwirrte Miene, seine Haltung, die der eines ertappten Schülers glich, lächeln.

So jäh wechselten im Laufe weniger Minuten bei diesem Mädchen, das ihr Herz und seine tiefsten Bedürfnisse noch nicht entdeckt hatte, die Stimmungen.

Jutta strich sich das Haar glatt, brachte ihr Kleid in Ordnung und sagte ihrem Begleiter in befehlendem Tone, er möge die Räder heranholen, die man an die nächsten Bäume gelehnt hatte.

Man machte sich auf den Heimweg, erst des abschüssigen Pfades halber ein Stück führend, dann auf bessere Bahn gelangt, die Maschinen benutzend. Der Weg wurde schweigend zurückgelegt. Er hielt sich ein Stück hinter ihr.

Brunos Herz war voll Jubel und voll Bangigkeit zugleich. Einen Erfolg hatte er errungen; aber, ob er sich den Sieg zuschreiben dürfe, wusste er nicht.

Tags darauf verlobte sich Jutta mit Bruno. Reimers schickte sein Telegramm ab an Vater Knorrig und ließ zu Mittag Champagner anfahren, den teuersten, der auf der Weinkarte zu finden war. Nach Tisch verlangte er zu sehen, wie die beiden sich küssten; heimlich – so nahm er an – würden sie es schon oftmals geübt haben.

Der Vater wunderte sich, wie spröde Jutta sich dabei anstellte. Das Mädchen war überhaupt sehr verändert, stiller, nachdenklicher, ernst, in sich gekehrt. Vor Bruno, den sie bisher nicht gerade zum Besten behandelt hatte, schien sie jetzt mit einem Male eine Art Scheu zu empfinden. Sie weigerte sich, mit ihm allein Ausflüge zu unternehmen, aus irgendeiner dummen Ängstlichkeit. Reimers fand wieder mal bestätigt, dass man sich bei noch soviel Erfahrung mit den Frauen doch niemals auskenne.

Jutta hatte urplötzlich viel mit Briefschreiben zu tun. Einen Brief, der kein Ende nehmen zu wollen schien, sandte sie an Lieschen Blümer, einen andern an Eberhard. Auch Vally Habelmayer erhielt einen.

Die Antworten liefen schnell ein. Niemand äußerte großes Staunen. Die meisten taten sogar, als hätten sie diese Verlobung längst erwartet. Eberhard schrieb in einer Art Ekstase; er behauptete, dass sein liebster Wunsch in Erfüllung gegangen sei, da sich die Schwester und der Freund fürs Leben gefunden hätten.

Die Reise hatte nunmehr ihren Abschluss gefunden. Reimers drängte, nach München zurückzukehren, weil er mit Vater Knorrig den geschäftlichen Teil der Angelegenheit feststellen wollte.

Es wurde beschlossen, dass die Hochzeit im nächsten Frühjahr stattfinden solle. Bruno musste während des Winters noch einmal nach Südamerika zurück, um dort ein wichtiges Projekt, das man einem andern nicht gut überlassen konnte, zu Ende zu führen. Im Frühjahr würde er dann für immer nach Haus zurückkehren, um in die Firma einzutreten an Reimers' Stelle, der sich dann zugunsten seines Schwiegersohnes von der Führung der Geschäfte zurückziehen wollte.

Es folgte nun die Zeit für Jutta und Bruno, wo sie bei Freunden und Verwandten Besuche machen, Gratulationen annehmen und Einladungen Folge leisten mussten. Keine behagliche und glückliche Zeit!

Nun erst zeigte sich, dass man in diese Verlobung mit ganz verschiedenen Voraussetzungen von beiden Seiten hineingegangen war. Bruno war stolz und glücklich und wünschte, dass auch die Welt sein Glück sehen und anerkennen sollte. Er wollte stetig um Jutta sein, soviel von ihr haben, als er nur konnte. Jutta aber war die Schaustellung ihres angeblichen Glückes vor der Verwandtschaft im höchsten Grade widerlich. Die Gratulationen der Basen und Tanten, diese verständnisvollen Blicke und Redensarten, mit denen man ihr sagen wollte: »Nun ja, wir wissen ja, ihr seid verlobt. Verlobt sein ist kein normaler Zustand!«, konnten sie außer sich bringen. Und gar, wenn man sie mit bedeutsamem Lächeln allein ließ, mit Bruno zum tête-à-tête. Oder wenn ein alter Onkel ihr in die Wange kniff und mit launischem Gelächter ihr zurief: »Nutzt nur eure Zeit aus, Kinder! Das kommt so nie wieder im ganzen Leben!« Und zu alledem auch noch ein freundliches Gesicht machen müssen, wo sie hätte weinen, schreien, mit den Füßen aufstampfen mögen. An solche Möglichkeiten hatte sie nicht gedacht, als sie Bruno das Wort der Einwilligung gab. Dass sie sich so binden, solchen Demütigungen entgegengehen würde, hatte sie nimmer vermutet.

Auch wenn sie allein miteinander gelassen wurden, war das Verhältnis kein erquickliches. Er versuchte auf sein gutes Recht zu pochen, das ihm Zärtlichkeit gestattete, und sie ließ nicht ab von ihrem Rechte, sich solcher Zärtlichkeiten zu erwehren. So zogen sie, wie zwei junge Pferde, die an einen Strang gespannt sind, nach verschiedenen Richtungen.

Bruno, von Natur bescheiden und nachgiebig, hätte der angebeteten Braut gern alles zuliebe getan, und sogar manches zuliebe unterlassen. Aber hinter ihm stand sein Vater. Knorrig *senior* war der Ansicht, dass der Eigensinn des Mädchens beizeiten gebrochen werden müsse, in der Ehe sei das zu spät. Er hatte diese Kur einstmals mit Erfolg an seiner verstorbenen Frau ausgeführt und gab seinem Sohne sachgemäßen Rat, wie er jetzt bei Jutta ein Gleiches üben müsse. Zwar brachte er Bruno nicht dazu, mit der geforderten »rücksichtslosen Energie« aufzutreten; immerhin bewirkten die väterlichen Ermahnungen doch so viel, dass der junge Mann hier und da Versuche machte, seine Braut zu erziehen. Dieses und jenes missfiel ihm an ihrer Toilette, ihren Worten, ihrem Benehmen. Das war »extravagant«, jenes schickte sich nicht für eine Braut, war »nicht mädchenhaft«. Gegen solche in doktrinärem Tone vorgebrachten guten Lehren bäumte sich Juttas ganzes Selbstbewusstsein auf. Sich einen Mentor aufzuladen, war das letzte, was sie vorausgesetzt hatte, als sie ihm ihr Jawort gab.

Natürlich fanden gute Freunde schnell heraus, dass das Brautpaar in sich nicht völlig einig sei. Man wunderte oder freute sich darüber, bedauerte es wohl auch anscheinend. Die meisten schrieben der Braut die Schuld zu. Jutta hatte von Neuem bewiesen – so war das Urteil der Familie –, dass sie unberechenbar, unzuverlässig, flatterhaft sei. Man bemitleidete Bruno Knorrig, der als solider, wohlerzogener junger Mann sich allgemeiner Sympathien erfreute.

Auf das, was die werte Verwandtschaft dachte und sagte, gab Jutta nicht viel; mit einer Ausnahme: Vetter Luitpold.

Luitpold Habelmayer war einer der Ersten gewesen, der Jutta brieflich mit herzlichen Worten zu ihrer Wahl beglückwünscht hatte. Er hielt auch jetzt noch nach außen hin daran fest, dass ihre Verlobung ein erfreuliches Ereignis sei für alle Beteiligten. Mit Bruno hatte er sich schnell angefreundet, ihm sogar Brüderschaft angeboten.

Aber Jutta wusste, dass das Schauspielerei sei. Durch gelegentliche vielsagende Blicke, verstohlene Seufzer, nur dem Eingeweihten verständliche Andeutungen und Winke gab Luitpold der Cousine seine wahre Gesinnung zu verstehen. Für ihn war Juttas Verlobung mit Bruno noch lange kein Grund, alle Hoffnung fahren zu lassen.

Jutta verstand sehr gut, was er wollte, verstand auch das ironische Lächeln, mit dem Luitpold manchmal Bruno betrachtete. Furchtbar zu denken, dass er ihren Seelenzustand durchschaute! Dann wäre das Opfer ihrer Freiheit, das sie schweren Herzens gebracht, erst recht umsonst gewesen! Dann hatte sie nichts gewonnen, dann stand alles wie vorher!

Schien es ihr nur so; aber in Luitpolds Gegenwart kam ihr Bruno auch ganz besonders unbeholfen und philisterhaft vor. Es reizte sie geradezu, ihn dann schlecht zu behandeln. Luitpold aber nahm in heuchlerischer Weise Brunos Partei, bat sie wohl gar, nicht so unfreundlich zu sein gegen den Armen.

Stete quälende Demütigung!

Und von Bruno hatte sie Schutz erwartet! Um dieses Schutzes willen hatte sie die Stellung einer verheirateten Frau ersehnt. Schöner Schutz! Bruno sah ja überhaupt gar nicht die Gefahr, welche ihr drohte, die Verunglimpfung, die man ihr antat, die lächerliche Rolle, die er selbst dabei spielte. Als sie ihm von Weitem einmal eine Andeutung machen wollte, über Luitpolds wahren Charakter, nahm er ihn in Schutz, rühmte sogar noch die Liebenswürdigkeit des Vetters.

So sah sich Jutta bitter getäuscht in ihrer Rechnung. Sie zürnte ihrem Geschick, fand, dass sie grausam behandelt werde.

Es ist ein Gesetz in der Liebe, dass jeder genau das zurückerhält, was er einzahlt. Wer sich nicht hingeben will mit ganzem Herzen, wer etwas anderes sucht in der Liebe als die Liebe, kann ihres großen Glückes nimmermehr teilhaftig werden.

XIII

Es war wie eine Befreiung für Jutta, als Bruno sich endlich anschickte, zu reisen. Die Trennung würde ihnen beiden gut tun. Vielleicht würde sich in seiner Abwesenheit manches zurechtrücken, sie selbst das richtige Verhältnis finden zu ihm. In dieser Stimmung wurde sie weicher, warmherziger und zugänglicher. Und Bruno konnte, der besten Hoffnungen voll, Abschied nehmen von seiner Braut.

In diesem Winter führte Jutta ein völlig zurückgezogenes Leben. Niemand erwartete oder verlangte von ihr, dass sie ausgehe. Sie war ja verlobt und sollte im Frühjahr heiraten. Eine Braut aber ohne Bräutigam erscheint in Geselligkeit wie ein halbes Ding.

Professor Wälzers Malklasse besuchte sie auch nicht mehr. Die Lust war ihr vergangen an der Malerei. Farbentuben, Palette, der ganze Apparat lag unausgepackt, wie sie die Sachen im Sommer von ihrem Ausflug zurückgebracht hatte.

Ihr Vater erinnerte sie halb im Scherz, halb im Ernst daran, dass man nun anfangen müsse, sich um die Ausstattung zu kümmern. Jutta hatte damit keine Eile. Andersgeartet als manche andere Braut, interessierte es sie sehr wenig, wie sie ausgestattet, wie sie eingerichtet sein würde.

Herr Reimers nahm die Tochter mit in allerhand modische Geschäfte, ließ ihr Muster vorlegen und Stoffe. Sie stand den Sachen ratlos gegenüber. Schließlich bat sie den Vater, nur alles nach eigenem Ermessen auswählen zu wollen.

Der wunderte sich über das Mädel, das in anderen Dingen doch meist nach dem eigenen Kopfe ging. Mit dem Auswählen einer Ausstattung für die Tochter war es eine eigene Sache. In manchen intimeren Fragen der Hauswirtschaft oder auch der Frauentoilette war man doch nicht Kenner genug. Da bedurfte man weiblichen Rates. So wandte er sich denn wieder mal an die allezeit willige Vally Habelmayer, mit der er noch immer gut zu Sache gekommen war.

Fortan sah man den stattlichen Herrn Reimers, dessen Bart bereits stark ins Graue zu spielen begann, mit der üppigen Vally von Geschäft zu Geschäft ziehen. Und die neckischen Bemerkungen und vertraulichen Späße wollten bei solcher Gelegenheit zwischen den beiden kein Ende nehmen.

Eine große unerwartete Freude wurde Jutta noch im Anfang des Winters zuteil; ihre Freundin Lieschen Blümer kehrte von Paris nach München zurück. Sofort lebte der Verkehr zwischen den beiden in alter Lebhaftigkeit wieder auf.

Es war Lieschen anzusehen, dass die Zeiten, die sie durchgemacht hatte, keine leichten gewesen seien. Die Schatten um die schönen Augen des Mädchens waren tiefer geworden. In dem einstmals schwarzen Haar zeigten sich silberne Fäden. Die Stirn war nicht mehr glatt; aber das feine

Gesicht von milchzarter Farbe hatte mit seinen Kinderlippen genau den innigen, ein wenig melancholischen Zauber von vordem. Auch jenes eigenartige Lächeln, das dem Weinen so nahe verwandt schien, war noch das alte.

Der Bildhauer Pangor war nicht mit ihr gekommen. Er hielt sich bei seinen Eltern im Hochgebirge auf, zur Kräftigung seiner Gesundheit. Von dem schweren Nervenfieber, das ihn nahe an den Rand des Grabes gebracht, war er dank Lieschens aufopfernder Pflege genesen.

Lieschen Blümer stürzte sich, sobald sie angekommen war, Hals über Kopf in die Arbeit. Pangors Krankheit und das Leben in Paris hatten das Geringe, was die beiden sich verdient, verschlungen. Lieschen dachte nicht mehr daran, Professor Wälzers Malklasse zu besuchen. Sie kopierte jetzt in der Alten Pinakothek einen Rubens für einen Händler, der nach Amerika lieferte.

Die beiden Mädchen hatten während ihrer Trennung in Briefwechsel gestanden, waren also über ihre beiderseitigen Erlebnisse unterrichtet. Lieschen kam erst nach München, als Juttas Bräutigam bereits abgereist war. Sie hatte natürlich eine Menge Fragen auf dem Herzen, das Glück der Freundin betreffend. Aber Jutta war in dieser Beziehung nicht sehr mitteilsam. Sie wunderte sich manchmal selbst, wie wenig es sie drängte, von Bruno zu erzählen. Beim besten Willen vermochte sie kein lebhaftes charakteristisches Bild von ihm zu entwerfen. In der Erinnerung kam ihr seine Persönlichkeit so verschwommen, so unwesentlich vor.

Brunos Briefe, die zahlreich waren und lang, trugen auch nicht dazu bei, ihr sein Bild zu verdeutlichen. Sie saß oft davor und fragte sich, was er von ihr wolle, was dieser Aufwand von pathetischer Umständlichkeit eigentlich solle. Ihre Briefe fielen im Gegensatz zu den seinen äußerst kurz aus.

Zu Neujahr kam Pangor. Lieschen hatte Atelier und Wohnung für ihn gemietet. Sie selbst blieb in ihrem äußerst beschränkten Dachstübchen wohnen.

Jutta war voll Begier, den Mann kennenzulernen, den ihre Freundin über alles liebte und mehr bewunderte als sonst irgendeinen Menschen auf der Welt.

Inzwischen hatte Jutta auch Lieschens Geheimnis erfahren: dass sie ein Kind besessen und verloren habe. Das junge Mädchen war nicht in dem Maße betroffen davon, wie Lieschen Blümer erwartet hatte. Nur noch bewunderswerter, geweihter erschien die Freundin für Jutta, da sie das höchste Glück und den gewaltigsten Schmerz des Weibes durchgekostet hatte. Jutta überraschte Lieschen durch die Bemerkung, dass sie etwas Ähnliches im Stillen längst vermutet habe. Seit dieser Aussprache war die Sympathie zwischen den beiden noch tiefer begründet als zuvor.

Die Bekanntschaft mit dem Bildhauer Xaver Pangor brachte für Jutta nicht gerade eine Enttäuschung, aber was sie erwartet hatte, fand sie auch nicht in ihm verkörpert. Sie hatte sich einen von Geist und Genialität gleichsam sprühenden Menschen gedacht, einen Mann, dem man den großen Künstler auf den ersten Blick ansehe, eine berückende, vielleicht dämonische Persönlichkeit.

Er war ein zurückhaltender Mensch, ein wenig unbeholfen und scheu beinahe. Merkwürdig genug kontrastierte solches Wesen mit seiner hohen, männlichen Gestalt. Man sah ihm den Bauernsohn an; muskulös und ausgearbeitet waren die Gliedmaßen. Nun kam er gerade aus seiner Heimat, wo er sich neue Kraft geholt hatte in der starken Bergluft. Der Abglanz der Firne lag auf seiner wie altes Metall eingedunkelten Haut. Die Stirn, in der Mitte durch eine Falte geteilt, sprang vor wie ein Helm und schützte gleichsam die tief liegenden Augen. Ein Paar starke Backenknochen lagerten sich wie Hügel zwischen die kräftige Nase und die entwickelten Ohrmuscheln. Der Mund mit schönen Zähnen wurde in seinen feineren Linien versteckt durch den blonden Vollbart. Den Künstler konnte man schließlich nur an den ungemein wandlungsfähigen, bald träumerischen, bald scharf beobachtenden Augen erkennen.

In seiner schlichten Kleidung war Xaver Pangor ganz der Alpensohn geblieben. Man sah ihn nie anders als im Lodengewande. Seine Kleider schienen zu ihm zu gehören und er zu ihnen. Diese Kleider waren so eigenartig in ihrem Schnitt, hatten von ihrem Träger soviel Individuelles angenommen, dass sie seinen Körper wie eine durchaus natürliche zweite Haut umschlossen.

Zur Kunst hatte Xaver frühzeitig ein Verhältnis gewonnen. Sein Vater zwar war ein echter und rechter Bauer, aber von mütterlicher Seite her stammte er aus einer Familie, die seit Generationen bereits in schlichter Kunstübung ihren Lebenserwerb gefunden hatte. Kruzifixe, Leuchter, Heiligenbilder, Kanzeln, Altäre, ungezählte profane wie kirchliche Gegenstände waren aus der Werkstätte dieser bäuerlichen Künstlerfamilie hervorgegangen, schmückten ringsum die Kirchhöfe, Kapellen, Dorfkirchen, Kalvarienberge oder standen als »Marterl« irgendwo am Kreuzwege.

Xaver war bei dem Bruder seiner Mutter, einem Schreiner, in die Lehre gegangen. Manchen Sarg, manches einfache Möbelstück hatte er zusammengefügt. Aber früh schon war in ihm der Trieb erwacht, das einfache Handwerk zu veredeln; Zierrat anzubringen, Bildwerke statt nützlicher Geräte zu formen. Die Vorbilder dazu nahm er sich, wo er sie fand: aus der Natur, von den paar Kunstwerken benachbarter Kirchen, aus der Bücherei des Pfarrers, die ihm zugänglich war. Bald genügte ihm das spröde Holz nicht, er griff zu anderem Material für seine Entwürfe, zu Ton, Metall, schließlich zum Stein.

Die Werke, die seine ungeschulte Hand schuf, roh und unbeholfen, waren doch so ungewöhnlicher Natur, dass sie selbst in der ländlichen Umgebung ein gewisses Aufsehen erregten. Sein Vater, von dem er abhing, hatte zwar von dem großen Wollen, das sich in den Entwürfen seines begabten Sohnes aussprach, nicht den geringsten Respekt, immerhin war der alte Bauer pfiffig genug, um zu vermuten, dass man mit solchen Gaben unter Umständen Geld verdienen könne. In den Städten waren die Menschen ja verrückt genug, um an Figuren, wie sie der »Bub« schnitzte und meißelte, Gefallen zu finden und Geld dafür auszugeben. Die Mutter, nicht gebildeter als der Bauer, aber weitherziger und feinfühlender, ahnte, dass in ihrem Lieblingssohne Xaver wohl eine Art Sonntagskind stecke. Der war zu großen Dingen bestimmt vom lieben Gott. Auch der Herr Pfarrer meinte das; er setzte der Familie gelegentlich auseinander, dass die Kunst, welcher der junge Xaver obliege, nichts Geringes oder Verwerfliches sei, da sie der Ehre Gottes diene.

Kurz, nach längerem Hin-und-her entschloss sich die Familie, Geld zusammenzulegen und Xaver nach München zu schicken auf die Akademie.

Dort kam er in die Hände eines Lehrers, der in ihm den Künstler aus seinen rohen Ansätzen befreite, ihn aus einem nach Gestaltung Ringenden zu einem Gestalter machte.

Der Vater daheim hatte geglaubt, dass es mit dem Verdienen schneller losgehen würde; auf ein jahrelanges Studium, das Geld kostete, statt welches einzubringen, war er nicht gefasst gewesen. Xavers Zuschuss war sehr knapp, aber mithilfe seiner Lehrer, die ihm Stipendien, Freitische und dergleichen verschafften, schlug er sich durch.

Nachdem er die Lehrzeit durchlaufen hatte, suchte er als selbstständiger Künstler in der Isarstadt festen Fuß zu fassen. Aber die Aufträge kamen nicht zu ihm, und um auf Lager zu arbeiten, fehlten ihm die Mittel. Schund herzustellen für den Händler, womit mancher seiner Kollegen das Leben zu fristen verstand, erlaubte ihm sein künstlerischer Stolz nicht.

In dieser schwierigsten Periode des Lebens, die wir alle einmal durchmachen, wo wir am rauschenden Strome stehen, durstig, und doch nicht trinken dürfen, weil das Wasser sich vor uns zurückzieht, sobald wir uns danach bücken; in dieser Zeit, wo so mancher scheitert oder seinen Grundsätzen ungetreu wird, fand Xaver Pangor die Geliebte.

Lieschen Blümer, selbst arm und mit dem Leben ringend, gab ihm alles, was sie hatte, zu eigen. Äußerlich wuchs dadurch nur beider Armut und Elend, sie kam um ihre Stellung.

Aber Xaver gewann unendlich viel. Ohne dass er es wusste, vollbrachte sie das große, ewige Werk des Weibes an ihm, machte den Mann zum Menschen. Den halb Zivilisierten zähmte sie, nicht bloß äußerlich in Sitten. Jene innere Reinigung von allerhand Schlacken, die so zähe sind, dass sie nur im stärksten aller Feuer, der Liebe, schmelzen, widerfuhr auch ihm. Und dem Diamanten seiner Kunst gab diese feine Hand erst die letzte Facettierung. Dabei war Lieschen Blümer keineswegs Künstlerin von Anlage, aber sie war unendlich mehr: ein fühlendes, mit dem Herzen denkendes Weib. Das Beste, was Xaver besaß, verdankte er ihr; sie erst hatte seinen inneren Reichtum zutage gefördert.

Im Alter waren sie ungefähr gleich. Aber Lieschen machte in Erscheinung und Wesen den fertigeren Eindruck. Ihm haftete, seiner männlichen Gestalt zum Trotze, immer ein wenig vom großen Jungen an.

Wenn Lieschen mit Xaver zusammen war, verstärkte sich unwillkürlich der mütterliche Zug ihres Wesens. Für die übrige Welt war sie dann wie verschlossen; die Sorge um ihn beherrschte sie ganz. Wenn er kam, hellten sich ihre Züge auf, ihr Auge leuchtete, nichts mehr von versteckten Tränen war dann in ihrem Lächeln zu finden. Man sah es, Lieschen Blümer war in ihrem eigensten Element, wenn sie Liebe betätigen durfte, ohne dem glich sie einem Fisch auf dem Trockenen.

Jutta fing erst an, die Freundin zu verstehen, seit sie sie mit Xaver sah. Wunderliche Gefühle wollten das junge Mädchen beschleichen. Es war die erste Liebe, deren Zeuge sie wurde, das erste Verhältnis zwischen zwei Menschen, das diesen hehren Namen verdiente. Vieles dabei war für Jutta befremdend, neu, unverständlich. Die beiden legten nichts von der äußeren Zärtlichkeit an den Tag, mit der sonst Liebende ihre Neigung füreinander zu betätigen pflegen. Keine Küsse, keine Umarmungen, keine verliebten Neckereien! Aber dafür herrschte Innigkeit zwischen ihnen, zarte Rücksichtnahme, ein gegenseitiges Verstehen und Ineinanderaufgehen.

Und diese Leute waren nicht durch das Band der Ehe miteinander verbunden.

Jutta war von ihrer Umgebung her gewöhnt, dass man derartige Verhältnisse als höchst unmoralisch verwarf und mit den hässlichsten Namen brandmarkte. Sie war sich klar darüber, dass ihr Vater zum Beispiel ihr niemals gestattet haben würde, mit Lieschen umzugehen, wenn er von ihren Beziehungen zu dem Bildhauer Kenntnis gehabt hätte.

Auch Jutta machte sich im stillen Gedanken darüber, warum eigentlich diese beiden nicht heirateten. Es schien ihr so einfach, so wünschenswert. Eine ganz andere Stellung hätte Lieschen dann gehabt, hätte mit ihm leben können. All das Unklare, was jetzt ihrem Verhältnisse anhaftete, wäre alsdann mit einem Schlage beseitigt gewesen.

Doch brachte es Jutta niemals übers Herz, Lieschen nach diesen Dingen zu fragen. Die Freundin fing eines Tages ganz von selbst davon an.

Sie hatten von Xaver gesprochen. Jutta wusste, dass Lieschen an ihn als an einen großen Künstler glaubte. Wie viel davon auf Rechnung der Liebe zu setzen sei, konnte Jutta nicht beurteilen, da sie noch nichts von seinen Werken gesehen hatte.

»Oh, wenn es ihm doch endlich glücken wollte!«, rief Lieschen. »Dass er nun endlich durchdränge, damit alle erkennten, wer er ist und was er kann! Ich verstehe nicht, dass die Menschen es gerade ihm so schwer machen wollen, an ihre Herzen heranzukommen. Seine Werke sind doch so groß, so innig, so aus der Tiefe herausgeholt! Noch nie, glaube ich, hat ein Künstler so ringen müssen, um durchzudringen. Er ist so voll Kraft, voll Schaffensdrang, voll neuer Hoffnung von zuhaus zurückgekehrt. So habe ich ihn noch nie gesehen! Der Anblick seiner Berge hat ihn gestärkt. Er bringt immer Großes zurück vom Vaterhause. Xaver braucht diese Berührung mit der Mutter Erde. Seine besten Entwürfe, seine größten Pläne wurzeln dort.«

Lieschen schwieg. Jutta kannte diesen freudetrunkenen Ausdruck an ihr. So blickte sie, wenn sie von ihm sprach.

»Bist du denn einmal mit ihm gewesen, dort?«, fragte Jutta. »Hat er dich mit den Seinen bekannt gemacht?«

Lieschens Züge verdüsterten sich. Es tat Jutta leid, die Frage gestellt zu haben.

»Weißt du, Jutta, es wird dich wundern, das zu hören: Ich bin noch nie bei seinen Eltern gewesen, kenne niemanden von den Seinen, nicht einmal Xavers Mutter. Es sind einfache Bauersleute, der Vater ist wohl auch etwas eigen. Xaver soll Geld verdienen, vor allem Geld! Vater und Bruder werfen ihm häufig vor, dass er viel kostet und nichts ins Haus bringt. Seine gute Mutter kann gegen die Männer nichts machen. Es sind sehr schwierige Verhältnisse für ihn; und wenn er mich da hineinbrächte, dann würde alles noch viel, viel schlimmer werden. Damit darf er um keinen Preis auch noch belastet werden! Der Arme hat so schon zu kämpfen mit allerhand Missgunst und Missverstehen fremder Menschen. Ich will ihn nicht auch noch mit den Seinen verfeinden. Die Heimat ist schließlich immer noch seine letzte Zuflucht gewesen, seine Rettung in Not. Ins Vaterhaus flüchtet er sich, wenn's ihm zu arg wird, draußen in der Welt. Das will ich ihm nicht rauben! Er wäre wie ein entwurzelter Baum, wenn man ihn von der Heimat trennte. Und dass das geschehen würde, wenn er mich heimführte, weiß ich besser, als er es weiß. Niemals würden mich die Seinen für voll anerkennen. Wir stammen aus verschiedenen Welten. Nur wenn ich Geld mitbrächte, möchten sie vielleicht entschuldigen, dass ich so anders bin als sie. Verstehen würden sie mich niemals, und darunter müsste er leiden. Er würde dann meine Partei nehmen, sich zu mir stellen, um meinetwillen brechen mit den Seinen; das soll er nicht, das will ich nicht! Lieber mag alles so bleiben, wie es ist! Mögen die Menschen schlecht von mir denken! Er soll nicht leiden! Er soll nicht aus seiner Bahn geworfen werden! Denn siehst du, Jutta, er ist ein Künstler. Er ist noch im Wachstum begriffen, die ganze Zukunft liegt vor ihm. Mein Geschick ist längst erfüllt. Ich habe mit ihm gelebt, bin durch seine Liebe glücklicher gewesen als irgendeine andere Frau. Sollte ich mich ihm dafür, dass er mir das Höchste geschenkt hat, nicht dankbar erweisen! Ich muss ihm die Steine aus seinem Wege räumen. Aber ich darf mich ihm nimmermehr selbst in den Weg legen. Denke nur nicht, dass er egoistisch ist! Wirf ihm nicht Berechnung vor oder Rücksichtslosigkeit! Dann kennst du ihn schlecht! Wie oft hat er mir die Ehe angeboten! An ihm liegt es nicht, wenn wir vor dem Gesetze nicht verbunden sind. Ich bin es, ich allein, die nicht gewollt hat. Wäre das Kindchen damals am Leben geblieben, ja dann, vielleicht; dann hätte ich's getan! Ich kann ihm ja etwas sein, auch so! Und darauf allein kommt es doch an!«

Lieschen hielt einen Augenblick inne. Sie lächelte in sich hinein. Dann sagte sie mit leicht zitternder Stimme: »Ich würde für Xaver alles tun, alles hergeben, alles auf mich nehmen, wenn ihm damit geholfen würde, wenn es ihm wirklich frommte. Nie aber möchte ich etwas tun, was ihn belasten könnte. Eine gewisse Fessel würde ihm die Ehe doch auferlegen. Seine Liebe würde dann nicht mehr ein freies Geschenk sein, das mich immer wieder wie eine köstliche Überraschung ergreift. Es könnte der Augenblick kommen, wo ihm die Liebe zur Angewohnheit würde – oder – wo er mich aus Mitleid liebte. Dann wäre alles aus!

Lieber sterben, als aus Liebe Großmut werden sehen! Unerträglich ist der bloße Gedanke, wenn man so geliebt worden ist wie ich.

Vor allem aber kein Mitleid! Denn Mitleid ist das Grab der Liebe.«

XIV

Mit verjüngter Schaffenslust und Arbeitskraft war Xaver Pangor nach München zurückgekehrt. Er hatte in den Monaten, die er auf dem väterlichen Hofe zugebracht, keineswegs die Hände in den Schoß gelegt. In seiner Entwicklung war der Künstler wieder mal zu dem zurückgekehrt, wovon er seinen Ausgang genommen: zum Handwerk. Mit einer wahren Wollust hatte er in der Werkstatt des Onkels, wo er ehemals die Lehrzeit verbracht hatte, wieder mit Hobel, Säge, Hammer, Winkelmaß und Schmiege hantiert. Wie die Arbeit fleckte! Nicht in Museen freilich würden die Werke, die man da schuf, begafft werden, sie sollten dem höheren Zwecke dienen, von Menschen benutzt zu werden. Noch nach Generationen, wenn der Meister längst tot war, sollten sie den Nachkommen erzählen von Liebe, Sorgfalt und Tüchtigkeit dessen, der sie ersonnen und ausgeführt hatte. Das war auch Kunst!

Pangor hatte niemals seine Vergangenheit vergessen oder sich ihrer geschämt. Der Akademie war es nicht gelungen, ihm durch das Studium der Antike, durch Modellieren nach Gips und Ornamentzeichnen, durch Kunstgeschichte oder Stillehre die Freude an dem schlichten Handwerk auszutreiben, dem er ehemals gedient hatte. Wie jede echte Künstlernatur, hatte auch Xaver Pangor schon als Kind sich vorbereitet für seinen künftigen Beruf, unbewusst, mit schlummernden Augen, wie die Pflanze Stoffe und Säfte aufnimmt aus dem Erdreich zur Entfaltung späterer Blüten und Früchte.

Früh hatte er gelernt, sich mit einfachen Instrumenten zu behelfen, mit der Sprödigkeit schwierigen Materials zu ringen, und dadurch sich gewöhnt, auf den eigenen Verstand und auf die eigenen Fäuste sich zu verlassen. In der Dorfwerkstatt war von ihm so ziemlich jede Arbeit verlangt worden. Auch in die Kunst des Schmiedes und Schlossers hatte er hineingeguckt, hatte gelernt, mit Metall in glühendem, flüssigem, erkaltetem Zustande umgehen, hatte hämmern, pochen, löten, ausbeulen, biegen, raspeln, legieren müssen. Vieles davon kam ihm jetzt zugute. Holzschnitzen, Bronze bosseln, Metallgießen, Ziselieren war ihm ebenso vertraut, wie in Stein meißeln.

Diese Vielseitigkeit verleitete ihn nicht zum überhasteten Produzieren. Pangor gab nichts aus der Hand, was er nicht von Anfang bis zu Ende selbst geschaffen hatte. Die Bildhauerkollegen verlachten ihn zwar, dass er nicht von den Hilfsmitteln Gebrauch machte, die sie benutzten. Wer würde sich denn mit dem langweiligen Marmor herumschlagen; das überließ man untergeordneten Handwerkern; genug, wenn man das Modell aus Wachs, Ton oder Gips hergestellt hatte. Ja, sie verachteten ihn wegen seiner schwerfälligen Gründlichkeit.

Ihrer Verachtung lag Unvermögen zugrunde; die wenigsten besaßen jene Kenntnisse und jene Ausdauer, die er sich in früher Jugend erworben hatte. Er galt im Kreise der Altersgenossen als ein eigensinniger Sonderling, ein verrückter Kauz, weil er oft Monate über einem Werke zubrachte, das sie in wenigen Tagen modellierten und dann von Fremden übertragen ließen.

Pangor gehörte nicht zu jenen Künstlern, die zu ihrem Schaffen unbedingt des Resonanzbodens der öffentlichen Meinung bedürfen. Er schuf aus innerem Bedürfnis. Gestaltete mit seinen Händen einfach die Formen und Gebilde, die aus Gott weiß, welchen unergründlichen Tiefen der Seele emporstiegen. Selten genügte er sich selbst. Auch er war von jenem Drange beseelt, von jener scheinbaren Hinrast, die Rassezeichen ist für den echten Kunsttrieb, welche dazu treibt, wenn man kaum eine Stufe erklommen hat, diese sofort wieder als überwunden zu verlassen, um sich neuen Zielen zuzuwenden.

Seine Entwicklung war bisher eine unregelmäßige, vielfach unterbrochene, scheinbar inkonsequente gewesen. Einmal war er erstaunlich schnell vorwärtsgeschritten auf seiner Bahn, dann wieder hatte er sich verzögert, schien gar zum Ausgangspunkt zurückkehren zu wollen.

Sein äußerer Erfolg war bisher gleich Null gewesen. Nur wenige Leute wussten von seinem Schaffen, und diese schüttelten die Köpfe. Die Kritik beschäftigte sich nicht mit ihm, die Händler gaben wenig für seine Sachen. Er war noch nicht entdeckt.

Nur eine Person hatte ihn auch als Künstler erkannt. Lieschen Blümer glaubte an ihn, wie eben nur eine Frau an einen Mann glaubt.

Jutta war viel bei ihrer Freundin zu finden. Diese beiden, Lieschen und Xaver, interessierten sie mehr als alle anderen Menschen; was sie sagten und taten, erschien ihr wichtiger als alles, was bei ihr zuhause vorging.

Wenn sie in Lieschens kleiner Dachstube saß, oder wenn sie mit der Freundin in Pangors Atelier zu Besuch war, kam es ihr oft vor, als sei dies die Welt, in der zu leben es sich allein verlohne; als gehöre sie zu diesen Menschen und nicht zu den Reimers, den Knorrigs oder gar zu der weitverbreiteten Sippe ihrer mütterlichen Anverwandten: den Habelmayers.

Lieschen Blümer erkundigte sich oftmals nach Juttas Malerei. Sie fand es unrecht, dass das junge Mädchen ihre Arbeit aufgegeben habe. Fleißig und ausdauernd, wie sie selbst war, begriff sie nicht, wie man durch ein einziges ungünstiges Urteil sich derart den Mut rauben lassen könne. Sie redete Jutta zu, ihre Arbeiten vom vorigen Sommer wieder hervorzuholen, zum Mindesten sie einmal Xaver zu zeigen, der ihr sagen würde, was daran sei.

Jutta empfand vor dem Bildhauer eine gewisse Scheu, die sie sich selbst nicht erklären konnte. Vielleicht war es das Neue, das Ungewohnte dieses Menschen, dessen Existenzbedingungen und Voraussetzungen sie noch nicht recht begriffen hatte, was sie Lieschens Freunde gegenüber zunächst unsicher machte.

Xaver Pangors gesellige Talente waren eben nicht groß. In einem Bauernhause aufgewachsen, hatte er keine Gelegenheit gehabt, sich im Salonton zu üben. Seine Welt war das Atelier. Da fühlte er sich Meister, da war er Feldherr, da stand er als ein Held. Jutta sah, dass er ein echter Künstler war. Seine Sicherheit in allem, was er angriff, wie er jeden Stoff meisterte, wie er seine Gedanken zu Gebilden von ergreifender Wahrhaftigkeit gestaltete, kurz, seine ganze männlich energische Künstlerpersönlichkeit machte tiefen Eindruck auf sie. Niemals noch hatte sie seinesgleichen gesehen.

Dagegen verstand sie nicht die andere Seite seines Wesens: seine Lebensfremdheit, die Unbefangenheit, mit der er sich häufig über alle Regeln der Etikette und Konvention hinwegsetzte. Gerade diese Züge an ihm, das Kind im Manne, gewissermaßen, das aus seinen träumerischen Blicken, seinem treuherzigen Lächeln hervorging, seine Weltunerfahrenheit – alles Eigenschaften, die ihn für Lieschen zum Gegenstand steter Sorge und einer fast mütterlichen Obhut machten – befremdeten Jutta. Sie begriff nicht den Zusammenhang; der Mensch schien ihr in zwei

Hälften auseinanderzufallen. Sie sah nicht, dass die Harmlosigkeit, die er sich gewahrt hatte, der Nährboden war seiner Künstleroriginalität.

Xaver Pangor war unter Menschen meist schweigsam. An großwichtigen Debatten über Kunst, wie sie seine Kollegen mit Leidenschaft ausfochten, beteiligte er sich nicht. Er war kein Dialektiker. Er gehörte zu den Künstlern, die in Formen denken, denen die Einfälle beim Arbeiten kommen: aber dann stark, plötzlich, mit einer Wucht, die sie selbst gleichsam zum Instrumente macht ihres Genius. Aber öffentliche Rechenschaft zu geben über seine Absichten, seine Ideen, wäre ihm schwer gefallen.

Dagegen war Pangor ein guter Beurteiler fremder Werke. Sein Urteil, meist knapp, traf den Nagel auf den Kopf. Weil sein Blick durch Schulmeinungen und Theorien nicht getrübt war, weil er vor allem keiner Clique angehörte, konnte er mit dem schnellen Auge des Naturmenschen erkennen, was echt und wertvoll, was gefälscht, unbedeutend, windig sei.

Jutta hatte bisher nie gewagt, Pangor merken zu lassen, dass ihre Hand Stift und Pinsel zu führen verstünde. Sie konnte sich nicht denken, dass ihre Arbeiten jemals Gnade vor seinen Augen finden könnten. Sie fürchtete, dass er vielleicht aus Nachsicht schweigen werde, um sie zu schonen; das wäre ihr noch schrecklicher gewesen als Professor Wälzers Tadel.

Aber Lieschen war stolz auf Jutta, sie wünschte, dass Xaver die Freundin auch als Künstlerin würdigen lerne.

Durch vieles Bitten wusste Lieschen Jutta die Studienmappe endlich abzuschmeicheln. Und als sich ein paar Tage darauf die Freundinnen wiedersahen, rief Lieschen schon von der Türschwelle: »Er hat deine Sachen gesehen und findet viel Talent darin!«

»Halt mich nicht zum Besten!«, rief Jutta, »das glaube ich dir nicht!«

»Doch! – Hör' ihn nur selbst darüber! Ich habe mich so gefreut!«

Jutta war hochrot geworden, sie fühlte ihr Herz gewaltig klopfen. Die Freundinnen umarmten einander.

Als die drei das nächste Mal beisammen waren, befand sich Jutta in fieberischer Ungeduld. Würde er sprechen? Würde sie von ihm selbst erfahren, was er von ihren Sachen hielt? –

Aber es wurde zunächst von allerhand anderen Dingen gesprochen. Lieschen sah Juttas Unruhe. Sie legte es dem Bildhauer nahe, sein Urteil abzugeben.

Xaver Pangor senkte den Kopf, wie es seine Art war, wenn er nachdenken wollte. Dann nach einer Pause, die für Jutta eine Ewigkeit schien, sagte er:

»Die Sachen sind gut und schlecht, je nachdem! Schlecht sind sie als Studien, ›verhaut‹, wie wir Bildhauer sagen. Und wenn Professor Wälzer gesagt hat, es wäre keine Ehrfurcht darin vor der Natur, so hat er recht. Und trotzdem ist sein Urteil einseitig; es erschlägt das Wertvolle mit dem Wertlosen. Es ist etwas, was Zukunft hat, in Ihren Sachen. Das hat der Herr nicht gesehen; er ist wahrscheinlich Fanatiker irgendeiner Richtung oder Schule. Alles, was in so eine Kategorie sich nicht einordnen lässt, wird verworfen, existiert überhaupt nicht; ich kenne diese Professoren-Scheuklappen! ›Ehrfurcht vor der Natur!‹ ein schönes Wort, aber es trifft hier gar nicht den Kernpunkt. Mit Ehrfurcht allein kommt man nicht aus. Wenn wir bloß ehrfürchtig wären, dann würden wir aus Andacht niemals zum Schaffen kommen. Nämlich der Künstler muss auch unverschämt sein können! Und etwas von dieser göttlichen Unverschämtheit finde ich in Ihren Sachen, Fräulein Reimers. Die Natur ist vergewaltigt, aber wer von uns täte das nicht. Sie haben Erfindungsgabe, haben Phantasie, starke Phantasie! Das Temperament ist Ihnen durchgegangen, aber ich habe das lieber beim Anfänger, als peinliche Korrektheit oder gar altkluge Routine. Bravour ist hoffnungsvoller als Objektivität. Ihre Begabung liegt nach der Seite des stark Subjektiven. Sie können, wie mir scheint, gar nicht anders, als etwas von sich selbst in die Dinge hineinlegen, werden immer nur Selbsterlebtes zur Darstellung bringen, selbst in der Landschaft, selbst wenn Sie versuchen zu kopieren. Ihre Art deshalb zu verdammen, zeugt von Borniertheit, wie sie eben nur so ein Professor zustande bringt, der, am Pfahle seiner fixen Idee festgepflockt, im Kreise umgeht. Und außerdem haben Sie etwas, das auch nicht jeder besitzt: Freude an der Farbe. Da waren ein paar Blätter dabei, dekorative Landschaften gleichsam, mit starken, kühnen Farbenkontrasten ...«

»Dem würde ja entsprechen, was du mir erzählt hast, Jutta!« fiel hier Lieschen ein. »Dass du lange, ehe du ans Zeichnen dachtest, mit allerhand farbigem Material fantastische Dinge gebildet hast. Ich habe sogar noch einige Überreste davon bei dir entdeckt!«

»Hör' auf!«, rief Jutta. »Niemals hätte ich dir die scheußlichen Dinger gezeigt, wenn ich gewusst hätte, dass du davon sprechen würdest!«

»Verachten Sie nur diese Anfänge nicht!«, meinte Xaver. »Die sind wahrscheinlich viel mehr wert als alles, was Sie in der Malklasse erlernt haben. In den kindlichen Versuchen des jungen Menschen spricht sich mit elementarer Kraft das Bedürfnis aus nach dem, was ihm das Naturgemäße ist. Wir sind Künstler von Geburts wegen. Die Schule kann herausholen aus uns, was in uns ist, sie kann unsere technischen Kenntnisse fördern, uns Erfahrung geben; aber größer und tiefer als wir sind, kann sie uns nicht machen. Aus uns selbst müssen wir's schöpfen! Zwei Dritteil von uns kommen nicht zur Entwicklung, weil sie einen falschen Weg einschlagen, nicht ihrer guten Anlage folgen, oder gar von den Lehrern zu etwas dressiert werden, was sie nicht können. Wenn mich ein Anfänger fragen sollte, was ich ihm zu tun riete, dann sage ich ihm als erste Grundregel: Folge deinem innersten Wesen! Wenn es dich treibt, Ziegel zu streichen, so ist das viel fruchtbarer, als wenn du Bilder malst ohne Originalität. Die Befriedigung, mit der man eine Sache tut, wird einen immer noch am besten belehren, ob man auf dem rechten Wege ist. Nach dem was ich von Ihnen gesehen habe, würde ich Ihnen raten, lassen Sie Leinwand Leinwand sein! Erforschen Sie sich erst mal selbst, dann arbeiten Sie! Und wenn Sie arbeiten, nur aus wirklichem Drange! Denn das ist die zweite Kardinalregel in der Kunst: Tue nur das, wonach es dich in allen Fingern juckt!«

Lieschen Blümer war für Xaver mehr als Geliebte. Schwester, Mutter, Braut, Freundin, Gattin in einer Person stellte sie ihm dar.

In zehnjährigem Zusammenleben hatte er sich gewöhnt, in allen Fragen sich an sie zu wenden. Es gab kein Geheimnis, das er ihr nicht offenbart hätte. Er besaß das Vertrauen zu ihr, welches ein Kind zur Mutter hegt. Wozu etwas verbergen? Sie kennt uns ja doch! Warum sich fürchten? Sie wird uns verzeihen.

Er wusste, dass sie klüger sei als er, lebenserfahrener, weiser. Aber auch das wusste er, dass sie ihm ergeben sei bis in den Tod, dass er ihrer Liebe jedes Opfer zumuten könne, dass es nur eines Wortes, eines Winkes bedurfte von seiner Seite, um sie herbeifliegen zu machen.

Zwischen Lieschen und Xaver war nie ein fremdes Wesen getreten. Das Kind, welches sie ihm geboren hatte, war, kaum erschienen, wieder verschwunden. Nichts hatte die Innigkeit ihres Verhältnisses jemals gestört, keine Eifersucht, kein Streit, kaum einmal eine Meinungsverschiedenheit. Sie gaben das Beispiel zweier Naturen, die nahezu restlos ineinander aufgingen.

Lieschen Blümer war geboren für die Liebe; sie besaß eine seltene Eigenschaft: die Genialität der Liebe. Seit sie das Glück gehabt, den Mann zu finden, der diese Eigenschaft in ihr auslöste, existierte sie nur für den Geliebten, lebte sie nur durch seine Liebe. Seine Gegenwart war ihre Lebensluft.

Sie hatte aber auch alles dran gegeben an die Liebe. Ihr Körper war nur noch ein Schattenbild von dem, was er gewesen. Gesundheit, Kraft, Frische, Schönheit, alles hatte sie geopfert auf dem Altare der grausamen Gottheit, der sie diente.

Auch in ihrem Geschicke kam jene furchtbare Konsequenz zur Geltung, jene herbe, unerbittliche Tragik, die dem Liebesleben der ganzen Welt zugrunde liegt. Mensch, Tier, Pflanze, alles in Gottes Natur, schmückt sich mit den schönsten Farben, umgibt sich mit betäubenden Düften, entwickelt die höchste Form für einen kurzen Augenblick des Rausches. Der wird genossen, dann bleichen die Farben, der Duft schwindet, die Form verfällt: Und wo keine Frucht geblieben ist, zeigen bald nur noch fallende Blütenblätter an, dass hier die gewaltigsten und vergänglichsten aller Gefühle ihre Stätte gehabt haben.

Es gibt Frauen, welche diesen schmerzlichen Zeitpunkt hinauszuschieben wissen, durch tausend Mittelchen die schwindende Jugend und Schönheit zurückzuhalten verstehen, den Genuss verlängern über das Bedürfnis hinaus. Nicht so Lieschen! Sie war dazu zu ehrlich, zu vornehm und zu herzensstolz. Um die Liebe zu fälschen, hegte sie eine zu gewaltige Ehrfurcht vor der Liebe.

Über diese Dinge hatte man keine Macht, das wusste sie. Sie gingen gleichsam über den Wolken vor sich: Das, was hier unten auf Erden zwischen den Menschen sich abspielte, war nur ein mattes Widerspiel von größeren Geschehnissen, die der Ewigkeit angehörten.

Sie war religiös. Der Priester zwar würde ihr die Bezeichnung einer gut katholischen Christin verweigert haben, weil sie nie in den Beichtstuhl und selten zur Kirche ging: Aber ihr Glaube an einen guten Gott und an die Unsterblichkeit der Seele war fest gegründet. Sie glaubte auch an ein Wiederfinden befreundeter Wesen im Jenseits.

Gerade dadurch, dass das Mädchen nichts getan, den Freund künstlich an sich zu fesseln, dass sie ihm die volle Freiheit gelassen hatte, war es ihr geglückt, ihn mit unsichtbaren Ketten an sich zu fesseln.

Niemals belästigte sie ihn mit den kleinlichen Nöten des Alltagslebens, nie klagte sie ihm vor. Wenn er zu ihr kam, fand er sie heiter und aufgeräumt. Stets war sie bereit, auf seine Interessen einzugehen. Seine Pläne, Ideen, Entwürfe fanden bei ihr gleichzeitig kluge und warmherzige Aufnahme.

So war sie aus seiner Geliebten allmählich seine Freundin geworden. Und Xaver hatte die Wandlung kaum bemerkt, so sanft und sicher war die Hand gewesen, die ihn den Weg von der Leidenschaft zur Kameradschaft geführt hatte.

Xaver Pangor dachte selten über sein Verhältnis zu Lieschen nach. Er war Augenblicksmensch, genoss, was sich bot, mit der Naivität des Knaben, der nicht danach fragt, ob sein Genießen schädigt oder gar vernichtet. Auch dachte er nie darüber nach, was die Zukunft bringen könne, ob sie gar Rechenschaft fordern werde über Tun oder Unterlassen der Gegenwart. Lieschen war für ihn Lebensbedürfnis geworden. Ehemals war's ihre Schönheit gewesen, ihre Jugend, ihre Hingabe, die er gebraucht, jetzt war's ihre Freundschaft, ihr Rat, ihre Stütze, deren er nicht entraten konnte. Abends nach getaner Arbeit musste er sie sehen, wollte ihre Stimme hören, die ihm die schöne Vergangenheit ins Gedächtnis zurückzauberte, durch den bloßen Klang. Im vertrauten Nest wollte er sich ausruhen von den Plackereien des Berufes, wollte die linde Tröstung der Freundin vernehmen, wenn er Zweifel hatte, wenn er mit sich und seiner Kunst uneins war.

Dass er Lieschen ganz für sich allein habe, ihre Neigung ungeteilt besitze, war für ihn nachgerade selbstverständlich geworden. Der erste Mensch, der ihm Lieschen streitig machen zu wollen schien, war Jutta Reimers.

Als Xaver nach längerer Abwesenheit nach München zurückkehrte, fand er diese Freundschaft bereits im vollen Gange. Zunächst betrachtete er die Fremde mit wenig freundlichen Blicken. Eifersucht kam über ihn. Sollte er auf einmal teilen? –

Lieschen hatte ihm bereits früher vorgeschwärmt von der Freundin. Xaver war darin Bauer, dass er gegen alles, was ihm angepriesen wurde, fürs Erste sich misstrauisch verhielt. Mit den Frauen kannte er sich wenig aus. Die sogenannten »Damen« nun gar waren ihm unberechenbare, unheimliche Wesen. Er wusste nicht recht, wie er sich Fräulein Reimers gegenüber benehmen sollte. Sie war ihm unbequem, er empfand sie als Störenfried.

Als er aber gar von Lieschen erfuhr, dass Jutta Reimers Künstlerin sei, da wuchs sein Misstrauen. Er glaubte nicht an den Kunstberuf der Frau. Seine Ansicht war, dass sie im besten Falle die Gabe zur Nachahmung besäße. Und Lieschens Schaffen, das nie über das Kopieren fremder Werke hinauskam, hatte ihn in dieser Theorie bestärkt.

Als ihm nun aber Juttas Arbeiten vorgelegt wurden, musste er fast widerwillig zugeben, dass hier etwas drinstecke, dass Jutta Reimers Einfälle habe, originelle Einfälle, dass sie etwas ausbilden zu wollen schien, wie einen eigenen Stil, und dass man darum über ihre Begabung nicht so ohne Weiteres hinweggehen könne.

Er fing an, etwas milder über Lieschens Freundin zu denken. Außerdem sah er, dass er eigentlich nichts verliere, wenn sie jetzt häufig zu dreien statt wie bisher zu zweien beieinander waren. Die Unterhaltung hatte dadurch an Leben gewonnen. Jutta war nicht hochmütig, nicht blasiert, worauf er sie anfänglich taxiert hatte, weil sie aus einer ihm fremden Sphäre kam. Sehr schnell hatte sie sich seinem und Lieschens Ton angepasst.

Er fand in Jutta Reimers ein junges, lernbegieriges Wesen, das seinen Rat suchte für ihre Kunst, dem jedes seiner Worte die Bedeutung des Evangeliums hatte. Und wem täte es nicht wohl, einen Menschen von sich abhängig zu sehen, bedeutete es nicht Befriedigung, die Entwicklung einer fremden Begabung in die Hand nehmen zu dürfen.

Jutta saß fortan zu seinen Füßen als gelehrige Schülerin. Er erteilte ihr keinen Unterricht; seinem Rate zufolge rührte sie Stift und Pinsel nicht an. Und doch fühlte sie sich unendlich gefördert in ihrer Kunst. Es war die innere Anschauung, die sich bildete, das Urteil, das geschärft wurde, der Horizont, der sich weitete durch seinen Einfluss.

Sie lernte von ihm, dass die Kunst nichts außerhalb des Lebens Stehendes sei, dass sie eine höhere Form sei, des Lebens selbst. Und die sogenannten Kunstwerke hatten nur dann Berechtigung, wenn sie abfielen wie die reife Frucht, zwanglos, als ureigenstes Erzeugnis unserer Kräfte und Säfte. Überall konnte sich Kunst betätigen, im Kleinsten wie im Größten. Wem einmal dafür die Augen aufgegangen waren, dem formte sich alles ganz von selbst zu harmonischer Schönheit. Der empfand freilich auch die Disharmonien des alltäglichen Lebens umso härter, den konnte eine schreiende Farbenzusammenstellung kränken wie den Musiker ein falscher Ton. Solch ein Mensch lebte doppelt und dreifach. Er suchte aber auch anderen von dem Überfluss abzugeben, der seine Seele erfüllte. Wie fromme Leute die Übung des Gebetes, so bedurfte der echte Künstler den Kultus des Schönen. Sein tägliches Brot war das. Da gab es kaum Unterschiede im Bewerten dessen, was man tat und schuf. Wenn wir unseren Hausrat zweckmäßig und edel gestalteten, so war das ebenso viel, vielleicht mehr wert, als wenn wir Staffeleibilder malten, die am Ende niemanden erfreuen würden.

Das waren für Jutta noch nie gehörte Lehren. Begierig sog sie diese Weltanschauung ein. Ja, wenn das so war, dann hatte es Sinn, zu leben. Dann vollbrachte man mit jedem Tage, den man erlebte, gleichsam ein heiliges Werk, dann schuf man unausgesetzt, näherte sich dem Ziele, ohne es zu sehen. Dann kam Harmonie und Adel in alles, was man sagte und tat.

Durch solche Offenbarung fiel auch Licht für sie auf den Weg, den sie bisher zurückgelegt hatte. Sie suchte im ganzen Hause aus Truhen, Kommoden, Schränken und Mappen ihre Jugendarbeiten zusammen. Da war Gesticktes, Gepapptes, Geflochtenes, aus Wachs Modelliertes, Gemaltes. Alles das hatte erneuten Wert für sie bekommen, seit er ihr die Bedeutung solcher Dinge erklärt. Wie viel Liebe hatte sie in diese längst unscheinbar gewordenen Sachen und Sächelchen gelegt! Was hatte sie sich alles dabei ausgedacht, was für Fantasien, Anschläge, Pläne und Hoffnungen daran angesponnen! In Vergessenheit war alles das geraten, bis er es aufleben machte durch seine Worte. Nun verstand sie auf einmal den Sinn dieser ganzen Periode; es war nicht kindische Tändelei gewesen, sie hatte sich damals schon vorbereitet auf Größeres.

Jutta ahnte, dass sie vor einem neuen Abschnitte ihres Lebens stehe. Sie fühlte sich gefördert in Verstehen, Geschmack, Urteilen und Empfinden. Er hatte ihr, ohne es zu wissen und zu wollen, weit mehr gegeben als bloße Winke für ihre Kunst. Sie war gewachsen, in allen Fähigkeiten gestärkt und vertieft durch ihn.

***

Lieschen war glücklich über die Ergänzung, welche ihr Verhältnis zu Xaver durch Juttas Hinzutritt bekommen hatte. Endlich ein Mensch, bei dem er Verständnis fand. Sie hungerte ja nach Anerkennung für ihn. Jedes Wort der Bewunderung, das ihm galt, tat ihrem Herzen wohl.

Sie wusste es nur zu gut, dass er, der niemals um Lob gefeilscht, dem alle Sensation, alle Reklame als unkünstlerische, unwürdige Mittel in tiefster Seele verhasst waren, doch ein heißes Bedürfnis fühlte, sich anerkannt zu sehen. Wie jeder, der etwas kann, etwas zu geben hat, wollte auch er sich durchsetzen, Menschen an sich heranziehen, Seelen erobern, Liebe gewinnen, sich mitteilen, sich aussprechen, Gaben verteilen und Gaben zurückempfangen.

Lieschen wusste, dass das Einsiedlerleben, welches er führte, ihm auf die Dauer nicht gut sein könne. Ein Künstler hat mannigfaltige, komplizierte Bedürfnisse. Für das Große, was er verausgabt, muss er Großes einnehmen. Er fühlt Hunger und Durst nach Anmut, Anmut der Formen, Anmut des Verkehrs. Seine Sinne sind verfeinert, seine Nerven verwöhnt, er hat Organe bei sich ausgebildet, die dem Durchschnittsmenschen fehlen. Zu seinem Leben bedarf er viel mehr als die alltägliche Nahrung; jene höchste Schönheit ist ihm Notwendigkeit, die vom Menschen ausgeht, die nur der Mensch dem Menschen offenbaren kann.

Einstmals, das wusste Lieschen, hatte sie ihrem Freunde das gewährt; alles hatte sie ihm geben können, weil sie alles besaß: Jugend, Schönheit, Zärtlichkeit, Feuer der ersten Liebe. Nun war von alledem nur geblieben die Freundschaft.

Sie hatte sich aufgebraucht. Das Leben an seiner Seite war hart gewesen. Armut, Entbehrung, Wochenbett, Krankheit, Sorge um den Unterhalt waren die mörderischen Feinde, die ihr Jugend und Schönheit geraubt hatten.

Xaver stand im selben Alter wie Lieschen, und doch war er um viele Jahre jünger als sie. Sie alterte schnell; der Spiegel sagte es ihr täglich. Und er stand in der Blüte der Manneskraft.

Wie stark er liebte, wie die Liebe ihm Bedürfnis war, des Leibes wie der Seele, das wusste sie; denn sie war durch Jahre ihm alleinige Genossin gewesen. Gemeinsam hatten sie, als halbe Kinder, die ersten Schritte gewagt in das Mysterium der Liebe. Wer des anderen Lehrmeister gewesen, wusste keines zu sagen. Denn beide waren sie keusch und unentweiht, als sie einander fanden.

Herrlich, köstlich war die Erinnerung an jene erste Zeit. Sie konnte das Herz jung erhalten; aber die Spuren des Kampfes tilgte sie nicht, das Siechtum nahm sie nicht von dem gebrechlichen Leibe. Das Haar konnte nicht wieder schwarz werden, die welke Haut nie und nimmer den alten Schmelz wiedergewinnen.

Niemals wieder würden sie einander mit den Augen der ersten Liebe ansehen. Das Feuer der Sinne war erloschen, nichts konnte es mehr anfachen. Diese Dinge mussten ruhen in ihrem Grabe. Je mehr schöne Blumen darüber wuchsen, desto besser! Aber ein Grab blieb es darum doch!

Für sie selbst tat es Lieschen nicht leid. Sie zürnte dem Geschicke nicht. Sie hatte das ihre gehabt, war gesättigt von Glück. Für sie hatten manche

Szenen und Erlebnisse Ewigkeitswert; einen Schatz besaß sie davon aufgespeichert, von dem sie jederzeit zehren mochte.

Anders der Mann! Sein Sehnen konnte unmöglich gestillt sein. Die Erinnerung an Genossenes bedeutete für ihn einen Antrieb mehr, neuen Genuss zu suchen. So war es in der Natur der Geschlechter begründet.

Er liebte sie, war ihr treu, das wusste sie. Es war ihr höchster Triumph, dass er sie so frei, so ohne jede Nebengedanken, Rücksichten und Fesseln, so ganz um ihrer selbst willen liebte. Jeder seiner Besuche war ihr wie ein Geschenk. Die kleinste Aufmerksamkeit von seiner Seite erfüllte sie mit der Dankbarkeit der Braut. Seine Treue hatte etwas Rührendes für sie. Sie genoss ihr Glück mit der melancholischen Innigkeit eines Menschen, der sich bewusst ist, dass alles einmal ein Ende haben muss und dass auf Frühling und Sommer Herbst und Winter folgen müssen.

XV

Der Erfolg, der so lange auf sich hatte warten lassen, war mit einem Male über Nacht zu Xaver Pangor gekommen.

Es hatte sich nämlich mit der Zeit in den tonangebenden Kreisen der Künstlerschaft herumgesprochen, dass da ein vergessener Kollege sei, der seine besonderen Wege gehe, der seine eigene Technik habe und ungewöhnliche Ziele verfolge. Frühere Mitschüler von der Akademie entsannen sich dieses wunderbaren Heiligen, der sich's in den Kopf gesetzt hatte, alle Eselsbrücken moderner Bildhauertechnik zu verschmähen. Neugier trieb die Leute in Pangors Atelier. Ein Händler, der Nase hatte für das, was auf dem Wege war, Mode zu werden, kaufte ein paar Arbeiten von ihm an und stellte sie aus. Der Herausgeber einer angesehenen Kunstzeitschrift ließ Aufnahmen davon machen und publizierte sie. Ein Kritiker, der das Gras wachsen hörte, schrieb Artikel über Xaver Pangor, in welchen er sich als Entdecker dieses neuen Sternes aufspielte. Ein anderer Kritiker, der, weil er der entgegengesetzten Clique angehörte, prinzipiell alles befehdete, was jener schrieb, erließ eine geharnischte Entgegnung. Kurz, der Name »Xaver Pangor« kam nicht mehr zur Ruhe. Es war unter den Eingeweihten Mode geworden, von ihm zu sprechen. Er gehörte fortan zu den Persönlichkeiten, die nicht mehr totgeschwiegen werden konnten.

Xaver selbst lächelte über den Kampf, der mit einem Male um seine Person entstanden war. Er hatte sich früher nicht um die öffentliche Meinung groß gekümmert; jetzt, wo er die Kinderschuhe ausgetreten und schon eine ganze Strecke Wegs selbstständig vorangeschritten war, konnte sie ihn erst recht nicht beeinflussen oder gar beirren in seinem Schaffen.

Aber jemand war, der sich über seinen Erfolg innig freute: Lieschen. Es tat ihrem Herzen doch wohl, ihren Freund nun endlich auch von der Öffentlichkeit anerkannt zu sehen.

Das Missgeschick wollte, dass Lieschen gerade in jener Zeit ans Bett gefesselt war; so konnte sie an seinem Triumphe nur von Weitem teilnehmen.

Über ihr schlechtes Befinden sprach Lieschen nicht gern, nannte es »Schwäche«, die bald vorübergehen werde. Selbst Jutta erfuhr nicht, dass es ein Rückfall sei in ein schweres inneres Leiden, das sie vor Jahren sich zugezogen, als sie zu zeitig das Wochenbett verlassen hatte.

Jutta war viel bei Lieschen, suchte ihr die Zeit zu vertreiben durch Erzählen und Vorlesen. Zur besonderen Aufgabe hatte sie es sich gemacht, alles, was in den Blättern über Xaver erschien, aufzustöbern und der Freundin mitzuteilen. Sein Name spielte fortgesetzt eine große Rolle in den Gesprächen der beiden.

Pangor hatte neuerdings ein paar Arbeiten vollendet: den Entwurf zu einem Monumentalbrunnen und ein Grabdenkmal. Die Werke waren in seinem Atelier ausgestellt zur Besichtigung. Lieschen hätte nur zu gern gesehen, was er geschaffen, hoffte von Tag zu Tag auf Besserung; aber ihre Niederlage zog sich diesmal ungewöhnlich lange hin und verbot ihr jeden Gedanken ans Ausgehen.

Lieschen hatte Jutta schon wiederholt gebeten, dass sie sich Xavers neueste Arbeiten ansehen möge. Aber Jutta wollte nicht allein gehen. Selbst Lieschens Einwand, dass jetzt sein Atelier ein öffentlicher Ort geworden sei, den jedermann unbedenklich aufsuchen könne, wie viel mehr eine Freundin, verfing nicht. Jutta erklärte, warten zu wollen, bis Lieschen ganz hergestellt sei, dann müsse der erste Ausgang dem Freunde gelten. Mit ihr wolle sie gern gehen, allein sei es nur halber Genuss.

Bis schließlich Xaver, als er sie eines Tages bei Lieschen traf, selbst bat, Jutta möge kommen, wenn sie das Grabdenkmal noch sehen wolle; der Besteller habe die Überführung an seinen Platz bereits verlangt. Jutta konnte nun nicht mehr ausweichen; ihr Besuch wurde für den nächsten Tag zu bestimmter Stunde verabredet.

Das Atelier war aufgeräumt. Jutta konnte sich nicht entsinnen, es so gesehen zu haben. Die Diele schien frisch gescheuert, der schlimmste Staub entfernt. Der Bildhauer machte scherzend darauf aufmerksam, dass mit der Berühmtheit auch die Ordnung bei ihm eingezogen sei.

In schöngeformter Vase standen ein paar auserlesene Orchideenstängel. Xaver nahm sie vorsichtig heraus. »Die sind für Sie!«, sagte er und überreichte die Blumen.

»Ich werde sie Lieschen bringen!«, erwiderte Jutta.

»Nein, für Lieschen habe ich Rosen. Die hier sind besonders für Sie ausgesucht, weil ich weiß, dass Sie Orchideen zu schätzen wissen.«

Jutta musste die Blumen annehmen. Wenn's auch gut gemeint war von ihm, er hätte das doch nicht tun sollen! Es kam Jutta wie ein Unrecht vor gegen Lieschen; sie wunderte sich, dass er das nicht auch so fühlte.

Aber der anfänglich peinliche Eindruck wurde schnell verwischt durch das, was sie nun zu sehen bekam. Der Künstler zeigte ihr seine Arbeiten. Jutta fand auch hier die Eigenschaften wieder, die sie an allem, was von seiner Hand stammte, so sehr bewunderte: die große, ruhige Linie, den kühnen Vortrag, die wuchtige Kraft, und dabei die Einfachheit, die jedem seiner Werke den Stempel der Selbstverständlichkeit aufdrückte, dass man sich sagte: So und nicht anders durfte es sein.

Übrigens schuf Pangor längst wieder an einem neuen Werke. Ein Ringerpaar, nackte Männer in Lebensgröße für Marmor berechnet, war's diesmal. Er machte das ohne Bestellung, wie er sagte, für sich selbst, um seiner Freude an der Bewegung, dem schwellenden Muskelspiel, der ganzen lebendigen, blühenden Schönheit des menschlichen Körpers Genüge zu tun.

Ein mächtiger, erst teilweis bearbeiteter Marmorblock lag da. Der Bildhauer machte Jutta aufmerksam auf die Schönheit des Steines, die Feinheit und Gleichmäßigkeit seines Kornes, den weichen Schimmer seiner Tiefen, das Licht, welches gleichsam von seiner Oberfläche ausstrahlte.

»In solchem Material arbeiten, ist das Höchste, was ich kenne!«, rief er, und seine Augen leuchteten. »Was ist dagegen Holz, Gips, selbst Bronze! Marmor allein gibt eine Ahnung von der geheimnisvollen Schönheit des nackten Leibes, von seiner transparenten Leuchtkraft, seiner kernigen Schmiegsamkeit, von der ganzen Intimität seiner Reize. Für mich ist solcher Stein lebendig; Gestalten schlummern darin; ich muss sie zum Dasein befreien!« –

Xaver sprach begeistert. Der Eifer des Künstlers kam über ihn. Er griff nach Meißel und Klöpfel und begann mit starken, sicheren Schlägen eine Schulterpartie aus dem Steine herauszuholen. Das fertige Tonmodell der

Ringergruppe stand vor ihm; aber er nahm sich nicht erst die Zeit zum Nachmessen und Punktieren. Bei solch ängstlichem Rechenwerk gehe ihm zu viel Stimmung verloren, erklärte er.

Jutta hatte das Gefühl, einen anderen, größeren Menschen vor sich zu haben, wie sie ihn so bei der Arbeit sah. Hier kam der Mann in seiner ganzen, für gewöhnlich verhaltenen Kraft zur Geltung. Hier beherrschte er als souveräner Herr sein eigenstes Gebiet.

Er sprach kein Wort mehr. Alle Aufmerksamkeit war auf Stein und Instrument konzentriert. Die Blicke waren fliegend, gleichsam greifend. Auf dem Gesicht mit der hohen, vorspringenden Stirn, den finster zusammengezogenen Brauen, den fest aufeinandergepressten Lippen lag bedeutsamer Ernst.

»So!«, rief er nach einiger Zeit. »Jetzt haben Sie einen Begriff. Nicht wahr? Hierbei gilt's, alles, was einem der liebe Gott mitgegeben hat, zusammennehmen; da muss hinter jedem Schlage der ganze Kerl stehen. Radieren, Übermalen, Korrigieren wie bei euch Malern kennen wir nicht. Ein einziger falscher Schlag, und das Ganze ist verdorben. Ich liebe es, so zu arbeiten, im steten Gefühle der Verantwortlichkeit, im Bewusstsein der Gefahr. Das ist Männerarbeit. Man kann's oder man kann's nicht! Mit Kunstgeschmack und gutem Willen allein ist unsere Arbeit nicht getan. Vor Dilettantismus sind wir sicher. Gott sei Dank!«

Er legte sein Werkzeug beiseite, ging an die Wasserleitung und wusch sich die Hände.

»Ich bin ein merkwürdiger Wirt!«, sagte er. »Entschuldigen Sie nur!«

Mit einem Male war aus dem großen Künstler wieder der harmlose, einfache Xaver geworden.

»Setzen wir uns!«, rief er und schob ihr einen Hocker zu. »Denken Sie, Lieschen wäre bei uns, und lassen Sie uns ein wenig plauschen.«

Jutta holte ihren lange Zeit hindurch vernachlässigten Stickrahmen wieder hervor. Auserlesene Stoffe wurden mit schimmernden Fäden bestickt. Ein Rückfall schien's in Jugendliebhaberei. Aber viel kräftiger und kühner waren jetzt Linie, Form und Farbe.

Unwichtig, spielerisch, weiblich unbedeutend wäre ihr solches Tun noch vor einem halben Jahre erschienen, aber nun hatte Xaver sie gelehrt, dass keine Tätigkeit so unbedeutend sei, um nicht von der Kunst geadelt zu werden. Beständig waren ihr seine Worte darüber gegenwärtig, der Gedanke an sein Vorbild führte ihr die Hand. Zeigen, was sie arbeitete, wollte sie ihm nicht. Sein Lob war ihr nicht vonnöten; wenn nur das, was sie tat, seiner würdig war.

Ihr Vater überraschte sie einige Male bei derartiger Arbeit. Er lächelte verständnisvoll. »Ach, für deine Ausstattung!« – und ein andermal: »Das wird für Brunos Zimmer, ich wette!«

Ausstattung, Hochzeit, Bruno! – Wie fremd das anmutete! Oft vergaß sie gänzlich, dass sie Braut sei. Wenn ein Wort, ein Ereignis, eine Frage sie daran erinnerte, berührte sie's wie körperlicher Schmerz.

Und wenn ein Brief von Bruno ankam, konnte sie sich lange nicht entschließen, ihn zu öffnen. Um an ihn zu schreiben, musste sie sich geradezu einen Stoß geben. Sie schrieb dann mechanisch ganz kindische, einfältige Sachen, las das Geschriebene nie wieder durch. Das Herz auf keinen Fall, kaum der Verstand hatte damit etwas zu tun.

Alle Welt nahm natürlich stillschweigend an, dass sie sich auf nichts mehr freue, als auf Brunos Rückkehr. Ihr Vater fragte sie, wie oft, scherzweise: »Nun, kleine Jutta, wie viel Tage sind es noch?« –

Die Hänseleien des Vaters waren schrecklich! Musste sie denn immer und immer wieder an die größte aller Unklugheiten erinnert werden! –

Wie hatte sie nur gekonnt? Welch böser Dämon hatte hinter ihr gestanden? War sie denn blind gewesen, nicht bei Sinnen, oder betäubt?

Sie konnte sich nicht mehr vorstellen, in welcher Verfassung des Gemütes sie sich befunden, als sie Bruno ihr Jawort gegeben hatte.

Die Jutta von damals und die Jutta von heute, das waren eben zwei ganz verschiedene Wesen. Eine neue Welt war ihr seitdem aufgegangen, eine Welt voll großer, herrlicher Dinge, hinter denen sie noch größere ahnte.

Sie hatte sich selbst jetzt erst eigentlich gefunden. Fähigkeiten entdeckte sie an sich, Möglichkeiten der Entfaltung, die sie früher nicht geträumt hatte. Wie verdoppelt kam sie sich vor. Wozu hätte sie sich das Vermögen nicht zugetraut! In manchen Stunden war ihr zu Sinne, als müsse sie fliegen. Verzaubert war sie. Wie in einem Wundergarten lebte sie; alle Dinge, selbst die alltäglichsten, sprachen ihre eigene, besondere, geheimnisvolle Sprache zu ihr. Die Welt hatte in ihren Augen tiefere Farben angenommen. Über allem lag ein goldener Schimmer, wie von einem Gestirn, das, aufgehend, seine Strahlen weit voraussendet. Alles war größer, schöner, bedeutungsvoller in diesem Lichte.

Aber so fühlte Jutta nur in besonders glücklichen, geweihten Stunden, wenn sie allein war, tief in ihre Gedankenwelt eingesponnen. Der Alltag mit seiner Nüchternheit sorgte dafür, dass sie immer wieder unliebsam aufgeweckt wurde aus solchen Träumen. Und je höher die Einbildungskraft den Flug genommen hatte, desto tiefer war dann der Sturz zurück in die unerquickliche Wirklichkeit.

Am stärksten wurde dieser bittere Gegensatz fühlbar, wenn Jutta allerhand demütigende Lügen ersinnen musste, um ihre häufigen Besuche bei Lieschen Blümer zu entschuldigen. Herr Reimers kannte ja die Freundin seiner Tochter von früher her; er begriff jetzt noch weniger als damals, was Jutta von dieser, in seinen Augen gänzlich untergeordneten Person eigentlich habe. Es sei höchste Zeit, dass dieser unpassende Verkehr nun endlich mal aufhöre, fand er. Von der Existenz des Bildhauers ahnte er überhaupt nichts, sonst würde er ein für alle Mal ein energisches Veto eingelegt haben, aus Gründen der »Moral«.

Jutta war daher zur höchsten Vorsicht verurteilt, wenn sie nicht wollte, dass ihr das Beste, was sie besaß, der Umgang mit den einzigen Freunden, abgeschnitten werde.

Das Ausgehen im größeren Kreise zwar war Jutta erspart geblieben im letzten Winter, vom Verkehr innerhalb der Familie jedoch konnte sie sich nicht gänzlich ausschließen.

Die Familie fand, dass Jutta sehr zurückhaltend geworden sei und still; auffällig still für eine Braut! Besonders kluge Tanten wollten Melancholie lesen in den Mienen des Mädchens.

Auch mit Luitpold Habelmayer traf sie manchmal zusammen. Er hatte noch immer sein ironisches Verhalten ihr gegenüber, erkundigte sich überlegen lächelnd nach dem Befinden des »guten Bruno«. Im Übrigen belästigte er Jutta nicht. Im Familienkreise musste Luitpold sich in acht nehmen, da fühlte er zu viel beobachtende Blicke auf sich gerichtet.

Außerdem verfolgte der Brave eine ganz besondere, feine Politik, die hieß: Abwarten! Er sah, dass Jutta augenblicklich in einer Krise stehe. Was sich daraus entwickeln werde, schien zurzeit nicht deutlich erkennbar. Die Hauptsache war in solchem Falle, nichts übereilen, beobachten und zur Stelle sein, um, wenn sich eine günstige Gelegenheit ergab, zugreifen zu können. Von Bruno Knorrig hatte er für das endliche Gelingen seines Planes niemals viel gefürchtet. Im Gegenteil, wenn etwas geeignet war, ihm die schöne Cousine schließlich in die Arme zu treiben, so war es diese ihre unbegreifliche Geschmacksverirrung.

Dass er es jetzt mit einem ganz anderen, unendlich stärkeren Rivalen bei dem Mädchen zu tun habe, ahnte der Kluge bei all seinem Raffinement nicht.

Wenn sie mit Menschen wie Luitpold Habelmayer zusammenkam, wurde es Jutta erst klar, was sie an Lieschen und Xaver besitze. Da begriff sie den Gegensatz, der zwischen zwei großen Welten klaffte. Hier das gesättigte, aufgeblasene, selbstzufriedene Spießbürgertum, dort jene Welt, die vom Banausen verächtlich als »Boheme« bezeichnet wurde. Auf wessen Seite war die größere Ehrlichkeit, die höhere Sittlichkeit? Da, wo unter dem Deckmantel von Anstand und Ehrbarkeit die gröbste Genusssucht herrschte, oder dort, wo man frei und mutig das Herz zum obersten Richter machte? –

Jutta hatte sich längst entschieden in ihrem Herzen, auf welcher Seite sie stehe.

Tiefste Verachtung erfüllte sie vor dem öden Philistertum, dem geist- und geschmacklosen Protzentum, dem zynischen Materialismus, der sich in ihrer Umgebung breitmachte. Was hatte sie eigentlich mit ihrer Familie noch gemein? Anderer Geschmack, andere Bedürfnisse, andere Anschauung! Wie ein Fremdling kam sie sich vor in diesem Kreise.

Und das waren die Menschen, unter denen sie in Zukunft leben sollte! Würde sie das ertragen? War es da nicht besser, einfach auf und davon zu gehen? Aber wohin? – Sie war ja doch geschmiedet an diesen Block des Familienlebens, das für sie längst überhaupt kein Leben mehr war; das, wenn sie es länger ertrug, ein allmähliches Absterben und Versumpfen werden musste.

Das Schrecklichste war das Bewusstsein, sich selbst daran ausgeliefert zu haben, sich gebunden zu haben durch ein Wort, das man in unbewachter Stunde gegeben, zu einer Zeit, wo man nicht bei sich selbst gewesen, wo man sich weggeworfen aus Verdruss, aus Gleichgültigkeit, weil man's nicht besser gewusst hatte.

Und nun, wo man endlich erkannt, was das Leben sein könne, war's zu spät.

Niemanden ließ sie etwas merken von ihren Seelenkämpfen, selbst Lieschen Blümer nicht. Ja, sie hatte das Gefühl, als müsse sie vor Lieschen ihr Geheimnis ganz besonders wahren. Die sollte ihr nicht raten, nicht zureden, vor allem sie nicht bemitleiden. Lieschen war ja glücklich. Bei Lieschen fielen Liebe und Besitz zusammen in eines.

Jutta fühlte es manchmal wie brennendes Gefühl des Schmerzes, wenn sie das Glück aus den Zügen der Freundin strahlen sah. Es war die Empfindung des Menschen, der hungert dem gegenüber, der sich sättigen darf. Das lässt sich nicht niederkämpfen, bei allem Stolze nicht.

Sie wollte ja nicht ihr Geschick mit dem der Freundin vergleichen. War es denn nicht gerecht, dass Lieschen, der in anderem das Glück so kärglich zugemessen war, in diesem einen Größten wenigstens bevorzugt wurde? – Verdiente sie denn nicht, was sie besaß? – Jutta wollte den Neid nicht in sich aufkommen lassen. Neid war so etwas Hässliches, Erniedrigendes! Sie gab sich Mühe, ihr Herz zum Schweigen zu bringen.

Denn Lieschen machte Xaver doch glücklich! Es konnte kein Zweifel darüber sein. Aus hundert kleinen Zügen merkte man seine Liebe. Es wäre ja auch unnatürlich gewesen, hätte er sie nicht geliebt, er, der ihr für Großes Dank schuldig war, der ihrer Aufopferung das Leben dankte.

Von Herzen schlecht wahrhaftig hätte man sein müssen, wollte man der Freundin nicht gönnen, was tausendfach ihr Eigentum war.

Lieschen hatte sich ihr Leben selbst gemacht. Sie hatte ihr Herz wählen lassen, hatte Bequemlichkeit, Ruhe, gesicherte Stellung, Achtung der Menschen hinter sich geworfen, hatte die Liebe auf sich genommen mit all ihren Dornen, es war nur gerecht, dass sie auch ihre Süße auskostete.

Auch Jutta hatte ja gewählt. Sie war Braut. Aber es bäumte sich etwas auf in ihr, wenn sie an ihr Los dachte, das äußerlich soviel glänzender, geordneter war als das der Freundin. Sie würde heiraten, eine brave, gut situierte Hausfrau werden mit allem, was dazugehörte: Geld, Ehrbarkeit, Kinder. –

Wie sie den Gedanken hasste, ja fürchtete! Ein Phantom wurde daraus, das ihr Tag und Nacht keine Ruhe ließ.

Wie ein Stein fiel es ihr daher vom Heizen, als ihr der Vater eines Tages schonend die Mitteilung machte, in Venezuela drohe wieder mal Bürgerkrieg. Ihre Plantagen, Lager und Häuser seien drüben sehr schwer bedroht, und es wäre vorläufig unbedingt notwendig, dass Bruno an Ort und Stelle bleibe, bis das Schlimmste vorüber sein würde.

Herr Reimers wunderte sich, wie ruhig Jutta diese ernste Nachricht aufnahm. Er hatte Weinkrämpfe oder dergleichen erwartet. Im Stillen bewunderte er seine Tochter. Schneid hatte das Mädel, wenn's drauf ankam! –

Jutta aber fühlte sich wie von schwerem Alp befreit. Gott sei Dank, das war ein Aufschub!

XVI

Das Sommersemester neigte sich bereits stark dem Ende zu. Eberhard wollte dies Jahr nicht, wie die Jahre vorher, während der großen Ferien ins Ausland reisen, sondern nur an die Ostsee gehen. Irgendwo auf Rügen, glaubte er, werde er Muße finden zur Arbeit. Denn heuer mussten dazu auch die Ferien genommen werden, wollte er doch im nächsten Winter seine Staatsprüfung ablegen. Im Herbst aber sollte er zu kurzem Aufenthalt nach München kommen, wo, wie der Vater schrieb, Juttas und Brunos Hochzeit stattfinden werde, bei der er nicht fehlen dürfe.

Otto Weßleben, der auch nicht weit vom Examen stand, wollte Eberhard Reimers auf seiner Rügenfahrt begleiten. Die beiden Freunde hatten sich's ausgedacht, bei schlichten pommerschen Bauersleuten Quartier zu nehmen. Man wollte nicht nur repetieren, sondern auch baden, die Insel durchwandern, segeln, rudern.

Bei den Weßlebens wurde kaum noch von etwas anderem gesprochen als von diesem Ausfluge. Eltern und Geschwister freuten sich für Otto, dessen erste Reise es war. Sie selbst wollten während des Hochsommers in Berlin bleiben; denn für mehr als ein Familienmitglied langten die Mittel zum Reisevergnügen nicht.

Wenige Tage vor dem bestimmten Abfahrtstage bekam Eberhard unerwarteten Besuch. Bruno Knorrig trat ohne Anmeldung plötzlich zu ihm ins Zimmer.

Über fünf Jahre war es nun wohl schon her, dass man einander nicht gesehen hatte; wichtige Jahre der Entwicklung für die beiden! Man wusste noch, dass man miteinander befreundet sei, man versicherte es sich gegenseitig aufs Neue, man suchte einander zu überbieten in Herzlichkeit; aber es blieb in alledem doch etwas Fremdes, Erzwungenes. Ein zu großes Stück fehlte in der Kette gemeinsamen Erlebens; beim besten Willen konnte man die beiden Enden nicht mehr zusammenfügen.

Eberhard schlug vor, in eine Kneipe zu gehen, da es auf seiner »Bude« doch gar zu nüchtern sei. Außerdem wäre es höchste Zeit, meinte er, dass sie nun endlich mal auf Brunos und Juttas Verlobung eine Flasche leerten. Es sei ein Skandal, dass das nicht längst geschehen.

Bruno ließ auf diese Aufforderung ein etwas gepresst klingendes Lachen hören, das Eberhard auffiel. Überhaupt entsprach sein zwischen hastiger Erregung und Gedrücktheit jäh wechselndes Benehmen nicht gerade dem, was man sich unter einem glücklichen Bräutigam vorstellte.

Der Freund folgte Eberhards Einladung jedoch, und bald saß man in der gemütlichen Ecke einer Weinstube einander gegenüber und setzte die Versuche fort, sich näherzukommen.

Bruno erzählte, dass er seit etwa drei Wochen wieder in Europa sei. Seine Tätigkeit drüben sei glücklich beendet. Es stehe nun nichts mehr im Wege, dass er für immer in der Heimat bleibe.

»Und im Oktober ist Hochzeit!«, rief Eberhard. »Stoßen wir darauf mal an, mein Alter! Deshalb, weil wir Schwäger werden sollen, können wir schließlich immer noch Freunde bleiben, denke ich!«

Bruno zuckte zusammen. Ohne den Freund anzusehen, erwiderte er: »Lass! Erst muss ich dir etwas erzählen. Ich bin hierhergereist, weil du meine letzte Hoffnung bist!« ....

Und nun berichtete er dem staunenden Eberhard Folgendes:

Wählend er in Südamerika gewesen, waren Juttas Briefe an ihn immer seltener, kürzer und kühler geworden. Er hatte dieser Wandlung des Tones keine allzu große Bedeutung beigemessen, hoffend, dass all das mit einem Schlage besser werden würde, wenn er erst wieder bei ihr sein werde. Aber der Empfang, den sie ihm nach seiner Rückkehr bereitet hatte, war noch ärger gewesen als ihre Briefe. So furchtbar es auch sei, so könne er doch nicht mehr daran zweifeln, dass sie die Absicht habe, mit ihm zu brechen.

Mehr noch als seine schlichten Worte machte seine ganze Art und Weise auf Eberhard Eindruck. So sprach echte Verzweiflung. Man merkte ihm an, dass er schwer getroffen sei. Jetzt verstand Eberhard den Freund auf einmal wieder. Er begriff die Größe seiner Liebe, fühlte mit ihm die Kränkung, die ihm widerfahren. Das Eis war gebrochen zwischen den beiden.

Bruno schüttete sein Herz aus. Was eigentlich vorgegangen sei mit Jutta, konnte er nicht angeben. Man war auf Vermutungen angewiesen. Neigung zu einem anderen Manne konnte es nicht wohl sein; sie hatte ja im vorigen Winter ein völlig zurückgezogenes Leben unter den Augen der Ihren geführt.

Eberhard erkundigte sich, wie denn die beiderseitigen Väter die Sache auffassten? –

»Mein Vater«, erwiderte Bruno, »ist schnell fertig. Für ihn bedeutet Verlobung Verlobung; ein Kontrakt wie jeder andere. Du kennst ihn ja! Jeder Kontrahent ist gebunden, seine Zusage zu erfüllen. Ein Esel wäre in seinen Augen, wer von seinem guten Recht nicht bis zum äußersten Gebrauch machte.«

»Und *mein* Vater?«, fragte Eberhard.

»Auch er bleibt seiner Natur getreu. Er sieht die Sache im rosigsten Lichte, meint, das seien Mädchenlaunen, die nichts bedeuteten. Jede richtige Braut hätte wohl solche Anwandlungen. Das mache den Brautstand ja so pikant, dass man sich das Mädel immer wieder zurückerobern müsse. – Sie haben beide schön reden, die Alten! Ich allein weiß, wie verzweifelt meine Sache steht!«

»Hat dir meine Schwester direkt gesagt, dass sie dich nicht will?«

»Schlimmer als das! Sie hat mich durchfühlen lassen, dass sie es als Ehrlosigkeit betrachte von meiner Seite, wenn ich mich weiterhin als ihren Bräutigam ansähe.«

»Ein starkes Stück!«

»Ich habe ihr erklärt, ich würde zurücktreten, wenn sie mir die Gründe ihres Meinungswechsels glaubhaft machen werde.«

»Hat sie das getan?«

»Sie verweigert jede Erklärung. So stehen die Dinge augenblicklich zwischen uns. Ich fühle, dass dieser Zustand völlig unhaltbar ist. Zwingen kann ich sie ja nicht, wie mein Vater will; aber fahren lassen – einfach mein Wort zurückgeben ... Ich glaube nicht, dass du begreifen kannst, was das für mich heißen würde.«

Bruno war blass geworden und zitterte am ganzen Leibe. Das Weinen schien ihm nahe.

Er tat Eberhard in tiefster Seele leid. Männer können einander in Sachen der Liebe selten verstehen, weil fast immer Eifersucht in irgendeiner Form zwischen ihnen steht. Eberhard aber stellte sich hier von vornherein auf Seite des Freundes gegen die Schwester. Einen schweren Treuebruch schien ihm das Mädchen zu begehen.

»Kann ich dir irgendwie helfen, armer Kerl?«, fragte er. »Um dich darum zu bitten, bin ich hier!«, antwortete Bruno. »Du bist schließlich der einzige Mensch, der Einfluss hat auf Jutta. Ich weiß es, dass sie auf dein Urteil großen Wert legt. Ich will nicht etwa, dass du sie überreden sollst zu etwas, das sie nicht will; verstehe mich nicht falsch! Ich dachte nur, wenn du versuchtest, sie auf sich selbst zurückzuführen. Sie hat mich doch lieb gehabt, würde sie mir sonst ihr Jawort gegeben haben damals! Aber seitdem hat sich irgendetwas ereignet, was sie mir nicht sagen will oder nicht sagen kann. Vielleicht ist sie gegen dich offenherziger.«

»Ich verstehe dich vollständig, Bruno, und ich denke, ich bin der Mission gewachsen! Soll ich sogleich mit dir nach München fahren?«

»Dein Vater und Jutta sind bereits nach Berchtesgaden abgereist. Ursprünglich sollte auch ich mitkommen; aber nach den Erfahrungen blieb ich lieber weg. Angeblich bin ich auf einer Geschäftsreise am Rhein. Ich kann auch nur kurze Zeit hier bleiben. Wenn du etwas für mich tun wolltest, das wäre herrlich! Niemals würde ich dir den Freundschaftsdienst vergessen! Aber das sage ich dir gleich: Leicht wird's nicht werden. Jutta ist sehr, sehr schwer zu behandeln. Ich fürchte, ich habe es von vornherein mit ihr versehen.«

»Na, wollen mal sehen!«, rief Eberhard in zuversichtlichem Tone. »Ich bin schon manchmal mit meiner kleinen Schwester fertig geworden, wenn alle anderen verzweifelten. Sie ist doch schließlich auch nur ein Frauenzimmer!«

Der Plan, mit Otto Weßleben nach Rügen zu fahren, war damit ins Wasser gefallen. Eberhard sagte sich, dass der Freundschaftsdienst, den Bruno von ihm erbeten hatte, allem anderen vorangehen müsse.

Wenn er einmal nach Bayern reiste, dann wollte er gleich für einige Zeit mit den Seinen zusammenbleiben. Was ihm Bruno mitteilte, mahnte Eberhard daran, dass er sich ihnen allzu lange ferngehalten habe. Sicherlich würde es soweit nicht gekommen sein, wenn er, der Bruder, in der Schwester Nähe geblieben wäre. Jutta brauchte, wie's schien, dringend jemanden, der sie beriet.

Nachdem er Bruno noch auf den Bahnhof geleitet hatte, wobei er versuchte, ihm Mut einzusprechen und ihn zu trösten, trat er am späten Nachmittage die Fahrt an nach dem Hause am Johannistisch. Er musste es doch nun den Weßlebens und vor allem Otto mitteilen, dass aus ihrem Sommerausflug nichts werden könne.

Unangenehm genug war der Gang. Den eigentlichen Grund, weshalb er nach dem Süden reiste, statt, wie verabredet, nach dem Norden, konnte er den guten Leuten nicht einmal angeben. Man musste sich eben irgendeine Notlüge ausdenken. Dabei wusste er doch nur zu gut, wie sie sich alle gefreut hatten.

Bei den Weßlebens fand er die Vorsaaltür offen. Rieke, das Dienstmädchen, das der Herrschaft von Pudelsee nach Berlin gefolgt war, stand am Türstock, mit dem Reinigen von Kleidern beschäftigt. Nach Art alter Dienstboten nahm sich Rieke Vertraulichkeiten heraus gegen Bekannte des Hauses. Wahrscheinlich dachte sie sich ihr Teil bei den häufigen Besuchen dieses schmucken, jungen Mannes. Übrigens stand sie mit ihrem Herzen wie mit ihrem Mundwerk – das letztere trat mehr hervor – aufseiten Eberhards.

Schon auf der Treppe hörte er durch die offenstehende Tür Musik ertönen. Es klang wie Harmonium, zu dem gesungen wurde. Näher kommend, erkannte er Agathens Stimme; oder vielmehr, da er sie noch nie hatte singen hören, er vermutete, dass sie die Sängerin sei.

Rieke lächelte ihm verständnisvoll zu. »'t is unser Fräulein! Det arme Ding! Se hat och nich vill Spaß vom Leben!«

Unwillkürlich blieb Eberhard stehen und lauschte den Tönen. Die Stimme war schön; er wusste das schon vom Hörensagen. Niemals war Agathe zu bewegen gewesen, in seiner Gegenwart zu singen. Nun bekam er doch mal was davon zu hören, ohne ihr Wissen und Wollen.

Es war Susannens Brautlied aus dem »Figaro«. Agathe sang es wie jemand, der ohne Noten frei nach dem Gehör wiedergibt, auch den Text variierte sie ein wenig. Ihm fiel dabei ein, dass sie neulich mit ihrer Mutter auf geschenkte Billetts im Opernhause gewesen sei. Daher die Reminiszenz!

»Se is janz alleene!«, sagte Rieke und wies mit der Kleiderbürste über die Schulter nach dem Quartier. »De Herrens sind in der inneren Mission. Ick jlobe, unser Diakonus hält heute ne jroße Rede. Und de Frau is och jejangen. Aber de Kleene haben se nich mitjenommen; et handelt sich nämlich von ›Sitte‹. – Von so wat darf Agathchen natürlich noch nichts wissen! Nu vertreibt se sich de Zeit auf ihre Fasson. Soll ick anmelden, Herr Reimers?«

Sie wartete gar nicht erst die Antwort ab, lief in den Flur und öffnete die Tür zum Wohnzimmer. Der Gesang verstummte sofort.

Klopfenden Herzens trat Eberhard ein. Er war doch wirklich nicht so ängstlich sonst! Was war denn weiter dabei: ein tête-à-tête mit dem jungen Dinge! Konnte er sie nicht bitten, dass sie ihm das Liebeslied nochmals singe? Wurde sie darüber verlegen, so war die Situation ja nur umso pikanter. –

Aber vor Agathens klaren, erstaunt und unwillig auf den Eindringling gerichteten Augen verging ihm aller Mut zu der witzelnden Bemerkung, die ihm auf der Zunge lag.

Er fragte vielmehr, sich unwissend stellend, ob Otto zuhause sei. Und als sie dies verneinte, wo die Eltern seien. Ihr Anblick verwirrte ihn ganz. »Wozu lüge ich nur?«, fragte er sich. »Sie durchschaut mich ja doch mit diesen Augen!«

Auf irgendeine Weise musste er diesem Zusammensein einen zufälligen und harmlosen Anstrich geben. »Ich bin hier!«, begann er, »um eine recht unangenehme Mitteilung zu machen. Aus unserer Rügenfahrt wird leider nichts werden können, wenigstens soweit es mich betrifft. Ich muss nach Hause.«

Agathe unterbrach ihn rasch. »Dann wird Otto auch nicht reisen!«

»Er kann schließlich auch allein fahren. Wir sind doch nicht miteinander verheiratet, Ihr Bruder und ich!«

Eberhard bereute sofort dieses Wort, als er die Wirkung in ihren Zügen sah. Sie runzelte unmutig die Stirn.

»Ich wollte Otto vorschlagen ...«

»Nein, geben Sie sich keine Mühe, Herr Reimers! Otto reist sicher nicht allein. Ich kenne ihn besser, als Sie ihn zu kennen scheinen.«

»Es ist mir um Ottos willen sehr leid, das können Sie glauben, Fräulein Agathe! Ich fürchte, Sie sind mir böse! Wie?« –

Das Mädchen zuckte nur die Achseln. Sie standen einander immer noch in der Nähe der Tür gegenüber. Sie hatte ihn nicht aufgefordert, Platz zu nehmen.

»Man sollte festhalten an dem, was man einmal zugesagt hat, finde ich!«, sagte Agathe und warf das Köpfchen zurück.

»Sie halten mich wohl nun für einen ganz unzuverlässigen Menschen – was?«

»Ich sage gar nichts dergleichen! Otto tut mir nur furchtbar leid. Sie wissen wahrscheinlich gar nicht, wie große Stücke er auf Sie hält!«

Das Gespräch hatte eine von Eberhard durchaus nicht erwartete und ihm sehr unerwünschte Wendung genommen.

143

»Ich weiß, dass ich Aufklärung schuldig bin«, sagte er. »Wenn Sie hören, was für triftige Gründe ich habe, zu den Meinen zu reisen, werden Sie mich entschuldigen, dessen bin ich sicher. Morgen früh schon muss ich fahren. Gern hätte ich Otto vorher noch gesprochen. Aber vielleicht sind Sie so gütig, es ihm auszurichten und mich auch Ihren Eltern gegenüber zu entschuldigen. Ich werde heut Abend für längere Zeit zum letzten Male hier gewesen sein. Vor Beginn des Wintersemesters kehre ich nicht wieder nach Berlin zurück.«

Er hatte sich von der letzten Bemerkung eine starke Wirkung erwartet, hatte geglaubt, dass es ihr leidtun werde, ihn so lange Zeit nicht zu sehen. Wenn das der Fall war, so ließ sich Agathe jedenfalls nichts davon anmerken. Sie ging, ohne ein Wort zu erwidern, zum Harmonium und schloss es ab. Dort blieb sie stehen und blickte nach dem Fenster. Er sah ihr Gesicht kaum noch in der anbrechenden Dämmerung.

Was sollte er tun? Bleiben – gehen? Und wenn er blieb – wozu ihr Benehmen ihn nicht gerade aufforderte – was sagen? Durfte er ihr Brunos und Juttas Geheimnis preisgeben? Sollte er dem Mädchen die Räubergeschichte aufbinden, die er sich unterwegs ausgedacht hatte: von der plötzlichen Erkrankung seines Vaters; dass er als angehender Arzt telegrafisch gerufen worden sei, zu dem Patienten zu kommen? –

In Gedanken war das eine ganz nette Erfindung gewesen, besonders auch, weil sie seiner Bedeutung ein gewisses Relief gab. Aber je länger er sich's überlegte, desto weniger wollte ihm die Idee gefallen. Es schien seiner nicht würdig und vor allem nicht der Menschen, denen er solche Flausen vormachen wollte. Eine innere Stimme warnte ihn davor, irgendwelchen falschen Schein zwischen sich und das junge Mädchen zu bringen.

Rieke trat ins Zimmer. Die Lampe, die sie in der Hand hielt, war wohl nur ein Vorwand, mit dem sie ihre Neugier beschönigen wollte. Ihr Blick wanderte von Agathe zu Eberhard. Fast schien es, als sei sie enttäuscht, die beiden jungen Leute räumlich so weit voneinander getrennt zu sehen. Dann verschwand sie wieder.

Die kleine Lampe mit der milchweißen Glocke machte den Raum nur mäßig heller. Agathe setzte sich an den Tisch und schlug ein Buch auf, das dort gerade lag, anscheinend, um darin zu lesen. Ob ihr Verhalten aus Verlegenheit hervorging, ob es absichtliches Nichtbeachten seiner Anwesenheit vorstellen sollte, oder ob es beides war, wäre schwer zu entscheiden gewesen.

Er stand jetzt, mit dem Rücken an das Harmonium gelehnt, ihr gegenüber. Zwischen sich hatten sie den großen, runden Familientisch mit der kleinen, schlecht brennenden Lampe darauf. Dahinter das steife Sofa mit den weißen Häkeleien. Wie altmodisch das war! Aber er liebte das alles: diese verschlossenen, wackligen Möbel, diese altväterischen Bilder an den Wänden, diesen ganzen unmodernen Hausrat. Es passte zu den Menschen, war ein Teil von dem, was für ihn »Weßlebensche Art« war.

»Sie sangen vorhin, als ich kam«, sagte er. »Wollen Sie mir nicht einmal etwas vorsingen?«

»Nein!«, rief Agathe schroff. Er sah, wie sie tief errötete.

Eberhard biss sich auf die Lippen. Esel, der er war! Nun hatte er sie glücklich auch noch beleidigt. –

Beide schwiegen wieder. Ein Fenster stand offen und ließ die schwüle Abendluft des Großstadtsommers ein. Aus der Ferne hörte man ein dumpfes unklares Summen und Brausen, wie das Stampfen einer Riesenmaschine. Das Pulsieren des Blutes in einem gewaltigen Organismus. Berlin tönte so. Eberhard dachte einen Augenblick, dass dieses kleine Zimmer einer jener Muscheln gleiche, in denen man als Kind das Branden des Weltmeeres zu hören glaubte. Dann gingen seine Gedanken wieder andere Wege.

Er sah den geraden weißen Scheitel zwischen dem glatt anliegenden Haar des sitzenden, immer noch in sein Buch vertieften Mädchens. Die schmalen Schultern, ihren kaum angedeuteten Busen, der sich gleichmäßig hob und senkte. Wie klar und einfach und scheinbar durchsichtig alles an diesem jungen Wesen war. Wenn man nur eines gewusst hätte! – – –

Er grübelte schon wieder über ihrem Wesen. Wer war sie? Wie stand's um ihr Herz? Was steckte hinter ihrer Sprödigkeit? Konnte man ihr denn kein Zeichen entlocken von dem, was sie eigentlich fühle? Ob sie überhaupt fühle? –

Das Schweigen dauerte, lag schließlich wie etwas Körperhaftes fühlbar zwischen ihnen. Schweigen wird unter Menschen, die einander noch nicht gefunden haben, zur unerträglichen Qual, wie es bei Seelen, die sich kennen, Zeichen ist höchster Vertraulichkeit.

Agathe blickte mit einem Male auf, sah ihn fast ängstlich an. Würde er denn nicht endlich etwas sagen? –

»Ist jemand bei Ihnen zuhause krank geworden?«, fragte sie. Der Ton klang nicht mehr barsch, eher schüchtern.

»Wie kommen Sie darauf?«

»Weil Sie sagten: Sie müssten so plötzlich reisen!«

»Merkwürdig!«, rief Eberhard, »dass Sie mich gerade das fragen müssen! Wissen Sie, dass ich drauf und dran war ... Nein, ich will Ihnen die ganze Wahrheit sagen! Ich weiß, dass Sie hiervon niemandem etwas erzählen werden. Es betrifft das Geheimnis eines Freundes und es betrifft auch Jutta.«

»Jutta! Ihr fehlt doch nichts?«

»Sie ist gesund. Mein Freund Bruno, von dem ich Ihnen erzählt habe, war heute bei mir. Zwischen den beiden hat es ein Missverständnis gegeben. Das Übrige erlassen Sie mir wohl. Kurz, ich muss reisen! Haben Sie nicht so viel Vertrauen zu mir, wenn ich Ihnen sage: Was ich tue, ist notwendig, ist meine Pflicht, dass Sie meinem Worte einfach glauben?«

»Ich misstraue Ihnen nicht!«

»Alle sind sie hier freundlich gegen mich. Ihre Eltern wollen mir wohl, Ihre Brüder haben mich gern, nur Sie sind mir von vornherein begegnet, als wäre ich ein Einbrecher. Ich kann Ihnen versichern, dass mir das wehe tut!«

Er blickte sie gespannten Blickes an. Sie hatte das Haupt wieder gesenkt, sodass er den Eindruck seiner Worte nicht feststellen konnte; aber er sah ihren Busen fliegen.

»Ich werde versuchen, anders gegen Sie zu sein, wenn – wenn Sie wiederkommen«, sagte sie halblaut und blickte zur Seite. »Und ich danke Ihnen auch, dass Sie mir das gesagt haben – ich meine von Ihrer Schwester das, weshalb Sie reisen müssen.«

»Ja, eigentlich habe ich es Ihnen doch gar nicht gesagt!«

»Lassen Sie, bitte!«, rief sie mit abwehrender Bewegung. »Ich weiß alles, ohne dass Sie mir's erklären. Ich liebe Ihre Schwester und bewundere sie so sehr.«

»Aber Sie kennen Jutta gar nicht!«

»Oh, doch, doch! Ich habe ein ganz bestimmtes Bild von ihr; das kann nicht täuschen. Und ich finde es so begreiflich, dass Sie zu ihr wollen. Oh, bitte, bitte, grüßen Sie sie von mir!«

»Ich werde Jutta erzählen von Ihnen. Aber können Sie mir denn nichts mitgeben, ein Bild von sich. Ich habe ja nicht das Geringste, was ich Jutta zeigen könnte, wenn sie mich fragen wird nach Ihnen. Haben Sie keine Fotografie?«

Agathe sann nach.

»Ein einziges Bild gibt es von mir, aber das ist schon ein paar Jahre alt. Es ist in Pudelsee gemacht. Wir sind alle darauf, die Eltern und die Brüder. Soll ich das hergeben?«

Sie schwieg, gab sich keine Mühe, den Kampf zu verbergen, den es ihr kostete, sich von dem Andenken zu trennen. Eberhard hielt den Atem an, in ihren Zügen begierig forschend, wie sie sich entscheiden würde.

»Ihnen will ich's geben!«, sagte sie in plötzlichem Entschlusse, sah ihn strahlend an und lief aus dem Zimmer.

Der Raum schien dem jungen Manne auf einmal zu eng. Er trat ans Fenster, blickte hinaus, als ob er sich bei dem sternbedeckten Nachthimmel Rat holen wolle.

Sollte er seinem Gefühle folgen? War es weise gehandelt? Zerstörte man nicht vielleicht durch allzuschnelles Zugreifen die Hoffnungssaat, die, wenn man Geduld übte, heranreifen mochte?

Was hätte er, der Skeptiker, der Freigeist, in diesem Augenblicke gegeben um einen Wink von oben. Die nächsten Minuten mussten über sein Glück entscheiden.

Agathe kam wieder. Sie brachte etwas: ein Kabinettbild in schlichtem Rahmen. Man trat zur Lampe.

Die Fotografie zeigte die Familie Weßleben, in der Mitte das Elternpaar, die Kinder um sie her. Im Hintergrunde das ländliche Pfarrhaus. Agathe stand neben dem Vater, eine Hand auf seiner Schulter. Sie trug noch Zopf. Unter dem kurzen Kleide blickten die weißen Strümpfe hervor. Das Konterfei war gut; es gab das Mädchen wieder in seiner ganzen, frühzeitig fertigen, zugleich herben und lieblichen Eigenart.

Eberhard betrachtete das Bildchen lange. Es übte auf ihn eine ungewohnte Wirkung aus: Es rührte ihn.

»Wollen Sie das haben?«, fragte Agathe. »Finden Sie es gut genug, es Ihrer Schwester zu zeigen?«

»Agathe!«, erwiderte er, und suchte alles, was er fühlte, in die paar armen Worte zu legen. »Ich bin so beglückt! – Darf ich Jutta sagen, dass es von einer Schwester kommt?« –

Er sah, wie ein Zittern über ihren jungen Leib ging. Die kleine Lampe beleuchtete nur unklar den Raum, aber ihm genug: ihr Gesicht. Das war mit einem Male sehr ernst; nichts Herbes, nichts Abweisendes lag mehr darin. Schlicht und ernst war sie, wie Menschen in großen Augenblicken werden. So stand sie ihm eine Weile gegenüber. Dann zuckte ein leises Lächeln um ihren Mund. Mit der natürlichsten Bewegung reichte sie ihm die Hand und sagte: »Ja!«

XVII

Herr Reimers war mit seiner Tochter wieder in Berchtesgaden angelangt. Man wohnte im selben Hause wie im Sommer vorm Jahr. Aber die Knorrigs, Vater und Sohn, waren dieses Jahr nicht mit. Reimers sah sich infolgedessen so ziemlich auf die eigene Gesellschaft angewiesen. Mit Jutta stand er sich in letzter Zeit nicht besonders. Das Töchterchen fing an, Launen zu zeigen und eine Art Selbstständigkeit zu entwickeln, die den alltäglichen Verkehr sehr erschwerte.

Von gewissen Dingen ließ sich mit ihr überhaupt nicht reden, so über ihre Verlobung. Der alte Herr konnte sich mit der Zeit der unangenehmen Einsicht doch nicht entziehen, dass der im vorigen Sommer geschickt eingefädelte Plan: die Familien Reimers und Knorrig auch noch durch andere als geschäftliche Bande miteinander zu verknüpfen, neuerdings arg gefährdet sei. Wie die beiden jungen Menschen jetzt eigentlich zueinanderstünden, wusste niemand. Dass Bruno im letzten Augenblick, statt mit nach Berchtesgaden zu kommen, eine Rheinreise antrat, war zum Mindesten sehr verdächtig.

Aber Reimers Vater war nicht der Mann, sich durch Sorgen längere Zeit um die gute Laune bringen zu lassen. Er langweilte sich in Berchtesgaden, wo er keine Bekannten traf. Er schrieb darum nach München an Vally Habelmayer, sie solle umgehend kommen, um Jutta Gesellschaft zu leisten. Zwar wusste er genau, dass Jutta sich nichts aus der Cousine mache; aber gerade mit diesem Umstande rechnete er. Umso mehr würde er dann Vally für sich haben. Er verordnete sich selbst Vallys anregende Gegenwart wie eine Art von Kur.

Vally folgte dem Rufe des Onkels natürlich nur zu bereitwillig. Eines Tages war sie da mit rosigen Wangen und glänzenden Vogelaugen, noch etwas fleischiger als die Jahre vorher. Denn sie liebte gutes Essen und Trinken über die Maßen und pflegte lange zu schlafen; eine Lebensweise, die bei ihr ersichtlich gut anschlug. Jutta wollte mit der Cousine Berge steigen; aber nach dem ersten Ausflug bekam Vally wunde Füße und zog es vor, fortan dem Onkel Gesellschaft zu leisten.

Eines Tages kam von Berlin ein Telegramm, in welchem Eberhard sein Kommen anmeldete. Bald danach trat er selbst in Berchtesgaden auf.

Eberhard hatte seinen Vater nicht von Angesicht zu Angesicht geschaut, seit er damals, das Herz geheimen Grolles voll, von München gegangen war. Er stellte auf den ersten Blick fest, dass der Vater sich seitdem stark verändert habe. Freilich lag dazwischen auch Kurts trauriges Ende. Es war nicht mehr zu verkennen, dass Herr Reimers in Erscheinung, Haltung, im ganzen Wesen überhaupt, den Habitus des schnell alternden Mannes zeigte.

Für Eberhard war das eine neue wunderliche Erfahrung. Es hat stets etwas Nachdenkliches für den Sohn, zu erkennen, wie der Mann, der kraft der Überlegenheit der Jahre uns Gesetz war und Vorbild, der Natur den unausbleiblichen Zoll entrichtet. Wie auch diese Größe vor unseren Augen rissig wird und zerfällt. Wie der, in dessen Hand wir einst waren, unseres Mitleids, ja vielleicht unserer Nachsicht bedürftig geworden ist.

Äußerlich kamen Vater und Sohn jetzt ganz gut miteinander aus. Herr Reimers hatte sich längst darein gefunden, dass Eberhard Arzt würde, statt ihn, wie er sich ehemals gewünscht, als Kaufmann in seine Fußtapfen treten zu sehen. Auch darin zeigte sich der Einfluss des Alters; man war gleichgültiger geworden und stumpfer, regte sich nicht gern auf, wollte vor allen Dingen Ruhe haben.

Ganz von selbst ergab es sich, dass die Familie sich in zwei Paare teilte. Vater Reimers blieb mit Vally, wählend Eberhard sich zu Jutta schlug. Das ältere Paar interessierte sich für den Mittagstisch, studierte, wo man am besten den Kaffee einnehmen und wo man zur Nacht seinen Kaiserschmarren verzehren werde. Abgesehen von anderen kleinen Späßen, die Oheim und Nichte hatten; dazu gehörte, dass sie sich köstlich belustigten, wenn die Leute sie für ein Ehepaar ansahen.

Eberhard und Jutta hingegen stiegen in die Berge. Das Mädchen war eine vorzügliche Fußgängerin. Sie hatte dies Jahr ihr Rad zu Haus gelassen, dafür aber Bergstock und Alpenschuhe mitgebracht. Eberhard, der in Berlin aus aller körperlichen Übung herausgekommen war, musste sich zusammennehmen, nicht hinter der Schwester zurückzubleiben.

Die Geschwister fanden sich bei so nahem Zusammensein in einer völlig neuen Weise. Das war jetzt etwas ganz anderes als die Vertraulichkeit der Kinderstube, wo man bei gemeinsamen dummen Streichen und gemeinsam erlittenen Strafen eine Art Banditenfreundschaft geschlossen hatte. Nun war man erwachsen, mit Erfahrung beladen. Sie sahen einander mit Blicken an, die das Leben geschärft hatte. Während sie früher

149

nur Geschwister gewesen waren: Menschen von verschiedenem Geschlecht, durch Verwandtschaft zufällig zusammengekoppelt, so trat nunmehr deutlich die Tatsache in ihr Bewusstsein, dass sie Mann seien und Weib, dass zwischen ihnen die größte Kluft befestigt war, welche die Natur kennt.

Das trennte sie, aber es zog sie auch gewaltig zueinander hin.

In gewissen Dingen konnten sie einander verstehen durch ein Augenzwinkern, ein Lächeln, eines jener im Familienjargon ausgebildeten Worte, das nur dem Eingeweihten verständlich war. Bei anderen Gelegenheiten fühlten sie, als sei eine Wand zwischen ihnen; man wusste, der andere ist drüben, aber man sieht ihn nicht.

Eberhard hatte sehr bald nach seiner Ankunft angefangen, Jutta zu sondieren, wie es um ihr Verhältnis zu Bruno stünde. Der Verabredung mit dem Freunde gemäß, sagte er ihr nichts, dass Bruno bei ihm in Berlin gewesen sei, um nicht von vornherein bei ihr den Verdacht zu erregen, man schmiede Pläne gegen sie. Jutta, so offen und vertraulich sie sich sonst dem Bruder gegenüber gab, verhielt sich, sobald er das Gespräch auf dieses Thema lenkte, durchaus unzugänglich. Aber der junge Mann ließ nicht locker. Mochte Jutta immerhin andeuten, dass das ihre eigenste Angelegenheit sei, über die sie niemandem Rechenschaft schulde, so durfte er sich doch auch in seinem Rechte fühlen, in doppelter Eigenschaft: als Freund und als Bruder. Mit beharrlicher Aufdringlichkeit kam er immer wieder auf Juttas Verlobung zurück: Und ebenso beharrlich erklärte ihm das Mädchen: In ihren Augen existiere diese Verlobung nicht mehr.

Und wenn Eberhard dann forschte: Was sie bewogen habe, einem Menschen, der sich ein Jahr lang in dem Glauben habe wiegen dürfen, von ihr geliebt zu sein, in solch unerhörter Weise den Laufpass zu geben, dann antwortete sie ihm verschiedenerlei: Bruno sei nicht der Rechte, oder, sie habe eingesehen, dass sie nicht zum Heiraten tauge. Sie sei Künstlerin, und die würden bekanntlich niemals gute Hausfrauen. Bruno könne sich gratulieren, dass er dem Schicksal entgehe, mit ihr zusammenleben zu müssen.

Mit wie viel Gewandtheit immer sie solche Behauptungen verteidigte, Eberhard hatte doch deutlich das Gefühl, dass in alledem Sophistik liege, dass sie irgendeinen Grund, und wahrscheinlich den wichtigsten, für sich behalte. Alle solche Gespräche liefen schließlich in eine Sackgasse aus, an deren Ende ihr eigensinniges: »Ich will nicht!« stand.

Übrigens war auch Eberhards Eifer für die Sache des Freundes stark im Erkalten begriffen. Wenn er sich Bruno vergegenwärtigte, wie er ihn neulich wiedergesehen, noch immer der alte redliche, tüchtige Geselle, so konnte er ihm zwar Achtung nicht versagen; aber ihn sich an Juttas Seite vorzustellen, als ihr Gemahl, fiel doch schwer.

Eberhard staunte oft über Jutta. Das also war aus seiner kleinen Schwester geworden! – Sie imponierte ihm. Es lag etwas Königliches in ihrem Auftreten, dessen Wirkung selbst er als Bruder sich nicht entziehen konnte.

Er pflegte neuerdings – vielleicht angeregt durch sein Studium – viel über Abstammung, Vererbung, Rassemerkmale und Familieneigentümlichkeiten nachzudenken. Aus was für Eigenschaften der Vorväter, seelischen wie körperlichen, setzte sich das Individuum zusammen? Wie kam es, dass Kinder desselben Elternpaares so verschieden ausfallen konnten? Von wem stammte man ab; von seinen Eltern doch gewiss nicht allein! Welche unkontrollierbaren Einflüsse, wer von den längst vergessenen Urahnen hatte bei der Entstehung eines neuen Wesens unsichtbar mitgewirkt? –

Über die Genealogie seiner väterlichen Familie wusste er nicht viel. Mehr war über die mütterlichen Verwandten bekannt. Eberhard hatte nie sonderlich viel von den Habelmayers gehalten. Für ihn waren sie eine im Wohlleben allmählich degenerierende Rasse. Umso mehr bedauerte er, zur Familie seines Vaters in keinerlei Verbindung zu stehen. Sie waren unzweifelhaft die interessanteren; echte Rheinländer in Leichtlebigkeit und Beweglichkeit. In der Familie Reimers – das wusste Eberhard aus manchem, was er vom Vater früher gehört – waren verschiedene bedeutende und geistreiche Frauen gewesen. Die Männer auch nicht gerade auf den Kopf gefallen, schienen vor allem Regsamkeit und Temperament besessen zu haben. Eberhard fühlte sich ganz als ein Reimers, und von Jutta nahm er an, dass sie vielleicht eine Neuauflage sei von irgendeiner schönen Rheinlandstochter, die einer seiner Vorväter den guten Geschmack gehabt hatte, heimzuführen.

Freie Wahl aus Neigung, das gab die beste Garantie für das Liebesglück der Lebenden und damit für das Gedeihen zukünftiger Generationen. War er nicht drauf und dran, diesen Grundsatz, den er in der Natur anerkannte, im Falle der eigenen Schwester zu vergessen? Wollte er nicht Jutta einen Mann oktroyieren, den sie nach allem, was man sah und hörte, wenn sie ihn überhaupt jemals geliebt, jetzt doch aufgehört hatte zu lieben? –

Auch andere Erwägungen sprachen gegen Bruno. Der Mann, welcher ein Mädchen zur seinen machen wollte, musste ihr vor allen Dingen gewachsen sein. Selbst erobern musste er sie sich! Es war ein bedenkliches Zeichen, dass Bruno Freundeshilfe angerufen hatte in einer Sache, die wie keine andere sein und nur sein war.

Eberhard bereute es jetzt, sich darauf eingelassen zu haben, den Vermittler zu spielen. Zu spät sah er ein, dass er damit ein undankbares und fruchtloses Geschäft übernommen hatte. Zur Liebe überreden ließ sich kein Mensch, am wenigsten seine Schwester. Er hatte, das musste er sich selbst sagen, Unrecht begangen gegen Jutta, da er ihr in einer Herzensangelegenheit seinen Rat aufdrängen wollte.

Dass Bruno sehnlichst auf einen Brief von ihm wartete, wusste Eberhard. Es tat ihm leid, dass er dem armen Kerl keine besseren Nachrichten schicken konnte. Aber Schonung wäre in diesem Falle das Verkehrteste gewesen.

Während Eberhard des Freundes Angelegenheit betrieb, hatte er vor Begierde gezittert, der Schwester von seinem eigenen Liebesglücke zu erzählen. Jutta sollte die erste sein, von seiner Braut zu hören; Jutta, die, ohne es zu wissen, in so eigenartiger Weise verknüpft gewesen war mit seiner Werbung um Agathen.

Er trug jenes rührende Bildchen, bei dessen Anblick seine Gefühle sich verraten hatten, mit sich herum wie einen Talisman. Es war vorläufig noch das Einzige, was er als sichtbares Zeichen ihrer Neigung von Agathen besaß. Eberhard hatte mit Agathens Eltern gesprochen. Die Aussicht, die Tochter einmal zu gewinnen, war ihm nicht verneint worden; aber – wie er nicht anderes erwarten durfte – hatten die Eltern Weßleben zur Bedingung gemacht, dass er zunächst sein Studium beende.

Er besaß also eine wohlbegründete Anwartschaft auf Agathens Hand; aber was ihm unendlich viel wichtiger erschien, er besaß des Mädchens Herz. Dafür war ihm Beleg der erste Brief, den er von Agathe als Antwort auf einen von ihm erhielt. Noch hatte er überhaupt keine Zeile, von ihrer Hand geschrieben, zu Gesicht bekommen. Als er den Poststempel Berlin sah, dazu die saubere Mädchenhandschrift, da wusste er, von wem allein das kommen könne. Er nahm sich zusammen, seinem Vater und der allezeit neugierigen Cousine Vally, die mit ihm am Frühstückstische saßen, nicht merken zu lassen, wie er darauf brannte, den Umschlag zu öffnen.

Agathens erster Lebensbrief war ein wenig steif, so kam es ihm wenigstens vor. Eberhard hatte ein Schreiben an sie gerichtet, voll von Überschwang und Sehnsucht.

Auf den Ton war Agathe nicht eingegangen. Sie schrieb von den Vorgängen bei ihnen, dem Befinden des Vaters, von den Brüdern; aber das, was zu vernehmen es ihn verlangte: Einen Widerhall seiner Leidenschaft, suchte er bei ihr vergebens. Gewiss, Agathe war darin, in diesem einfachen klaren Satzbau, in diesem völligen Mangel an Ziererei und Übertreibung, aber wo war das Mehr, das Gesteigerte, das die Liebe doch jedem Wesen verlieh.

Hätte er nicht froh sein sollen, dass sie sich so getreu blieb; getreu vor allem darin, dass sie nicht mehr gab, als sie hatte! Der Brief zeugte in jeder Zeile für die Ehrlichkeit der Schreiberin. An einer einzigen Stelle wurde der Ton wärmer; das war da, wo Agathe nach Eberhards Schwester sich erkundigte. Sie beneide ihn, sagte sie, dass er jetzt mit Jutta zusammen sein dürfe, und fragte schüchtern an, ob er der Schwester schon etwas von ihr, von Agathen, erzählt habe.

Damit war für Eberhard der Anstoß gegeben, Jutta in sein Geheimnis einzuweihen. Bis zum letzten Augenblicke blieb Eberhard zweifelhaft, wie sie es aufnehmen werde. Würde er imstande sein, der Schwester das richtige Bild zu geben von seiner Braut? – Sie waren doch so himmelweit voneinander verschieden! Und trotz Agathens Schwärmerei für Jutta war ihm bange vor dem Augenblicke, wo die beiden Mädchen einander begegnen würden. Beide waren sie ausgesprochene Persönlichkeiten, keine würde ablassen von der angeborenen Art, keine sich in die andere schicken wollen.

Schonend beinahe teilte er daher der Schwester seine Herzensangelegenheit mit. Er erzählte, wie alles gekommen, suchte ein Bild zu geben von der Umgebung, in welcher das Mädchen aufgewachsen, von ihrem Charakter, und wie der sich aus dem Wesen ihrer Familie erkläre.

Der Erfolg war ein ganz anderer als erwartet. Jutta legte Freude an den Tag über des Bruders Glück, als sei es ihr selbst widerfahren. Sie konnte nicht genug zu hören bekommen von Agathen. Unwillkürlich ermutigte ihn das, bestärkte ihn in dem Gefühle, dass er richtig gewählt habe, da er sah, wie die bloße Beschreibung seiner Braut auf die Schwester wirkte.

Agathe war fortan das Lieblingsthema für die Geschwister. Jutta sprach von ihr wie von einer Person, die man ganz genau kannte. Und mit Entzücken fand Eberhard das Bild, welches er von der Geliebten entworfen hatte, widergespiegelt in der Schwester Urteil.

Aus freien Stücken schrieb Jutta einen Brief an Agathen und legte ihre Fotografie bei.

Eberhard hatte wieder mal Gelegenheit, über die Beweglichkeit des weiblichen Gemütes zu staunen. Ihre Handlungsweise war soviel unmittelbarer und selbstverständlicher als die Unsrige. Alles fassten sie soviel schneller mit dem Instinkte des Herzens, als wir es ihnen zutrauten.

Von jetzt ab fanden sich die Geschwister noch in einer ganz anderen Weise. Sie besaßen nun eine gemeinsame Angelegenheit. Jutta hatte Eberhards Liebe gleichsam zu der ihren gemacht; als habe sie darin Ersatz gefunden für etwas, das ihr selbst nicht beschieden war. Das Erlebnis des Bruders bewegte und erwärmte ihr Gemüt, brachte manches, was dort zurückgehalten wurde, zur Oberfläche.

Nachdem sie die nähere Umgebung Berchtesgaden zur Genüge begangen hatten, unternahmen Jutta und Eberhard Ausflüge tiefer ins Gebirge hinein. Sie nahmen dazu einen alten, erfahrenen Führer mit und richteten sich mit ihrem Gepäck auf Übernachten ein.

Eines Morgens waren sie noch bei halber Dunkelheit aufgebrochen von der primitiven Herberge, die ihnen nachts über Obdach gewährt hatte. Man hatte das wunderbarste aller Schauspiele erlebt: Sonnenaufgang im Hochgebirge, und schritt dann auf einem alten Saumpfade sanft bergan, um über einen Sattel zwischen zwei Gebirgsstöcken ins jenseitige Quellgebiet hinabzusteigen. Beide waren schlaferfrischt und von jener Heiterkeit und Frische erfüllt, welche dem gesunden Menschen die Aussicht gibt, einem schönen Tage entgegenzugehen.

Eberhard war schon wieder bei seinem Lieblingsthema angelangt: Agathe.

Er sprach davon, wie es doch im Grunde verwunderlich sei, dass auf ihn, einen ausgewachsenen Menschen, ein so viel jüngeres, unerfahrenes Mädchen so tief gehenden Eindruck ausgeübt habe, dass er sich geradezu als neuer besserer Mensch fühle.

»Ich habe früher nicht gewusst«, sagte er, »was Liebe ist. Ganz etwas anderes hatte ich mir darunter vorgestellt, dass mit dem, was ich jetzt empfinde, nicht in einem Atem genannt werden darf. Du kennst ja einiges von den alten Geschichten, Jutta! Als ob ich nicht ich gewesen wäre damals, so kommt es mir jetzt vor. Wie man sich doch verändert, und was für eine Macht die Liebe hat! Wie mit einem Zauberstabe verwandelt sie den Menschen von Grund aus.«

»Da hast du recht!«, rief Jutta lebhaft, wie hingerissen von der Erkenntnis einer Wahrheit, die sie wohl selbst an sich erfahren, aber sich so noch nicht klargemacht hatte. »Das ist das Wunderbarste an der Liebe, dass sie den Menschen verwandelt!«

Eberhard sah die Schwester ein wenig befremdet von der Seite an. Er hätte nicht gedacht, dass ihr das Verhältnis zu Bruno noch soviel bedeute; hatte sich schon ganz daran gewöhnt, diese Neigung als eine, von ihrer Seite wenigstens, völlig abgetane Sache zu betrachten.

Jutta mochte ahnen, auf welchen Irrwegen seine Vermutungen sich bewegten, sie wollte endlich mal offen mit dem Bruder sprechen. Darum bat sie ihn halblaut, den Führer, der ihnen dicht auf den Fersen nachschritt, vorauszuschicken; eine Maßregel, die ziemlich überflüssig erschien, da der alte Kerl schwerhörig war.

»Du wirst dich oft über mich gewundert haben in der letzten Zeit, Eberhard!«, begann sie. »Ich kann dir das nicht verdenken. Ich begreife es auch, wenn Bruno mir zürnt, ja, wenn er mich hasst! Ändern kann ich's nicht. Es tut mir leid, aber wie könnte ich ihm helfen! – Nicht einmal eine Erklärung kann ich ihm geben, warum ich mich von ihm gewandt habe. Dir jedoch will ich mich eröffnen, weil ich wünsche, dass wenigstens du mich nicht unrichtig beurteilst.«

Man schritt auf dem schmalen Pfade Seite an Seite. Eberhard spürte ihr schwereres Atmen. Das, was sich ihm jetzt eröffnen werde, konnte nichts Kleines sein. Er war sehr gespannt.

»Eberhard, als ich mich mit Bruno verlobte, war ich anders als jetzt!«, sagte sie in dem leisen, tastenden Tone eines Menschen, der durch ein schweres Bekenntnis seine Seele entlasten will. »Ich nahm Brunos Antrag an, weil – weil ich nichts Besseres vor mir sah, vielleicht auch, weil ich nichts Höheres kannte. Zwischen damals und jetzt liegt eigentlich nur ein Jahr, aber für mich ist es ein Leben.«

»Du liebst?!« fuhr es ihm heraus. Jutta nickte nur. »Frage mich, bitte, nicht, wer's ist!«, fügte sie hastig hinzu, als sie seinen forschenden Blick bemerkte. »Namen tun gar nichts zur Sache. Ich kann dir überhaupt nicht viel sagen. Außerdem ist darin auch das Geheimnis einer Freundin eingeschlossen. Das Ganze ist ein dunkles Fatum, das über uns hängt. Erklären mit Worten lässt sich das gar nicht.«

»Es ist eine merkwürdige Rolle, die du mir da zumutest, Jutta! Ich soll den Namen des Mannes nicht erfahren, den du liebst!« –

Jutta sah den Bruder erschrocken an. In was für groben Ausdrücken sprach er von Dingen, an die sie sich selbst kaum mit Gedanken herangewagt hatte. Sie könne und dürfe ihm nichts weiter sagen, erklärte sie.

»Dann erlaube mir nur wenigstens eine Frage, Jutta: Ist der Mann auch deiner Liebe würdig?«

»Darauf, Eberhard, brauche ich dir wohl nicht zu antworten!«, rief sie erbleichend.

»Erlaube mir, ich frage als Bruder! Es interessiert mich doch wahrhaftig, zu erfahren, wer der ist, dem du dein Herz geschenkt hast, und dem du voraussichtlich doch auch deine Hand reichen wirst.«

»O Gott – wie du das falsch auslegst!« – stieß Jutta hervor. »Ich wünschte, ich hätte dir kein Wort gesagt!«

Sie war mehr betrübt als empört über sein Benehmen. Vielleicht hieß es, einem Fernstehenden zu viel zumuten, sich in Dinge zu finden, die man mit dem Kopfe allein niemals verstehen, die man schon mit dem Herzen erleben musste, um sie zu begreifen.

»Entschuldige, Jutta! Ich habe dich nicht kränken wollen!« sagte er, als er ihre Erregung sah.

Eberhard wollte nach einiger Zeit noch einmal das Wort an sie richten in dieser Sache, die wie ein erstaunliches Rätsel plötzlich vor ihm aus dem Boden gewachsen war. Aber Jutta, jetzt wieder ganz sanft und freundlich geworden, bat ihn inständig, darüber nie wieder eine Frage an sie zu richten. Er könne ihr nicht helfen, nicht einmal sie verstehen. Darum sei es besser, auch nicht davon zu sprechen.

⸻

Als die beiden am Spätnachmittage in Berchtesgaden eintrafen, fanden sie den Vater in großer Erregung. Ein Telegramm war angekommen aus München von Knorrig *senior*, worin er mitteilte, dass Bruno in den Dienst einer nordamerikanischen Handelsgesellschaft getreten sei und dass er sich bereits auf See befinde.

Gleichzeitig waren von Brunos Hand Briefe angekommen für Jutta und Eberhard. An Jutta hatte er nur geschrieben, dass er sie freigebe. Er bat sie um Verzeihung, falls er ihr jemals wehe getan haben sollte, und wünschte ihr Gottes Segen für ihr ferneres Leben. Der Brief, kurz, wie er war, entbehrte nicht einer gewissen schlichten Würde, die auch auf die Empfängerin Eindruck machte.

156

Eberhard gegenüber setzte Bruno sein Verhalten genauer auseinander. Er hätte sich durch den Brief des Freundes überzeugt, dass für ihn nichts mehr zu hoffen sei. Damit versinke für ihn der schönste Traum ins Nichts. Ein ferneres Zusammensein mit der Familie Reimers sei für ihn unmöglich geworden, vor allem wolle er Jutta nicht zumuten, ihm wieder zu begegnen. Da er frei sei und Herr seiner Entschlüsse, habe er eine Gelegenheit, im Auslande Stellung zu finden, die sich ihm zufällig geboten, ergriffen. Dem Chef des Hauses Reimers und Knorrig ließ er sich empfehlen und bat um Verzeihung, dass er so formlos aus dem Dienste scheide.

Während Eberhard und Jutta diesen Schritt Brunos wie eine Art Befreiung empfanden und als die beste Lösung betrachteten für alle Teile, sah Vater Reimers vor allem den schweren Verlust, welchen das Geschäft durch das plötzliche Auf- und Davongehen des jungen Knorrig erlitten hatte. Jutta bekam Vorwürfe zu hören, dass sie diesen braven und tüchtigen Mann so vor den Kopf gestoßen habe. Wo in aller Welt sollte denn Ersatz gefunden werden für eine solche Kraft? Eine Frage, auf die das Mädchen natürlich keine Antwort zu geben wusste.

Eberhard wollte der Schwester zu Hilfe kommen. Er glaubte es gut zu machen, indem er den alten Herrn daran erinnerte, dass er ehemals davon gesprochen habe: Er wolle sich mit der Zeit aus dem Geschäft zurückziehen und seine alten Tage in Ruhe verleben. Dabei deutete er an, dass der Vater in den letzten Jahren doch eben nicht jünger geworden sei.

Damit berührte er nun freilich die Stelle, wo Reimers *senior* am empfindlichsten war. Von seinem Alter wollte er gar nichts hören; dass er sich jetzt nicht aus dem Geschäfte zurückziehen könne, daran seien allein seine ungeratenen Kinder schuld: Eberhard, der diesen törichten Medizinerberuf ergriffen, und Jutta, die auch nur ihrem kindischen Kopfe folge.

Herr Reimers verlor gänzlich seine sonstige joviale Liebenswürdigkeit und den weltmännischen Ton. Schwer hagelten die Vorwürfe auf Jutta und Eberhard hernieder. Die Geschwister schwiegen dazu.

Vally Habelmayer hatte es an diesem Abend schwer, ihren Onkel soweit in Laune zu bringen, dass er einigermaßen mit Appetit zur Nacht speisen konnte.

Eberhard aber hatte noch eine längere Besprechung mit Jutta. Ihm war mehr als vordem das Gefühl der Verantwortung zum Bewusstsein gekommen für seine Schwester. Er hatte sich zu wenig um sie gekümmert, viel zu wenig! Vor gewissen Ereignissen ihres Lebens stand er wie ein Fremder. Das war ein fehlerhafter Zustand, der geändert werden musste.

Schnell war in seinem Kopfe ein Plan fertig. Warum sollte Jutta nicht nach Berlin kommen? Zwar bei ihm konnte sie natürlich nicht wohnen; aber bei den Weßlebens wurden ja jetzt ein paar Zimmer frei. Der Missionar kehrte, nachdem seine Gesundheit hergestellt, auf das Feld seiner früheren Tätigkeit zurück. Gewiss würde man Frau Weßleben überreden können, Jutta als Pensionärin aufzunehmen.

Was barg dieser Plan nicht alles für kostbare Möglichkeiten in sich! Jutta würde sich mit Agathen anfreunden. Ein Band sollte sich zwischen der einzigen Schwester und der Familie knüpfen, die ihm bereits jetzt eine zweite Heimat bedeutete. Wie manches würde auch Agathe von Jutta sehen und lernen, was ihr noch fehlte. Wie würden sich die beiden, so verschieden gearteten Naturen ergänzen! –

Auch manche kleinen egoistischen Nebenabsichten waren mit diesem Plane verknüpft. Jutta sollte ihm eine gute Fürsprecherin sein bei seiner Braut; durch Juttas Einfluss und Vorbild würde Agathe vielleicht etwas von ihrer herben Sprödigkeit verlieren. Durch Juttas Hilfe würde er vor allem auch die schönste Gelegenheit finden, mit Agathen jederzeit zusammenzukommen.

Er erzählte der Schwester, was er sich ausgedacht hatte.

Bereitwilliger als er erwartet ging Jutta auf seine Idee ein. Die Aussicht, Berlin kennenzulernen, schien für sie äußerst verlockend. Es sei sowieso im Stillen ihr Plan gewesen, in diesem Winter nach auswärts zu gehen; denn in jeder anderen Stadt wolle sie lieber leben als in der Vaterstadt.

Den Bruder hätte das wohl stutzig machen können. Aber in der Freude über die willkommene Wendung grübelte er nicht darüber nach, was wohl die Schwester zu einer solchen Abneigung gegen München habe bringen können.

So nahe man sich auch gekommen war in diesen Tagen, so fehlte ihm doch der Schlüssel zu einem großen und wichtigen Teile ihres Wesens und Erlebens.

XVIII

Seit einem Vierteljahre war Jutta Reimers in Berlin. Das, was Eberhard von ihrem Kommen Gutes erhofft, hatte sich alles erfüllt und einiges, was er nicht voraussehen konnte, noch darüber.

Die Weßlebensche Art übte starken Einfluss, wie auf Eberhard, so auch auf Jutta. Es war etwas durchaus Neues und Ungewohntes für jemanden, der von Jugend auf in der linden Atmosphäre sybaritischen Wohlbehagens gelebt hatte, Menschen kennenzulernen, deren ganzes Dasein aufgebaut schien auf den Begriffen von Arbeit, Selbstzucht und Pflicht. Kalt wie die Farben, trocken wie die Luft, arm wie der Boden war hier das Leben. Nüchterner die Menschen, sachlicher die Gedanken, härter die Köpfe, zäher der Sinn.

Jutta fühlte sich nicht abgestoßen, sie stand nur staunend davor, wie vor einer neuen Welt. Sie wunderte sich über Menschen, die so existieren konnten ohne die ästhetischen Genüsse, ohne den Schmuck des Lebens, die ihr von der Heimat her selbstverständlich waren. Sie wunderte sich auch über die gemessene Würde, in der man miteinander verkehrte, den zurückhaltenden Ton selbst in der Familie, die logische Art, wie man jede Frage unter die Lupe des Verstandes nahm. Gewiss, das war alles höchst trocken, steif und umständlich, aber es entbehrte nicht einer gewissen herben Größe.

Ähnlich wie vor den Menschen, stand Jutta zunächst wunderlich überrascht und benommen vor dieser Stadt. Für ihr schönheitsverwöhntes Auge gab es hier wenig Erfreuliches. Die hohen grauen Häuser, die langen, rechtwinklig aufeinanderstoßenden Straßen, das dunkle, träge fließende Wasser, die pedantisch abgezirkelten Anlagen, das ungemütliche Hetzen der Menschen in den Geschäftsteilen, alles, alles war ihrem Geschmack im Grunde zuwider. Und doch konnte man sich der Wucht des Gesamteindruckes nicht entziehen. Hier war Kraft und Fülle des Lebens, und darum Schönheit des Ganzen, die das Hässliche im Einzelnen erträglich und verzeihlich erscheinen ließen.

Nachdem Jutta ein paar Wochen lang unter Eberhards Führung und von Agathen begleitet, geschaut hatte, was Berlin an Sehenswürdigkeiten bietet, und dabei, gegen ihren Willen beinahe, eingesehen hatte, dass es auch hier Werke der Kunst gab und Stätten vor allem, wo man um Kunst ringt, erklärte sie den beiden, dass sie nun vom Schauen genug habe. Und auf Eberhards Frage: Womit sie fernerhin ihre Zeit auszufüllen gedenke, meinte sie: Es mal wieder mit dem Malen versuchen zu wollen.

Das Zimmerchen, in welchem Jutta bei den Weßlebens wohnte, war nicht groß, gerade dass man eine Staffelei aufstellen konnte; aber es hatte wenigstens günstiges Licht. Auch lag ein gewisser Reiz darin für die Künstlerin, mal unter schwierigeren Verhältnissen, als den gewohnten, an die Arbeit zu gehen.

Es war Eberhard anfänglich bange gewesen, wie sich seine Schwester in den Ton des ganzen Hauses finden werde. Als er Jutta zum ersten Male im Weßlebenschen Familienkreise sah, wurde ihm erst klar, wie groß die Gegensätze seien. Es war ein Experiment, das er gewagt hatte. Wie würde sich Jutta, die im katholischen Bekenntnis aufgewachsene, mit dem ausgesprochenen Luthertum abfinden, das in dieser Familie jedem Brauch, jeder Ansicht seine Prägung aufgedrückt hatte.

Zwar, dass die Schwester mit dem alten Pfarrer gut verkommen werde, konnte Eberhard ruhig annehmen. Er hatte Vater Weßleben als einen Mann von milder Gesinnung kennengelernt; aber die Frau Pastorin war enger in ihren Anschauungen und minder zur Duldung eines fremden Bekenntnisses geneigt.

Frau Weßleben stammte aus einer Familie, die der Landeskirche mehrere Superintendenten, Konsistorialräte und sogar einen Hofprediger geschenkt hatte. Das war der ganze Stolz der guten Frau. Sie hielt sich als Mitglied einer so bevorzugten Rasse für befugt, ja geradezu für berufen, in ihrem Kreise über der Reinheit des Bekenntnisses zu wachen. In diesem einen Punkte war sie nicht mal ganz einverstanden mit ihrem Gatten; sie fand Weßleben viel zu tolerant der römischen Irrlehre gegenüber.

Und nun musste sie es erleben, dass ihre Tochter eine katholische Schwägerin bekommen sollte. Schon, dass Eberhard aus einer Mischehe stammte, war nicht nach Frau Weßlebens Sinne. Es kam ihr vor, als ob dadurch ihr eigener evangelisch reiner Stammbaum verdorben würde, als ob die verstorbenen Superintendenten, Konsistorialräte und der Hofprediger sich aus ihren Gräbern erheben müssten, um gegen solchen Abfall zu protestieren.

Zu diesem Gefühle des Abscheus stand in merkwürdigem Gegensatz die Befriedigung und innige Freude, welche diese Dame im Herzen ihres Herzens empfand, einmal über die Tatsache, dass ihre Tochter Braut war, und auch über den Bräutigam. Denn Eberhard besaß das Wohlgefallen der zukünftigen Schwiegermutter.

Jutta gegenüber verhielt sich Frau Weßleben zuwartend. Manches sprach in ihren Augen für das Mädchen; so vor allem, dass sie vom ersten Tage ab an den Morgen- und Abendandachten der Familie teilnahm. Vielleicht, so dachte die Predigersgattin, würde durch die Einwirkung der unverfälschten Lehre, welche die ärmste, in römischer Häresie befangene Seele hier zum ersten Male kennenlernte, ein Licht fallen in das Dunkel ihres Aberglaubens. Ja, die Dame würde es gern gesehen haben, wenn ihr Pastor in seinen Ansprachen, die er aufgrund des Bibelwortes an die Seinen hielt, recht scharf den protestantischen Standpunkt hervorgekehrt hätte; ein starkes Wörtlein gegen römische Anmaßung wäre ihr ganz am Platze erschienen, wenn man einmal solch eine Art Heidenkind unter sich hatte. Aber Pfarrer Weßleben war dafür nicht zu haben. Man müsse es römischen Priestern überlassen, mit unlauteren Mitteln Andersgläubige zu sich zu ziehen, erklärte er. Noch weiter trieb Martin, der zweite Sohn, die Toleranz. Er deutete seiner Mutter an: Ein guter Katholik sei besser als ein zweifelhafter Konvertit, und man dürfe die Gastfreundschaft nicht dazu missbrauchen, um jemanden an seinem Glauben irrezumachen.

Ein so laxes Zeugentum, eine so laue Betonung des Bekennergeistes war Frau Weßleben ein Gräuel. Sie fühlte sich gekränkt in der Seele ihrer Vorfahren. Fürchterlich war es ihr, als sie eines Sonntages herausfand, dass Jutta den katholischen Gottesdienst besucht habe; am liebsten würde sie daraufhin ihre entweihte Wohnung auf irgendeine Weise von etwaigem Spuk und Unrat gesäubert haben, die ihr von dort aus eingeschleppt worden sein mochten. Beinahe wäre es darüber zu einer Verstimmung gekommen zwischen der Hausfrau und dem Gaste. Aber Jutta vermied es, dem Bruder zuliebe, sich zu einem Konfessionszwist hinreißen zu lassen. Sehr bald gelang es ihr, das Herz der bis auf diesen einen Punkt durchaus gutmütigen Frau zu versöhnen.

Es wurde im Weßlebenschen Kreise eifrig gesammelt und gearbeitet für einen Basar, der zugunsten der Heidenmission demnächst unter hoher Protektion stattfinden sollte. Agathe stickte und nähte schon seit Monaten dafür, und selbst Frau Weßleben strengte ihre, nicht mehr ganz geschmeidigen Finger zugunsten des frommen Werkes an.

Jutta, die anfangs eine ziemlich große Leinwand auf der Staffelei hatte, stellte das angefangene Bild beiseite und fing mit einem Male an, eine ganze Anzahl kleiner Bilder in Aquarell zu komponieren: Genre, Landschaft, Stillleben. Man fand die Sachen reizend und staunte vor allem die Schnelligkeit an, mit der ihr die Arbeit von den Händen flog. Das Staunen der Weßlebens wuchs, als sie zu diesen Bildern, deren sie wohl ein Dutzend in weniger als vierzehn Tagen zustande gebracht, nun auch selbst die Rahmen anfertigte. Sie schien alles zu können, jede Technik spielend zu beherrschen. Wie ein Wunder erschien das Entstehen solcher Werke aus dem Nichts für Leute, die mit der lebendigen Kunst noch kaum in Berührung gekommen waren. Als aber Jutta ihre kleine Ausstellung samt und sonders für den Basar zur Verfügung stellte, da war die Freude wirklich groß. Der Frau Pastorin kam im Stillen der Gedanke – fast wie eine Ketzerei von ihr betrachtet – dass auch von katholischer Seite mal etwas Gutes kommen könne.

Juttas Bilder fanden auf dem Basar reißenden Absatz. Zwei davon wurden durch eine Hofdame sogar für die allerhöchste Protektorin des Vereines angekauft.

Jutta Reimers ward im Weßlebenschen Hause mehr und mehr zum Mittelpunkte des Interesses. Niemand, selbst die widerstrebende Frau Pastorin nicht, konnte sich der Liebenswürdigkeit des Gastes entziehen. Die Unterhaltung bei Tisch war belebter. Der alte Herr ließ sich gern von dem jungen Mädchen unterrichten über die herrschenden Anschauungen in der Kunstwelt, die, wie er staunend erfuhr, gar nicht so unvernünftig und frivol waren, wie sie ihm die Blätter, welche er las, dargestellt hatten. Die beiden Söhne, der Jurist und der Diakonus, kamen jetzt fast regelmäßig des Abends zu den Ihren; auch auf sie übte der außergewöhnliche Besuch im Hause begreifliche Anziehungskraft aus.

Juttas größte Verehrerin aber war und blieb Agathe. Ihre Begeisterung war so augenfällig, dass Eberhard anfing, eifersüchtig zu werden. Er behauptete, für seine Braut überhaupt nicht zu existieren, wenn die Schwester in der Nähe sei.

Früh war Agathens erster Blick in das Zimmer neben dem ihren, ob Jutta gut geschlafen, ob sie irgendeinen Wunsch habe. Tagsüber, wenn Jutta arbeitete, war Agathe kaum von der Staffelei der Freundin wegzubringen. Jedes Wort von Jutta beglückte sie, eine Liebkosung machte sie selig. Für Juttas Ansichten, wenn diese sich mit den Herren unterhielt, trat Agathe unbedingt ein. Des Abends, sobald alles schlief, schlich sie sich an das Bett der Freundin und war überglücklich, wenn sie noch ein Stündchen mit der Angebeteten verplaudern durfte.

Eberhard trat darüber wirklich etwas in den Hintergrund.

Für ihn kam nun die Zeit, wo er alle Kräfte zusammennehmen musste, auf die nahe bevorstehende Prüfung los. Seine Besuche waren gegen früher flüchtiger. Oft war er auch abgespannt; die rechte Bräutigamsstimmung kam nicht in ihm auf. Da blieb er lieber bei Büchern und Kollegheften auf seinem Junggesellenzimmer. So gar lange konnte es ja nicht mehr währen, dass es für ihn keine einsamen Abende mehr geben würde. Nachdem Jutta die Bilder für den Basar vollendet hatte, fasste sie die Idee zu einer neuen Arbeit. Weihnachten stand in nicht allzu weiter Ferne. Sie plante eine besondere Überraschung für ihre Wirte. Pastor Weßleben hatte in einem seiner Kunstgespräche die Bemerkung fallen lassen: Ihm scheine die Kunst dann am vollkommensten ihrem höheren Zwecke nachzukommen, wenn sie uns biblische Stoffe menschlich nahebringe. Dabei hatte er erwähnt, dass von allen neueren Bildern, die er kenne – er gab selbst zu, dass deren Zahl beschränkt sei – ihm am ergreifendsten erscheine ein Bild in der Nationalgalerie, welches die Auferweckung von Jairi Tochter darstelle.

Jutta hörte dem alten Herrn gern zu, obgleich die Ausdrücke, in denen er von Kunst sprach, ihrem Ohre etwas altmodisch klangen. Sie hegte für Vater Weßleben besondere Zuneigung. Sein edles, bleiches, vom Leiden verklärtes Angesicht entzückte ihren Künstlersinn, seine abgeschlossene Weltanschauung und milde Würde nötigten sie zur Bewunderung. Sie hatte sich ausgedacht, das von ihm geliebte Bild zu kopieren und ihn damit zu Weihnachten zu überraschen.

Die Aufgabe war keine kleine. Denn das weit über Lebensgröße gemalte Original musste, um ein Staffeleibild von erträglichem Umfange zu gewinnen, auf mindestens ein Fünftel seines Umfanges zurückgeführt weiden. Andererseits reizte gerade diese Arbeit, bei der man viel für Augenmaß und Technik profitieren konnte.

Jutta ging von da ab an den Tagen, wo kopiert werden durfte, schon des Morgens nach der Nationalgalerie. Nur Agathe wusste um das Geheimnis.

Die Überraschung am Weihnachtsfeste war groß. Das Bild beherrschte den ganzen, im übrigen äußerst schlichten Bescherungstisch. Juttas Einfall war das, was der alte Pastor einen »echten Herzensgedanken« nannte. Das Bild sollte fortan in seiner Studierstube hängen, auf dem besten Platze, wo sein Blick hinfiel, wenn er im Lehnstuhl saß.

In der Familie Weßleben, die einen so einheitlichen und geschlossenen Eindruck machte, gab es manche geheimen Gegensätze. Zwar trugen diese Menschen einen bestimmten, unverlöschbaren Typus als äußeren Stempel, aber dennoch stellte jedes einzelne Glied ein Wesen für sich

dar, mit eigenen Fähigkeiten und besonderer Entwicklung, auseinander-
strebend wie die Äste eines Baumes, die zwar auch von gleicher Art und
Bildung sind, nach einem ihnen innewohnenden Gesetze aber jeder für
sich einer anderen Himmelsrichtung zuwächst.

Von den vier Geschwistern – zwei früh verstorbene lagen auf dem
Dorffriedhof von Pudelsee – war der Missionar ein Mann nicht über den
Durchschnitt begabt, einseitig, zur Schroffheit neigend, aber zähe, energisch und voll Unerschrockenheit; ein echter Norddeutscher. Für ihn gab
es nur eine mögliche Weltanschauung; das war der Glaube der Kirche, in
welcher er geboren war. Für den Glauben hätte er aber auch gern sein
Leben gelassen. Er war einer von den Christen, denen es nicht' genügt,
im Stillen ihrer Überzeugung zu leben, die vielmehr von dem unwider-
stehlichen Drange getrieben werden zum Bekennen und Zeugen vor der
Öffentlichkeit. Solchen genügt die alltägliche Kleinarbeit im Weinberge
nicht, sie dursten nach persönlicher Gefahr, wollen Qual und Not empfinden, um sich genug zu tun und sich vor Gott zu rechtfertigen.

Der älteste war der Mann nach dem Herzen der Mutter. »Mein Missionar« nannte sie ihn, während sie von Martin nur »d e r Diakonus« zu sagen pflegte. Otto aber war in ihren Augen eigentlich entartet, weil er, die
Tradition der Familie durchbrechend, sich einem anderen als dem geistlichen Stande zugewendet hatte.

Der begabteste von den Brüdern war entschieden Otto. Sein scharfer
Verstand und sein logisches Denken war ja das gewesen, was auf Eberhard, als sie sich kennenlernten, den stärksten Eindruck gemacht hatte.
Aber es entging Eberhard nicht, dass der Freund ein anderer sei, wenn
im Kreise der Seinen, ein anderer, wenn man ihn allein hatte. Daheim
schien ihn eine gewisse Rücksicht zu binden, es war, als wage er es nicht,
sich freizugeben, ganz aus sich herauszugehen.

Mit der Zeit begann Eberhard diese Erscheinung zu begreifen, obgleich
Otto ihm ein wirkliches Geständnis nicht ablegte. Der Freund stand auf
dem Boden einer andern Weltanschauung als die Seinen, hatte sich
emanzipiert von dem Glauben, der dort gehütet wurde als das kostbars-
te Lebensgut. Er wollte die Eltern seinen inneren Abfall nicht merken
lassen. Als ehrlicher Mensch jedoch litt er schwer unter dem Heucheln-
müssen. Schamhaft, wie im Grunde solche äußerlich selbstständige Naturen oft sind, brachte er es nicht über sich, irgendjemandem sich anzuvertrauen. Otto scheute weniger das Geständnis – denn einer eigentlichen Schuld war er sich nicht bewusst –, aber er fürchtete sich vor den
Bekehrungsversuchen, die dann mit ihm angestellt werden würden.

Auch wusste er, wie schmerzlich die Erkenntnis, einen Abtrünnigen in der Familie zu haben, auf seine Eltern wirken müsse. So nahm er die ihm selbst innig verhasste Rolle auf sich, äußerlich umschlungen zu halten, was ihm im Innersten längst entfremdet war. Aus Pietät musste er Pietät heucheln.

Die komplizierteste Natur von den dreien war Martin. Er hatte sich spät entwickelt, das Lernen fiel ihm sauer; die Examina hatte er stets nur unter Angstschweiß bestanden. Obgleich Geistlicher, wurde ihm das öffentliche Sprechen ungeheuer schwer; er musste jede seiner Reden wörtlich memorieren. Auch im alltäglichen Leben war es ihm nicht leicht gemacht, seine Ansichten frei und gefällig zu äußern.

Er glaubte, in einem ganz besonderen persönlichen Verhältnis zu seinem Erlöser zu stehen, war ein großer Beter. Das innerste Wesen seines Glaubens hielt sich nicht frei von einer gewissen Mystik. In schwierigen Fällen, wenn ihn die Vernunft im Stiche ließ, pflegte Martin Weßleben die Bibel zurate zu ziehen; diejenige Stelle, auf die beim Aufschlagen zuerst sein Blick fiel, musste ihm als Orakel dienen.

Unter Menschen hatte der junge Theologe leicht etwas Scheues; ehe er auftaute, dauerte es lange. Innerlich erlebte er vieles, was nie an die Oberfläche seines Wesens kam. Auf Martin lastete die Armatur von Zurückhaltung, Korrektheit und Würde, die in seiner Familie zur Tradition gehörte, am schwersten. Er empfand am tiefsten und unmittelbarsten, fühlte das Bedürfnis, sich hinzugeben und war am wenigsten gemacht, auszudrücken, was er empfand, sich von der Last zu befreien, die er unsichtbar mit sich herumschleppte.

Die Liebe, mit der er seinen Glauben umklammert hielt, hatte etwas an sich von weiblichem Hingabebedürfnis. Er hasste und fürchtete die Weltlichkeit, suchte Rettung in einem mönchischen Einsamkeitsideal. Glaubenszweifel, wie sein Bruder Otto hegte, hatte er nie gehabt, aber ihn quälten andere Nöte im Gemüt. Und auch dieser Mann war zu schamhaft, um vor sich selbst Rettung zu suchen in der Mitteilung an andere. Den Seinen vertraute er von seinen innersten Regungen nichts an.

So erfuhr denn auch niemand etwas von dem Sturm, welcher dieses Gemüt in letzter Zeit von Grund aus aufwühlte. Niemand sah dem stillen Menschen an, dass seine Seele in einen Wirbel hineingerissen war von Hoffen und Verzagen, Glücksgefühl, Pein und Zweifel; mit einem Worte, dass Martin hoffnungslos liebte.

Die Frauen waren so gut wie gar nicht in sein Leben getreten. Er kannte eigentlich nur Mutter und Schwester. Instinktiv hielt er sich dem andern Geschlechte fern, das ihm, weil er es nicht kannte, unheimlich dünkte. Seine Phantasie war rein geblieben wie sein Wandel.

Und nun auf einmal trat ein Wesen in seinen Gesichtskreis, das ihm durch das Neue seiner Art, durch das Außerordentliche seiner Erscheinung und seiner Gaben zunächst völlig den Atem benahm. Staunend stand er da und vermochte nur zu schauen. Und als dann Jutta, bestrebt, gegen ihn wie gegen jedes andere Mitglied der Familie freundlich zu sein, allmählich das Fremde und Erschreckende für ihn verlor, da wirkte das Verheißungsvolle, Sehnsuchtweckende, geheimnisvoll Einladende, was das Wesen der Jungfrau für den Jüngling hat, umso berauschender auf den unverdorbenen jungen Menschen.

Ein Gefühl zog bei ihm ein, das ihn durch seine Kraft und Ausschließlichkeit erschreckte, ihm wie Sünde erschien und Abfall von den bisherigen Idealen. Er kämpfte, wie ein Mensch gegen eine überlegene Macht kämpft; verzweifelt; trieb sich den Stachel, den er entfernen wollte, nur immer tiefer ins Herz.

Nicht sanft und freundlich hatte ihn die Liebe angefasst; sie nahm von ihm Besitz wie eine siegreiche Armee, der sich alles unterwerfen muss. Er lernte das unerhörte Gefühl kennen des Sich-Verlierens an eine Leidenschaft. Menschliche und göttliche Autorität, alles, was uns bisher lieb und gewohnt gewesen, versinkt davor. Sie macht den Menschen sich selbst fremd, bringt ihn dazu, Dinge zu tun und Gedanken zu denken, die seiner ganzen Sinnesart entgegengesetzt sind. Sie duldet keine Götter kleinerer Art neben sich. Und dagegen gibt es kein Sträuben. Zerstreuungen, Arbeit. Gebet helfen nichts; unentrinnbar ist der liebende Mensch dieser Herrscherin verfallen. Glücklich der, dem in solchem Zustande Hoffnung winkt, und sei sie noch so schwach. Aber verzweifelt ist die Lage des Unglücklichen, der sich hoffnungslos nach Gegenliebe sehnt.

Martin Weßleben wusste, dass seine Gefühle niemals Erwiderung finden konnten. Juttas Konfession musste ihm, dem im orthodox protestantischen Pfarrhause aufgewachsenen Diener des Evangeliums, als ein unüberwindliches Hindernis erscheinen für ihre äußere Vereinigung. Aber darüber hinaus fühlte er deutlich, dass zwischen Juttas Natur und der seinen eine nicht zu überbrückende Kluft bestehe, tiefer und bedeutungsvoller als der Unterschied der Konfessionen.

Eine qualvolle Ahnung sagte ihm außerdem, wie sie manchmal arglosen Gemütern deutlicher wird als den gewitzigten, dass das Herz des Mädchens nicht frei sei.

XIX

Juttas Weggang von München war eine Flucht gewesen. Flucht vor ihrem Vater und Vally, Flucht vor Luitpold Habelmayer, Flucht vor der Erinnerung an Bruno, Flucht schließlich vor sich selbst und ihren törichten Herzenswünschen. Als ihr Eberhard damals den Vorschlag machte, nach Berlin zu kommen, hatte sie das begrüßt, wie ein Mensch die Möglichkeit willkommen heißt, sich aus verzweifelter Lage zu befreien. Berlin! Das hatte für sie mehr bedeutet als eine neue Stadt; sie meinte, dort solle für sie ein neues Leben entstehen.

Sie dachte jetzt so wenig wie möglich nach München, spiegelte sich vor, dass es ihr gleichgültig sei, was dort vorgehe. Und sie bekam auch selten genug Nachrichten von der Heimat. Ihr Vater schrieb ja überhaupt nur Geschäftsbriefe. Bally schickte zu Weihnachten ein Geschenk mit beiliegendem Brief. Zwischen den Zeilen las Jutta den Wunsch: Bleibe nur ja recht lange weg! Du bist zuhause ganz gut entbehrlich! – An Lieschen Blümer hatte Jutta geschrieben, bis jetzt aber noch keine Antwort erhalten.

Mit der Zeit konnte es Jutta nicht verborgen bleiben, dass ihre Person den zweiten Weßleben nicht gleichgültig lasse. Martin war zwar nach Kräften bemüht, seine Gefühle im tiefsten Herzensschreine zu verbergen, nur fehlte ihm leider zu dieser Rolle alles Geschick. Und es gehört nicht viel dazu, um einem Mädchen zu verraten, dass ein Mann sie liebt.

Jutta fühlte sich von dieser Entdeckung aufs Peinlichste berührt. Es war von jeher ihr Schicksal gewesen, die Begehrlichkeit des andern Geschlechtes herauszufordern. In Berlin, wo ihre Erscheinung fast noch mehr auffiel als in München, hatte sie, obgleich sie sich absichtlich einfach kleidete, bereits einige unangenehme Erlebnisse auf offener Straße gehabt. Und nun ein neuer Roman in Sicht! –

Zwar ihrer selbst war sie sicher; Martin würde ihr nicht gefährlich werden. Dieser lang aufgeschossene, bleiche, linkische Jüngling im Lutheranerrock war ihr im Grunde genommen lächerlich. Immerhin musste man befürchten, dass er irgendwelche Dummheit begehe, welche ihre Stellung in der Weßlebenschen Familie gefährden mochte. Sie richtete ihr Benehmen so ein, dass der Diakonus darin nicht das geringste Entgegenkommen erblicken konnte.

Dass sie in ihrem Leben niemals inbrünstiger und dabei keuscher von einem Manne geliebt worden war als von Martin Weßleben, ahnte Jutta nicht.

Auf ganz anderem Gebiete bewegten sich jetzt Gedanken und Pläne des Mädchens. In Berlin hatte sie wieder arbeiten gelernt, und in ganz neuem Sinne empfand sie Freude an ihrer Kunst. Etwas in ihr rang nach Leben, wollte gestaltet sein. Sie sah es in unklaren Umrissen nur. Es war zunächst mehr eine Stimmung, eine Erinnerung, ein Schmerz, von dem sie sich befreien wollte. Beständig änderte es seine Physiognomie. Sie floh davor, stürzte sich in andere, unbedeutende Arbeit, nur um ihre Hand zu beschäftigen. Aber innerlich arbeitete sie unausgesetzt an dem gleichzeitig erhofften und gefürchteten großen Werke. Wie ein Fieber quälte sie die Sehnsucht, endlich die Arbeit vorzunehmen.

Wenn Jutta Reimers trotzdem noch immer zögerte, ans Werk zu gehen, so war das Zurückhaltung, die sie sich mit vollem Bewusstsein selbst auferlegte. Ein Wort von Xaver Pangor kam ihr nicht aus dem Sinn, das sich ihrem Gedächtnis tief eingeprägt hatte. Etwa so hatte sich der Bildhauer ausgedrückt: »Sie können nur dann hoffen, etwas Wertvolles zu schaffen, wenn Sie Geduld üben lernen. Wie die reifen Früchte müssen die Werke von uns abfallen. Aus den Säften und Kräften unseres Kopfes und Herzens sollen sie sich nähren. Wie in der Natur gibt es in unserem Leben Perioden, wo wir Künstler ruhen und ansammeln, und Zeiten, wo wir die aufgespeicherten Eindrücke und Erlebnisse aus uns hervorbrechen lassen. Aber ebenso wenig, wie man dem Frühjahr gebieten kann, zu kommen, ebenso wenig soll man vorzeitig Blätter, Knospen und Früchte einheimsen wollen von dem inneren Menschen. Man schaffe nur, wenn der Geist treibt, wenn man etwas Außerordentliches zu sagen hat, wenn uns der Überfluss in den Fingern juckt.« –

Die Künstlerin glaubte, dass dieser Augenblick nunmehr gekommen sei. Sie hatte Geduld genug geübt, das Werk war reif; mit gutem Gewissen, auch vor Xaver Pangor, konnte sie daran gehen, es aus sich herauszustellen.

Sie nahm die große Leinwand wieder vor, die sie bereits zu bemalen angefangen hatte. Gegen Agathens Protest wurden die aufgetragenen Farben davon mit Hilfe von Terpentin entfernt. Langsam wuchs zunächst in Umrisslinien, dann in Farben etwas Neues heran.

Eine lebensgroße Männergestalt bildete die Hauptfigur. Der Mann, dessen Züge vorläufig kaum angedeutet waren, stand gesenkten Hauptes mit leicht gefalteten Händen vor einem Marmorblock, an dem er gearbeitet hatte. Die Anfänge zu einer Christusgestalt schälten sich aus dem grauen Stein.

Nachdem sie ein paar Tage lang eifrig gemalt, machte Jutta plötzlich halt in ihrer Arbeit. Nicht einfach und schlicht genug war ihr das Ganze, zu viel Pose, zu viel Erzählung darin. Sie nahm dem Manne alle Attribute seines Gewerbes; kein Künstler war es nun mehr, nur ein einfacher Geselle in ländlicher Tracht. Das Atelier verwandelte sich in eine Bauernstube mit schwerem, altersgebräuntem Gebälk, durch die halb offene Tür leuchtete in wunderbarem Kontrast zum Dämmerlicht des geschlossenen Raumes die lebendige Alpenlandschaft. Das Christusbildnis rückte ganz ins Halbdunkel, wurde zum schlichten, hölzernen Kruzifix.

Zuletzt erst nahm die Künstlerin den Kopf des Mannes vor, den sie sich bis dahin aufgespart hatte. Während sie vorher unausgesetzt geändert und umgestellt, fast zaghaft geschaffen hatte, führte sie dieses Wichtigste, das, worum es sich wohl vor allem gehandelt hatte für sie bei der ganzen Komposition, in wenigen Stunden mit kühnen, sicheren Strichen aus, als arbeite sie nach Modell. Der Kopf war in Profil. Mächtig sprang die stark gewölbte Stirn vor, gemildert in ihrer Wucht durch den versonnenen Ausdruck der blauen Augen.

Das eigenartig Ergreifende des Bildes lag in dem eindringlichen Gegensatz zwischen der muskulösen, von Kraft strotzenden Männergestalt, die zum Kampfe wie geschaffen schien, und der demutsvollen Haltung, der schlichten Ergriffenheit, der stummen, fast kindlichen Ehrfurcht vor dem primitiven Heiligtume, das diese starken Hände geschaffen.

Als Jutta den Kopf fertig hatte, warf sie noch einen langen Blick auf das Ganze. Dann räumte sie alles weg von Malutensilien und sagte zu Agathen, die fast während der ganzen Arbeit bei ihr gewesen war: »Nun mache ich daran keinen Strich mehr!« –

Jutta hatte das dunkle Gefühl, dass sie ihr Meisterwerk geschaffen habe, das Werk, welches wir nur einmal im Leben hervorbringen, wenn wir in gottgesegneter Stunde bis dorthin hinabsteigen dürfen, wo das Mysterium unserer großen Liebe verborgen ruht.

Agathe stand bewundernd vor dem Werke. »Wie kann man nur so etwas aus Nichts schaffen?« – sagte sie. »Und wie kann man es so machen, dass es dasteht, sicher, schön und lebendig? Mir ist diese Gestalt ein Bekannter. Ich könnte schwören, dass es diesen Mann geben müsste, irgendwo!«

Jutta erwiderte nichts auf die Worte ihrer kleinen Freundin, obgleich sie sich wunderlich davon getroffen fühlte.

Das Bild war seit Kurzem in einer der größten Kunsthandlungen Berlins ausgestellt. Da die Künstlerin behauptete, keinen Namen für ihr Werk zu wissen, hatte man ihm im Katalog der Ausstellung die Bezeichnung »Der Herrgottsschnitzer« gegeben.

Zum Staunen der Weßlebens war Jutta übrigens nicht dazu zu bewegen, sich ihr eigenes Machwerk am öffentlichen Orte anzusehen. »Gerade weil es mein Bestes ist«, sagte sie zu Agathen, »mag ich nicht erleben, wie es dort hängt, preisgegeben den Blicken von Menschen, die es doch nicht verstehen können.«

Das Malen hatte Jutta anscheinend fürs erste aufgegeben. Sie fing allerhand an, versuchte sich im Zeichnen von Buchdeckeln, modellierte in Wachs; ließ beides aber, weil es sie nicht befriedigte, bald wieder liegen.

Etwas Unstetes war über das Mädchen gekommen. Es ging ihr, wie es dem Künstler zu gehen pflegt, wenn er einem Gedanken, der ihn monatelang im Banne gehalten, endlich zum Leben verholfen hat; die Seele ist dann wie entleert, der edle Enthusiasmus, der alle unsere Kräfte in Spannung gehalten, macht der Ernüchterung Platz. Die Stimmung des erhabenen Rausches, in der wir eine Zeit lang gelebt haben, ist unwiederbringlich dahin. Ein Gefühl der Einsamkeit beschleicht uns, als sei der liebste Freund von uns gegangen.

In dieser Verfassung ist man empfindlich und leicht verletzt. Das Urteil über unsere Umgebung fällt dann wohl herber aus als in Zeiten, wo wir im Hochgenusse des Schaffens alles in dem sonnigen Lichte sehen, das aus uns selbst heraus auf die übrige Welt strahlt.

Jutta empfand auf einmal den Unterschied, der zwischen ihr und ihrer jetzigen Umgebung bestand, viel stärker als vordem. Früher hatte sie die Farblosigkeit dieses Lebens, die Trockenheit des Tones, die Einseitigkeit des Urteils, das gänzlich Unkünstlerische, was dem Weßlebenschen Kreise nun einmal anhaftete, nicht weiter gestört; im Gegenteil, als interessanten Gegensatz zu der gewohnten, hatte sie diese Weltanschauung empfunden. Aber nun auf einmal merkte sie die Prosa davon. Ihre verstimmten Nerven lehnten sich auf gegen das fremde Element, in das sie versetzt worden war, und das ihr nicht zusagte. Die Luft kam ihr drückend vor in den kleinen Räumen, deren spießbürgerliche Einrichtung eine tägliche Beleidigung bedeutete für ihren Geschmack.

Sie hütete sich indessen, ihre Wirte davon etwas merken zu lassen, nahm sich zusammen, schon um Eberhards willen. Aber solche scheinbar unwägbaren Verstimmungen unseres Gemütes teilen sich doch auf irgendeine Weise durch die Luft den andern Menschen mit. Eine Abkühlung trat ein, zunächst unmerklich, in der gegenseitigen Herzlichkeit.

Die Frau Pastorin fing wiederum an, Gewissensbisse zu empfinden in dem Teile ihres Herzens, der für den Protestantismus reserviert war. Auch andere, vielleicht berechtigtere Bedenken hegte die gute Frau um Juttas willen. Sie hatte zwei Söhne in dem Alter, wo junge Leute sich leicht Dummheiten in den Kopf setzen. Dazu ein Wesen wie diese Malerin im Hause! – Zwar Koketterie konnte sie Jutta beim besten Willen nicht nachsagen; aber es lag nun mal in der Erscheinung des Mädchens etwas zu den Sinnen Sprechendes. Frau Weßleben bezeichnete das als »römische Hoffart«. Auch in Juttas Kunst witterte sie Verwerfliches. Agathe war dem Banne der Fremden bereits völlig anheimgefallen. Die Jungens kamen neuerdings auch viel häufiger ins Haus, seit man diesen Magneten da hatte, der alles an sich zog. Man musste ein Auge darauf haben, dass sich nichts Schlimmeres entspinne.

Die vorsichtige Mutter ahnte nicht, wie tief verstrickt bereits das Herz eines ihrer Söhne war.

***

Endlich kam der schon lang erwartete Brief von Lieschen Blümer.

Sie schrieb:

»Meine liebe Jutta. Du wirst mir zürnen, dass ich Dir noch nicht geantwortet habe. Im Herzen habe ich es wie oft schon getan! Ich bin überhaupt so viel bei Dir mit meinen Gedanken. Siehst Du, ich war nicht ganz gesund wieder mal; und da soll man nicht schreiben, wenigstens nicht an seine liebste Freundin. Aber nun geht es mir schon wieder viel besser, sodass ich Dir alles mögliche Schöne mitteilen kann. Vor allem von Xaver! Er hat Erfolg gehabt. Bei einem Ausschreiben für eine Brunnengruppe ist sein Modell mit dem ersten Preise ausgezeichnet worden, und er bekommt den Auftrag. Begreifst Du, was ich dabei empfinde, Jutta? Dass es mir vergönnt ist, das noch zu erleben! Wie bin ich vor so vielen andern gesegnet, dass ich habe beitragen dürfen, ihn groß zu machen! Er lebt und schafft und wird anerkannt. Wenn's auch lange gedau-

ert hat, und wenn man selbst darüber auch etwas müde geworden ist;
das hat gar nichts zu bedeuten. Das Glück macht alles gut!

Denke Dir, ich darf nicht mehr malen! Xaver hat es mir verboten. Er
meint, es strenge mich zu sehr an. Du kannst Dir nicht vorstellen, wie
gut er ist! Ich vermisse die Malerei gar nicht, bin viel auf meinem Zimmer, kann nachdenken und lesen. Lebe wie eine Prinzess. Abends
kommt er dann auf ein Stündchen. Oh, ich habe es gut! Manchmal ist es
mir, als könne so viel Glück gar nicht auf die Dauer währen.

Schreibe mir, bitte, wie es Dir geht, was Du treibst und schaffst, und ob
Du auch manchmal an uns denkst. Wir sprechen viel von Dir, Xaver und
ich. Er ist sehr gespannt, zusehen, was Du aus Berlin mitbringen wirst an
Arbeiten. Du weißt ja, dass es Dir gelungen ist, ihn von der Ansicht zu
bekehren: Wir Frauen könnten nichts Originelles hervorbringen. Darauf
kannst Du Dir etwas einbilden! Wäre Xaver hier, würde er Dich grüßen
lassen.

Leb nun wohl und sei tausendmal umarmt und innig geküsst von Deiner Freundin Lieschen.«

Wie dieser Brief charakteristisch war für die Schreiberin! Von sich hatte
sie erzählen wollen, und daraus war das Bekenntnis geworden, das beständig aus allem sprach, was Lieschen tat und sagte: dass sie liebe. Wie
sich diese Liebe verriet, selbst da, wo sie des Geliebten gar nicht Erwäh-
nung tat! Immer und überall kam sie, wie von magnetischer Kraft angezogen, auf diesen Pol ihres Daseins zurück.

Wer so lieben konnte, so lieben durfte! –

Aber auch mit einer gewissen Wehmut erfüllte Jutta der Brief. Mit zarten Händen rührte er an Dinge, die vorüber sein sollten. Jetzt gerade vor
einem Jahre war sie so viel mit Lieschen und Xaver zusammen gewesen.
Die wichtigste, die reichste Zeit ihres Lebens, die Periode einer Wandlung ihres ganzen Wesens, wie sie keine zweite je erleben würde.

All das und vieles mehr rief ihr der Brief ins Gedächtnis zurück. Zum
Verführer wurde er, an allerhand zu denken, was man tief im Schrein
des Herzens hatte verschließen wollen, was man erstorben glaubte, wo-
vor man geflohen war.

Es ist eine Eigentümlichkeit der Träume, dass sie die indiskreten Aus-
plauderer unserer geheimsten Gedanken sind. Hegst du in der Tiefe deiner Seele einen Wunsch, eine Hoffnung, der am hellen lichten Tage dich
zu nähern du zu schamhaft, zu scheu oder zu furchtsam bist, dann sei
sicher, dass es dich in der Nacht heimsuchen wird, und zwar in so rück-

sichtslos nackter, unbarmherzig wahrhaftiger Gestalt, dass du, wie auf böser Tat betroffen, glaubst: Ein schlimmer allwissender Geist habe deine Gedanken heimlich belauscht und dir ins Ohr geraunt, was auszudenken du dich selbst nimmermehr getraut.

Es träumte Jutta, sie schreite mit Lieschen und Xaver durch einen wunderbar schönen Garten. Zypressen, Oliven, Kastanien und andere seltene und herrliche Bäume beschatteten ihren Weg. Betäubender Duft wurde aus einem Parterre von Blumen zu ihnen herübergetragen. Aber ihnen blaute südlicher Himmel. Aus dem Gebüsch winkten hier und da glänzende Marmorleiber. Was Plätschern einer verborgenen Kaskade erfüllte die Luft mit sanftem Rhythmus. Der Weg führte in Windungen bergan. Sie hielten sich zu dreien umfasst, Xaver in der Mitte, sie und Lieschen ihm zu Seiten. Offenbar strebte man jenem Tempel zu, der sich auf der Spitze des Hügels weiß schimmernd erhob. Niemand sprach ein Sterbenswörtlein, man genoss stumm die überwältigende Herrlichkeit. Alle Fähigkeiten waren geschärft, verfeinert, verzehnfacht. Jener Zustand höchster Leichtigkeit; eine irdische Verklärung!

Da mit einem Male hörte man Lieschens Stimme: »Ich werde dir zu schwer, mein Freund! Lass mich ein wenig ausruhen, ich bin müde. Geht ihr voran, ich komme nach!«

Und gewissenlos ließen sie sie allein, schritten zu zweien weiter. Mit beflügeltem Schritt eilten sie jenem Tempel auf der Höhe zu. Bald war das Ziel erreicht. Als einziges Gottesbild stand dort in antiker Säulenhalle ein Engel mit einem Schwert in der Hand. Eine Gestalt von wunderlicher, unheimlicher Schönheit. »Luzifer!«, sagte Xaver. Weiter sprachen sie nichts. Dann traten sie hinaus auf die Plattform vor dem Tempel, von wo aus sie alles übersehen konnten. Auch auf den. Weg schauten sie hinab, den sie gekommen waren. Aber da war niemand, der ihnen nachgeschritten wäre.

»Wir müssen wieder hinabsteigen und sie suchen«, hörte Jutta ganz deutlich von ihrer eigenen Stimme gesprochen. »Sie ist müde und wird den Weg hier herauf nicht allein finden.«

Da schüttelte Inder den Kopf mit rätselhaftem Ausdruck und sagte: »Sie ist nicht mehr, längst nicht mehr!« –

»Wo – wo ist sie denn?«

Er nahm ihre Hand, hob sie ein wenig, und wies damit in den endlosen Raum hinaus.

Furchtbare Bangigkeit überfiel Jutta. Etwas Dunkles, Gespensterhaftes, Vielgliedriges kam herangekrochen und rührte mit kalter Hand an ihr Herz. Sie wollte schreien und konnte nicht.

Da erwachte sie. Gott sei Dank nur ein Traum!

Jutta setzte sich im Bette auf, verwirrt, erschüttert, zum Weinen gestimmt. Die Tür zu Agathens Zimmer, die nur angelegt war, öffnete sich. »Jutta, was ist dir?«

Agathe erhielt keine Antwort. Sie trat näher heran und fand die Freundin in Tränen. »Aber Herzens-Jutta, was fehlt dir?«

»Frage nicht! Am Gottes willen frage mich nichts! Ich habe Furcht!«

»Du, Furcht?«

»Vor mir selbst!« »Darf ich zu dir kommen?« »Ja – ja!«

Agathe legte sich zu ihr und versuchte ihr die Tränen zu trocknen.

XX

Das Frühjahr war inzwischen herangekommen, mit ihm der Termin zu den Staatsprüfungen. Otto Weßleben hatte soeben sein Examen glücklich bestanden und reiste, ehe er am Gericht angestellt werden sollte, auf einige Wochen an den Rhein. Eberhard stand noch mitten drin und hatte als bedrängter Examenskandidat weniger denn je Zeit, sich Braut und Schwester zu widmen.

Gern hätte Jutta Ausflüge gemacht. Das Grün, welches auf den Schmuckplätzen der inneren Stadt, an den Alleebäumen und Rasenflächen sich hervorwagte, verriet, dass die Welt wieder mal ihr Kleid zu wechseln sich anschicke. Jutta kannte noch gar nichts von der Umgegend Berlins.

Aber es fand sich niemand, der sich ihr angeschlossen hätte. Ihr Bruder war durch seine Examensarbeit daran verhindert, und Agathe, die nur zu gern mit der Freundin durch Wald und Feld gestreift wäre, wurde durch mütterliches Verbot festgehalten. Zwei junge Mädchen allein Landpartien unternehmen! Das schickte sich nicht, außerdem war es auch gefährlich.

Um nur wenigstens etwas frische Luft zu atmen und das Auge von den stumpfen Farben der Straße zu erholen, machte Jutta, wenn sie von der Weßlebenschen Wohnung nach dem Zentrum der Stadt ging, mit Vorliebe einen weiten Umweg, der sie durch den Tiergarten führte.

Freilich war das nur ein zahmes Stück Natur, eingehegt, gelichtet, von gradlinigen Straßen und Wegen durchquert; nur hie und da, wo vielleicht aus Versehen die Hand des Gärtners nicht hingekommen, machte auf kargem Boden die Vegetation den Versuch, in Urwüchsigkeit und einiger Üppigkeit zu wuchern. Aber es war, als hätten die Bäume ein schlechtes Gewissen, als warteten diese dünnen, korrekten Gesellen auf ein Kommandowort, eine Genehmigung von höchster Stelle, über das Normalmaß hinauszuwachsen.

Eines Tages befand sich Jutta, herausgelockt durch das schöne Wetter, eben auf dem Wege nach dem Westen, als sie nach, den eisten paar Schlitten auf der Straße eine ihr wohlbekannte Gestalt, wie aus der Versenkung, plötzlich vor sich auftauchen sah.

Dort stand einer mitten auf dem Fahrdamm und schaute nach den Häusernummern aus. Ein Mann im braunen Lodenanzug von hoher Gestalt. Die Hände im Kreuz zusammengelegt, wiegte er den Oberkörper hin und her und blickte mit großen blauen Augen unter der gewölbten Stirn gleichsam wie unter einem schützenden Helm hervor.

Jutta machte jäh halt, als sie Xavers Silhouette vor sich sah. Hatte sie eine Vision? – Der Atem stockte, das Herz schlug ihr bis zum Hals hinauf. Dabei fühlte sie, dass sie etwas tun müsse. So durfte er sie doch nicht überraschen, so ratlos, so ganz außer Fassung. Aber sie fand keinen Entschluss, nicht mal zur Flucht; wie gebannt stand sie und starrte.

Xaver kam, immer die Hausnummern musternd, langsam schreitend bis nahe an sie heran. Als er wenige Schritte von ihr war, fiel sein Auge auf sie. »Fräulein Reimers!«, rief er und streckte sofort die Hände nach ihr aus.

Jutta stand da mit schlaff herabhängenden Armen, bleich, vor Erregung zitternd, und wusste nicht, was tun, was sagen! –

»Schau, treffen wir uns so!«, rief Xaver. »Ich wollte zu Ihnen. Kann mich in dem verwünschten Berlin nicht zurechtfinden. Nun, da sind Sie! Gelt, das ist schön. Lieschen lässt vieltausendmal grüßen. Sie hat mir's ans Herz gelegt, dass ich Sie aufsuchen müsste in Berlin. Ich hätt's freilich auch ohnedem getan!« Dabei presste er ihre Hand in seiner starken Faust, als wolle er sie zerdrücken.

Jutta hatte über dieser Begrüßung Zeit gefunden, sich zu fassen. »Wie geht es Lieschen?«, fragte sie.

»Den Winter hätt's besser gehen können! Sie ist viel im Bett gelegen. Aber der Frühling wird ihr schon auf die Beine helfen. Ich hab' keine

Sorge. Sie sagt immer: wenn erst die Sonne scheint und ich darf wieder hinaus, dann sollst sehen, Xaver, dann werd' ich wieder gesund! Ich hab' ihr ein Häuschen gemietet, draußen in Schwabing. Die Stadtluft ist nichts für das arme Hascherl. Und gar die alte Dachkammer, wo sie lebt! Nun, Sie kennen's ja! Das wird alles anders jetzt. Wenn ich von Berlin zurück bin, wird umgezogen!«

»Was wollen Sie denn in Berlin, Herr Pangor?« forschte Jutta. Ihr war urplötzlich ein Gedanke gekommen, der ihre Pulse beschleunigte. Wie, wenn er ihr Bild gesehen hätte: den »Herrgottsschnitzer«?! –

Wie leicht war das möglich. Ei würde doch wahrscheinlich alle größeren Ausstellungen besucht haben.

Xaver antwortete: Er sei seit drei Tagen in Berlin. Anlass zu dieser Reise war der Ruf eines Kunstliebhabers gewesen, der etwas von Pangors Entwürfen in einer Zeitschrift gesehen hatte und mit ihm persönlich die Bestellung besprechen wollte. Das Geschäft war zur beiderseitigen Zufriedenheit erledigt; morgen bereits wollte der Bildhauer wieder abreisen.

Gott sei Dank, das klang harmlos! Jutta atmete auf. Ihre Befürchtungen verblassten.

Man war auf dem Bürgersteig auf- und abgeschritten. Jutta empfand wenig Lust, Xaver aufzufordern, mit ihr in die Weßlebensche Wohnung zu kommen. Wo sollte sie ihn dort aufnehmen? Ihn mit der Pastorsfamilie bekannt machen? Das konnte kein erfreuliches Zusammensein ergeben.

»Ists Ihnen recht, wenn wir etwas gehen?«, fragte sie.

Er war damit einverstanden.

»Und wie gefällt Ihnen Berlin, Herr Pangor?«

»Wenn Sie mich fragen, muss ich's wohl sagen: abscheulich! Diese Stadt drückt auf mich, liegt auf mir wie ein Riesenalp. Ich bin nicht mehr Künstler, habe aufgehört Individuum zu sein, seitdem ich Berliner Pflaster trete. Hier könnte ich leinen Gedanken fassen, geschweige ein Kunstwerk schaffen. Mein Geist ist wie sterilisiert. Wie haben Sie das nur ein halb Jahr lang aushalten können?«

»Anfangs hat es mir auch den Atem versetzt; aber ich habe mich daran gewöhnt, manches hier sogar lieb gewonnen.« »Haben Sie auch fleißig gearbeitet – gemalt?« –

Jutta war froh, dass sie der Frühjahrssonne wegen einen Schleier vorhatte; so bemerkte er wohl ihr Erröten nicht. »Ich habe etwas gemalt, aber es ist nicht der Rede wert«, sagte sie.

»Landschaft oder Figuren?«

»Ach, reden wir lieber von was anderem, Herr Pangor. Ich spreche nicht gern von meinen Sachen. Sie ja übrigens auch nicht!« Jutta lachte nervös.

Es kam ihr alles so gezwungen, so falsch vor, dass sie steif und sittsam neben ihm schreiten musste, ihm nicht zeigen durfte, wie seine Anwesenheit sie im Innersten ergriff. Wie unnatürlich auch, dass sie ihn »Herr Pangor« nennen muhte, nicht mal »Xaver« zu sagen war ihr gestattet. Wo sie ihn doch in einsamen Stunden mit ganz anderen, vertrauteren Namen gerufen hatte! Zu was für widerlichen Lügen einen die gute Sitte zwang!

»Wo gehen wir eigentlich hin?«, fragte er, als sie ein langes Stück schweigend nebeneinander hergeschritten waren.

»Ich weiß es nicht, Herr Pangor!«

»Gibt es denn hier nirgends so was wie Gottes freie Natur?«, rief er. »Wald, Seen, Berge! Ich komme mir so dumm vor, wenn ich ein paar Tage lang nur Ziegelmauern und Gaslaternen gesehen habe!«

Ein Gedanke durchzuckte Jutta: wie, wenn sie den längst gehegten Wunsch ausführte, ins Freie zu gehen? – Hier hatte sie ja die Begleitung, die ihr bisher gefehlt!

Aber was würden die Weßlebens sagen? –

Ach, warum sich darum sorgen? Was ging die Prüderie ihrer Wirte sie an? Sie war doch erwachsen, konnte tun, was ihr gefiel! Schutz hatte sie ja nun, ohne den man, wie die Pastorin meinte, sich nicht in die Umgebung Berlins wagen durfte. Freilich würde Xaver nicht ganz dem entsprochen haben, was die überängstliche Dame sich unter solchem »Schutz« wohl gedacht hatte.

Bei der nächsten Haltestelle stiegen sie in die Pferdebahn. Im Wagen war kein Sitzplatz mehr, nach kurzem Besinnen stieg Jutta daher zum Verdeck hinauf, gefolgt von ihrem Begleiter.

Ein frischer Wind ging hier oben. In den Spiegelscheiben, den Laternen, dem Geschirr der Pferde, kurz in allem, was imstande war zu glänzen, spiegelte sich die Frühjahrssonne. Auf den breiten Trottoirs, unter den Alleebäumen mit ihren winzigen Knospen und Blättchen ergingen sich die Spaziergänger. Alle Leute sahen heute so vergnügt aus, als seien sie wirklich da, um zu leben, und nicht, wie sie sonst glaubten und glauben machen wollten, nur um ihrer Geschäfte willen. Vor den Läden standen die Inhaber und betrachteten sich die Lorbeerbäume, Azaleen und Oleandersträucher in Kübeln, die man zum ersten Male herausgestellt hatte. Gewächse, die der Berliner, wenn ihrer mehr als ein Exemplar vorhanden ist, kühn seinen »Garten« nennt. Allerhand Buntes wagte sich an den Menschen hervor. Die Damen trugen ihre Frühjahrshüte zur Schau; da und dort tauchte auch eine helle Toilette auf.

»Lassens doch Ihren Schleier weg!«, sagte er, neben ihr auf der Bank sitzend. »Die Sonne wird sich freuen. Ihr Gesicht zu sehen.« Sie tat, wie er wünschte. Seine Unbefangenheit hatte etwas Ansteckendes. War's nicht, als habe er einen frischen Luftzug mitgebracht in die fremde Stadt, voll würzigen Heimatdufts. Ihr wurde warm ums Herz. Sie fühlte sich so frei, so entbunden jeden Zwanges. Jutta freute sich auf den Tag mit ihm.

Sie hatte die Führung übernommen, obgleich sie so gut wie gar nichts vom Wege wusste. Ihr Bestreben war, den nächsten Bahnhof zu erreichen: Wenn man da einen Zug nach Westen zu benutzte, musste man aus Berlin herauskommen und irgendwo landen. Das Übrige würde sich dann schon finden!

Nach einiger Zeit saßen sie denn auch glücklich in einem Vorortzug und sahen »Rückseiten von Häusern, Essen und Fabriken an sich vorüberfliegen. Dann kam Gartenland, Bäume, Wasser. Sie glaubten schon außerhalb Berlins zu sein; da fing es noch einmal an, mit einem Gewirr von Straßen und Plätzen. Endlich kam freies Feld, und in der Ferne zeigte sich der dunkle Kranz des Kiefernwaldes.

»Hier fängt es an, menschlich zu werden!«, sagte Xaver und sog die frische Luft, die durch das geöffnete Fenster eindrang, begierig ein.

»Wollen wir bei der nächsten Station aussteigen, gleichviel wie sie heißt?«, fragte das Mädchen.

Er war dabei.

Hinter dem Bahnhofe schritten sie an einer Reihe Villen vorüber, dem nahen Walde zu.

»Wir wollen keinen Menschen fragen nach dem Wege, hören Sie! Es ganz dem Zufall überlassen, wo er uns hinführen will«, rief Jutta. »Dann am besten gar keinen Weg! Einfach der Sonne nachwandern!« meinte er.

Entzückt von diesem Plane verließ Jutta den sandigen Weg und trat in den Forst. Die alten Kiefern standen licht. Es ging sich weich und angenehm auf der elastischen Streu von braunen Nadeln. Durch die Bäume strich der Wind, bewegen konnte er die mächtigen Säulen nicht, aber er spielte mit ihrem Geäst.

»Horchen Sie nur!«, sagte Xaver und blieb stehen ...Wie sie miteinander sprechen!« Jutta lauschte. »Genau wie im Tannenwald daheim! Der Wind macht sie klingen und singen. Sonst sind sie ein schweigsames Volk.«

Und er begann auf einmal zu erzählen von seiner Alpenheimat. Von der Mutter sprach er, die eine echte, rechte Bäuerin sei, fromm und einfach, gut gegen die Guten, voll Abscheu gegen alles Böse, lebhaft, und trotz ihrer Jahre rüstig, tatkräftig und lebenslustig: ein »Kernweib«, wie es deren nicht viele gäbe. Und der Vater, ehemals ein gefürchteter Raufer, dann, nachdem er abgegoren, ein strenger, zäher, sparsamer Mann, der vor allem auf Mehrung seines Besitzes bedacht war. So berichtete er weiter von seinem Onkel, dem Schreiner, in dessen Werkstätte Xaver einstmals Lehrling gewesen. Jetzt lag der Brave längst draußen auf dem Bergfriedhofe im selbst gefertigten Sarge. Das ganze Leben in Bauernhof und Dorf ließ er vor Juttas Augen entstehen, seine Jugendgeschichte, die ersten Kunsteindrücke, seinen Werdegang.

Jutta lauschte mit verhaltenem Atem. So frei hatte er sich ihr noch nie gezeigt, so offen noch nie zu ihr gesprochen. Vieles, was ihr rätselhaft gewesen war an ihm und befremdlich, wurde nun auf die einfachste Weise verständlich. Er war Naturkind, war es geblieben, trotz Künstler und modernem Menschen. Die Kultur hatte keinen Narren aus ihm gemacht, nur ein ganz klein wenig hatte sie ihn poliert, dass Glanz, Farbe und Adern dieses Steines recht zur Geltung kamen.

Hier draußen in Gottes freier Luft musste man Xaver Pangor sehen. Hier weitete sich seine Brust hier leuchtete sein Auge, hier schien er mit seinen kräftigen Gliedmaßen, seinem freien Gang, seinen starken Bewegungen, ein Stück Natur, zu ihr gehörig wie zum Walde das Wild. Die Stadt war kein Hintergrund für solche Persönlichkeit. Jutta hatte das erst vorhin unangenehm empfunden: Er war neben ihr aufgefallen, die Leute hatten sich nach ihnen umgedreht. Er passte nicht zu dem geschniegelten Weltstadtgigerltum ringsum. Seine Kleider, die ganz zu ihm gehörig wie eine zweite Haut an seinem Leibe saßen, waren das Gegenteil von modisch.

Ja, es war ein glücklicher Gedanke gewesen, sich mit ihm hier hinaus zu begeben.

Man schritt immer weiter quer durch den lichten Wald, der kein Ende zu haben schien. Hin und wieder kreuzten sie mal einen Weg, vermieden es aber, ihn anzunehmen.

Xaver sprach jetzt von seiner Kunst, entwickelte Pläne, schilderte die Arbeiten, die er augenblicklich im Atelier hatte. Seine Rede, eben noch fließend und lebendig, wurde mit einem Male stockend: Er suchte nach Ausdrücken. Jutta wusste es ja, wenn es sich um sein Höchstes handelte, dann bekam er dieses Unbeholfene, Hilflose des suchenden, ringenden Menschen. Sie erkannte auch diesen, nach innen gerichteten Blick des versonnenen Künstlerauges wieder.

Durch die Baumstämme erglänzte jetzt in der Ferne etwas Helles. Ein Wasserspiegel. Neugierig eilten sie vorwärts und waren bald darauf am buschigen Waldrande angelangt. Das Gelände fiel steil ab zum See. Die paar Meter, die sie über der Wasserfläche erhöht standen, ergaben in der flachen Gegend einen Ausblick von überraschender Weite.

Den größten Teil des Bildes füllte der See aus mit seiner metallgrauen, durch den schwachen Wellenschlag nur wenig bewegten Fläche, platt hingeworfen wie ein blanker Schild. Ein Kranz von braunem Schilf als Vordergrund, auf dem Wasser ein alter baufälliger Kahn angepflockt. Im graublauen Himmel ein paar blendend weiße Punkte: Möven, die in graziösem Fluge über einer dunkleren Stelle des Wassers schwebten. Vom jenseitigen Ufer grüßte der Kiefernwald, eine sanft gebuchtete Wand mit einem Streifen gelben Sandes davor. Dort, wo der See in ein spitzes Ende auslief, traten die Kulissen zurück; ein Stückchen Ebene wurde sichtbar, auf dem die volle Sonne lag. In südlicher Heiterkeit geradezu erstrahlte das gegen den nüchternen Vordergrund. »Ferne«, hieß die gut gelaunte Malerin, die sich in diesem nördlichen Lande einen solchen Farbenscherz erlaubte.

Jutta und Xaver standen lange Zeit tief versunken. Sie waren beide viel zu sehr Künstler, um durch Ausbrüche des Staunens oder gar durch erklärende Worte in solchem Augenblicke sich und dem anderen die Stimmung zu verderben. Andachtsvoll nahmen sie das Geschenk auf, welches ihnen der liebe Gott in den Weg gelegt hatte, als Feiertagsüberraschung.

Man nimmt immer etwas mit in der Seele von solchem Moment. Das Bild mag von der Netzhaut verschwinden, aber es bleibt eine Bereicherung jenes inneren Schatzes von Schönheit, an dem der Mensch, der sehen gelernt hat, sammelt sein Leben lang.

Ohne dass ein Zeichen zwischen ihnen gewechselt wurde oder ein Wort gefallen wäre, wandten sich Jutta und Xaver gleichzeitig und traten zurück in den Wald. Beide wussten, dass sie sich näher gekommen waren in den letzten Minuten, und beide waren von diesem Bewusstsein stark bewegt.

Sie waren in eine Wirtschaft eingekehrt, die mitten im Walde lag, dort hatten sie ihr Mittagbrot eingenommen. Da sie die ersten Gäste waren, verfrühte Schwalben gleichsam, die den Anbruch der Saison verkündeten, wurden sie besonders gut bedient. Schließlich, als sie aufbrechen wollten, begleitete der Wirt sie ein Stück, um ihnen den rechten Weg nach der Eisenbahnstation zu weisen.

Es war Juttas Wunsch gewesen, nun zu gehen. Sie bedachte, dass die Weßlebens sich schließlich doch um sie ängstigen möchten, wenn sie gar so lange ausblieb. Als sie aufbrachen, war noch heller Tag; aber unterwegs kündete sich die Dämmerung an.

Im Walde war es schon beinahe dunkel. Graue und braune Farbentöne herrschten vor. Nur der sandige Weg leuchtete vor ihnen in fahlem Lichte. Der Himmel blieb hell und färbte sich gegen Westen zu gelblich. »Die Sonne ist sparsam in ihren Effekten hierzulande!«, meinte Xaver. »Haben Sie mal einen Sonnenuntergang gesehen in den Bergen?« Jutta nickte. Er begann wieder, von seiner Heimat zu schwärmen.

Das Mädchen blieb einsilbig. Zu voll war ihr das Herz zum Sprechen. Nachdenklich schritt sie vor sich hin; der Abend hatte sie mit seinem Traum-Fittich berührt.

Was für ein außerordentlicher Tag lag hinter ihr! Außerordentlich nicht durch äußeres, umso mehr aber durch inneres Erleben. Sie dachte an ein Wort von Lieschen Blümer, das sie erst heute in seiner Wahrheit begriff: »Gewisse Erlebnisse haben Ewigkeitswert: Sind nur Symbole von größeren Dingen, die sich jenseits der Wolken abspielen.«

Ganz fromm und still war sie geworden; beten hätte sie mögen, danken für ein großes, unverdientes Glück. Versöhnt fühlte sie sich. Alle Unruhe, alles Hässliche, alle Furcht, alle Eifersucht war von ihr genommen. Sie konnte an alle Menschen in Liebe denken. Wer glücklich ist, kann nicht hassen.

War es nicht herrlich, zu denken, dass es so einfache, gute und große Menschen gab! Kam es darauf an, dass man geliebt wurde? Nein, wenn man nur selbst lieben durfte: Das war das Wichtige! Darin lag das Glück beschlossen.

Und lieben durfte sie. Wer konnte es ihr verwehren. Niemand wusste es ja! Nicht einmal der, den sie liebte.

Eine gab es, die wohl etwas ahnen mochte. Lieschen wusste um ihr Geheimnis. Lieschen hatte ihn zu ihr geschickt. Lieschen verdankte sie diesen Tag mit Xaver. Oh, wie sie der Freundin dankbar war, wie sie die Freundin verstand!

Wenn man bedachte, wie sich die Dinge herrlich entwickelt hatten! Vor einem Jahre noch voll Scheu, Misstrauen und Ängstlichkeit gegeneinander erfüllt, verkehrten sie jetzt wie Freund und Freundin.

Mit ihm so durch den Wald zu schreiten, allein, ohne Weg und Steg, ins Unbekannte hinein, schauerlich zugleich und schön! So hätte sie ruhig gehen mögen überallhin, ob es Nacht sei oder Tag! Er war ja so kindergut und harmlos, und dabei wusste sie doch, wie ganz er Mann sei. Seine bloße Nähe, seine Stimme, jede seiner Bewegungen sagten ihr: Ich bin stärker als du, ich könnte dir Gewalt antun, wenn ich wollte. Aber sei ruhig, ich bin zu vornehm dazu.

Oh, sie war stolz auf ihn. In ihrem Herzen beugte sie sich vor ihm, betete seine Männlichkeit an.

Freundschaft! Ob sie Wohl möglich war zwischen Mann und Frau? Wäre es nicht das Höchste, das Edelste, das menschlich Größte gewesen, das Erhabenste, was das Leben bieten mochte! –

Freundschaft! Das bloße Wort hatte solch intimen Zauber in sich, es schmiegte sich der Seele an, es schmeichelte der friedlich frommen Stimmung ihres Gemüts, es passte auch so traulich zu der dämmerigen Landschaft, durch die sie schritten. Freundschaft war edel und großmütig, ohne all die hässlichen Schlacken der Leidenschaft und des Verlangens und dennoch erfüllt von Kraft, begabt mit der Wonne gegenseitigen Besitzes. So etwas muhte möglich sein! Nur auf die Menschen kam's an, dass sie wagten, es zu leben.

Sie erreichten die Haltestelle. Nicht lange dauerte es, da kam ein Zug herangebraust. Im Durchgangswagen fanden sie eine leere Abteilung. Nebenan saß eine Gesellschaft von zweifelhafter Güte, die sich durch Lachen und Schreien unangenehm bemerkbar machte.

Xaver und Jutta setzten sich einander gegenüber. Sie schwiegen eine Weile. Dann beugte er sich vor zu ihr, wohl um nicht allzu laut sprechen zu müssen, blickte ihr vertraulich in die Augen und sagte: »Kann ich Sie recht bald wieder sehen?«

»Aber Sie wollten doch morgen schon reisen, verstand ich!«, rief Jutta.

»Ach, das war nicht so fest beschlossen. Ich kann noch ein paar Tage bleiben schließlich. Zwar an Berlin liegt mir nichts; aber nun, wo ich Sie getroffen habe, gefällt mir's. So ändert der Mensch seinen Geschmack!« Er lachte unbefangen.

Jutta senkte die Augen vor seinem Blicke. Sie fühlte sich unangenehm berührt von der Rede, vielleicht auch von der Art, wie er sie vorgebracht.

»Ich habe unbegrenzten Urlaub. Lieschen gönnt es mir, dass ich bei Ihnen bin.«

O warum sagte er das! Wozu Dinge aussprechen, die sich von selbst verstanden! Wenn man sie dachte, blieben sie natürlich, wenn man sie in den Mund nahm, bekamen sie etwas Verzerrtes. Mit seinen plumpen Worten hatte er jenes Bewusstsein der Unschuld und Harmlosigkeit zerstört, das sie all die Zeit über als unsichtbarer Schutz umgeben hatte. Jetzt mit einem Male empfand sie, dass sie allein sei mit ihm. Trotz des grellen Lampenlichtes, trotz der Leute nebenan, wurde ihr bange vor dem Manne, mit dem sie eben noch mutig durch die Einsamkeit des Waldes geschritten war.

Er mochte etwas merken von dem Wechsel in ihrer Stimmung; wodurch er sie verletzt haben könne, wusste er freilich nicht. »Ich meine nur«, sagte er, »dass es für mich noch mancherlei in Berlin gibt, was mich veranlassen könnte zu bleiben. Gern wäre ich zum Beispiel in ein oder die andere Ausstellung gegangen mit Ihnen. Vier Augen sehen leicht mehr als zwie. Hätten Sie nicht Lust?«

Jutta schüttelte energisch den Kopf. »Im vorigen Jahre durfte ich Ihr Lehrer sein; hier könnten Sie mich führen, und wir würden gemeinsam lernen. Wäre das nicht schön?«

Wieder beugte er sich vor und suchte ihr Auge. Sie wich seinem Blicke aus, wohl wissend, dass darin eine größere Versuchung lag als in allem, was er vorbringen mochte. Wie gern hätte sie ihn gebeten, dass, er schweigen, sie in Frieden lassen möchte. Es war ja gut gemeint von ihm, aber für sie lag etwas in seinen Vorschlägen, was verstimmte, traurig machte.

»Oder lassen Sie uns wenigstens noch einen solchen Ausflug unternehmen!«, fuhr er unbeirrt fort. »Ich will alles zurücknehmen, was ich früher über die Hässlichkeit dieser Gegend gedacht habe. Schließlich kommt es nur darauf an, in welcher Laune man ein Stück Erde betritt; dem Glücklichen erscheint die Wüste ein Paradies. Es war doch heute so schön! Hat es Ihnen denn nicht auch gefallen? Sagen Sie!« dabei streckte er die Hand aus nach der ihren. »Es geht nicht!«, rief Jutta gepresst. In die dargebotene Hand schlug sie nicht ein. »Wahrhaftig, es geht nicht!«

»Wenn Sie nur wollten?« schmeichelte er.

»Ich kann über meinte Zeit nicht so frei verfügen, wie Sie denken, Herr Pangor. Schließlich muss ich doch auf die Menschen Rücksicht nehmen, bei denen ich wohne. Es war nur Zufall, dass ich heute mit Ihnen kommen konnte. Aber ich meine, wir wollen uns damit begnügen.«

»Begnügen! Das Wort hasse ich. Denken Sie doch: So jung und lebensfroh kommen wir nie wieder zusammen. Tun Sie's nur!«

Jutta erhob sich von ihrem Sitze und blickte zum Fenster hinaus. Draußen flogen schon allerhand gigantische Formen vorüber: Dächer, Essen, Häuserzeilen, lange Reihen von Lichtern, Berlin ankündend.

Sie suchte Zeit zu gewinnen zum Nachdenken. Wenn er geahnt hätte, wie sein Vorschlag sie erregte, wie im Grunde ihres Widerwillens eine versuchende Kraft sich rührte, ihm zu willfahren. Stärker noch als er empfand sie den glühenden Wunsch: mit ihm zu sein, nicht sich trennen zu müssen, nach so kurzem Wiedersehen! Beieinanderbleiben! Gemeinsam genießen: Kunst, Natur, alles Gute, alles Schöne, das ganze Leben. Seine Stimme hören, seine Gegenwart fühlen! Neben ihm gehen, wie heute, träumen, süß träumen, und nichts von dem verraten, was man träumte.

Aber es war auch eine Stimme in ihr, die sie warnte. Jutta hatte die männliche Begehrlichkeit kennengelernt. Sie ahnte, dass eines jeden Mannes Brust Dämonen birgt, die bereit sind, hervorzustürzen wie die Tiger, ungebändigt. Wer stand ihr dafür, dass er besser sei als die anderen! Mann blieb Mann! Konnte er für seine Anlage?

Die größte Verantwortung war auf sie gelegt. War es nicht Pflicht, ihn zu schützen vor sich selbst? Er, der ihr anvertraut war von der Freundin!

Lieschens blasses Gesicht tauchte vor ihr auf. Eine andere Frau hatte Anrecht auf ihn, ein Anrecht, das geheiligt war. Und selbst wenn Lieschen nicht ihre Freundin gewesen wäre, so würde der Verrat der Treue doch das Verbrechen sein, welches nie vergeben werden konnte, das Verbrechen am eigenen Geschlecht.

Weniger als eine Minute hatte das Mädchen dazu gebraucht, diesen Gedankengang zu durchmessen. Nun stand sie am Ende und wusste, wie sie sich zu verhalten habe.

Ruhig, mit freundlichem Lächeln, wandte sie sich zu ihm, der sie gespannten Blickes, der Entscheidung harrend, betrachtete. »Es war sehr freundlich von Ihnen, Herr Pangor, mich aufzusuchen und noch freundlicher, dass Sie mir Ihren ganzen Tag gewidmet haben. Aber nun müssen wir uns trennen. Bei der nächsten Station werde ich aussteigen, Sie haben noch ein Stück weiter zu fahren. Reisen Sie nur morgen früh, wie Sie ursprünglich wollten. Sie müssen Lieschen viel erzählen, auch von mir, hören Sie! Und sagen Sie ihr viele herzliche Grüße!«

Xaver machte noch einen Versuch, sie umzustimmen. Aber Jutta schüttelte nur lächelnd den Kopf. Als die Station kam, ließ sie sich von ihm die Tür öffnen und reichte ihm die Hand zum kurzen Abschied.

Er stand und starrte ihr verdutzt nach, als er vorbeifahrend das Mädchen, ruhigen Schrittes, ihr Kleid ein wenig raffend, den Perron hinabschreiten sah.

XXI

Rieke, das Mädchen für alles bei Weßlebens, war mittags nach Haus gekommen aus der Markthalle und hatte ihrer Herrin brühwarm die Nachricht mitgebracht: Sie hätte Jutta mit einem Herrn auf der Straße jehen sehen, »'t war so en langen forschen Kerl in en braunen Habit mit en jrünen Hut. Hässlich war der Musjö nich, det will ick jarnich sagen. Er nahm so lange Schritte, dass det Freilein alle Mühe hatte, man bloß mit fortzukommen. Se schienen's höllschen eilig zu haben. Dann ging's in ne Pferdebahn und och gleich oben ruff, uff det Verdeck. So sah ick ihr mit em von dannen jondeln.«

Zum Mittagessen kam Jutta nicht. Die Pastorin murmelte etwas von »Rücksichtslosigkeit«, erzählte aber den Ihren zunächst noch nicht, was sie von Rieke erfahren hatte.

Der Nachmittag verging, keine Jutta ließ sich blicken. Vater Weßleben äußerte sich besorgt über das Ausbleiben seines Gastes. Agathe wusste zufälligerweise, dass Jutta in die National-Galerie gewollt hatte; aber von dort hätte sie doch längst zurück sein müssen. Vater und Tochter erwogen bereits, ob man nicht nach ihr ausschauen müsse. Die Frau Pastorin hatte nur ein bedeutsames Lächeln bei dem Gerede der Ihren.

Es klingelte. »Gott sei Dank, da ist sie!« Aber es war nur Martin. Man teilte ihm mit, weshalb man sich Sorge mache.

Der Diakonus erklärte sich sofort bereit, auszugehen und Juttas Spuren zu suchen. Nur mühsam vermochte der junge Mensch die tiefe Erregung zu verbergen, die sich seiner bei dem Gedanken bemächtigte, dem Mädchen könne etwas zugestoßen sein.

Nunmehr hielt es die Frau Pastorin für an der Zeit, zu erzählen, was sie über Jutta erfahren hatte. Sie tat das nicht ganz ohne Schadenfreude. Nun sahen sie's doch mal, was an dieser Jutta Reimers war, vor der die ganze Familie in Bewunderung auf den Knien lag. Katholisch blieb eben katholisch! Selbst Weßleben hatte sich von ihr Sand in die Augen streuen lassen. Er war eben doch nicht so gefestigt wie sie, die das Blut von so und so vielen Superintendenten, Konsistorialräten und einem Hofprediger in ihren Adern rollen fühlte.

»Sie hat vielleicht einen Verwandten getroffen«, sagte der alte Herr in begütigendem Tone. »Die Sache wird gewiss harmlose Aufklärung finden.«

Da war die Frau Pastorin freilich anderer Ansicht. Wie ihr Mann das Mädchen auch noch in Schutz nehmen könne, begreife sie nicht. Für sie sei Jutta gerichtet. »Emanzipiert ist sie, das habe ich schon immer gesagt. Mit Herren auf dem Verdeck der Pferdebahn sitzen, das mag vielleicht in Künstlerkreisen Mode sein: Von anständigen Damen habe ich's noch nicht gesehen. Und dann ausbleiben den ganzen Tag bis in die sinkende Nacht! Wer weiß, ob wir sie überhaupt wiedersehen! Vielleicht hat sie es vorgezogen, auf und davon zu gehen.« Der alte Pastor wollte ihren Eifer beschwichtigen, aber sein Sohn kam ihm zuvor. Mit einem Eifer, den man sonst nicht an dem Diakonus gewohnt war, trat er für Jutta in die Schranken. Man habe kein Recht, schlecht von einer Abwesenden zu sprechen, hielt er seiner Mutter entgegen: und auf Riekes Geschwätz hin eine Dame zu verurteilen, sei gänzlich unstatthaft. Denn, selbst wenn Rieke die Wahrheit berichtet habe, zweifle er keinen Augenblick daran, dass das, was Fräulein Reimers tue, schicklich sei.

Agathe stimmte dem Bruder begeistert zu, woraufhin ihr die Mutter den Mund verbot. Ziemlich unmotiviert entlud sich ihr Ärger gegen die Tochter. Vater Weßleben aber freute sich im Stillen über seinen Martin. Recht gut, wenn der mal lernte, mit seinen Gefühlen aus sich herauszugehen. Der Mutter hingegen bestätigte Martins Eintreten für Jutta nur einen Verdacht, den sie seit einiger Zeit hegte. Ihr Zweiter in den Stricken der Papistin! – Sie sah ihn bereits als Opfer römischer Intrigen. Was setzte ihrem Missmute die Krone auf.

Es klingelte abermals, und diesmal war es wirklich Jutta.

Ohne erst abzulegen, kam sie sofort ins Zimmer, eilte auf Frau Weßleben zu und bat um Entschuldigung. Sie hoffe, dass man sich um ihretwillen keine unnützen Sorgen gemacht habe.

»Oh, was das betrifft –!«, meinte die Pastorin. »Sie hatten ja wohl Begleitung?«

Jutta blickte die Sprecherin erstaunt an, zunächst nicht verstehend, was gemeint sei: Aber das hämische Lächeln der Dame sagte es ihr. »Ich traf einen Bekannten aus München; das Wetter war so wunderschön! Er hatte den Grunewald auch noch nicht gesehen: Da sind wir zusammen hinausgefahren. Aber weil ich den Weg nicht wusste, haben wir uns ein wenig länger aufgehalten, als ich eigentlich wollte. Das tut mir von Herzen leid! Sie müssen mir nicht zürnen.«

Sie hielt der Pastorin die Hand hin. Die tat, als sehe sie es nicht.

»Ja, ist denn das wirklich so etwas Schlimmes?«, rief Jutta und sah sich im Kreise um. Sie erblickte lauter bestürzte Gesichter.

Agathe eilte auf sie zu und warf sich ihr in die Arme. »Du bist nicht schlecht!«, rief sie. »Wir denken das auch gar nicht von dir!«

»Ich verstehe nicht!«, sagte Jutta und machte sich von Agathen los, »bin ich denn verdächtigt worden?«

»Es ist hierzulande nicht Sitte«, erwiderte ihr die Pastorin, »dass junge Mädchen mit fremden Herren allein Landpartien machen. Wie man darüber bei Ihnen zu Haus denkt, weiß ich nicht, Fräulein Reimers.«

Jutta war sprachlos. Sie fühlte, dass sie etwas hätte sagen sollen zu ihrer Verteidigung, aber gerade weil sie sich so ganz in ihrem Rechte wusste, war sie nicht imstande, auch nur ein Wörtlein vorzubringen. Sie schwieg und sah nur alle Anwesenden der Reihe nach mit großen Augen beinahe ängstlich an. War es denn möglich, dass man ihr etwas Niedriges zutraue? – Gegen solchen Verdacht stand sie wehrlos. Sie war bestürzt und traurig, nicht erzürnt und empört. Furchtbar, dass es solche Missverständnisse geben konnte! Martin, der sie mit den Augen verschlungen hatte und abwechselnd blass und rot geworden war, wollte etwas sagen, aber Vater Weßleben hielt nunmehr die Zeit für gekommen, sich einzumischen.

»Wir wollen froh und zufrieden sein, liebe Leopoldine«, damit wandte er sich an seine Frau, »dass Fräulein Reimers gesund und wohlbehalten in unsere Mitte zurückgekehrt ist. Unsere Besorgnisse sind grundlos gewesen. Wir haben, so scheint es mir, Grund, dankbar zu sein. Und nun möchte ich euch alle bitten, dass hierüber weiter kein unnützes Wort verloren wird.«

Wenn der Vater gesprochen hatte, so war bei den Weßlebens jede Sache damit abgetan. Seine Befehle hatten, weil sie selten waren, trotz ihrer milden Form Gewicht.

Die Frau Pastorin kam wirklich nicht wieder auf die Sache zurück, wenigstens mit Worten nicht: Aber es gibt bei den Frauen andere Mittel noch als die Zunge, um jemandem die Meinung zu sagen.

Jutta wusste jetzt, woran sie mit dieser Dame sei. Die erste beste Gelegenheit konnte einen Rückfall bringen in die nur mühsam zurückgedämmte Feindseligkeit.

Berlin war ihr verleidet. Dazu beunruhigte sie der Gedanke an Lieschen Blümer. Stand es wirklich so um sie, wie Xaver glaubte? Sah er nicht zu rosig? – Sie würde eher keine Ruhe finden, bis sie das nicht festgestellt hatte.

Und alle diese Gründe erfassten eigentlich noch nicht das, was sie wegtrieb von Berlin. Es war eine ihr selbst unerklärliche Unruhe dabei mit im Spiele, der Wunsch nach Wechsel, das Gefühl:»Du hast hier nichts mehr zu suchen, deine Anwesenheit kann höchstens Unglück stiften.« Und auf der anderen Seite Sehnsucht, eine Art Heimweh, der Wunsch, die vertrauten Klänge der Heimat zu hören, ihre gewohnte Luft zu atmen. Und schließlich ganz im tiefsten Grunde der Seele das Verlangen, bei denen zu sein, die sie liebte.

Eberhards Zureden, sie möge wenigstens noch das Examensresultat abwarten, und Agathens inständiges Bitten, jetzt doch nicht zu gehen, blieben erfolglos. Juttas Entschluss, zu reisen, war gefasst.

Am Tage vor ihrer Abreise ging sie in die Stadt. Der Kunsthändler, bei welchem ihr Bild ausgestellt war, hatte ihr mitgeteilt, es habe sich ein Liebhaber dafür gefunden, und fragte an, ob sie es verkaufen wolle. Sie war eben auf dem Wege zu der Kunsthandlung, um zu erklären, dass sie darauf eingehe.

Bald, nachdem sie das Weßlebensche Haus verlassen hatte, kam ihr eiligen Schrittes jemand nach. Als der Mensch in gleicher Höhe mit ihr war, erkannte Jutta Martin Weßleben. Hochgerötet zog er den Hut und fragte, ob sie ihm auf ein paar Worte Gehör schenken wolle.

Jutta ahnte, was er im Sinn habe. Der arme Kerl! Konnte man ihm die Beschämung nicht ersparen? – Sie sann noch über eine möglichst milde Form der Abweisung nach, als er schon begann:

»Fräulein Reimers, Sie reisen morgen. Nun kommen Sie also nach Haus, nach München; und wir werden Sie für lange Zeit nicht sehen ...«

Er stockte in seiner offenbar wohlvorbereiteten Rede.

»Vielleicht sehen wir uns bei Agathens und Eberhards Hochzeit wieder, Herr Weßleben!«, sagte sie. »Sollte es nicht möglich sein, dass Sie aufschöben, was Sie mir sagen wollen?« –

»Nein, nein!«, rief er in ängstlich-eigensinnigem Tone. »So lange kann ich nicht warten! – Sehen Sie, ich wollte Ihnen zunächst nur etwas erklären. Es hat mich neulich, als Sie so spät zurückkamen, betrübt; nein, ich muss es offen sagen, obgleich sich's um meine Mutter handelt, es hat mich empört, wie man Sie bei uns empfing. Ich habe das als persönliche Demütigung empfunden, und ich bitte Sie um Verzeihung. Das war das eine! ...«

»Aber Herr Weßleben, wozu?«

»Bitte, hören Sie mich nur aus! Ich weiß, dass Sie Grund gehabt hätten, über mancherlei zu klagen in unserem Hause. Meiner Mutter ist leider nicht Duldsamkeit gegeben. Wenn man Ihnen Ihres Glaubens wegen Kränkungen zugefügt hat, so bitte ich Sie auch darum um Verzeihung.«

»Herr Weßleben, ich habe so viel Güte genossen in Ihrem Hause, dass mich diese oder jene kleine Widerwärtigkeit nicht hindern kann, freundlich an die Ihren alle zurückzudenken.«

»Oh, das sieht Ihnen ähnlich!«, rief er enthusiastisch, blieb stehen und drückte ihre Hand. Sein Gesicht spiegelte die größte Erregung wider.

Jutta bemerkte, dass einzelne Vorübergehende bereits auf sein ungewöhnliches Benehmen aufmerksam wurden. Ihr ward bange, was hieraus noch werden solle.

»Herr Weßleben!«, sagte sie, »wollen Sie mir einen Gefallen tun? Dort stehen Droschken, rufen Sie mir eine heran! Ich muss fahren, wenn ich nicht zu spät kommen will.«

Martin schien den Wink nicht zu verstehen, er rührte sich nicht von der Stelle. Seine knabenhaften Züge, auf denen jede Seelenregung sich sofort deutlich lesbar ausdrückte, verdüsterten sich. Trostlos blickte er zu Boden. Dann rang sich's von seinen Lippen: »Um Gottes willen, gehen Sie so nicht von mir! Hören Sie nur das eine! Das Wichtigste muss ich Ihnen sagen: Ich liebe Sie!« –

Vor einem Jahre noch würde Jutta in solchem Augenblicke möglicherweise gelacht haben. Heute überwand sie den Reiz des Komischen. Zu deutlich sprach der Ernst der Situation zu ihr. Sie hatte Mitleid mit seiner Unbeholfenheit, wie er so dastand, erschrocken über seine Kühnheit, durchschüttelt zugleich von der Gewalt seiner Gefühle.

»Hätten Sie das doch nicht gesagt, Herr Weßleben!«

»Es war wohl sehr frivol?«, fragte er bestürzt.

Sie musste nun doch lächeln.

»Das nicht! Aber es tut mir leid, dass Sie sich mit solchen Gedanken tragen. Für Sie tut es mir leid: Denn was Sie wollen, ist unmöglich.«

»Ich weiß, dass es ein Hindernis gibt zwischen uns, welches scheinbar unüberwindlich ist.«

»Am die Konfession handelt sich's nicht, wenn Sie das meinen. Ich bin gebunden: Fragen Sie nicht: wie und wodurch. – Und jetzt verlassen Sie mich, bitte, lieber Herr Weßleben! Ich hätte Ihnen das gern erspart, aber Sie hörten nicht.« Schwer atmend stand er da, blass, mit arbeitenden Zügen: ein ganz veränderter Mensch.

Sein Anblick griff ihr ans Herz. Sie wünschte ihm noch irgendetwas Freundliches mitzugeben zum Abschied.

»Sie werden darüber hinwegkommen, müssen nicht verzagen! Wenn's auch wehtut, im Augenblick. Man kann viel mehr Leid ertragen, als man denkt; hören Sie! – Leben Sie wohl!«

Damit reichte sie ihm die Hand und ging.

XXII

Als Jutta nach München zurückkehrte, fand sie im väterlichen Hause mancherlei verändert, und nicht zum Besseren, wie ihr dünkte. Der Vater hatte seine Schwägerin, Frau Habelmayer, und Vally zu sich genommen, und diese beiden Damen, so schien's, sollten in Zukunft ganz dableiben.

Die Witwe Habelmayer war eine wohlbeleibte Person von groben Zügen, kupfrigem Teint, Gesicht und Gestalt stark auseinandergegangen. Wenn man sie sah, konnte einem um Vally bange werden, deren Figur auch nur noch durch Kunst in gewissen Grenzen gehalten wurde.

Vally und ihre Mutter hatten sich mit Herrn Reimers vortrefflich einzurichten verstanden. Sie waren zu ihm gezogen – so erklärten die Damen selbst –, um ihm die Einsamkeit, in der der Ärmste lebte, zu verkürzen, und dabei gleichzeitig nach der durch Frau Hölzl arg vernachlässigten Hauswirtschaft zu sehen.

Seine Bequemlichkeit, sein Wohlergehen sei ihr einziger Gedanke früh und spät. Übrigens schienen die beiden Damen dabei selbst auch ganz leidlich auf ihre Rechnung zu kommen. Sie kümmerten sich nicht bloß darum, dass gute Sachen auf den Tisch kamen, sondern sie halfen auch an ihrem Teile dabei, dass sie verzehrt wurden. Sie gingen mit dem alten Herrn in Theater und Konzert, fuhren mit ihm aus und besuchten Cafés und Weinstuben: alles angeblich, um ihn zu zerstreuen und ihm die mancherlei Sorgen, die er in Geschäft und Familie habe, zu erleichtern.

Luitpold war schon um Weihnachten herum mit seiner kränkelnden Frau nach dem Süden gereist. Es hieß, dass Elwire das Münchener Klima nicht vertrage. Jutta war keineswegs unglücklich über die Aussicht, den Vetter auf diese Weise fürs erste nicht zu sehen.

Über Juttas plötzliche Rückkehr schienen die Damen Habelmayer nicht gerade erbaut zu sein.

»Wir dachten bestimmt, du würdest dich in Berlin verloben!«, sagte Vally zu ihrer Cousine mit jener Mischung von Naivität, Dickfelligkeit und Bosheit, gegen die man wehrlos ist. – Und ein andermal: »Schade! Es hätte so gut gepasst! Deine Ausstattung ist doch einmal fertig. Die Wäsche verstockt und die Kleider werden altmodisch, 's fehlt nur der Mann dazu.«

Jutta wunderte sich über sich selbst, wie wenig solche kleinen Liebenswürdigkeiten neuerdings bei ihr verfingen. Was ging Vally sie im Grunde noch an? Das Heimatgefühl des Mädchens war erschüttert. Nicht einmal über ihren Vater, den sie ganz in Händen der beiden Frauen sah, grämte sie sich tiefer. Waren das die Ihren, nach denen sie in Berlin Sehnsucht empfunden hatte? Ihr Vater, den sie als Kind so bewundert, der für sie das Urbild gewesen war von Geist und Lebensart; was war aus ihm geworden?! –

Soviel es überhaupt anging, mied Jutta ihre Familie. Ändern konnte sie hier ja doch nichts. Der Vater war eben, was er war. Durch Vorstellungen würde man schwerlich Eindruck machen auf einen Mann von seinem Alter. In Vally und ihrer sauberen Mutter hatte er das gefunden, was seinem Geschmacke am besten zuzusagen schien.

Sie flüchtete sich aus dem entweihten Heim an eine Stätte, wo reinere Luft herrschte.

Lieschen Blümer lag schwer erkrankt darnieder. Aus Xavers Plane, dass sie nach Schwabing ziehen solle, war nichts geworden. Sie hätte den Umzug nicht ausgehalten in ihrem jetzigen Zustande. Lieschen befand sich also noch in ihrer alten Wohnung.

Nimmermehr hätte Jutta aus Xavers Bericht schließen können, dass es so mit der Freundin stehe. Als sie das arme Ding zum ersten Male in ihrer Dachstube aufsuchte, glaubte Jutta einen Geist zu sehen, wie sich da ein kleines, wachsfarbenes, zum Skelett abgemagertes Weiblein vom Lager aufrichtete. Wahrhaftig nicht viel war von Lieschen übrig geblieben zum Wiedererkennen, nur die schönen Augen und das gute Lächeln.

Trauriges Wiedersehen! Jutta setzte sich an das Bett der Freundin und weinte. Es hatte sich viel Weh angesammelt bei ihr in der letzten Zeit, selbst verschuldetes und von Fremden ihr angetanes; aber vor dem, was sie hier sah, musste das bisschen eigener Kummer sich verkriechen.

»Und das hat man mir nicht gesagt!«, schluchzte Jutta. »Oh, das ist schlecht!«

Lieschen verstand den Vorwurf, der in diesem Ausrufe lag, und gegen wen er sich richte.

»Er weiß gar nicht, wie krank ich bin!«, sagte sie und schob sich auf ihrem Lager näher an Jutta heran. »Liebe, willst du dort den Vorhang herunterlassen! Du sollst mal sehen, wie viel besser ich dann gleich aussehe!«

Jutta tat, wie ihr geheißen. Der Vorhang an dem einzigen Fenster war ein Stück bräunlicher Kattun, welcher das Licht nur in gedämpften Strahlen durchließ. Lieschen hatte recht, im Halbdunkel sah man nichts mehr von ihrer Geisterblässe. Die Falten und Furchen in ihrem Gesicht erschienen wie von freundlicher Hand ausgewischt.

»Ich lasse stets den Vorhang herunter, ehe er kommt«, erklärte Lieschen. »Er braucht nicht zu wissen, wie ich aussehe. Männer bekommen leicht Ekel vor Kranken. Und nun gar ein Künstler! Denke aber nicht etwa, dass er mich vernachlässigt. Er ist sehr freundlich zu mir. Siehst du, all die Blumen sind von ihm. Manche von ihnen duften so stark, dass ich sie des Nachts vors Fenster stellen muss. Früh hole ich sie dann wieder herein; denn siehst du, sie würden ihm fehlen, wenn er kommt.« Lieschen lächelte strahlend über ihre Schlauheit. »Ach, Jutta, er ist rührend in seiner Sorge um mich.«

Jutta forschte, welchen Arzt die Freundin habe, wer sie pflege, was sie für ihre Genesung tue. Da erfuhr sie Erstaunliches. Einen Arzt hatte Lieschen überhaupt nicht angenommen. »Was mir fehlt, weiß ich selbst ganz genau. Doktoren und Arzneien können mir nicht helfen. Außerdem, Jutta – ich – ich schäme mich! Wenn eine Frau sich um mich kümmerte, ja! Aber keinen Mann, bitte! Auch du sei gut, ich beschwöre dich! Keinen Arzt! Mein Leiden ist mein. Ich will es mit ins Grab nehmen.«

Niemand hatte sich um das unglückliche Geschöpf gekümmert, außer Xaver, der ihr Blumen brachte. Sie räumte sich ihr Zimmer auf, machte sich ihr Bett selbst, wie sie Jutta gestand. Dabei hätte ihr Zustand unbedingte Ruhe erfordert. Das wenige, was sie an Nahrungsmitteln brauchte: Milch, Eier, Fruchtsaft besorgte ihr die Hausmeisterin, die einmal des Tages nach ihr sehen kam.

»Es ist nicht so schlimm, wie es aussieht, weißt du!« erklärte Lieschen. »Am Tage habe ich dieses und jenes, was mich abzieht: die Blumen, die Bücher. Auch die Hausmeisterin ist nicht hässlich zu mir. Solange es Tag ist, sind die Gedanken heiterer, sonniger. Nur des Nachts, wenn ich nicht schlafen kann, will mich manchmal der Mut verlassen. Aber auch das geht vorüber, wenn man an soviel Schönes zurückdenken kann wie ich.«

Jutta begriff alles: den abgemagerten Leib, unter dessen welker Haut man das Blut rinnen zu sehen vermeinte, die tief umschatteten Augen, den ganzen Zustand der Freundin, den körperlichen wie den seelischen: ihre Angst vor dem Arzte, ihre Verstellungskünste dem Freunde gegenüber.

Mitleid ergriff Jutta, wie sie es noch nie im Leben empfunden hatte. Konnte es größeren Jammer geben? – Aber zugleich erfüllte sie tiefste Bewunderung vor der Tapferkeit, mit der hier Furchtbares wahrhaft groß ertragen wurde. Hier erst kam zutage, was in diesem kleinen, unscheinbaren, jetzt beinahe schon aufgeriebenen Körper für eine Seele lebe: stahlhart bei aller Schmiegsamkeit.

Die Freundin wuchs vor Juttas Augen. Welchen Adel das Leiden dem Menschen verleihen konnte! Das Hässliche der Krankheit vergaß man ganz. Von dieser Dulderin ging ein Schimmer aus der Verklärung, der sie wie ein Heiligenschein umfloss und verschönte.

Natürlich fiel es zuhause auf, dass Jutta soviel wegging, manchmal sogar die Mahlzeiten überschlug. Vally ließ es keine Ruhe, zu erfahren, was die Cousine eigentlich treibe. Ein paar Flaschen alten Rheinweins, welche sich Jutta vom Vater erbeten und durch das Mädchen zu einer Kranken hatte bringen lassen, führten die Neugierige endlich auf die Spur. Aber Vally blieb nicht dabei stehen, festzustellen, wie die Person heiße, zu welcher der Wein gewandert war. Dahinter mussten doch auch noch andere interessante Dinge stecken! Vally nahm das mit ihrem, für alles Pikante stark entwickelten Instinkte einfach als feststehend an.

Eines Tages trat sie mit triumphierender Miene vor die Cousine hin: »Du, dein Fräulein Blümer ist Lehrerin gewesen – nicht wahr?« Jutta bestätigte das. »Weißt du auch, weshalb sie mit Schimpf und Schande entlassen worden ist?«

»Gewiss weiß ich das!«, erwiderte Jutta noch ziemlich ruhig. »Und mit solch einem Frauenzimmer hast du Verkehr?!«

Jutta antwortete ihr mit einem Blicke, welcher der von Natur feigen Vally den Mut vergehen machte, dieses Gespräch weiterzuführen.

Der Cousine ein wirkliches Hindernis in den Weg zu legen, wagte Vally Habelmayer schließlich doch nicht. Sie spielte in Gemeinschaft mit ihrer Mutter augenblicklich ein viel zu hohes Spiel, um sich mutwilligerweise einen Gegner aufzuladen. Im Grunde konnte man nur froh sein, dass Jutta auf diese Weise Abziehung fand und sich nicht eingehender mit dem beschäftigen konnte, was in Haus und Familie vorging.

Herr Reimers machte zwar gelegentlich Bemerkungen über seiner Tochter neueste Passion, Kranke zu besuchen: Aber auch er trat dem Mädchen nicht ernsthaft hindernd in den Weg.

Jutta hatte nun Lieschens Pflege in die Hand genommen. Es war das zunächst etwas Neues, manchmal auch Beschwerliches für sie. Ob sie die Pflege richtig anfasse, wusste sie nicht: Denn niemand war da, sie zu unterweisen. Sie konnte nur ihrem Gefühle folgen. Aber an Lieschens Dankbarkeit merkte sie, dass sie der Kranken wenigstens wohltue.

Jutta konnte es nicht vermeiden, gelegentlich mit Xaver Pangor an Lieschens Lager zusammenzutreffen: obgleich sie alles tat, es zu vermeiden. Gänzlich hatte sich ihr Verhältnis zu ihm verändert. Zu einem fremden, beinahe gleichgültigen Menschen war er ihr geworden. Dass er derselbe Xaver sein solle, der ehemals so tief gehenden Einfluss auf sie gehabt, begriff sie kaum. Als könne das gar nicht sie gewesen sein, die neulich in Berlin einen ganzen Tag mit ihm zugebracht, beglückt durch seine Anwesenheit, kam's ihr jetzt vor.

In ein verändertes, ungünstigeres Licht war der ganze Mann für sie gerückt, seit sie die Freundin so vorgefunden hatte.

Ein Mensch wie Xaver passte herzlich schlecht in die Krankenstube. Seine Kraft, Frische und Gesundheit stand in schneidendem Gegensatz zu Lieschens Verfall. Wie die meisten, von Natur robusten Menschen stand er der Krankheit ratlos gegenüber. Er sah nicht, wollte in einem gewissen, beschränkten Eigensinn nicht sehen, wie es um die Freundin in Wahrheit bestellt sei. Das Quartier, welches er für sie in Schwabing gemietet hatte, gab er auch jetzt nicht auf, hoffend, dass sie es baldigst beziehen könne.

»Du wirst schon wieder werden, mein armes Hascherl, du!« tröstete er. »Nur nicht den Mut sinken lassen! Mut ist die Hauptsach'! Weißt noch, wie ich so krank war, dazumal in Paris? Kein Doktor gab einen Heller für mein Leben. Und ich bin doch wieder frisch geworden.«

Dann streichelte der große Bursche mit seiner ausgearbeiteten Künstlerhand ihr das ergraute Haar. Und sie strahlte auf unter der Liebkosung, dass es wirklich aussah, als könne er recht haben, als sei noch Hoffnung vorhanden.

»Sie haben nämlich keine Ahnung, wie zähe sie ist!« damit wandte er sich an Jutta. »Und was sie für Kräfte hat, die Kleine! Als ich das Nervenfieber hatte, da hat sie mich schweren Burschen gehoben, als wäre ich ein kleines Kind. Man traut's ihr nicht zu.«

Jutta war innerlich empört. Wusste sie doch nur zu gut, dass das geheime Leiden der Freundin und jene Pflege, von der er sprach, eng zusammenhingen. Es war doch undenkbar, dass er das nicht wissen sollte! Sah er denn gar nicht die Tragik dessen, was sich hier abspielte? – Sah er nicht den traurigen Ausgang nahen, der kommen musste? –

Jutta vergaß ganz all die Entschuldigungen, die sie ehemals für seine Unerfahrenheit gehabt hatte. Xaver war der geblieben, der er immer gewesen, aber sie hatte ihre Stellung zu ihm geändert. Nun ihr die Augen aufgegangen waren über Lieschens wahren Zustand, sah sie für Rohheit an, was im Grunde nichts anderes war als männliche Gedankenlosigkeit. Sie verurteilte sein Verhalten aufs Schärfste.

Wir sind immer geneigt, mit denen am härtesten ins Gericht zu gehen, die wir wider Willen lieben müssen.

Xaver kam oft zu Lieschen. Er brachte ihr nach wie vor Blumen, manchmal auch Leckerbissen, von denen er annahm, sie müssten ihr munden. Und sie stellte sich an, als freue sie sich über Dinge, die sie doch nicht genießen konnte. Nach wie vor wurde ihm auch die Komödie vorgespielt mit dem braunen Kattunvorhang. Mit feinem Krankenohre erkannte Lieschen seinen Schritt bereits auf der Stiege. War dann der Vorhang zufälligerweise nicht heruntergelassen, dann war die Kranke imstande aufzuspringen – obgleich sie durch Schmerzen nachträglich schwer dafür büßen musste – nur um das Dämmerlicht herzustellen, das ihm die Wahrheit über ihren Zustand verhüllte.

Kein Zweifel: Lieschen, die mit klarem Bewusstsein ihrem Schicksal entgegenging, hing mit allen Fasern ihres Herzens an diesem Manne. Xaver hatte noch die Fähigkeit, sie zu verwandeln. Wenn er ins Zimmer trat, wurde sie eine andere. Jutta sah es am Glanze ihres Auges, an den verklärten Zügen, hörte es der Stimme an, aus der es dann klang wie versteckter Jubel. Und es wollte sie manchmal eine Art Eifersucht befallen gegen den Menschen, der auf die Freundin eine solche Wirkung ausübte.

So schien sich alles verkehren zu wollen zwischen den drei Menschenkindern. Jutta glaubte Xaver zu hassen und war eifersüchtig auf Lieschens Liebe zu ihm. Xaver aber stand Jutta mit unklaren Empfindungen gegenüber. Eines merkte er, dass das Mädchen trachte, sich von ihm zurückzuziehen. Den Grund dafür konnte er nicht begreifen. Einzig Lieschen sah klar von den dreien, erkannte mit tief eindringendem Blicke die eigenartig verschlungenen Fäden des ganzen Verhältnisses.

Sie kannte ihren Xaver, wie nur eine Frau einen Mann kennen mag, sie schaute ihm mit dem Auge der Mutter, Schwester und Geliebten bis auf den Grund des Herzens. Und dort sah sie eine große Unruhe, etwas Neues, das sich losringen wollte, einen Keim, der noch keine rechte Gestalt angenommen hatte, Gefühlswehen, die er vor sich selbst zu verheimlichen suchte.

Lieschen empfand keine Eifersucht. War es denn nicht so unendlich natürlich, dass seine Liebe zu ihr mählich einer anderen Platz mache. In voller Freiheit hatte sie ihn von jeher gelassen, wissend, dass Freiheit erste Grundbedingung ist der Liebe. Und so war es ihr gelungen, die junge, frühlingsstarke Leidenschaft im Laufe der Jahre hinüberzuleiten in milde Freundschaft. Er war der ersten und einzigen Geliebten treu geblieben in Werken, und was noch unendlich viel mehr ist, in Gedanken. Aber zur Pflicht machte sie ihm die Treue nicht. Sie wusste es: Kein Mensch kann für sich gutsagen, niemand soll Treue schwören: Denn der, welcher den Eid halten soll, ist vielleicht ein ganz anderer als der, welcher ihn abgeleistet. Nicht von heute auf morgen können wir einstehen für unser

Herz. Was will der Mensch machen gegen die Wandlungen seines Inneren? Will er sich selbst verbieten, zu grünen und seine Säfte zu erneuern? –

Xaver rührte sie. Wie tapfer er kämpfte! Wie er das neue Gefühl, das sich seiner bemächtigen wollte, als Anrecht empfand! Wie ihn der Kampf erschütterte! Und wie er doch nichts auszurichten vermochte, weil er mit einem Naturgesetze rang.

Seiner ehrlichen Natur war Heuchelei etwas Fremdes. Er verriet sich in seinen Blicken und in seinen Reden. Er verriet sich mehr noch in der Art, wie er sich vor Jutta fürchtete, als wie er sich ihr zu nähern trachtete. Seine ganze ehemalige Weiberscheu war wieder erwacht. Verlegen und unsicher erschien er in Gegenwart des Mädchens.

Anzeichen, die Lieschen so genau verstand, für die es nur eine Erklärung gab: Unter Regen und Sonnenschein wird neue Liebe geboren, und unter Qualen, Zweifeln und Gewissensbissen gibt man der alten den Abschied.

Es entging Lieschen nicht, dass Jutta Xaver neuerdings mit einer gewissen Geringschätzung behandelte. Einmal, als die Freundinnen beisammen waren und man ihn kommen hörte, sprang Jutta auf und rief ungeduldig:»Ist man denn niemals vor dem Menschen sicher!«, griff nach Handschuhen und Schirm und entfernte sich, kaum seinen Gruß in der Tür erwidernd.

Am nächsten Tage stellte Lieschen die Freundin mit sanften Vorwürfen zur Rede über ihr Benehmen. Jutta verteidigte sich nur durch ein Achselzucken. Lieschen sagte:»Du beurteilst ihn falsch, Jutta. Er ist so gut! Du ahnst gar nicht, wie von Herzen gut er ist!«

»Seine Herzensgüte habe ich niemals angezweifelt, aber mich ärgert's, dass er nicht soviel Intelligenz besitzt, zu erkennen, wie's um dich steht.«

»Ach, weißt du, er ist ein Mann; das sagt in Bezug auf das Erkennen sehr vieles. Und außerdem ist er Künstler: Er lebt in einer besonderen Welt. Man muss ihm verzeihen. Diese Arglosigkeit kleidet ihn so gut. Möchtest du ihn etwa anders haben?«

»Du hast ein viel zu mildes Urteil!«

»Weil ich ihm für so unendlich Großes Dank schuldig bin.«

»Er ist *dir* Dank schuldig!«

»Mag sein, dass ich manches an ihm zurechtgerückt habe. Aber was ist das, Jutta, gehalten gegen das, was er mir gewesen, was er aus mir gemacht hat!«

»Aus *dir* – er aus *dir*?«

»Sieh, das Größte in meinem Leben verdanke ich ihm. Er hat mich lieben gelehrt. Er hat mich zur Mutter gemacht. Leicht wie Feder wiegt alles, was ich ihm habe geben können, gegen solche Glückseligkeit. Wer wirklich geliebt hat, der kann, glaube ich, nie ganz unglücklich werden, denn der hat einmal wenigstens gelebt. Und was kommt dann darauf an, ob das Leben ein paar Jahre früher oder später endet. Siehst du, Jutta, ich bin nicht mehr jung. Im Fühlen zwar altert unsereins nimmer; wer könnte alt werden, solange man liebt? – Aber im Übrigen bin ich alt und verbraucht. Es gab eine Zeit, da schien ich jünger als er, und jetzt bin ich neben ihm eine alte Frau. Was kann ich ihm noch sein? Mutter! – Er hat eine Mutter, die er verehrt. Wessen er jetzt bedarf, ist etwas ganz anderes; und gerade das kann ich ihm nicht geben. – Du wunderst dich, dass ich darüber so ruhig spreche – nicht wahr? Ich sehe alles das viel deutlicher, seit ich soviel Zeit habe, nachzudenken. In den Nächten, wo ich nicht schlafen konnte, ist mir mein und sein Schicksal klar geworden und was sie gegeneinander wiegen. Xaver ist wichtiger als ich. Er soll leben, er soll schaffen! Ich würde ihm zu beidem ein ewiges Hindernis sein. Er soll glücklich werden, groß, ein berühmter Mann! Jetzt weiß ich ja auch, warum mein armes Kindchen hat sterben müssen. Das hätte uns, die Eltern, für alle Zeiten aneinander gekettet. Er wäre an mich gebunden gewesen, und das sollte nicht sein. Nichts von mir darf ihn belasten, nicht einmal die Erinnerung. Die soll ihm ganz leicht sein. Wehmut mag er empfinden, wenn er an mich denkt, Wehmut ist ein schönes, ein fruchtbares Gefühl; aber er soll sich meinetwegen nicht in fruchtloser Reue verzehren. Mein Tod soll ihn überraschen. Hörst du's, Jutta, er darf nicht dabei sein. Man wird vielleicht schwach. Wer weiß, ob man sich ganz beherrscht in der Stunde! Und er soll ein ungetrübtes Andenken von mir behalten. Als Geliebte will ich ihn umschweben, als Braut, jung und schön. Wie ich jetzt aussehe, wie müde und alt ich bin, darf er nicht erfahren. Lass ihn bei seiner Illusion, Jutta! Versprichst du mir das?« –

Und Jutta musste der Freundin das Versprechen geben.

XXIII

Eines Morgens erhielt Jutta, als sie noch beim Ankleiden war, durch Boten einen abgerissenen Zettel zugestellt. Lieschens Hausmeisterin schrieb: Fräulein Blümer gehe es schlecht, es sei nach dem Doktor geschickt worden. Wiederholt schon habe die Kranke nach der Freundin gefragt.

Mit zitternden Händen vollendete Jutta ihre Toilette und eilte zu Lieschen.

Der Arzt war noch da, die Untersuchung hatte bereits stattgefunden. Er war ungehalten, dass man ihn jetzt erst geholt habe. Es sei ja viel zu spät! Vor ein paar Monaten hätte man durch einen Eingriff vielleicht noch helfen können. Das komme von der »verdammten Schamhaftigkeit« der Weiber. Dass er selbst an Schamhaftigkeit nicht leide, bewies er, indem er von dem vorliegenden Krankheitsfalle in Juttas Gegenwart mit zynischer Deutlichkeit sprach. Er verschrieb etwas, erklärte, er werde abends nochmals nachsehen kommen und ging dann.

Jutta saß längst am Bette der Freundin und liebkoste sie. Mit verstörten Zügen lag Lieschen, wie ein verwundetes Tier, stumm, nur ihre großen, verängsteten Augen erzählten, was sie ausgestanden habe. »Ist er fort?«, stöhnte sie endlich. »Oh, das war von allem das Fürchterlichste!« Was sich mit ihr ereignet habe, wusste sie selbst nicht recht; aber die Hausmeisterin ergänzte das Fehlende mit viel Redseligkeit. Nachts hatte ein starker Blutverlust stattgefunden, dem eine schwere Ohnmacht folgte. So war die Kranke des Morgens gefunden worden.

»Er hat gesagt, dass es ganz schlimm mit mir stände«, sagte Lieschen, als endlich auch die Frau gegangen war. Juttas Tränen antworteten ihr. »Wenn's doch heute noch zu Ende wäre!« Ein befriedigtes Lächeln ging über Lieschens Züge.

Lange Zeit lag die Sterbende und sagte kein Wort. Der Arzt hatte das Fenster öffnen lassen. Luft und Licht strömten ungehindert ein. Ihr Gesicht war wachsbleich. Jetzt, wo die Augen, die sonst mit ihrem Glanz dem Ganzen Leben gaben, geschlossen in ihren dunklen Höhlen lagen, glich der Kopf einer Totenmaske. Jutta, die einen schwachen Rest von Hoffnung immer noch genährt hatte, sagte sich nun, dass alles aus sei, dass es sich hier nur noch um Stunden handeln könne. Sie weinte still vor sich hin.

»Ich möchte einen Priester haben!«, sagte mit einem Male Lieschen, kaum vernehmbar.

Jutta wusste, dass sich die Freundin nicht allzu eifrig um Kirche und Gottesdienst gekümmert habe. Lieschen hatte ihr einmal erzählt, sie sei in den letzten Jahren nicht mehr zur Beichte gegangen, weil es ihr unmöglich wäre, mit den Lippen das als Sünde zu bekennen, was ihr Herz als das Größte, Wertvollste und Schönste ihres Lebens empfinde. Jutta hatte diese Scheu verstanden. Sie begriff aber auch, dass im Angesicht des Todes Empfindungen und Erwägungen die Oberhand gewinnen beim Menschen, von denen wir als Gesunde nichts ahnen mögen.

Das Mädchen überlegte hin und her, an welchen Priester sie sich wenden solle. Ihr eigener Beichtvater, an den sie zunächst dachte, schien nicht der rechte Mann. Er war ein Durchschnittspriester, prosaisch, abgestumpft, ohne Feingefühl. Da fiel ihr zur rechten Zeit ihr Religionslehrer aus der Schulzeit ein. Von allen Geistlichen, die sie jemals kennengelernt, hatte der den tiefsten Eindruck auf sie gemacht; von ihm wusste sie, dass er nicht nur ein kluger, gelehrter Mann sei, dass er vor allem auch Takt, Verständnis und Milde besitze.

Ihr ehemaliger Lehrer befand sich jetzt in der Stellung eines selbstständigen Pfarrers. Jutta war aus alter Anhänglichkeit hier und da in seine Kirche gegangen, die in der Vorstadt lag.

Sie nahm einen Wagen, fuhr hinaus und hatte das Glück, den Geistlichen zuhause anzutreffen. Er erkannte die ehemalige Schülerin sofort wieder und schenkte ihr willig Gehör.

Ihr Herz hatte bange geklopft auf der ganzen Fahrt. Würde es ihr gelingen, dem Priester verständlich zu machen, dass er die Kranke nicht quälen dürfe, dass Lieschens Fall nicht zusammenzuwerfen sei mit soundso vielen anderen, wie sie so einem wohl täglich begegnen mochten. Wenn er nun Fragen stellte, indiskrete Fragen, wie es die Beichtiger für ihr gutes Recht hielten? – –

Aber als sie das wohlvertraute Organ ihres Lehrers vernahm, als sie seine würdige Erscheinung sah, den Hauch von Wohlwollen und Verständnis spürte, der von dieser echten Hirtenpersönlichkeit ausging, da verflog ihre Sorge. Es wurde ihr leicht, diesem Manne die Lage der Freundin zu schildern, sie fand für das schwer zu Sagende schnell den richtigen Ausdruck.

Der geistliche Herr hörte ihr mit der Miene eines Mannes zu, den die Übung gelehrt hatte, aufmerksam zu sein und zugleich undurchdringlich zu erscheinen. Er hatte den Fall in seiner Eigenart sofort begriffen und sagte zu, baldigst zu kommen.

Glücklich, dass ihre Hoffnung sie nicht getäuscht hatte, fuhr Jutta zurück, jetzt nur besorgt, wie sie Lieschen antreffen würde.

Der Zustand der Erschöpfung hatte während der letzten Stunden zugenommen. Ein mattes Lächeln war alles, was Jutta zur Antwort erhielt, als sie der Sterbenden mitteilte, ihr Wunsch werde in Erfüllung gehen.

Nun wurden in Eile Vorbereitungen getroffen für die heilige Handlung. Die Hausmeisterin musste ein paar geweihte Kerzen besorgen, die auf einem weiß gedeckten Tischchen ihren Platz fanden. Dazwischen stellte Jutta ein Kruzifix, das Lieschen stets besonders wertgehalten hatte, weil es ein Geschenk war von Xaver, von ihm selbst aus heimatlichem Holze geschnitzt. Die Kranke wurde mit Hilfe von Kissen zu einer halbsitzenden Stellung aufgerichtet.

Dann kam der Priester mit seinem Messdiener. Jutta und die Hausmeisterin zogen sich zurück, ebenso der Ministrant, nachdem er dem geistlichen Herrn die Alba angelegt und die Stola umgehängt hatte.

Die Beichte währte nicht lange, während der die Sterbende allein war mit dem Priester. Dann durfte Jutta wieder eintreten. Sie sah, dass friedliche Heiterkeit auf Lieschens Zügen lag. Der Beichtiger schien es nicht hart mit ihr gemacht zu haben: Hatte ihrem Sündenbekenntnis die Absolution erteilt.

Nun erhob der Priester das Ziborium und ließ die Sterbende eine Weile den Anblick des heiligsten Symbols genießen. Mit den Worten des Bekenntnisses reichte er darauf ihren Lippen die Hostie dar. Der Diener legte ein Tuch über die Stirn der Sterbenden, um dem Vergeuden des Chrismas vorzubeugen, darauf vollzog der Priester die Letzte Ölung. Nachdem er noch zum Segen die Hände aufgelegt hatte, war die Handlung zu Ende.

Jutta geleitete den geistlichen Herrn hinaus. Noch nie war es ihr so natürlich erschienen, einem Priester die Hand zu küssen wie hier. Er murmelte auch über ihrem Haupte den Segen, dann ging er, gefolgt von dem Ministranten.

Lieschen lag mit weit offenen Augen und lächelte. Sie hatte auf einmal ihr altes Gesicht wiederbekommen: eine Erscheinung, die man bei Sterbenden manchmal kurz vor der Krisis beobachtet. Jutta setzte sich zu ihr. »Das Kruzifix!«, flüsterte Lieschen. Es wurde ihr gereicht. »Von ihm!«, hauchte sie, warf einen langen heißen Blick darauf und küsste es.

Eine geraume Weile war in Schweigen vergangen, als Jutta aus dem Mienenspiel der Kranken zu lesen glaubte, dass etwas sie beunruhige. Sie beugte sich zu ihr: »Soll ich ihn rufen lassen?«

Lieschen schüttelte energisch das Haupt. Nach einiger Zeit kam es unter beseligtem Lächeln leise, wie ein Hauch von den blassen Lippen: »Sage ihm: Ich bin glücklich! – Er hat mich so glücklich gemacht.«

Mit dem friedlichsten Ausdrucke auf dem stillen Gesichte lag sie lange, bis ganz allmählich eine Wandlung eintrat in den Zügen. Sie wurden härter, gedehnter, wie von unsichtbarer Hand gewandelt. Noch einmal öffneten sich die Lippen, machten einen Versuch zu sprechen, arbeiteten ungeduldig. Jutta neigte das Ohr ganz zu ihr.

»Du – er – ihr beide!« kam's hervor. »Verstehst du mich?«

»Ja, ja!«, flüsterte Jutta, nur um die Sterbende zu beruhigen.

»Ihr beide – – ich will es!« ... Der Rest war ein Röcheln.

Von da ab sprach sie kein Wort mehr. Jutta hielt die Hand der Freundin in der ihren. Schwächer und schwächer wurde der Pulsschlag, schwerer und schwerer die kleine Hand. Als Jutta sanft die Finger aus den ihren löste, fiel der Arm leblos auf die Decke herab.

Es war in der siebenten Stunde abends, als Lieschen starb; die Zeit, wo Xaver sie zu besuchen pflegte.

Jutta wollte um keinen Preis der Welt hier bleiben. Der Gedanke, ihm mitteilen zu müssen, was sich ereignet, zu erleben, wie er beten und weinen würde, wie er an der Leiche niederknien, sie liebkosen würde, war in der bloßen Vorstellung unerträglich. Sie konnte sich im Augenblicke nicht Rechenschaft geben, weshalb sie sich vor einem Zusammensein mit ihm so sehr fürchte. Aber die Furcht war da, der Abscheu. Sie waren stärker fast noch als ihr frischer Schmerz, der mehr einer Betäubung glich, noch nicht zum Kummer sich zu vertiefen Zeit gehabt hatte.

Ängstlich lauschte sie auf jedes Geräusch. Jetzt ertönten Schritte auf der Stiege. War er das? – Aber die Schritte gingen vorbei.

Jutta schlich sich von der Tür zu der Leiche zurück. Das Kruzifix war vom Bett herabgesunken. Sie bückte sich und hob es auf, legte es der Toten auf die Brust, die feinen weißen Leichenhände leicht darüber. Wie kalt sie schon war! –

Mochte er sie so finden! Vielleicht würde er denken: Sie schlafe. Schreckliche Erkenntnis dann! Aber Mitleid konnte sie mit ihm nicht empfinden.

Von der Tür aus warf sie noch einen scheuen Blick zurück in das Zimmer, das schon halb im Dämmerlichte lag. Auf den etwas erhöhten Kopf der Leiche fiel ein heller Schimmer vom Fenster her. Die Augenhöhlen ein paar dunkle Flecke, Stirn und Nase fein und scharf wie aus Stein gemeißelt. Die Lippen – als lächelten sie. Unheimlich! Jutta floh.

Als sie zwei Stiegen, sie wusste nicht wie, hinter sich gebracht hatte, hörte sie die Haustür gehen. Jäh machte sie halt. Das war er. –

Nur nicht ihm begegnen! Gerade noch Zeit hatte sie, in den dunklen Korridor zu treten und sich an die Wand zu pressen.

Gleich darauf kam Xaver an ihr vorbei. Sein Gesicht war heiter. Sie sah, dass er Blumen in der Hand trug.

XXIV

Während der nächsten Tage schloss sich Jutta in ihrem Zimmer ein. Niemanden wollte sie sehen. Ihr Vater war in Geschäften verreist. Mit den Habelmayers, Mutter und Tochter, machte sie keine großen Umstände. Sie sei nicht wohl, ließ sie den Damen sagen, und wünsche ihre Mahlzeiten für sich einzunehmen.

In Lieschen hatte sie mehr verloren als eine Freundin. Lieschen war für sie Vertraute gewesen, Ersatz für Mutter und Schwester, ein Wesen, das sie sich selbst erwählt, dessen Freundschaft sie sich verdient hatte. Zwischen ihnen bedurfte es keiner Beteuerungen und Liebesschwüre; mit einem Lächeln hatte man sich oftmals besser verständigt als mit Worten. Sie hatten einander ihre Seelen gezeigt, so wie nur Wesen desselben Geschlechtes es tun. Nicht das mächtige Angezogenwerden, einander Abstoßen und wieder Suchen, die Qual und Wonne, welche Mann und Weib sich zufügen in der Liebe, hatte zwischen ihnen geherrscht; für sie war die Freundschaft ein ruhiger Port gewesen mit tiefem, durchsichtigem Wasser ohne heimtückische Untiefen, trügerische Wetter und gefährliche Klippen.

Das hatte sie nun verloren, endgültig. Der erste wirkliche Verlust, den ihr das Leben zufügte. Hier war nicht bloß ein Mensch von ihr gegangen, ein lieber, wertvoller, unersetzlicher Mensch: Hier war ein Stück von ihr selbst abgefallen, vernichtet. Nicht das Sterbensehen eines geliebten Menschen ist so schwer – im Innersten wissen wir ja doch, dass jener das bessere Teil erwählt hat – bitterer schmeckt das Bewusstsein, dass wir um soviel ärmer geworden sind. Was uns das Leben auch noch bringen mag, gewisse Verluste kann es nicht gutmachen, sie klaffen als Lücken, die nicht auszufüllen sind. Sie hasste alles, was zwischen sie und ihren Schmerz treten wollte, ingrimmig. Und mehr als Hass, Abscheu, empfand sie vor allem, was der Freundin Andenken stören, was in Vergangenheit oder Gegenwart die Reinheit ihrer Beziehungen trüben wollte.

Was würde sie darum gegeben haben, hätte sie die Gedanken an Xaver, die Erinnerung an ihn, ganz aus ihrem Gedächtnis wegwischen können! Es kam ihr vor, als sei er an Lieschens Tode schuld und sie seine Mitschuldige.

An Szenen dachte sie aus jener ersten Zeit, als Xaver ihr Lehrer geworben war, an den Besuch in seinem Atelier, an jenes Wiedersehen in Berlin. In ganz verändertem Lichte erschien ihr das alles jetzt, wie eine Kette bewusster, verantwortlicher Handlungen. Waren nicht Blicke zwischen ihnen gewechselt worden, Worte gefallen, Gefühle aufgestiegen und genährt worden, die Untreue bedeuteten gegen Liebe und Freundschaft? Versündigung über Versündigung! Ein dunkler Schatten stand drohend zwischen ihm und ihr. Und je heller in der Erinnerung das Bild der Freundin leuchtete, je mehr ihre Züge Verklärung annahmen, desto unklarer, verwerflicher und fürchterlicher erschien ihr das eigene Verhalten.

Und nichts konnte daran der Gedanke ändern, dass Lieschen selbst es gewesen sei, die sie mit Xaver zusammengeführt, dass Lieschen in übermenschlicher Selbstlosigkeit die Neigung gefördert hatte, die sie zwischen den beiden geliebtesten Menschen keimen sah.

Von allem war das vielleicht das Schlimmste, dass es so weit hatte kommen können, dass Lieschen hatte erfahren müssen, wie der Mann, der ihr alles verdankte, dem sie alles geopfert, sich von ihr abwandte. Was bedeuteten alle Gründe, welche die Sterbende selbst zu seinen Gunsten angeführt? Es waren und blieben matte Entschuldigungen. Kalt und hart blieb die Tatsache stehen: An ihr war Verrat geübt worden, Verrat von Freunden.

Zwar hatte ihr Gesicht gelächelt, noch im Tode gelächelt; und ihr letztes, nicht zu Ende gesprochenes Wort dem Glück gegolten der Freunde. Aber wer konnte sagen, wie es in ihrem Inneren dabei ausgesehen habe! Was mochten diese feinen Lippen lächelnd für Geheimnisse mit ins Grab nehmen? –

War vielleicht die Erkenntnis, dass sie dem Geliebten nicht mehr genüge, für dieses zartbesaitete Wesen der Todesstoß gewesen? – War Lieschen an dem Wunsche gestorben, nicht im Wege zu stehen? – – –

Fürchterlich, sich in diese Gedanken zu versenken! Niedrig, verzerrt, besudelt kam einem alles vor, was man bisher für das Edelste, Schönste und Wertvollste gehalten hatte im Leben.

Sie verabscheute sich selbst, aber ihren Mitschuldigen, Xaver, hasste sie.

Das Schrecklichste war, dass man ihn wiedersehen würde, mit ihm würde sprechen müssen. Bei Lieschens Begräbnis konnte man einander ja nicht aus dem Wege gehen.

Wenn er sich's etwa beikommen ließ, sich nach Lieschens letzten Augenblicken zu erkundigen, bei ihr, der einzigen Zeugin! –

Lieschens letzte Worte! – –

Das Geheimnis sollte er ihr nicht entreißen; und wenn sie sich die ärgsten Lügen ausdenken müsste.

Niemals würde Lieschens Auftrag an ihn ausgerichtet werden. Denn nichts auf der Welt, selbst der Wunsch einer Verstorbenen nicht, konnte einen binden, Worte zu sagen, welche demütigten. Nicht einmal denken wollte sie fernerhin an das, was die Freundin mit ihrem »Ihr beide!« gemeint haben könne.

Zum Begräbnis fuhr Jutta auf den Kirchhof. Wie sie erwartet hatte, war nur Xaver da. Lieschens Verwandte lebten weit entfernt und hatten sich, seit das Mädchen in ihren Augen zu den Gefallenen gehörte, nicht mehr um sie gekümmert.

Die Geistlichkeit war nur durch einen kleinen, unsauberen Priester vertreten, der mit seiner gefühllosen Geschäftsmäßigkeit dem Akt der Einsegnung jede Weihe nahm.

Jutta und Xaver schritten Seite an Seite hinter dem Sarge drein. Ihr war, als sie einander begrüßt hatten, nur aufgefallen, wie verändert er aussehe. Sein Gesicht hatte etwas Verstörtes, der Gang erschien müde; fremd nahmen sich auch die schwarzen Sachen an ihm aus.

Das Grab befand sich weit draußen am anderen Ende des Friedhofs. Xaver hatte es ausgesucht. Als die Träger den Sarg neben der Grube niedergestellt hatten, begann der Priester seine lateinischen Gebete herabzuleiern: Der Ministrant schwenkte dazu das Weihrauchfass. Jutta hörte, als sie neben Xaver am Sarge niederkniete, wie er still vor sich hinweinte. Nachdem alles vorüber war, schritten die beiden den langen Kirchhofsgang, den sie eben gekommen waren, wieder hinab.

»Darf ich ein Wort mit Ihnen sprechen?«, fragte er. Und da sie ihm nicht wehrte: »Warum ist mir nicht gesagt worden, wie es mit Lieschen stehe?«

»Sie hat es nicht gewollt.«

»Konnte mir nicht wenigstens erspart bleiben, sie völlig unvorbereitet so zu finden?« – Er stöhnte in der Erinnerung des furchtbaren Erlebnisses.

Jutta schwieg. Sie hatte sich vorgenommen, ihr Herz nicht vom Mitleid berücken zu lassen.

»Wenn ich nur eine Ahnung gehabt hätte, nur eine schwache Ahnung, dass sie uns verlassen sollte! – Was hätte ich ihr nicht alles antun wollen! Wie vieles hätte man einander noch zu sagen gehabt! Sie war ein so treues Herz, ein so guter, tapferer Kamerad! Was bin ich ohne sie? – Habe ich das verdient? Oh, es ist zu viel!«

Er schluchzte fassungslos, und Jutta sah, wie der große Bursche zitterte und bebte. Aber sie gedachte dessen, was sie sich vorgenommen.

»Sie sind bei ihr gewesen bis zuletzt – nicht wahr?«, fragte er, sobald er sich etwas gefasst hatte.

»Ja!«

»Hat sie meiner gedacht in ihrer letzten Stunde?«

»Sie hat von Ihnen gesprochen.«

»Wie? In welcher Weise?«

»Voll Frieden.«

»Lässt sie mir nichts sagen? Kein einziges Wort des Trostes, der Liebe?«

»Lieschens letzte Worte waren kaum noch zu verstehen, Herr Pangor.«

Jutta sagte es kühl. Sie hatte ja Zeit gehabt, sich auf diese Fragen vorzubereiten.

»Sie hatten ihr mein Kruzifix auf die Brust gelegt, nicht wahr?«, fragte er nach einer Pause. Und als Jutta bejahte: »Jetzt hat sie's mit im Grabe.«

Den Rest des Weges legte man schweigend zurück.

Ehe sie sich trennten an dem Portale des Kirchhofs, blieb er mit niedergeschlagenem Blicke vor ihr stehen. »Ich hätte Ihnen noch so vieles zu sagen. Aber heute, das fühle ich, schickt sich's nicht. Werden Sie zu mir kommen? Oder darf ich Sie aufsuchen?«

»Nein, das geht nicht!«, sagte Jutta gepresst.

»Aber ...«

»Ich bitte Sie, Herr Pangor, suchen Sie mich nicht auf! Das ist alles, was ich Ihnen sagen kann.«

Damit schritt sie in nicht misszuverstehender Weise nach der anderen Straßenseite.

Eine Woche etwa war vergangen, seit Jutta durch Lieschens Tod den herbsten Verlust erlitten hatte, als der Vater ihr eine außerordentliche Mitteilung machte. Herr Reimers eröffnete der Tochter, dass er wieder zu heiraten gedenke, und zwar sei Vally Habelmayer seine Auserwählte.

Vally ihres Vaters Braut! Vally Nachfolgerin ihrer Mutter! – Der Gedanke war unerhört, empörend, widerlich! Das Mädchen hielt es nicht für nötig, seine Gefühl zu verbergen, sagte dem Vater ins Gesicht, was sie von seiner Wahl halte.

Herr Reimers war sehr erstaunt oder tat wenigstens so. Er hätte geglaubt, Jutta werde sich freuen, Vally sei doch ihre Freundin und Cousine. Viel angenehmer, als wenn er eine Fremde in die Familie gebracht hätte, wäre es doch für alle Teile, dass er in der Verwandtschaft der seligen Mutter bleibe. Er verstieg sich sogen zu der Behauptung, dass die Heirat im Sinne der Entschlafenen sei, die von Vally und ihrer Mutter stets viel gehalten habe. Außerdem schaffe er damit Vally eine gesicherte Lebensstellung und schenke seinen Kindern eine Mutter. Alle diese Erwägungen erleichterten ihm den Schritt, den er nicht ohne reiflichen Vorbedacht tue.

Übrigens schien sein Gewissen doch nicht ganz rein zu sein. Das ging schon daraus hervor, dass er Jutta bat, sie möge Eberhard die Sache mitteilen: ihm falle, wie sie ja wisse, das Briefschreiben schwer.

Jutta schrieb an den Bruder, machte ihm die peinliche Mitteilung. Gleichzeitig fragte sie Eberhard, was er ihr da zu tun anrate. Um keinen Preis wolle sie noch länger unter einem Dache bleiben mit dem Vater und Vally. Am liebsten würde sie ins Ausland gehen.

Eberhard schrieb ihr zurück: Er habe soeben sein Staatsexamen glücklich bestanden. Ihren Plan, dem Vaterhause den Rücken zu wenden, müsse er unter so traurigen Umständen gutheißen. Gern würde er ihr einen Ersatz für das Verlorene anbieten in seinem Heim: Aber erst müsse er geheiratet haben und als Arzt approbiert sein. Im Übrigen mache er sie darauf aufmerksam, dass sie als mündiges Kind das Recht habe, das mütterliche Erbteil vom Vater herauszuverlangen.

Alles das bot er an, persönlich zu ordnen; denn er habe vor, demnächst nach München zu kommen.

Jutta entschloss sich jedoch, die Ankunft des Bruders nicht erst abzuwarten. Der Boden im väterlichen Hause brannte ihr unter den Füßen. Dort fingen sie jetzt an, Brautpaar zu spielen, und Vally machte von ihrem Rechte, vor der Öffentlichkeit zärtlich zu sein, ausgiebigen Gebrauch. Juttas Anwesenheit war ihr dazu eher ein Sporn als ein Hindernis.

Stärkere Gründe aber noch, als der peinliche Anblick, den Vater in solchen Stricken verfangen zu sehen, trieben das Mädchen von München fort. Niemand ahnte, wie von ganzem Herzen sie sich wegsehnte.

Sie wollte zunächst nach der Schweiz, um den Rest des Sommers am Genfer See zu verbringen. Im Winter sollte es dann nach Italien gehen. Näheres hatte sie noch nicht überlegt. Florenz lockte in Gedanken.

Zur Reisebegleitung hatte sich Jutta Frau Hölzl ausersehen, die gleich ihr durch das Habelmayersche Regiment aus dem Hause verdrängt worden war. Diese Alte konnte schlimmstenfalls als Schutz ihrer Jugend gelten; und andererseits wusste Jutta doch, dass Frau Hölzl viel zu unbedeutend sei, um durch selbstständige Meinungen schwierig zu fallen.

Alles in ihrem Leben und in den Geschicken der Ihren schien mit einem Male zum bedeutsamen Abschlusse zu drängen. Aus Amerika kam die Nachricht, dass Bruno Knorrig geheiratet habe, eine eingewanderte Deutsche, mit der er sehr glücklich sei. Daraus, dass Vater Knorrig mit der Wahl seines Sohnes zufrieden schien, durfte man mit einiger Sicherheit schließen, dass die Braut nicht vermögenslos sei. Jutta nahm die Kunde mit Genugtuung auf; niemand konnte Bruno sein Glück inniger gönnen als sie.

Auch eine traurige Nachricht traf die Familie. Elwire, Luitpold Habelmayers Gattin, war in Südfrankreich, wo er schon über ein halbes Jahr zur Kur mit ihr weilte, ihrem Leiden erlegen. Vally, welche das Telegramm erhalten hatte, teilte, von Tränen überfließend, die Todesnachricht den anderen mit. Luitpold war mit der Leiche unterwegs. Elwire hatte gewünscht, in heimischer Erde begraben zu sein.

Ein Grund mehr für Jutta, schleunigst von München zu gehen. Diesem Begräbnisse wollte sie nicht beiwohnen. Luitpold den trauernden Witwer spielen zu sehen, wäre für sie das widerwärtigste aller Schauspiele gewesen. Schon allein Vally darüber schwatzen zu hören, wie sie von dem Tode der Schwägerin als von einer »Erlösung« redete, für die man Gott nicht genug danken könne, und wie sie in gleichem Atem ihren Bruder als »schwer geprüft« und »gebrochenen Herzens« hinstellte, musste auf den Kenner dieser Ehe peinlich wirken.

Da Jutta, Eberhards Rat befolgend, den Vater um Auszahlung ihres mütterlichen Erbteils gebeten hatte, wurde ihr eine größere Summe angewiesen. Sie war nun also auch nach dieser Richtung hin selbstständig.

Wie eigentümlich das Gefühl war, mit sich selbst anfangen zu können, was man wollte! Sein Leben einrichten zu dürfen, wie es einem passte; nach eigenem Geschmack und Bedürfnis. Nicht mehr Aussicht nehmen zu müssen auf die Verhältnisse. Überhaupt einmal zu leben in Unabhängigkeit!

Jutta war ernst gestimmt durch das eben Durchgemachte. Ihr Seelenzustand glich einer Abendstimmung im Gebirge nach einem Tage voll Unwetter. Noch ziehen die niedrig hängenden Wolken an den Bergen hin, noch brauen die Nebel, keine Aussicht, keine Klarheit, keine Farbe und Ferne; aber schon hebt sich hier und da ein Zipfel des grauen Gewandes, von unsichtbaren Händen gelüftet, und ein Schimmer durch eine ferne Lücke versichert uns, dass hinter den düsteren Schleiern die Sonne noch immer lebt.

XXV

Xaver Pangors Schmerz um Lieschen war der starke, urwüchsige des Naturmenschen. Er stand vor diesem Verluste erschreckt wie ein Kind. Und wie ein Kind gab er sich seinen Gefühlen haltlos hin. Er konnte nicht essen, nicht schlafen, nicht arbeiten; weinte, bis ihm die Tränen versiegten. Wie von schwerem Schlage betäubt, blieb er liegen, fand nicht die Energie, sich zu ermannen.

Allmählich, ganz allmählich fing er an zu verstehen, was ihm eigentlich widerfahren sei, wie dieses unerhörte Ereignis sich einordne in die übrigen Erscheinungen des Lebens.

Xaver dachte zurück an die Jahre, die er im Guten und Schlechten mit Lieschen verlebt. Jung war er gewesen, unerfahren, von den Frauen hatte er wenig gewusst. Sie neckten ihn auf der Akademie mit seiner Weiberverachtung. Seine Sinnlichkeit war jene edelste, künstlerische, die, das Gegenteil von Lüsternheit, Genüge findet an der Form und ihrer keuschen Bewunderung.

Aber seine ganze frische, reine, ungebrochene Mannesnatur sehnte sich dennoch nach dem Weibe. Da war sie ihm begegnet. Sie wohnten auf demselben Flur: der Kunstakademiker und die Volksschullehrerin. Lange hatte es gedauert, ehe er die erste Anrede wagte, länger noch, ehe sie ihm Vertrauen schenkte: Denn sie waren beide scheue, zurückhaltende, spröde Geschöpfe.

Aber als sie sich endlich zueinandergefunden hatten, dann war das Verhältnis unlösbar, dann wurden sie einander zum Schicksal.

Nun fing er an zu begreifen, was er beweine. Einsam war er geworden, mutterlos, verwaist, obgleich ihm die Eltern noch lebten. Die hatten ihm nur das Leben geschenkt: Zum vollen, seiner selbstbewussten Menschen hatte ihn erst die Geliebte gemacht.

Eisig wehte ihn die Luft an aus der Gruft, die nichts zurückgibt. Nachträglich gingen ihm die Augen auf über das, worüber er niemals nachgedacht. Furchtbare Einsicht: Lieschen hatte sich für ihn aufgeopfert. Ihr Leben an seiner Seite hatte vom ersten Augenblicke an nichts anderes bedeutet als: geben und wieder geben. Er sollte glücklich sein, wachsen und groß werden, während sie mit ihrem stillen Lächeln dem Grabe zuschritt.

Wie angedonnert stand er vor dieser Erkenntnis. Er verstand sich selbst nicht mehr, noch sein Tun. Wie konnte man schuldig werden, ohne es zu wissen und zu wollen? –

Sein Atelier war ihm verleidet. Die angefangenen Werke klagten ihn an. Um ihretwillen, weil sie alle seine Gedanken in Bann geschlagen, weil er ihnen seine Liebe geschenkt, hatte er die höchste Pflicht vernachlässigt, die Pflicht, für das zu sorgen, was kostbarer war als alle Kunst.

Darum war seine Kraft jetzt wie gelähmt. Die Reue machte ihn unfruchtbar.

Das Grübeln, die Selbstvorwürfe waren seiner Natur eine fremde Sache. Die Reue erfasste ihn wie eine Krankheit des Körpers, brachte ihn von Kräften. Jede philosophische Ader ging ihm ab, er vermochte nicht, sein Geschick als etwas Notwendiges, Unabwendbares aufzufassen, sich in erhabener Resignation damit abzufinden. Er sehnte sich vielmehr nach Trost, nach Teilnahme, wollte, wie die Kinder, bedauert sein. Irgendwem musste er bekennen, dass er sich schuldig fühle. Sich mit diesem Bewusstsein in der Einsamkeit herumzuschleppen, war furchtbar. Menschliche Teilnahme brauchte er, eine Seele, in die er seinen Kummer ausschütten könne.

Er kam daher ganz von selbst zu dem Entschlusse, Jutta Reimers aufzusuchen, als den einzigen Menschen, der außer ihm Lieschen wirklich nahegestanden hatte. Wenn Jutta ihn auch nicht trösten konnte, man würde mit ihr sprechen dürfen, und das war doch schon etwas.

Die Beziehungen, welche ihn ehemals mit Jutta verknüpft, lagen in seinem Gedächtnisse verschüttet unter dem letzten, ihn ganz beherrschenden Ereignisse. Von allem, was das Mädchen ihm bedeutet hatte, war nur übrig geblieben: Lieschens Freundin. Ihre Beziehungen hatten durch den gemeinsamen Schmerz neue Weihe empfangen. Die Erinnerung an die Tote verband sie, wies sie aufeinander hin; wie Menschen, die ein furchtbares Unglück zusammen durchgemacht haben, einander fernerhin nicht mehr fremd sein können.

Gerade das, was Jutta von ihm trieb, zog ihn zu ihr hin.

Dass ihn das Mädchen neulich gebeten hatte, sie nicht aufzusuchen, hatte er schon fast vergessen, weil er den Grund dafür nicht begriffen. Er glaubte an ein Missverständnis, das leicht zu beheben sein würde.

In der reimersschen Wohnung, die er zum ersten Male betrat, wurde ihm jedoch gesagt, dass Jutta verreist sei für unbestimmte Zeit. Man konnte oder wollte ihm dort nicht einmal ihre genaue Adresse angeben.

Niedergedrückt durch diese Enttäuschung, begab sich Xaver in Lieschens Wohnung. Er hatte sich noch nicht entschließen können, das Quartier zu kündigen. Alles stand da, wie sie es verlassen. Stunden verbrachte er in dem Raume, kramte in ihren Sachen, träumte an leerer Stätte von dem, was gewesen.

Heute blätterte er in einem Buche, das er ihr selbst einmal geschenkt hatte, suchte nach den Spuren ihrer Blicke darinnen. Da fand er zwischen den Seiten einen Briefbogen, von Lieschens Hand beschrieben, folgenden Inhalts:

»Mein lieber Freund! Nimm Dir's nicht zu sehr zu Herzen! Sieh, wir sind ja so glücklich gewesen miteinander, so glücklich, wie Menschen nur sein können. Ich gehe so gern. Mache mir's Sterben nicht schwer! Wenn ich dächte, dass Du Dich um meinetwillen sehr betrübtest, das würde mir ein Kummer sein. Ich will Dich glücklich wissen, frei und glücklich! Die Erinnerung an mich soll Dich nicht bedrücken, hörst Du! Ich bete für Dich! Und wenn noch etwas übrig bleibt von mir, was empfinden kann, so wird es Dich umschweben. Bleibe groß und gut, mein Geliebter! Gehe Deinen Weg aufwärts! Beglücke und werde beglückt!

Mein Segen, der Segen Deiner Geliebten, die Du so glücklich gemacht hast, ist bei Dir auf allen Deinen Wegen.«

Xaver entschloss sich, nach Hause zu reisen. In Hast verkaufte er eine Anzahl seiner Sachen an einen Kunsthändler. Einem Kollegen ließ er einen Marmorblock, den er daliegen hatte, unter dem Selbstkostenpreise ab, zerschlug eine Menge Formen, Tonmodelle und Gipsskizzen – als wolle er alle Erinnerung auslöschen an früher Geplantes –, schloss sein Atelier ab und wandte der Stadt den Rücken.

Sein Vaterhaus war noch ganz das alte. Hinter dem weit vorspringenden Schindeldache, das an der Bergseite fast bis zur Erde hinabreichte, lag es auf gewölbtem Hange. Dunkelbraun schimmerte das Holz der mächtigen Balken, Träger und Pfosten. Das Grundgeschoss weit überragend, lief die Holzgalerie um das Stockwerk. Wohlversorgt waren die kleinen Fenster mit Läden. Das Dach hatte man vorsorglich mit Steinen beschwert. Denn hier oben, inmitten baumloser Matten, trieben die Winde ein für sie selbst lustiges, für die Anwesen der Menschen aber gefährliches Spiel.

Auch die Bewohner waren dieselben geblieben. Der alte Bauer, ein Hüne von Gestalt, in der Jugend mit Riesenkräften begabt, jetzt durch die Jahre gekrümmt und von mancherlei Gebresten geplagt, die er nicht Herr werden lassen wollte über sich, weil er, rechthaberisch, trotzig und geizig, wie er nun mal war, den Gedanken ans Abdanken nicht vertragen konnte. Seine drei Töchter war er glücklich durch Verheiratung losgeworden. Von den beiden Söhnen war Xaver der ältere. Der jüngere, der sich nun auch schon den Dreißigen näherte, half in der Wirtschaft. Er blieb unverheiratet, weil er kein Nest hatte, wo eine Frau hinführen; die alten Vögel gingen nicht davon herunter. Hansl hieß er und war dem Vater ähnlich im Gesichtsschnitt, wenn auch nicht an Wuchs. Er hatte eine verschlossene, misstrauische Art; nur der Gedanke an Gelderwerb und Besitz vermochte ihn lebendig zu machen.

Von ganz anderer Art war die Mutter. Ihre freundlichen, fantasievollen Augen blickten noch sehr hell in die Welt. Da sich das Haar zu lichten begann, trug sie eine Haube mit mächtigen Schleifen, am Wochentag von schwarzer, des Sonntags aber von lila Farbe. Darunter erstrahlte mit rötlich gesprenkelten Wangen und rundem Kinn ein frisches, heiteres, gesundes Altweibergesicht.

Xaver war der Liebling seiner Mutter: Kein Wunder, denn sein Bestes besaß er von ihr. Nie hatte diese schlichte, derbe Bauernfrau mit hoher Kunst etwas zu tun gehabt, aber doch waren durch sie hindurch Handwerkstüchtigkeit und Formensinn von ganzen Generationen wackerer Meister auf ihn vererbt worden. In ihm hatte sich diese wohlerhaltene, unverfälschte Kraft gesteigert zu etwas Höherem. Wie ein Samenkorn sich zu ungeahnter Größe und Pracht auswächst, weil es auf frischen, kernigen Boden gefallen ist, der ihm aus unbekannten Tiefen ursprüngliche Nährkräfte zuführt. Die alte Frau war klug; nicht von der Klugheit, die aus Wissenschaft stammte oder Routine, sondern von jener biederen, hellen Aufgewecktheit, die ebenso sehr aus dem Herzen wie aus dem Kopfe stammt, die aus den Augen leuchtet und vom Munde sprudelt, an der alle Sinne gleichen Anteil haben.

Sie verstand ihren Jungen. Ihr war er weder durch die Jahre entfremdet worden, die er fern von der Heimat in den Städten zugebracht hatte, noch durch die fremdartigen Sitten, die er sich da angewöhnt, auch nicht durch sein Wollen, das neuen, weit außerhalb ihrer Welt gelegenen Zielen zustrebte. Sie war eben Frau, brauchte gar nicht sehen, fühlen und begreifen, um zu glauben. Sie liebte ihn, und darum traute sie ihm alles Große und Gute zu. Ihr Herz war jung geblieben, trotz ihrer Sechzig: Ihre Begeisterungsfähigkeit und Hoffnungsfreudigkeit kannte eine Grenze nicht.

Die Mutter hatte manches um Xavers willen erdulden müssen. Wiederholt bekam sie von dem Bauer zu hören, dass sie Schuld daran trage, wenn aus dem ältesten Buben ein Nichtsnutz werde. War sie es doch gewesen, die mithilfe des Herrn Pfarrers dem Alten die Einwilligung abgerungen hatte, Xaver nach der Stadt zu schicken, damit er dort auf der Akademie die Kunst erlerne. Übrigens würde der eigenwillige Mann schwerlich seine Einwilligung dazugegeben haben, wenn ihm nicht von anderer Seite eingeflüstert worden wäre, dass man durch Künste, wie Xaver sie trieb, reich werden könne. Allein dieser Gesichtspunkt hatte bei dem Geizhals den Ausschlag gegeben. Geld sollte ihm der Bub verdienen: Geld brauchte er, denn sein Hof war von alters her arg verschuldet.

Mit dem Geldverdienen hatte es freilich gute Weile. Verwünschungen gab's und Vorwürfe, wenn Xaver aus der Stadt kam und die erhofften Banknoten nicht mitbrachte. Was nützte ihm der Ruhm des Buben, von dem neuerdings sogar in den Zeitungen zu lesen stand; damit zahlte man keine Hypotheken ab. Xaver war für den Alten eine verfehlte Spekulation.

Was der Vater sagte, redete Hansl nach. Er setzte noch mancherlei hinzu, verleumdete den Bruder als einen, der in der Stadt in Freuden lebe,

Geld verprasse, nichts schaffe, und wenn er gar abgebrannt sei, nach Hause komme, um sich am väterlichen Tische wieder heranzumästen.

Schwer genug war Xavers Stand von jeher gewesen in der Familie. Einzig die Mutter nahm seine Partei gegen die Mäkelei des Alten und die Missgunst des Jungen.

Das änderte sich diesmal mit einem Schlage. Als die beiden Männer mal gerade wieder dabei waren, mit plumpen Bemerkungen gegen den »großen Künstler« zu sticheln, der mit seiner Kunst keinen Hund vom Ofen locke, zog Xaver, ohne ein Wort zu verlieren, seine Brieftasche heraus, entnahm ihr eine Handvoll blauer Scheine, legte sie vor den Vater auf den Tisch und bat, das als vorläufigen Ersatz anzunehmen für gehabte Auslagen; später hoffe er, noch mehr zu bringen.

Damit war Xavers Stellung in der Familie mit einem Schlage wie umgewandelt. Dem Vater galt er nun wirklich als großer Mann; ja, der Alte empfand von diesem Augenblicke an eine gewisse Ehrfurcht vor seinem Ältesten. Hansl aber musste wohl oder übel den Mund halten, wenn ihn auch der Neid gegen den Bruder bösartig kitzelte.

Niemand freute sich mehr über diese Wandlung als die alte Mutter. Sie hatte ja nie daran gezweifelt, dass Xaver eines Tages auch daheim anerkannt werden würde. In ihrem mütterlichen Herzen lebten mancherlei geheime Wünsche und verschwiegene Hoffnungen für ihren Liebling. Vor allem wünschte sie ihm eine Frau und sich selbst Enkelkinder.

Früher, wenn sie ihm nach dieser Richtung hin Andeutungen machte, waren seine Antworten ausweichend gewesen. Der Grund, dass er keine Familie ernähren könne, war doch nun hinfällig geworden: Er verdiente ja Geld.

Ob er sich die Liebste schon erwählt hatte? Mütter haben in dieser Beziehung feinen Instinkt. Die alte Frau hatte eine Ahnung, als müsse ihr Xaver irgendwie gebunden sein. Aber es war ihrer Neugier niemals geglückt, ihm irgendein Geständnis zu entlocken.

Diesmal nun beschloss die Mutter, Ernst zu machen. Xaver war über dreißig. Es schien hohe Zeit, dass er sich weibe. Wenn er selbst keine Braut brachte, musste man sich nach einer umsehen für ihn. Und sie hatte auch schon Brautschau gehalten unter den mannbaren Töchtern der Nachbarn und Freunde. Aber da war keine, die ihr gut genug gewesen wäre für ihren Xaver. Der musste etwas ganz Besonderes haben, das fühlte sie wohl. Eine gewöhnliche Dirn, selbst die schmuckste konnte dem unmöglich genügen. Die alte Frau begriff vollständig, dass der Sohn auch in dieser Beziehung berechtigte Bedürfnisse höherer Art habe.

Dann mochte er sich nur in der Stadt umsehen; sicherlich musste es doch dort Mädchen geben, die seinen Ansprüchen genügten. Dass eine jede, die er wollte, froh und geehrt sein werde, ihn zum Manne zu bekommen, daran zweifelte sie, als echte Mutter, keinen Augenblick.

Sie stellte den Sohn zur Rede. Xaver bat sie, ihn damit zu verschonen, brachte die alten Ausflüchte vor. Aber die Alte war nicht so leicht abzuschütteln diesmal. Alle Auswege verstellte sie ihm, für jede seiner Entschuldigungen hatte sie einen schlagenden Gegengrund.

Bis sich Xaver entschloss, offen mit der Mutter zu sprechen. Sie sollte alles wissen. Wer auf der Welt konnte ihn verstehen, wenn nicht die Mutter! Sie würde nicht richten, würde verzeihen und begreifen. Vielleicht auch würde sie ein Wort des Trostes für ihn finden.

Und so erzählte er ihr denn alles vom Anfang bis zum traurigen Ende. Die alte Frau hörte schweigend mit gefalteten Händen die Beichte des Sohnes an. Er sah Tränen in ihre Augen treten, Tränen des Mitleids und der Liebe für die Frau, die ihren Sohn so geliebt hatte. Kein Wort des Vorwurfs kam über die Lippen der Mutter, nicht einmal die Frage, warum sie das jetzt erst erfahre.

Xaver hatte die Mutter richtig geschätzt. Tiefes Verständnis fand er bei ihr für sein Herzeleid. Und Trost spendete sie ihm, wie ihn nur eine Mutter zu spenden vermag.

Wenn die mütterliche Hand, die lindernd über die Seine strich, ihm auch unendlich wohl tat, so blieb das immer nur menschliche Tröstung. Edleren Balsam, weil ewigen Ursprungs, reichte dem Verwundeten die eine große Mutter Natur. Zu ihr, die noch keinen Hilfesuchenden mit leeren Händen von sich gelassen hat, flüchtete sich Xaver.

Tagelang streifte er in den Bergen umher, die Ortschaften und menschlichen Anwesen umgehend, die Wege und Plätze meidend, wo er Eingeborenen oder Helfenden hätte begegnen können. Er kannte ja in der Umgebung des Vaterhauses meilenweit jeden Steg, jeden Berg, jedes Wasser, jede Aussicht. Mit allem und jedem verknüpften ihn Erinnerungen. An jenem Wiesenhange hatte er als Knabe das väterliche Vieh gehütet. Jener groteske Baumstumpf, einstmals eine stolze Tanne, war vor seinen Augen vom Blitze zerschmettert worden, als er vorwitzig das Obdach der Schutzhütte verlassen hatte, um ein Gewitter heraufziehen zu sehen. In jenem weißen Kirchlein da drunten mit dem spitzen, schindelgedeckten Turme stand seine Grablegung Christi, ein Votivbild, das er als Fünfzehnjähriger mit einem einfachen Messer aus Holz geschnitzt hatte.

Mit allem hier war er verwandt, und doch fühlte er sich ein Fremder auf diesem Boden. Ein anderer war er hierher zurückgekehrt, als der er gewesen, da er vor Jahren zum letzten Male in der Heimat geweilt. Von seiner Jugend, von allem, was er bisher erlebt und gesehen, schied ihn eines: sein Schmerz.

Mit veränderten Augen blickte er in die Welt. Die Dinge sprachen eine neue, noch nie vernommene Sprache. Tiefer, bedeutungsvoller, vielsagender war alles geworden.

Die vielen kleinen und kleinlichen Formen der Nähe, die ihn früher verwirrt hatten im Leben, in der Landschaft, wie am Menschen störten ihn nicht mehr: Alles bewegte sich jetzt in großen, freien, kühnen Linien. Ein Grundton ging durch die ganze Schöpfung: die Vergänglichkeit des Einzelnen und die Ewigkeit des Ganzen.

Eine gedämpfte Melodie hörte er jetzt, wo er ging und stand, einen Schatten erkannte sein Auge, selbst in dem heitersten, sonnigsten Bilde.

Vergänglich war alles; am vergänglichsten das Glück. Hinter dem Erhabensten, was uns das Leben schenkte, hinter der Liebe, stand einer mit der Knochenhand. Aber wir sehen erst, dass er die ganze Zeit über gelauert hat, wenn's zu spät ist zum Lieben und Beglücken.

Nicht zurückrufen wollte Xaver die Freundin aus der Gruft. Aber dieses erste Stadium des Schmerzes war er hinaus. Ihr Leib war dem Tode verfallen und sollte es bleiben. Um ihre Auferstehung würde er nicht gebetet haben, selbst wenn die Erweckung zum Leben in eines Gottes Macht gelegen hätte. Er machte die befremdlichste aller Erfahrungen durch: zu erkennen, dass wir uns an das Totsein des geliebtesten Menschen mit der Zeit gewöhnen, dass wir seinem Nichtsein schließlich Berechtigung einräumen.

Xaver kämpfte tapfer mit diesem Einbrechen des Alltäglichen, Gewöhnlichen in das Heiligtum des Schmerzes. Er hasste den Gedanken, dass Lieschens Andenken diesem Verwittern und Überwachsen und schließlichen Verfallen ausgesetzt sein solle. In seiner Seele sollte sie lebendig bleiben, in seinem Leben ihre Auferstehung feiern. Alles wollte er von sich tun, was ihrer nicht würdig war, jeden Gedanken an ein anderes Weib, jeden Gedanken, selbst an seine Kunst. Sie, nur sie allein, sollte herrschen auf dem Altare, den er ihr errichtet hatte in seinem Herzen,

vor dem er täglich in Andacht opferte. So wollte er sich ihr ganz hingeben, ausschließlich ihr leben, gut machen, was er, da sie noch unter Lebenden wandelte, versäumt hatte.

Stundenlang konnte er am sonnenbeschienenen Berghange liegen, dem
Brausen des unsichtbaren Wasserfalles in der Tiefe lauschen, die Wolken
frei und leicht über sich ziehen und ihre Formen wie aus eigener Kraft
und Phantasie sich verwandeln sehen, das Spiel der Lichter auf den jenseitigen Hängen über Wald, Felsen und Abgründen beobachten, die In-
sekten belauschen, die Schmetterlinge und Vögel, die Blumen bewundern, die Gräser und Moose in ihrer unschuldigen Pracht. Und alles
führte ihn zurück zu ihr; sie war in diesem allem. Ihr Schicksal war das
der ganzen Welt. Alles, was lebte, lebte der Liebe, und hinter allem kam
ein Schatten: Tod.

Er konnte ihr Geschick nicht mehr beklagen. Es war nicht grausam, es
war natürlich, ja es war gut so. Das Ewige ihrer Erscheinung lebte ja weiter. Sie brauchte nicht tot sein; es kam nur auf ihn an, ob sie lebe.

Von jetzt ab würde er sie sehen, gereinigt von allem Zufälligen, zur
edelsten Form vergeistigt, in jeder Erscheinung. Jeder glückliche Augenblick, jede noch so flüchtige Schönheit, würde ihm ihre verklärten Züge
zeigen.

Klarer und klarer wurde ihr Bild für ihn. Er glaubte sie schließlich zu
sehen, so wie Gott sie gewollt hatte: ein Wesen, ganz Güte, ganz Hingebung, das lächelnd ins Grab stieg, dessen letzter Hauch Liebe gewesen
war.

Er ließ das Bild völlig in sich ausreifen. Strich für Strich, Zug um Zug
wuchs es empor, von selbst gleichsam; er tat nichts dazu. Bis es schließlich groß, einfach und klar vor ihm stand, würdig des einzigen Wesens,
dessen Monument es werden sollte.

Als es nun aber so weit war, als er fühlte, jetzt sei der Prozess des Emp-
fangens, des heimlichen Heranwachsens zur Reife gelangt, da wollte der
Künstler auch nicht länger seine Hände zurückhalten, greifbar zu machen, was zitternd vor ihm stand und um Leben bat.

Da eilte er nach München zurück in sein Atelier. Denn jetzt würde er
das gestalten, was draußen im Anblick der Berge und Wolken und Blumen in ihm herangewachsen war: Lieschens Denkmal.

217

XXVI

Jutta hatte den Sommer in der Schweiz zugebracht. Ohne festen Reiseplan war sie mit ihrer Begleiterin, Frau Hölzl, von einem schönen Orte zum anderen gezogen. Ihre Malerei hatte sie begleitet. Eine Anzahl Skizzen waren entstanden. Sie hoffte, im kommenden Winter diese Studien zu ein oder dem anderen größeren Bilde verwerten zu können.

Am Schlusse der Saison war sie des Herumziehens, der Hotelkost und des Pensionslebens herzlich überdrüssig. Gründlich satt hatte sie auch die Zudringlichkeit der Männer, vor der sie sich durch Frau Hölzl nicht im geringsten geschützt sah. Ein Deutscher hatte sie heiraten wollen, und ein Franzose war ihr vier Wochen lang nachgereist.

Die alte Geschichte! Es schien nun mal ihr Geschick zu sein, Hoffnungen beim Manne zu erwecken, die sie nicht erfüllen konnte und wollte. Jutta war jetzt soweit, dass sie dergleichen Erfahrungen nicht mehr tiefer beunruhigten; aber lästig war's doch, und es störte einen in der Freiheit der Bewegung.

In Florenz, wohin sie zu Beginn des Winters reiste, ging sie nicht ins Hotel, auch eine der fashionablen Pensionen vermied sie – es würde ja dort sehr bald dieselbe Sache gewesen sein –, sondern sie zog zu ein paar alten Schweizer Fräuleins, von denen sie durch Zufall gehört hatte. Dort wohnte sie mit Frau Hölzl ganz allein. Hier würde sie Ruhe finden zur Arbeit.

Zunächst aber wurde es nichts mit dem Arbeiten. Denn wie so vielen, hatte auch ihr's die Arnostadt sehr bald angetan. Jutta kam vor Schauen und Staunen und wieder Schauen nicht zum Schaffen, überwältigt von dem Zuviel der Schönheit, welche an dieser einzigen Stätte von Natur angehäuft und von Menschenhand vermehrt ist.

Schließlich, als ihre Augen doch müde geworden waren vom Schauen, und ihre vibrierenden Nerven gebieterisch nach Ruhe verlangten, zog sie sich zurück vom Schwelgen. Zum Genießen allein war sie doch nicht hierher gekommen. Sich selbst hatte sie den Beweis liefern wollen, dass sie etwas könne. Dass sie Künstlerin sei, von Gottes Gnaden, dass sie vor allem ein freier Mensch sei, der nach dem Höchsten greifen durfte. Darum hatte sie sich losgemacht vom Einflusse der Familie, hatte alle Brücken hinter sich abgebrochen, sich auf eigene Füße gestellt.

Aber es wollte nicht recht gehen mit dem Schaffen. Es fehlte die Stimmung. Wie kam das nur? Voriges Jahr in Berlin, in der nüchternsten Umgebung, da war's gegangen, da hatte sie Inspiration gehabt. Und hier in der schönsten Stadt der Welt, umgeben von erhabenen Vorbildern, versagte ihr der Mut.

Was nützte einem nun die Freiheit, wenn man sie nicht zu gebrauchen verstand? Was die Unabhängigkeit von der Familie, wenn sie einen nur fühlen ließ, wie einsam man sei? – Menschen hätte sie haben mögen, Menschen, nur um der Menschen willen; bei ihnen zu sein, unter ihnen leben zu dürfen! –

Was hatte sie denn jetzt? Sich selbst! Stolz durfte sie sich sagen, dass das etwas sei. Aber doch war es zu wenig zum Glück.

Früher hatte Jutta nicht gewusst, dass es Grenzen gäbe; hatte es nicht wissen wollen. Furchtbarste Demütigung wäre es ihr erschienen, sich einzugestehen, dass man aus eigener Kraft nicht alles vermöge. Jetzt musste sie widerwillig die Grenzen erkennen, die ihr das Geschlecht, ihre Anlagen und die eigenen Taten steckten.

Man hatte, wenn man einsam und still lebte, wie sie jetzt, soviel Zeit zum Nachdenken. Da erwachten ganz wunderliche Erinnerungen; man sah sich in der Vergangenheit wie eine fremde Person, erlebte das Leben noch einmal, aber umgedeutet, verwandelt, durchschienen von Reflexion und Selbstkritik. Man sah, wie man sich durch sein eigenes Streben, durch Tun und Nichttun, durch Wünsche und bloße Gedanken den Weg endgültig festgelegt hatte, auf dem man jetzt schritt.

Erquicklich waren solche Gedanken nicht; und um sie loszuwerden, stürzte sich Jutta von Neuem mit Eifer in die Arbeit. Wenn sie vor der Staffelei stand, war ihr doch am wohlsten. Dann gingen die Stunden hin, man wusste nicht wie! Die grauen Gespenster der Unzufriedenheit und Selbstkritik konnten nicht aufkommen gegen das Hochgefühl, mit dem einen das eigene Schaffen erfüllte. Was sie hier leistete, das konnte ihr niemand nehmen; hier war sie souverän. Was sie von Einfällen auf die Leinwand bannte, das waren ihre Kinder, Selbstgespräche in Farben, die niemanden etwas angingen.

Nun wollte sie mal etwas Großes, Originelles schaffen, ganz aus der eigensten Anschauung heraus. Viel zu sehr war sie bisher abhängig gewesen von Geschmack und Rat anderer. Durch fremde Augen hatte sie gesehen, unter fremdem Einflusse gestanden all die Zeit über.

Sie bestellte sich eine große Leinwand. Eine Alpenlandschaft sollte es werden: Fels, Himmel, Wolken, einige Baumriesen, sonst wenig Vegetation, gar keine menschliche Staffage. Die Natur sollte ihre großen, einfachen, herben Linien enthüllen, so wie Jutta während des vorigen Sommers sie in glücklichen Augenblicken gesehen hatte.

Die Grundlinien waren schnell hingeworfen; dabei halfen ihr die Farbenskizzen. Die Beleuchtung, die Lüfte machten ihr jedoch schon Schwierigkeiten. Ihr schwebte ein ganz bestimmtes, gedämpftes Licht vor, wie es etwa kurz vor Ausbruch eines Gewitters herrscht, wo alle Formen näher, größer, bedeutsamer und unheimlicher erscheinen.

Ganz deutlich sah die Künstlerin ihr Bild vor sich; aber wenn sie es auf die Leinwand brachte, wie matt und klein wirkte da, was ihrer Vorstellung so groß und packend erschienen war.

Wochen hindurch quälte sie sich mit dem Bilde, immer wieder ändernd und übermalend. Eine Art Verzweiflung packte sie davor. Es musste werden! Furchtbar wär's gewesen, wenn sie hier versagt hätte! Es wäre dem Geständnis gleichgekommen, dass ihr Malen Stümperei sei.

Als sie schließlich den Pinsel weglegte, sich sagend: Nun soll es genug sein, besser würde es doch nicht werden, und sie sich nun ihr Werk betrachtete, als sei es nicht von ihr, sondern von einem fremden Menschen gemalt, da kam's ihr vor, als ob etwas darin fehle, etwas Wichtiges: Sie konnte es nicht bezeichnen, was.

Was sie hier gegeben hatte, konnte schließlich jeder geben, wer Anlagen hatte, Geschmack und Maltechnik. Um eine konventionelle Arbeit zu liefern, welche die Zensur »brav« verdiente, lohnte es sich für sie doch wahrlich nicht eines solchen Aufwandes von Zeit.

Ihrem neuesten Werke fehlte die Seele. Es war ein Geschöpf des Verstandes, empfangen ohne Begeisterung, gezeugt ohne Liebe. Darum war es verfehlt. Jetzt endlich begriff sie es. Sie hatte dabei an niemanden denken wollen, hatte versucht, unpersönlich zu schaffen, unabhängig sein wollen von jedem Einfluss. Ja selbst die Erinnerung hatte sie aus ihrem Herzen zu bannen getrachtet, damit sie ihr das Konzept nicht verderbe.

Und nun war ein verpfuschtes Werk daraus geworden.

Sie hasste dieses Bild. Es bedeutete Demütigung für sie. Es predigte ihr deutlicher als irgendetwas ihre Grenzen. Es sagte ihr, dass es ein vager Traum gewesen, dass sie Unmögliches gewollt habe, als sie sich freigemacht, sich ganz auf sich selbst gestellt hatte. Was nützte ihr die äußere Unabhängigkeit nun? Es gab eine Gebundenheit, die mehr bedeutete als alle Freiheit, wenn es für den Stolz auch eine harte Probe war, sich das einzugestehen.

Unser Herz ist unser Schicksal; ihr Herz aber war nicht frei.

Eine große Freude half Jutta über die Enttäuschung der letzten Zeit hinweg; Eberhard und Agathe schrieben ihr von Venedig aus, wo sie sich auf der Hochzeitsreise befanden, dass sie nach kurzem Ausfluge über Verona, Mailand, Genua nach Florenz zu kommen gedächten, um dort einige Wochen mit ihr zu verbringen.

Das war nun wirklich etwas, worauf man sich freuen konnte! Ihren Bruder wiedersehen als jungen Ehemann. – Sie konnte sich ihn gar nicht denken in dieser Eigenschaft. Und Agathe nun ihre Schwägerin! Schließlich waren die beiden doch diejenigen Menschen, die ihr am nächsten standen auf der Welt.

Man würde eine herrliche Zeit zusammen verleben. Eben brach ja hier das Frühjahr an. Ausflüge würden sie unternehmen in die Umgegend, die Jutta selbst auch noch wenig kannte. In der Stadt konnte sie ihnen Führerin sein.

Kindisch geradezu freute sie sich. Wie ehemals auf die Ferien zu, zählte sie jetzt die Tage, die noch bis zum Kommen der Geschwister vergehen mussten.

Jutta nahm für das Paar Quartier in einem Hotel, das ihrer Wohnung schräg gegenüberlag. Zur angegebenen Zeit fand sie sich auf dem Bahnhofe ein, um Eberhard und seine Frau zu empfangen. Sie hatte Blumen mit für die Schwägerin.

Wie sie wohl ausschauen würde, die kleine Agathe? Wenn man dachte: dieses halbe Kind! – Und nun Frau, die Frau ihres Bruders.

Agathe sah gut aus. Viel mochte dazu auch die nette Reisetoilette beitragen. Sie war ganz Dame.

Ihren Bruder fand Jutta männlicher geworden. In dem letzten Jahre hatten sich für ihn ja auch die wichtigsten Dinge vollzogen. Er wusste jetzt, wo er hingehörte, nannte Beruf, Gattin und Heim sein eigen.

Eberhard hatte, bald nachdem er im vorigen Frühjahre sein Examen bestanden, eine Stelle als Assistenzarzt angenommen, die ihm durch einen seiner Lehrer, welcher dem jungen, strebsamen Mediziner wohlwollte, verschafft worden war. Da er die Stellung um keinen Preis einbüßen wollte, hatte er für seine Hochzeitsreise nur sechs Wochen Urlaub genommen, während deren er vertreten wurde. Vier Wochen davon waren schon verstrichen, man hatte also knapp vierzehn Tage vor sich, die sollten gründlich ausgenutzt werden, wie Eberhard gleich nach der Ankunft in Florenz der Schwester verkündete.

Nun kamen schöne Tage. Das junge Paar überließ Jutta die Führung. Eberhard war noch nicht in Florenz gewesen; Agathe natürlich erst recht nicht. Für sie war die Hochzeitsreise überhaupt die erste Reise. Beide zeigten sich des Italienischen nicht mächtig, das sich Jutta im Laufe des Winters bis zu leidlicher Geläufigkeit angeeignet hatte.

Zunächst zeigte Jutta den Geschwistern die Stadt. Paläste, Kirchen, öffentliche Gebäude, eine Anzahl Bildergalerien wurden besucht. Doch gab man das bald als ermüdend auf. Sie waren ehrlich genug, Interessen nicht zu erheucheln, die ihnen nun einmal nicht eigen waren. Man schenkte sich also das Übrige, unternahm fortan nur noch Ausflüge ins Freie.

Eberhard und Agathe stellten nicht das junge Paar auf Hochzeitsreise dar, wie es nur zu oft Gegenstand des Schreckens ist und des Spottes der Mitreisenden. Sie hatten Freude und Teilnahme an anderen, nicht nur an sich; benahmen sich überhaupt wie vernünftige Leute.

Am meisten staunte Jutta über ihre Schwägerin. Die stand so fest und sicher in ihrer Rolle der Gattin, als sei sie nicht seit vier Wochen, sondern seit manchem Jahre schon verheiratet. Ohne jemals in Schroffheit zu verfallen oder in Eigensinn, behauptete sie ihrem Manne gegenüber Stellung, Eigenart und selbstständiges Urteil. Das Verheiratetsein hatte ihr Wesen nicht aus dem Geleise geworfen, höchstens bestärkte es sie in dem, was sie schon vordem gewesen, brachte ihre gesunde, heitere, selbstsichere Natur noch deutlicher und klarer heraus.

Eberhard hatte gut gewählt. Er war einer der wenigen Glücklichen, die in dieser fraglichsten aller Lotterien das rechte Los ziehen. Für diese beiden brauchte einem nicht bange zu sein.

Jutta hatte das richtige Empfinden, wenn ihr an ihrem Bruder die Männlichkeit als etwas Neues auffiel. Ein Weib nehmen bedeutet für einen Mann nicht minder eine einschneidende Wendung als für die Frau, einem Manne angetraut werden. Von dem Augenblicke, wo wir uns unseres Geschlechtes bewusst geworden, klafft in unserer Natur eine schmerzlich empfundene Lücke, die nur durch ein Weib ausgefüllt werden kann. Vorher unfertig, werden wir durch dieses unscheinbare Band erst zu dem ergänzt, was wir sein sollen.

Eberhard war kein Neuling in der Liebe, als er in die Ehe trat. Aber die Abenteuer seiner Jünglingszeit waren für ihn längst zu anderen, abgestreiften Hüllen herabgesunken. Tiefer angefressen war seine Natur davon nicht worden. Gegen Rückfall war er gefeit; denn wer einmal echte Steine erkennen gelernt hat, lässt sich nicht wieder betrügen vom erborgten Glanz des Similidiamanten.

Er wusste jetzt, dass ihm gänzlich unverdient ein großes Glück in den Schoß gefallen sei. Nicht ahnen hatte er können die Fülle von Liebe, Güte, Seelenanmut und Herzensreichtum, der sich hinter Agathens Schlichtheit des äußeren Menschen verbarg. Er stand noch immer davor überwältigt wie vor einem Wunder.

Agathe, seine Braut, und Agathe, seine Frau, das waren für ihn zwei grundverschiedene Wesen. Wie nach einem einzigen warmen Regen im Frühling, der die wartende Natur entzaubert, waren mit einem Male bei ihr über Nacht tausend Blüten aufgebrochen, und tausend andere standen als hoffnungsvolle Knospen da.

Was würde da alles noch werden? Dass das innerste Wesen der Frau Wandlungsfähigkeit ist, hatte er nicht gewusst, dass sie wie Schatzkästlein sind mit unzähligen verborgenen Fächern, auch nicht. Jeder kann sie schließlich erbrechen, aber nur der wird zu ihren innersten, kostbarsten Geheimnissen vordringen, dem sie selbst den Schlüssel in die Hand drücken aus freiem Willen.

Das war ja sein Glück, sein Stolz, dass sie alle ihre Schätze aufbewahrt hatte für ihn, damit er sie fände. Nun segnete er die jungfräuliche Spröde, die den eigentlichen Kern ihres Wesens umhegte wie ein Mantel von Stahl. Alles hatte sie aufgespart für ihn, nicht ein Atom ihrer ursprünglichen Liebeskraft war vergeudet.

Aber nun, wo der gekommen, den ihr Herz als den Rechten erkannt hatte, verwandelten sich die Stacheln in Rosen. Für ihn blühten sie, ihm erschlossen sich alle diese Kelche, ihm spendeten sie den feinen Duft, mit dem ihre Natur bisher haushälterisch umgegangen war, ihm brachte sie freudig das große Opfer der Schamhaftigkeit.

Als Junggeselle hatte Eberhard nicht gerade hoch von der Ehe gedacht. Jetzt erst fing er an zu begreifen, was es heiße, ein Leben für alle Zeiten mit dem seinen verbunden zu haben. Das war eine Verdoppelung aller Fähigkeiten und Möglichkeiten. Einen Menschen ganz sein eigen nennen und ihm zu eigen zu sein aus beiderseitig freiem Entschluss! Einen Freund besitzen im höchsten Sinne! Und dieses Verhältnis besiegeln dürfen durch die natürlichsten Vertraulichkeiten, die es zwischen zwei Wesen geben konnte! – Es war das wohl die höchste Betätigung der Menschlichkeit, die uns beschieden war auf der Welt! –

Als Arzt hatte er die Frauen kennengelernt, und nicht gerade von der erhabenen Seite. Eine Zeit lang war er in Bezug auf die Weiber geradezu Zyniker gewesen. Wie musste er auch darin umlernen. Am Seziertisch, in der Klinik, bei den traurigen Erfahrungen der Praxis ging einem manche Erkenntnis auf, aber Seelenkunde lernte man da nicht. Die letzten Geheimnisse von der Natur des Menschen lernte man nur durch das liebende Weib.

Wenn man das gewonnen hatte, dieses Höchste, dann besaß man einen unversieglichen Born der Labung. Die Früchte dieses Baumes schienen sich durch geheimnisvolle Kraft zu ergänzen. Für jede, die man pflückte, wuchsen zwei neue nach. Und sie waren von stets wechselnder Farbe und mannigfaltigem Geschmack, aber immer frisch.

Eberhard stand noch ganz am Anfange der Erfahrungen, hatte nur die ersten Seiten des großen Buches »Liebe« gelesen, aber mit Schauern der Ehrfurcht ahnte er, dass er sein Leben lang daran lesen und niemals zur letzten Seite kommen würde.

Eberhard war nicht so sehr durch seine junge Frau in Anspruch genommen, dass er sich nicht auch um andere Menschen gekümmert hätte. Er freute sich über seine Schwester. Es kam ihm vor, als sei sie in den letzten Jahren milder geworden, liebenswürdiger, ohne etwas von ihrer Eigenart eingebüßt zu haben. Wie ihre reifende Erscheinung, so schien ihm ihr ganzes Wesen nunmehr in Blüte zu stehen.

Sein alter brüderlicher Stolz war erwacht. Er sprach, wenn er mit Agathe allein war, gern über Jutta in Ausdrücken der Bewunderung. Agathe sagte nicht viel dazu. Das fiel ihm mit der Zeit auf. Wäre es denkbar, dass sie eifersüchtig sei? –

Agathe empfand der Schwester ihres Mannes gegenüber etwas ganz anderes als Eifersucht. Sie sah, dass Jutta sich wohl verändert habe, seit man sich nicht gesehen. Aber diese Veränderung musste mit Sorge erfüllen. Das Mädchen hatte eine Enttäuschung erlebt, an ihr zehrte eine unerfüllte Hoffnung, eine Sehnsucht, etwas, das sie vor fremden Augen verbarg. Die liebenswürdige Milde, die sie zur Schau trug, ihre Gelassenheit und Ruhe waren erkünstelt, vielleicht mit Resignation verwandt. Sie übertäubte einen Kummer auf diese Weise.

Eberhard stutzte, als ihm Agathe ihre Ansicht über Jutta frank heraus sagte. Er hatte seine kleine Frau schon mehr als einmal als erstaunlich gute Beobachterin kennengelernt. Hinter dem frischen Eindrucke von Agathes Urteil sah er sich seine Schwester genauer an.

Da fiel ihm allerdings dies und das auf, was er anfangs nicht beobachtet hatte. War es Nervosität? Gewisse Züge verrieten dem Blicke des Arztes innere Erregung. Ihr Auge gefiel ihm nicht und die Art, wie sie leicht die Farben wechselte. Mehr jedoch konnte er nicht sehen. Hatte sie einen Kummer, wie Agathe glaubte, dann verstand sie es meisterhaft, sich zusammenzunehmen.

Er gedachte eines halben Geständnisses, das Jutta ihm einst gemacht hatte in jener kritischen Periode, als sie im Begriff war, ihre Verlobung mit Bruno Knorrig aufzulösen. Sollte es diese alte Geschichte etwa sein? – Sie hatte damals keinen Namen genannt. Die Sache war seinem Gedächtnisse so gut wie entschwunden gewesen. Jetzt brachten ihn die Umstände wieder darauf.

Er glaubte ein Recht zu haben, die Wahrheit festzustellen. Als Bruder bot er seine Hilfe, seinen Rat an.

Aber Jutta ließ ihn nicht ausreden. Ihre Erregung bestätigte ihm die Richtigkeit von Agathes Vermutungen. Wie gern hätte er geholfen. Aber er musste seiner Frau auch darin recht geben, wenn sie sagte, dass man für Jutta nichts tun könne und dass in Angelegenheiten des Herzens sich selbst die nächsten, liebsten Menschen nicht einmischen dürften; da stehe ein jeder für sich selbst. –

Das junge Paar reiste wieder ab. Vorher hatte Eberhard wenigstens so viel bei seiner Schwester erreicht, dass sie in Aussicht stellte, nach Berlin zu kommen und einige Zeit bei den Geschwistern zu leben, sobald man erst in seiner Häuslichkeit ein wenig eingerichtet sein würde.

Für Jutta aber kam nach diesem Abschied ein bitterer Rückschlag. Das Zusammensein mit den Geschwistern, auf das sie sich so sehr gefreut, hatte sie unendliche Kräfte gekostet. Nichts strengt eine vornehme Natur mehr an, als Verstellung üben zu müssen. Die beiden hatten ihren wahren Seelenzustand nicht durchschauen sollen. Sie gönnte ihnen ja ihr Glück, war nicht neidisch. Und doch, und doch! – Musste ihr's denn so vor Augen geführt werden, was sein konnte und was ihr niemals zuteilwerden würde! –

Sie hatten es ihr so recht vorgelebt, welche Wunder die Liebe wirkt, dass sie des Lebens wahres Element ist. Ohne dem glich das Dasein einem blutarmen Körper, der nur vegetiert und eine schwächliche Nachahmung darstellt des echten, starken, freudigen Lebens.

225

Gerade dass sich Agathe und Eberhard in ihrer Gegenwart mit Zärtlichkeiten zurückgehalten hatten – was Jutta nicht entgangen war –, bedeutete doppelte Demütigung. Darin hatte unausgesprochen gelegen,
dass man um ihren Zustand wisse, dass man sie bemitleide, sie als der
Schonung bedürftig betrachte.

Schrecklich war das! Sah man ihr's an der Stirn an, dass sie liebte? –
Wodurch verriet sie sich denn? –

Sie hatte doch ihre Gefühle so tief in sich vergraben! Hatte schwere
Steine auf dieses Grab gewälzt: Hass und Verachtung. Hatte den Stolz
als Wächter davorgestellt.

Es war umsonst gewesen; wie sie sich selbst eingestehen musste. Das
Herz ist keine Tafel, von der man die Eindrücke leicht wegwischen kann.
Gewisse Erlebnisse lassen dort so tiefe Spuren zurück, dass sie nur mit
dem Stillstehen des Ganzen verschwinden.

Gefühle von wirklicher Kraft und Tiefe sind unsterblich. Man kann sie
weder unterdrücken noch heimschicken, ebenso wie man sie nicht rufen
kann. Sie kommen und gehen wie Jugend und Alter, wie Sommer und
Winter, nach großen Gesetzen, die wir nicht beherrschen.

XXVII

Jutta war von Florenz nach München zurückgekehrt. Der Vater hatte
ihr geschrieben, dass nunmehr die endgültige Vermögensauseinander-
setzung stattfinden müsse zwischen ihm und den Kindern über die Hin-
terlassenschaft der Mutter.

Man hatte viel auf dem Gerichte zu tun. Inventar wurde aufgenommen, da auch die Möbel der Verstorbenen, Schmuck und Silber zur Ver-
teilung kamen. Manches Stück wurde ausrangiert, verkauft, verschenkt.
Jutta musste sich entscheiden, was sie für sich behalten wolle. Dass sich
Vally als Hausfrau in diese Fragen einzumischen für berechtigt hielt,
machte die Auseinandersetzung auch nicht erquicklicher.

Vally hatte es in der kurzen Zeit des Verheiratetseins verstanden, das
Heft völlig in die Hand zu bekommen. Wie anzunehmen gewesen, hatte
sie ihre Mutter, die Witwe Habelmayer, zu sich genommen.

Die beiden Frauen ließen es sich angelegen sein, Herrn Reimers zu dem
zu machen, was er seinen Jahren nach eigentlich noch nicht zu sein
brauchte, nämlich zum alten Manne. Sie hatten herausgefunden, dass er
leidend sei; der Grund dazu wäre in Überanstrengung zu suchen und

darin, dass sich früher niemand recht um ihn gekümmert habe. Er sei vernachlässigt worden von seiner Familie.

Wenn man einem an sich gesunden Menschen tagtäglich vorredet, dass er krank ist, so wird er es in neun von zehn Fällen schließlich glauben. So glückte es denn auch hier, den »Vater Reimers« – so wurde er neuerdings genannt – davon zu überzeugen, dass er dringend der Schonung bedürfe.

Unter diesem Gesichtspunkte war das ganze Hauswesen umgestaltet worden. Aus dem Geschäfte hatte sich Herr Reimers ja schon vordem zurückgezogen. Seine freie Zeit auszufüllen, war Sache der Damen.

Sie waren darin erfinderisch. Vor allem dehnte man die Mahlzeiten aus. Und da man sich fünfmal täglich zu Essen und Trinken niederließ, war damit schon ein großer Teil des Tages untergebracht. Hatte man früher bereits im reimersschen Hause nicht gedarbt, so wurde jetzt dort geschlemmt.

Am besten schlug diese Art Leben bei Vally an. Den Ehrgeiz, eine Figur zu besitzen, hatte sie aufgegeben, seit sie verheiratet war. Sie glaubte es sich jetzt gestatten zu können, auf jedes schlank machende Rüstzeug zu verzichten. Nun erst sah man staunend, wie verschwenderisch Vally von Natur ausgestattet war.

Zu dieser Erscheinung passte die satte Ruhe, mit der Vally das Dasein behäbig und würdevoll genoss. In ihrem runden, blühenden Gesicht lag nur ein einziger Gedanke ausgedrückt: Ich habe erreicht, was ich gewollt, ich bin mit mir zufrieden!

Neben Essen und Trinken pflegte man noch andere dem wohlhabenden Bürger zukommende Liebhabereien. Herr Reimers hielt neuerdings Wagen und Pferde. Das Gehen hätte ihn anstrengen können. Man fuhr zu dreien aus, wenn es das Wetter irgend erlaubte, mit zurückgeschlagenem Verdeck, damit man möglichst gesehen werde. Das war von jeher Vallys schönster Traum gewesen: im Landauer bequem zurückgelehnt, angetan mit seidenem Kleide, einen Kutscher in der eigenen Livree auf dem Bock, durch die Straßen zu fahren, bewundert und vor allem beneidet von den Fußgängern. Dieses Ideal war ihr nun in Erfüllung gegangen.

In den Klub und zum Frühschoppen ging Reimers nicht mehr. Seine Damen hatten ihm klargemacht, dass das für seine Gesundheit höchst unzuträglich sei. Nur noch solche Lokale durfte er besuchen, wohin die beiden ihn begleiten mochten. Der Abwechslung halber speiste man gelegentlich auswärts, um Menschen zu sehen und sich zu zeigen. Und auch das gehörte zu den gesundheitsfördernden Beschäftigungen, mit denen Reimers neuerdings seine Zeit ausfüllen durfte: Ausfindig machen, wo man in München am besten esse. Eine Frage, über die mit dem einer so wichtigen Sache gebührenden Ernste stetig zwischen den dreien hin und her verhandelt wurde.

Wenn man ins Theater fuhr oder zum Konzert – was auch vorkam –, so geschah es aus hygienischen Gründen. Vally hatte herausgefunden, dass nichts die Verdauung günstiger beeinflusse und zu neuem Appetit anrege als Musik und hie und da mal ein Theaterstück. Man bevorzugte das leichtere Genre. Ernstere Musik und Tragödien mied man, als der Gesundheit nicht zuträglich.

Dieses glückliche Kleeblatt wurde ergänzt durch einen vierten: Luitpold Habelmayer. Seit er Witwer geworden, lebte er ganz zurückgezogen, verkehrte nur noch im Hause seines Onkels – der ja nunmehr auch sein Schwager war –, dort aber umso häufiger.

Herr Reimers hatte seinen Neffen Luitpold immer gern gemocht, neuerdings war ihm dessen Umgang geradezu zum Bedürfnis geworden. Denn seitdem der alte Herr in Bezug auf seine Vergnügungen auf schmale Kost gesetzt worden war, brauchte er jemanden, der ihm von den verbotenen Früchten wenigstens den Duft zuführte. Luitpolds Weltanschauung und Geschmack waren ganz die seinen. Der Neffe war, wie der Onkel, ein Freund von schweren Zigarren, altem Rheinwein und leichten Damen. Zigarren und Wein konnten sie gemeinsam genießen; die Damen nur insofern, als der junge dem alten Manne von ihnen erzählte. Reimers hörte mit dem verständnisvollen Mitempfinden jemandes zu, der so sehr Kenner ist, dass er die Speisen, welche er einen andern essen sieht, nachzuschmecken vermag.

Nach außen hin spielte Luitpold Habelmayer die Rolle des Witwers in korrektester Weise. Auch darin hatte ihm ja sein Onkel Reimers Jahre hindurch ein nachahmenswertes Vorbild gegeben. Luitpold trauerte noch immer, obgleich nun schon ein Jahr vergangen war, seit Elwire das Zeitliche gesegnet hatte. Wenn er von der Entschlafenen sprach – und das tat er gern –, so geschah es mit gesenktem Blicke und verschleierter Stimme. Ihr Grab besuchte er häufig, nahm wohl auch Freunde mit dorthin, um von ihnen das prächtige Grabmal bewundern zu lassen, das er aus poliertem nordischen Granit hatte errichten lassen. »Ruhestätte der Familie Habelmayer« stand in goldenen Lettern darüber. Elwire war die erste, die dort eingezogen war. Der übliche Bibelspruch und ein »Auf Wiedersehen!« fehlten nicht.

Bei dem lebhaften Verkehr, der zwischen Luitpold und seinen Verwandten stattfand, bekam auch Jutta den Vetter sehr bald zu Gesicht. Sie war auf ihn vorbereitet, in gewissem Sinne, denn ein Brief Vallys an sie nach Florenz hatte zum größten Teile von ihm gehandelt, ihr berichtet, wie untröstlich er noch immer sei.

Jutta fand, dass das sentimental-melancholische Wesen, welches Luitpold als Attribut des Witwertums zur Schau trug, ihm recht schlecht zu Gesicht stehe. Da war er ihr schließlich früher, wo er den Lebemann ganz offen bekannte, noch lieber gewesen. Was man von seiner Trauer um Elwire zu halten habe, musste sie doch am allerersten wissen.

Übrigens kam ihr der Vetter, wie neuerdings alle und alles in der Heimat, herzlich unbedeutend und lächerlich zurückgegangen vor. Kaum verstand sie noch, wie es möglich gewesen, dass dieser Mensch einstmals von ihr beachtet worden war, ja dass es eine Zeit gegeben, wo seine Zudringlichkeit sie ernstlich beunruhigt hatte.

Jutta merkte es wohl, dass Luitpold von Neuem versuchte, Eindruck auf sie hervorzubringen. Das war ja zu erwarten gewesen! Zum Unterschied gegen früher trat er jetzt ganz offen mit seinen Annäherungsversuchen hervor. War er doch Witwer und Jutta ledig. Er trug sich also mit sogenannten »ernsthaften Absichten«, und sein Verhalten war dementsprechend ein ehrbar gesetztes.

Zu Ehren von Juttas Rückkehr aus Florenz hatte Vally es sich nicht nehmen lassen, ein Mittagessen zu veranstalten; Luitpold war dazu eingeladen.

Bei Vally, ihrer Mutter und Vater Reimers war die Verdauung ein äußerst wichtiger Vorgang, dem obzuliegen man für heilige Pflicht hielt. Es war daher nichts allzu Auffälliges, dass sich diese drei gleich nach dem Kaffee in ihre Gemächer zurückzogen, Jutta allein mit Luitpold lassend.

Es wäre ein leichtes gewesen für Jutta, sich ebenfalls zu entfernen und so dem *tête-à-tête* mit dem Vetter aus dem Wege zu gehen. Aber sie hatte das Gefühl, als sei es richtiger, ihm die Stirn zu bieten.

Luitpold schlug, sobald die andern gegangen waren, sofort einen wärmeren Ton an. Er rückte näher an Jutta heran, suchte ihr in die Augen zu schauen. Da er dort nur auf eisige Blicke traf, senkte er die seinen wieder und begann nun, halb zutraulicher Vetter, halb hoffender Liebhaber, von diesem und jenem zu reden. Schließlich kam er auch auf Elwire zu sprechen und auf seinen großen Schmerz um sie, und wie er erst jetzt, da er sie verloren, zu erkennen beginne, was er an ihr besessen habe.

»Weißt du, liebe Jutta, das Leben ist doch eine merkwürdig ernste Sache. Erst wenn man wirklich Schweres durchgemacht hat, merkt man das. Du hast ja inzwischen auch Enttäuschungen erlebt, und insofern treffen sich unsere Geschicke. Ich meine nicht nur deine Verlobung mit dem jungen Knorrig – die habe ich stets für eine Übereilung angesehen –, ich glaube zu wissen, dass du auch andere bittere Erfahrungen gehabt hast! Doch will ich schweigen, wenn dir das unangenehm ist. Ich wollte dir nur zeigen, dass ich mich stets für deinen Lebensgang interessiert habe. Ich habe unser Verhältnis von jeher als etwas Besonderes betrachtet und in dir immer mehr gesehen als bloß meine schöne Cousine. Auch Elwire kannte meine Gefühle für dich; ich hatte kein Geheimnis vor ihr. Und ich darf wohl sagen: Mein Interesse für dich genoss ihre Billigung. Sie war ein edles, großmütiges Geschöpf; dir war sie immer besonders zugetan. Ich habe das deutliche Gefühl, dass Elwire jetzt auf uns beide herabschaut ...«

Weiter kam er nicht. Jutta erhob sich jäh von ihrem Sitze. Sprachlos vor Verachtung blickte sie Luitpold an. Die Erinnerung an all das Widerliche, was sie früher mit diesem Menschen durchgemacht hatte, stieg mit einem Male in ihr empor.

»Ich weiß nicht, Jutta, ob du mich ganz verstehst ...«

»Oh, ganz gut verstehe ich dich, lieber Vetter!«, erwiderte sie im Tone schneidenden Hohnes. »Und ich will dir ein für alle Mal sagen, was ich von dir halte: Du bist ein Lump!«

Luitpold zuckte zusammen, richtete sich dann auf, wie zur Verteidigung. Aber als er in das von Erregung bleiche, durchaus ernste Gesicht des Mädchens geblickt hatte, sah er zur Seite, ohne etwas zu erwidern.

»Nun weißt du meine Meinung! Mir liegt übrigens gar nichts daran, einen Familienskandal herbeizuführen. Ich werde die andern nichts merken lassen. Ich denke, das wird dir auch lieb sein!«

Lieschens Grab aufzusuchen, hatte Jutta in den ersten Tagen nach ihrer Rückkehr keine Zeit gefunden. Jetzt wollte sie diese traurige Pflicht nachholen.

Sie besorgte sich Blüten und Zweige, um selbst einen Kranz zu winden. Denn es war ihr immer so widersinnig vorgekommen, für geliebte Tote einen von jenen geschmacklosen Trauerkränzen fertig zu kaufen, wie sie am Eingange der Kirchhöfe angeboten werden. Bunte, lebendige, duftende Blüten sollten den Hügel schmücken, wo ihre Freundin ruhte, nicht tote Strohblumen oder steifer Lorbeer.

So wandelte sie hinaus mit ihren Blumen nach dem Gottesacker. Das Grab lag weit draußen: Vorm Jahre war es eines der letzten gewesen. Inzwischen waren unzählige neue Hügel entstanden. Jutta wusste nur ungefähr: In dieser Gegend war's gewesen, wo damals Xaver neben ihr gekniet hatte. Aber jetzt schien es unmöglich, in der verwirrenden Menge von Steinen, Inschriften und Bildnissen sich zurechtzufinden.

Jutta sah sich bereits nach jemandem um, der ihr Auskunft hätte geben können, da fiel ihr Blick auf ein Monument von weißem Marmor, das sich inmitten schlichterer Denksteine auffällig von der grauen Kirchhofsmauer abhob.

Nichts ahnend trat Jutta heran. Am Kopfende eines kleinen Hügels stand ein mächtiger, grauweißer Block, grob behauen. Der obere Teil sprang schützend vor wie ein Dach, ließ nach unten eine Nische zurücktreten, an deren Rückwand man ein stark profiliertes Relief erblickte.

Das war keine blasse, weithergeholte, sentimentale Allegorie, wie sie ringsum mehr oder minder geschmacklos die Grabstätten schmückten; das war ein packender, lebensvoller Vorgang! Eine Frau, schlicht gekleidet, die zarte Gestalt vom Schleier umflort, öffnete mit der einen Hand jene Pforte, die ins Unbekannte führt, mit der andern, leicht erhobenen winkte sie Abschied. Das Gesicht, fein und weich wie das eines Kindes, hatte doch den Ausdruck der Reife und des Wissens; der Mund lächelte.

An diesem Lächeln gingen Jutta die Augen auf. So hatte auf der ganzen Welt nur eine gelächelt. Das war Lieschens unvergleichliches, kindergutes, alles verstehendes und alles verzeihendes Lächeln.

Kein Name nannte dem Beschauer, wer die sei, die hier ruhe, keine Tafel gab irgendwelche Erklärung. Wozu auch?! Das Monument redete eine Sprache, die mit einem einzigen erhabenen Worte die Geschichte einer Seele und ihres Schicksals zugleich erzählte.

Hier war alles Zufällige der Erscheinung ausgelöscht, der Geist gelöst von der irdischen Form. Das Ewige eines Wesens wirkte hüllenlos.

Jutta stand sprachlos mit gefalteten Händen davor, überwältigt, erschüttert, durchschauert. Ehrfurcht empfand sie, wie vor einer Offenbarung, Ehrfurcht, wie man sie fühlt, wenn es einem Menschen gelungen ist, zum endgültigen Kern eines Ereignisses durchzudringen, es zur ewigen Wahrheit zu gestalten.

Sie weinte nicht. Was hätte es hier auch zu weinen und zu trauern gegeben?! Hier war dem Tode wahrhaftig der Stachel genommen, hier war ewiges Leben. Liebe, die über das Grab hinaus solche Wunder wirkte, war einem Baume gleich, der einen kurzen Winter hindurch tot geschienen, und dann aus verhaltener Kraft im Frühling nur umso herrlichere Blüten treibt.

Ihre Blumen legte sie am Fußende des Hügels nieder, den der Efeu bereits zum größten Teile übersponnen hatte. Nun kannte sie nur noch ein Verlangen: zu dem, der das geschaffen hatte! Ihm danken!

Es war einer jener Entschlüsse, wie sie in großen Augenblicken aus der heimlichen Werkstatt unseres Lebens: Dem Herzen, aufsteigen, zu denen der Kopf hundertmal »nein« sagen mag, die uns unter ihr unentrinnbares Gebot zwingen und unser Schicksal entscheiden.

Zu ihm, den sie hasste, weil sie ihn liebte, den sie fürchtete und zu dem es sie hinzog, vor dem sie geflohen und dem sie begegnet war auf allen Wegen, zu ihm, der sie, ohne es zu wissen und zu wollen, nun endlich besiegt hatte, ging sie jetzt.

XXVIII

In Xaver Pangors Leben war inzwischen eine bedeutsame Änderung eingetreten. Kurz, nachdem er im Herbst die Heimat verlassen hatte, war sein Vater plötzlich gestorben. Der Hansl hatte den Hof übernommen, und eingedenk des Bauern-Grundsatzes, dass zu einem Gute auch eine Frau gehört, war er auf die Brautschau gegangen und hatte auch ein Mädchen gefunden, welches bereit war, seine Bäuerin zu werden. Die Witwe räumte der jungen Frau den Platz, zog zum Xaver in die Stadt, der zu ihrem Leidwesen immer noch nicht heiraten zu wollen schien. Die alte Frau wollte versuchen, für die paar Jahre, die sie im besten Falle noch vor sich hatte, ihm die fehlende Ehehälfte zu ersetzen.

Mit erstaunlichem Anpassungsvermögen fand sich die Alte, die ihr ganzes Leben in einem kleinen Gebirgsdorfe zugebracht hatte, in die städtischen Verhältnisse. Ihrer äußeren Erscheinung nach war sie ganz Bauernfrau geblieben, trug Haube, Brusttuch, Mieder, Schürze, wie daheim. Im Übrigen trat sie schon nach wenigen Wochen wie eine auf, die jahrelang Großstadtluft geatmet hat. Nichts schien sie zu verwundern, nichts ihr zu imponieren. Das Einzige, was sie zunächst befremdete, war das Ein- und Ausgehen merkwürdiger Frauen und Männer im Atelier ihres Sohnes. Aber selbst das erstaunte sie von dem Augenblicke ab nicht mehr, wo sie begriffen hatte, dass zum Berufe des Künstlers auch Modelle gehören.

Jung, wie diese Greisin war, vermochte sie sich in Dinge hineinzufinden, die von allem, was sie bisher gesehen und erlebt, durch eine tiefe Kluft getrennt waren. Die Liebe zu ihrem Sohne war die Brücke, auf welcher sie sich leicht in die ihr fremde Welt hinüberfand.

Die beiden, Mutter und Sohn, kamen wundervoll miteinander aus. Die Alte hatte damit angefangen, in den vernachlässigten Räumen Ordnung zu stiften. Nur im Atelier durfte sie nicht ganz so frei schalten, wie sie es gern getan hätte; und es dauerte einige Zeit, bis sie sich darein gefunden hatte, Gipsstaub, Haufen von nassem Ton, Abfälle von Stein und Metall, Rückstände von Farbe und Ölen nicht als gewöhnlichen Schmutz anzusehen, dem man mit Besen, Seife und Scheuerbürste rücksichtslos auf den Leib gehen durfte.

Auch in Xavers Tageleben brachte die Mutter einige Veränderung. Sie wusste ihn dahin zu bringen, dass er das Gasthausleben aufgab und regelmäßige Mahlzeiten innehielt. Es war ihre innigste Freude, für ihn kochen zu dürfen, ihn zu beflicken und zu bestricken.

Dabei hütete sie sich, gescheit, wie sie war, ihm irgendwie zur Last zu fallen mit Ratschlägen, oder gar mit kleinlicher Nörgelei. Ihr Xaver war Künstler, sie begriff, dass ein solcher anders behandelt sein wolle als gewöhnliche Menschenkinder. Nie störte sie ihn bei der Arbeit, dunkel ahnend, dass die Kunst ein Zustand ist, des ganzen Menschen, welcher der Umgebung Schonung zur Aufgabe macht.

Manchmal freilich wurde es der alten Frau sehr schwer, nicht hineinzulaufen in das Atelier, wo Xaver lange Stunden einsam zubrachte. Wie gern hätte sie ihm hin und wieder bei der Arbeit etwas über die Schulter geblickt, ihm diese oder jene Frage vorgelegt, die ihren lebhaften Sinn gerade beschäftigte. Es schien ein wenig hart, mit ihm zusammen zu sein und doch so wenig von ihm zu haben.

Mit der Zeit fand sie ein Auskunftsmittel. Das Atelier ging durch zwei Stockwerke. An der Seite, die dem großen Fenster gegenüberlag, lief oben eine hölzerne Galerie hin, auf welcher der Bildhauer allerhand Modelle, Formen, Abgüsse und Handwerkszeuge, die er gerade nicht brauchte, abstellte.

Von dort aus – das hatte die Alte eines Tages durch Zufall herausgefunden – konnte sie sich an seinem Anblick weiden, ohne ihn im geringsten zu stören. Dort oben stand sie denn in der Folge öfters mal ein Viertelstündchen zwischen ihren häuslichen Arbeiten und blickte auf ihn herab, wie er modellierte, meißelte, bosselte, maß und zeichnete, wohl auch sann und träumte.

Wie fleißig er war! Die Werke von seiner Hand mehrten sich zusehends. Er verdiente ja jetzt auch Geld! Die Menschen fingen an, ihn zu überlaufen, sein Atelier wie eine Sehenswürdigkeit aufzusuchen. Oft genug musste die Mutter Leute abweisen, die sie nur zu gern eingelassen hatte, denn sie war ja natürlich stolz auf den Buben und seine Leistungen; alle Welt sollte ihn bewundern. Aber er war darin streng. Oft genug bekam sie Vorwürfe zu hören, dass sie mal wieder einen »schrecklichen Banausen« eingelassen habe, der ihn um eine Viertelstunde Zeit gebracht hätte.

Gern würde es die Mutter gesehen haben, wenn Xaver mehr Umgang gepflegt hätte. Er hatte so gut wie gar keinen Verkehr. Des Abends ging er nur aus, um einsame Spaziergänge oder weite Fahrten auf dem Rade zu unternehmen.

Die alte Frau verstand ja nicht viel von den Sitten der Stadtmenschen und der Künstler besonders. Aber sie sagte sich, dass es bei denen wohl auch nicht viel anders sein werde als anderwärts in Welt und Natur; der Mensch brauchte den Menschen, und wenn ein Mann so einsam lebte wie ihr Xaver, so war das nicht gut.

Ob der Kummer, von dem er ihr erzählt hatte, noch immer an seinem Herzen nagte? –

Gewiss war's ja schön, wenn ein Mann in Treue an dem Gedächtnis der Geliebten festhielt; aber einmal muss alle Trauer ein Ende haben, sonst tut man sich Schaden und denen Unrecht, die man beklagt. Denn die Toten sollen keine Macht behalten über die Lebendigen. Die Toten haben das ihre gehabt zu ihren Zeiten, die Lebenden aber haben das Recht zu genießen.

So philosophierte die alte Frau. Sie hatte ein gut Stück Leben mit offenen Augen angesehen und sich dabei das Herz warm und den Kopf kühl bewahrt.

Für ihren Xaver aber hegte sie noch allerhand Hoffnungen. Der war jetzt gerade in dem Alter, wo die Männer am besten werden, wenn überhaupt etwas an ihnen ist. Sein Kopf fing an, am Wirbel einen ganz leichten hellen Schimmer zu zeigen; vielleicht wusste er's selbst nicht mal, dass sein Haar dünner werde. Sie hatte es auch nur bemerkt von ihrer erhöhten Warte aus. Wenn sie auf der Holzgalerie stand, dann sah sie ihren Buben ja ausnahmsweise mal von oben, während sie für gewöhnlich an ihm emporschauen musste.

Es klingelte an der Entreetür des Bildhauers. Die Mutter kam heraus, sie war ziemlich ärgerlich. Kunsthändler hatten vorher geklingelt, die der alten Frau so viel vorgeschwatzt, bis sie sich erweichen ließ, sie vorzulassen. Dafür war sie gescholten worden. Aber jetzt wollte sie festbleiben.

Eine junge Dame stand draußen. Die Mutter wusste, dass Xaver augenblicklich keine Modelle brauchte. Außerdem sagte ihr ein genaueres Hinschauen, dass diese Person wohl kein Modell sei. In ihrer Haltung lag etwas Stolzes und Schlichtes zugleich. Die Alte hatte schon beobachten gelernt und kannte sich einigermaßen aus mit dem Publikum.

»Ist Herr Pangor zuhause?«, fragte die Dame.

Der alten Frau entging die Hast nicht, mit der das gefragt wurde. Dabei schien der Ausdruck des blassen Gesichtes sagen zu sollen: »Es ist mir im Grunde gleichgültig, ob er da ist oder nicht!«

Die verstellt sich! Dachte die alte Frau und antwortete: »Zuhause wär' er schon, aber i glaub' nit, dass er annehme tut.«

»Könnte ich nicht ein paar Worte mit ihm sprechen?«, fragte Jutta. – Die Mutter sah sie die Farbe wechseln. Die Sache wurde ihr immer verdächtiger.

»Er is beim Arbeiten. Da will er niemand sehen; außer wann's ganz was Pressants wär'. Was wollen 's denn vom Herrn Pangor?«

»Ich – ich habe mit ihm zu sprechen!« – Wieder die stolze Miene. Der Kopf wurde zurückgeworfen.

»Se wern halt unverrichter Dinge gehen müssen, Fräulein! Mein Sohn is nit für a jeds zu sprechen.«

»Sie sind die Mutter?«, rief mit plötzlichem Verstehen Jutta und trat leuchtenden Auges auf die Alte zu. »Von Ihnen hat er mir soviel Liebes erzählt.« Sie griff nach der Hand der Alten.

»Ja, du mei! Wer sein denn Sie?«

Jetzt öffnete sich die Tür des Ateliers. Xavers Silhouette erschien in der lichten Öffnung.

»Hier is wer!«, rief die Mutter. Ihr war Angst, dass sie wieder gescholten werden möchte. »I hab' ihr schon gesagt, du wärst nit zu Haus. Aber se hat's ka Einsehn nit!«

Xaver tat einen Schritt vorwärts mit weit geöffneten Augen. »Jutta!«, rief er. Sie sagte kein Wort, streckte ihm nur beide Hände entgegen.

»Ich hörte Ihre Stimme, glaubte, es müsse ein Traum sein. – Sind Sie's denn wirklich?« rief Xaver.

Er behielt des Mädchens Hand in der seinen, führte sie in das Atelier, machte die Tür hinter sich zu, ließ die Mutter im dunklen Gange, ohne Erklärung.

Die Alte stand verdutzt. Was gingen hier für Dinge vor? – Wie hatte er sie doch gleich genannt? »Jutta!« Ja, so war's gewesen. Niemals hatte er ihr gegenüber den Namen erwähnt. Kopfschüttelnd zog sie sich in ihr Stübchen zurück.

Unwillkürlich lauschte die Mutter, ob der Besuch das Atelier bald wieder verlasse. Aber keine Tür ging, kein Schritt erklang. Ruhe herrschte in der ganzen Behausung.

Die alte Frau war in Unruhe. Wunderliche Gedanken stiegen in ihr auf. Sie wusste nicht mehr: Sollte sie sich freuen oder sollte sie sich ängstigen. Irgendetwas Großes, Wichtiges ging heute vor. Sie hatte es gleich gewusst frühmorgens. Denn sie war in der letzten Nacht von einem bedeutsamen Traume heimgesucht worden. Es war das kein gewöhnlicher Traum gewesen, mehr ein angstvolles Wiedererleben von etwas, das sich wirklich ereignet hatte. Und wenn einem das passierte, dass man bereits Erlebtes im Traume noch mal durchmachte, das hatte immer was zu bedeuten, was Gutes oder was Arges.

Ihr Traum bestand in Folgendem: Es war zu der Zeit, da Xaver noch nicht geboren war. Sie hatte hintereinander drei Mädchen gehabt; jetzt war sie wieder guter Hoffnung. Sie wünschte sich einen Sohn. Vielleicht, wenn sie der Muttergottes ein Geschenk darbrachte, würde die sich herbeilassen, ihr einen Buben zu bescheren. Oder ob man sich mit der Bitte an den Schutzpatron des heimischen Kirchleins wendete? – Oder auch an den heiligen Mann, an dessen Tage sie geboren war und nach dem sie benamst war? – Aber schließlich hatte sie doch am meisten Zutrauen zur Heiligen Jungfrau, die war ja auch Mutter gewesen und verstand wahrscheinlich mehr von diesen Dingen als die heiligsten Männer. Die Frage war nur: was man darbringen solle? Denn die Gabe musste doch Beziehung haben zum Erbetenen; sonst verstand die Fürbitterin sie am Ende gar nicht mal.

Sie ging in der Stadt zu einem Händler, bei dem man Weihgeschenke kaufte. Dort suchte sie unter den vorgelegten Gegenständen lange. Arme, Beine, Augen, Herzen aus Wachs passten doch nicht für ihren Fall. Sie wollte ja nicht Heilung erflehen von irgendeinem Gebrechen, etwas viel Größeres wollte sie: einen Sohn. Aber wie das ausdrücken? Fragen konnte man auch niemanden, nicht mal den Herrn Pfarrer. Sie schämte sich nämlich ihrer Absichten.

Schließlich fiel ihr ein, dass ihr eigener Bruder, der Schreiner, wenn's verlangt wurde, auch Heiligenbilder schnitzte. Bei dem bestellte sie sich eine Geburt Jesu mit allem, was dazugehört: Maria und Joseph, der Gottessohn, Engel, Hirten, Ochs und Esel, Krippe, auch die Windeln durften nicht fehlen. Nachdem der Bruder das Bild kunstvoll geschnitzt hatte, wurde es von einem Malkundigen des Dorfes bunt angestrichen.

Nun ängstigte sie ihr Traum mit der Sorge: ob das Weihgeschenk fertig werden würde. Die Farben wollten nicht trocknen, und es war doch die höchste Zeit. Schon meldete sich das Kindlein ganz energisch. Wenn das Bild nicht rechtzeitig an seinen Platz kam, würde es wieder ein Mädchen werden; denn woher sollte die Heilige Jungfrau denn wissen, dass ein Knabe von ihr erbeten würde! Schrecklich war die Angst! Sie sah die ganze schöne Schnitzerei vor sich: die liebliche Gestalt Maria, wie sie das Neugeborene beglückt anlächelte, die knienden Hirten, den erstaunten Joseph, das Vieh, alles, alles so naturgetreu gemalt, dass man es für lebendig hätte halten mögen. Aber die Farben, die Farben, die nicht trocknen wollten! Und wenn man bedachte, was davon abhing: ihr Glück, das Schicksal ihres Xaver, ob sie überhaupt einen Sohn haben werde! –

In diesem schrecklichen Moment war sie aufgewacht, an allen Gliedern zitternd. Gott sei Dank, es war ja nur ein Traum gewesen. Die Muttergottes hatte sie erhört; ihr Sohn lebte, war längst ein erwachsener Mann. Und zum Dank für das schöne Votivbild hatte die Himmelskönigin ihm ein besonderes Patengeschenk in die Wiege gelegt. Für die Mutter war es nämlich niemals zweifelhaft gewesen, woher Xavers Begabung stamme, wodurch er so ein großer berühmter Künstler geworden sei; das hing ganz natürlich zusammen mit den absonderlichen Umständen seiner Entstehung.

Die alte Frau holte ihren alten, abgegriffenen Rosenkranz hervor und betete, auf der Gewandtruhe sitzend, abwechselnd ein Vaterunser und ein Ave-Maria. Darüber wurde sie ruhiger. Nachdem sie alle Perlen abgebetet hatte, schloss sie den Rosenkranz wieder ein und ging in die Küche, denn das Essen wollte versorgt sein.

Ob sie es wagen sollte, mal hineinzugehen? Ihn fragen, was er heute essen wolle? Nur zu gern hätte sie's getan! Blind würde man schon nicht gleich werden. Aber stören wollte sie auch nicht. Wer weiß, man verdarb vielleicht was Gutes, etwas, das sie sich im Geheimen so innig wünschte.

Wenn man nur ein Mäuschen hätte sein können, um da zuzugucken! Oder auch ein Schwälbchen auf dem Dachbalken! –

Endlich konnte sie der Versuchung nicht länger widerstehen. Sie schlich die Stiege hinauf, die zu der hölzernen Galerie führte, ihrem heimlichen Lugaus. Vorsichtig öffnete sie die kleine Tür und blickte hinab.

Da unten saßen sie. Das Mädchen auf dem Diwan, Xaver auf einem Hocker ihr gegenüber. Er hielt den gesenkten Kopf in der Hand aufgestützt. Sie hatte den Hut abgelegt; scharf hob sich ihr Profil gegen die Scheibe ab. Die Mutter konnte sie genau betrachten.

Also das war sie, die er »Jutta« genannt und die ihm beide Hände entgegengestreckt hatte. Sauber war sie, das musste man sagen! Es lag etwas Besonderes in ihrer Erscheinung. Für sie, die Mutter, war dieses Fräulein mit dem wohlgepflegten Haar, der zarten weißen Haut, den schmalen Händen, wohl eigentlich zu fein! Aber wahrscheinlich gefiel sie darum gerade dem Xaver. Der hatte von Jugend auf stets das Rare bevorzugt. Und schließlich auf Xaver kam's hier doch an! –

Wie weit sie wohl sein mochten miteinander, die beiden! Sonderbar, sie schwiegen beharrlich! Xaver starrte den Boden an, das Mädchen aber saß regungslos und blickte in die Ferne, als studiere sie den Zug der Wolken. Närrisch! So hatte sie junge Menschen verschiedenen Geschlechts noch nie einander gegenübersitzen sehen.

Jetzt sagte er etwas, mit einer Stimme, wie sie die Mutter gar nicht an ihrem Sohne kannte. Und das Mädchen erwiderte halblaut ein paar Worte. Dann erhob sich Xaver, ging mit verschränkten Armen im Atelier umher.

Die alte Frau besorgte, dass er zufällig einen Blick nach oben werfen könne; dann wäre sie entdeckt gewesen. Vorsichtig zog sie sich zurück. Außerdem wollte sie auch das Essen nicht einkochen lassen.

Als die Mutter eine halbe Stunde später noch einmal die Stiege hinaufging und einen neugierigen Blick hinunter wagte, zeigte sich ihr ein ganz anderes Bild.

Xaver und Jutta dicht aneinander geschmiegt. Sie hatte das Haupt zurückgelehnt in seinen Arm, die Augen waren geschlossen. Er strich ihr mit der Hand über Stirn und Haar. Sie sprachen auch jetzt noch nicht viel da unten. Einmal wurde ein tiefer Seufzer gehört; gleich darauf sank des Mädchens Haupt an seine Brust.

Auf einmal war es wie Rosenduft in der Luft; als erklängen die Glocken von selbst und Engel sängen dazu. Die Greisin faltete die Hände. In die Knie sinken, anbeten! –

Da unten, das war das Wunder der Wunder! Dass sie das noch sehen durfte! Voll Ehrfurcht stand sie, in ihrem einfachen Sinne ergriffen, vor dem größten aller Mysterien. Ihre alten Augen schwammen in Tränen. Die Knie zitterten. Sie griff sich an der Wand hin die Stiege hinab.

In ihrem Zimmerchen setzte sie sich wieder auf die Gewandtruhe, den Kopf in den Händen. Sie konnte nur noch eines denken: Ihr Sohn hatte einen Schatz! Und sie, sie war jung, war wieder eine junge Dirn geworden.

Xaver und Jutta standen ein paar Stunden darauf an Lieschens Grabe. Hier war die Stätte, wo sie sich den Segen zu holen hatten, der mehr war als Priesters Segen. Sie sprachen kein Wort, aber jedes fühlte des anderen Gedanken.

Die hier unter dem efeuumsponnenen Hügel war nicht tot. Wie konnte ein guter Mensch überhaupt tot sein?! –

Der Stein am Kopfende des Grabes war lebendig geworden. Die Gestalt atmete, lächelte. Nicht wie eine war sie, die dem Grabe zuschreitet, sondern wie eine, die aufersteht, dem Geliebten und seiner Braut entgegengeht und zu ihnen spricht: Wir Menschenkinder sind vergänglich, die Liebe allein ist ewig. Darum liebet euch! Liebt euch tief und stark! Dann kann ich bei euch bleiben. In der Liebe haben wir das ewige Leben.